LES FABLES DE SANG

DU MÊME AUTEUR

Romans :

NOTRE-DAME SOUS LA TERRE, Grasset, 1998.
L'ÉGLISE DE SATAN, Grasset, 2002.
LA MUSIQUE DES MORTS, Grasset, 2003.
LE PIÈGE DE DANTE, Grasset, 2006.
LA LANCE DE LA DESTINÉE, Robert Laffont, 2007.

Bande dessinée :

CODEX SINAÏTICUS, t. 1, LE MANUSCRIT DE TISCHENDORF, Glénat, 2008 (avec Bertorello/Lapo/Quattrocchi).

ARNAUD DELALANDE

LES FABLES DE SANG

roman

BERNARD GRASSET
PARIS

ISBN 978-2-246-71831-4

ACTE I

La partie commence

Tantôt je peins en un récit
La sotte vanité jointe avecque l'envie,
Deux pivots sur qui roule aujourd'hui notre vie.
Tel est ce chétif animal
Qui voulut en grosseur au bœuf se rendre égal.
J'oppose quelquefois, par une double image,
Le vice à la vertu, la sottise au bon sens,
Les agneaux aux loups ravissants,
La mouche à la fourmi, faisant de cet ouvrage
Une ample comédie à cent actes divers,
Et dont la scène est l'univers.

JEAN DE LA FONTAINE,
Le Bûcheron et Mercure, Livre V – Fable 1.

Où le loup croque l'agneau, mai 1774

FORÊT DE FONTAINEBLEAU
GALERIE DES GLACES, VERSAILLES

Vous avez de fort jolis pieds, Rosette.

Rosette était pieds nus dans la nuit. Les mains liées, un bandeau sur les yeux, elle grelottait. On l'avait enlevée quelques heures plus tôt.

L'ombre encapuchonnée s'était cachée sous une porte cochère, à deux pas de la boutique du parfumeur Fargeon, où elle travaillait. Son ravisseur n'avait eu aucun mal à se saisir d'elle en profitant de la surprise, avant de la ligoter et de rabattre sur elle les rideaux de sa voiture. Il ne lui avait pas ôté sa robe. Rosette ne portait ni boucles à ses oreilles, ni collier autour de sa gorge blanche ; nulle bague à ses doigts. Elle ne possédait aucun bijou. Ce ne pouvait être le mobile de son rapt. L'homme s'était pour le moment contenté de l'amener au milieu de nulle part. Rosette savait qu'ils s'étaient aventurés au-delà de la lisière de la forêt. Où exactement ? A quelques lieues de Fontainebleau, peut-être. A peine étaient-ils parvenus à destination qu'il lui avait bandé les yeux, avant de lui retirer ses chaussures et de lui caresser lentement les pieds.

Vous avez de fort jolis pieds, Rosette, lui répétait-il.

En d'autres circonstances, un tel traitement aurait pu émoustiller la jeune femme. Plutôt vive et bien faite, Rosette était sensible aux compliments des hommes. Mais à subir la morsure du vent de ce soir, dans sa robe souillée de terre, elle n'éprouvait que frissons. La main de son ravisseur était glacée. Et sa *voix*... elle était sombre, caverneuse, cette voix ; elle avait quelque chose de monstrueux. Au début, tandis que le carrosse roulait à tombeau ouvert au milieu de la nuit et que le cocher excitait ses chevaux, elle avait tenté de hurler. Impossible. Elle s'était efforcée de reprendre ses esprits. Que lui voulait cet homme exactement ? Son honneur – déjà fort esquinté ? Rosette en doutait. Peut-être saurait-elle l'amadouer, si elle restait maîtresse d'elle-même. Si elle trouvait les mots justes. Peut-être était-ce là sa seule chance de survie. Alors que le vent soufflait dans ses cheveux dénoués, la jeune femme trembla de plus belle.

Rosette pouvait deviner le brouillard qui se répandait en langues grisâtres dans la clairière. Lorsque l'homme se mit à parler, elle leva le nez, cherchant à distinguer la provenance exacte de sa voix. Elle ne bougeait pas, plantée devant le rideau d'arbres mystérieux cernant l'endroit où il l'avait emmenée. La voix était assez lointaine, comme si son agresseur s'était rendu de l'autre côté de la clairière. Rosette guettait le bruit de ses bottes sur l'herbe sèche.

Elle resta pétrifiée.

Vous avez de fort jolis pieds, Rosette.

— Bien... Notre jeu, ma douce, consiste à me rejoindre là où je me trouve. Avez-vous compris ?

Rosette articula quelque chose d'un ton étranglé, retenant ses larmes.

— Pardon, Rosette, je vous ai mal entendue...

— O... Oui, dit-elle, distinctement cette fois.

— Il n'y a pas si longtemps, vous avez donné pour votre petit neveu, qui je crois est très malade, une petite représentation ; une représentation... intime. Je le sais, car l'une de vos amies m'en a fait la confidence. Vous et deux de vos parentes avez joué pour lui, en costume, quelques charmantes saynètes... inspirées des *Fables* de La Fontaine ! Est-ce exact ?

— Oui, dit Rosette.

Elle fronça les sourcils. Que diable venait faire son pauvre Louis dans cette affaire ?

— Vous m'avez ainsi donné l'idée de mon propre jeu, Rosette. Ecoutez-moi bien : pour sortir sans encombre de cette clairière, il vous suffit de vous souvenir de votre poème préféré... et de répondre comme il le faut à mes questions. Avez-vous saisi ?

— Oui, dit encore Rosette, bien que le sens de la situation lui échappât complètement.

— Si vous récitez convenablement, je vous indiquerai la voie à suivre. Dans le cas contraire... vous serez livrée à la seule grâce de Dieu. Commençons. Récitez pour moi *Le Loup et l'Agneau*, c'est, je trouve, la Fable la plus appropriée.

— Mais...

— Récitez. Récitez le poème. Allons. Je vous en rappelle les premiers mots.

La raison du plus fort est toujours la meilleure :
Nous l'allons montrer tout à l'heure.

— Mais, seigneur, je... Je ne comprends pas...

— *Récitez,* se contenta de répondre l'homme d'une voix qui la fit sursauter.

Rosette, éperdue, tenta de rassembler ses souvenirs. Elle avait de plus en plus froid.

La raison du plus fort est toujours la meilleure :
Nous l'allons montrer tout à l'heure.

Un Agneau se désaltérait...
Dans le courant d'une onde pure.

— Bien, Rosette, bien ! Vous n'avez pour me rejoindre qu'une maigre distance à franchir. Avancez de trois pas, s'il vous plaît. Droit devant vous.

Elle obtempéra. Son bandeau l'empêchait de voir où elle s'aventurait ; elle devina le danger et réprima un frisson.

Sans doute valait-il mieux ignorer la nature exacte de la menace.

Au hasard de la clairière se trouvaient disposés une dizaine de pièges à loup.

Mâchoires de métal, béantes et acérées.

Ils semblaient l'attendre à ras de l'herbe.

Oh non, non, non...

— La suite, Rosette.

Les épaules de la petite parfumeuse tressautèrent. Sa poitrine haletante soulevait son corsage.

Un Loup survient à jeun qui cherchait aventure,
Et que... la faim en ces lieux attirait.

— Vous avez été la maîtresse d'un certain Baptiste Lansquenet, reprit l'homme. Employé lui aussi, le temps d'une saison seulement, en la boutique du maître gantier-parfumeur Fargeon, boutique sise rue du Roule à Paris. N'est-ce pas ?

— Oui, mais... comment savez-vous tout cela ? Qui êtes-vous ? Que me voulez-vous ? sanglota Rosette.

— La suite. Nous en étions à : ... *que la faim en ces lieux attirait.*

Les pensées tourbillonnaient dans l'esprit de la parfumeuse. Une vague de panique la cloua sur place. Ses lèvres tremblèrent...

Qui te rend si hardi de troubler mon breuvage?
Dit cet animal plein de rage.
Tu... Tu seras châtié de ta témérité.

— Bien, bien, Rosette! Faites donc deux pas à gauche. Voilà... puis, deux en avant. Vous vous en sortez admirablement. Ce sire de Lansquenet, qui de temps en temps servait de commis et apportait les poudres et parfums de Fargeon à Mme du Barry, maîtresse du roi, vous a confié qu'il avait également un autre emploi... auprès du comte de Broglie, n'est-ce pas? Un emploi à la fois plus saisonnier, et disons, plus permanent... Il travaillait aussi... comme indicateur pour le Secret du Roi, n'est-ce pas?

— Le... Le Secret de qui? Je ne comprends pas! Je ne sais rien! Cessez cela, je vous en prie! Disposez de moi comme il vous plaira, mais ne me laissez pas ainsi!

— Voyons, Rosette... Votre invitation est tentante, mais j'ai trop à faire. La suite?

Rosette prit une inspiration et, rassemblant ses pensées, s'efforça de conserver ses forces. Elle récita d'un trait :

Sire, répond l'Agneau, que votre Majesté
Ne se mette pas en colère;
Mais plutôt qu'elle considère...
Que je me vas désaltérant
Dans le courant,
Plus de vingt pas au-dessous d'Elle,
Et que par conséquent, en aucune façon...

— ... *Je ne puis troubler sa boisson.* C'est excellent, Rosette! Quatre pas en avant, trois à droite.

Lentement, Rosette avança. Son pied frôla l'un des pièges. Un bref instant, elle sentit, non loin de son petit orteil, un contact froid et métallique. Bruit de cliquet. Claquement sec. Les mâchoires de métal venaient de se refermer à côté d'elle.

Son esprit n'osa formuler ce que venait de lui évoquer ce bruit, ni ce qu'il devait signifier – mais son cœur bondit dans sa poitrine.

— Qu'y a-t-il ? Là, PAR TERRE ?

Pour toute réponse, elle n'entendit qu'un rire. Un rire bref, sous cape, qui se prolongea.

— Rosette... Votre amant vous a confié l'identité de trois agents œuvrant comme lui au service du comte de Broglie. Votre Baptiste n'aurait jamais dû avoir accès à ces renseignements. Il n'était utile au comte que comme informateur à la sauvette – c'est qu'on entend tellement de confidences dans vos boutiques, parmi tous vos petits métiers de Paris ! Parfumeurs, modistes, gantiers, taverniers, filles de joie !... Quels bavards vous faites ! Je veux savoir les noms de ces personnages.

— Mais... je ne suis qu'une employée, une employée de boutique ! Je suis dans la parfumerie !

— Les noms.

— Il m'a parlé... d'un chevalier, dont on ne sait si c'est un homme ou une femme...

— Ah ? Très bien, dit l'homme d'un ton intéressé.

— Et de... de M. de Beaumarchais.

— Je vois...

— Et d'un gentilhomme de Venise.

L'homme fit claquer sa langue.

— *Viravolta*. Bien sûr.

Il frappa sur sa cuisse et dit d'une voix satisfaite.

— Eh bien, vous voyez, Rosette ! Ce n'était pas si compliqué. Vous n'avez plus qu'à me donner les derniers vers, et nous en aurons fini. Quant à Baptiste, sachez que j'ai dû lui poser des questions semblables, mais qu'il n'a pas eu votre talent. J'en suis navré.

— C... Comment ? Que voulez-vous dire ?

— Allons, Rosette ! Songez à ce qui vous sépare de la liberté ! C'est au tour du loup de parler, me semble-t-il. Je vous aide. *Tu la troubles, reprit cette bête cruelle, / Et je sais que de moi tu médis l'an passé.*

Rosette enchaîna.

Comment l'aurais-je fait si je n'était pas né ?
Reprit l'Agneau, je tette encor ma mère.

— Un pas à gauche, deux en avant, vous progressez ! *Si ce n'est toi, c'est donc ton frère.*

Elle reprit. Numéro de duettiste. Concerto à deux voix.

Je n'en ai point.

C'est donc quelqu'un des tiens :
Car vous ne m'épargnez guère...
Vous, vos bergers et vos chiens.

— *La suite*, Rosette ?

La jeune femme était en larmes. Elle réunit toutes ses forces pour se dominer. Le sang battait à ses tempes. Ses jambes flageolaient. Ses mains étaient moites. Les cordes autour de ses poignets la tenaillaient. Elle manqua de s'évanouir – non, elle le souhaita de toutes ses forces. Mais le cauchemar se poursuivait ! Elle cherchait désespérément à se rappeler.

La fin... La fin de la Fable...

Oh, Seigneur !

— *Vous, vos bergers et vos chiens*, Rosette. Vous n'êtes pas mal, comme comédienne.

— Je ne sais plus, je ne sais plus...

— Rosette...

— Je vous dis que je ne me souviens pas !

— Alors faites trois pas, dans la direction que vous voulez. Trois pas, Rosette...

Elle entendit le fil d'une épée que l'on sortait du fourreau, et son ravisseur s'approcha.

— ... Ou je vous tue de mes mains.

Rosette hésita. Tremblante, elle fit mine de s'engager à gauche, le bout de ses doigts de pied craignant de tâter le sol. Elle se ravisa. Elle oscilla, sur la droite cette fois. Sa tête lui faisait mal, elle avait la gorge sèche... Un instant, elle afficha, bien malgré elle, la grâce d'une danseuse de ballet. Elle opta finalement pour la gauche. Elle retint son souffle. Silence. Son pied trouva le tapis de l'herbe.

Au premier pas, l'homme continua :

On me l'a dit : il faut que je me venge.

Deuxième pas.

Tout à coup, Rosette perçut une odeur – une simple odeur, mais tenace, portée par le vent ; une fulgurante association d'idées se mit en place dans son esprit et, en un éclair, elle comprit.

— Mais... *Je sais qui vous êtes !*

Le vent du soir revint siffler aux oreilles de Rosette. Ses joues étaient de feu.

— Oh, dit l'homme. Quel dommage...

Il y eut de nouveau le bruit du cliquet, et celui du métal, sifflant lorsque les mâchoires tranchèrent la cheville de la jeune femme. Rosette hurla à la mort, et son hurlement sembla déchirer les bois, tandis que l'homme achevait :

Là-dessus, au fond des forêts
Le Loup l'emporte, et puis le mange,
Sans autre forme de procès.

Il s'avança. Et sa voix, curieusement plus tendre, avait changé.

— Je suis une ombre, je suis le Fabuliste, le temps est venu.

Une heure plus tard, la silhouette encapuchonnée quittait les bois et, le sourire aux lèvres, murmura pour elle-même ce vers tronqué de Ronsard, qui dans sa bouche semblait une épitaphe :

Et Rosette a vécu ce que vivent les roses, l'espace d'un matin.

*
* *

Il la laissa là deux jours. Puis il revint la chercher.

Il ne lui fut pas difficile de se rendre dans la Galerie des Glaces au milieu de la nuit, quelques heures avant l'aurore. Du château de Versailles il connaissait tout. Les cartes, la topographie, les jardins, les fontaines, les labyrinthes d'intrigues et de chuchotements des courtisans, les basses besognes et les secrets d'alcôve. Les Suisses de faction ne firent même pas attention à lui. La plupart, d'ailleurs, dormaient pendant leur service. Dans la Galerie, ils en avaient vu d'autres – jusqu'à ces chèvres que l'on amenait dans les appartements des princes du sang, pour y tirer leur lait. Aussi le Fabuliste trouva-t-il fort amusant de se glisser dans la magistrale enfilade avec sa brouette. Il attendit d'être parvenu au milieu du corridor et là, d'un geste du poignet, renversa le lourd sac de toile.

Il y eut un bruit mat.

Le corps désarticulé de Rosette apparut.

Le Fabuliste se signa avec ironie et, comme à regret, nicha contre le sein de la morte ses précieuses *Fables*. En dédicace, un nom : *A Pietro Viravolta de Lansalt.* Puis il laissa Rosette les bras en croix, au milieu du parquet, non sans avoir au préalable déposé autour d'elle quelques petits ossements d'agneau, figurant une sépulture grotesque. Ils la trouveraient là, au cœur du château. Qu'ils le sachent ! Le ver était dans le fruit. Ils allaient voir.

Les maléfices tombaient sur Versailles.
Bientôt, le royaume contemplerait le miroir de sa propre putréfaction.
Que la partie commence, murmura-t-il.

Le soleil des duellistes, mai 1774

FORÊT DE SAINT-GERMAIN-EN-LAYE

— Cosimo... Ta garde !

L'épée de Viravolta siffla tandis qu'il reculait pour reprendre sa place, et frappait le sol du talon. En face de lui se tenait Cosimo, son fils de dix-sept ans. Viravolta en avait quarante-neuf; mais la finesse de ses traits, son talent à l'épée, son élégance et sa prestance à cheval, sa physionomie enfin, lui en faisaient paraître dix de moins. Cosimo avait hérité d'une partie de ses qualités – même si Pietro le trouvait un peu maigre encore. Son fils avait le teint pâle, des yeux vifs ; le pli au coin de ses lèvres pouvait passer pour une moue de dédain. Veste rouge et pantalon bleu, le jeune homme avait abandonné le tricorne pour sa séance d'escrime. Pietro, lui, portait un justaucorps en biseau, ouvert sur un gilet orné de fleurs. Les poignets maintenus par des boutons dorés, il avait enfilé des bottes par-dessus ses bas de soie. Ses cheveux étaient tirés en arrière, à l'imitation de la coiffure militaire prussienne.

— Reprenons ! dit-il en consolidant ses appuis.

Cosimo fit de même et pointa son père du bout de l'épée. Une ombrelle en main, Anna était assise non loin sur un linge déployé. Le soleil resplendissait en ce jour de mai 1774.

Ils se trouvaient dans une clairière en lisière de Saint-Germain-en-Laye. Derrière Anna et le rideau des arbres de la forêt, sur la route menant en direction de Versailles et de Paris, un cocher et un domestique échangeaient leurs vues sur le devenir du monde, près d'un carrosse à quatre chevaux.

Anna Santamaria était radieuse. De ses jeunes années vénitiennes, elle avait gardé cette blondeur qui mâtinait sa chevelure aux reflets d'or, chevelure qu'elle laissait le plus possible au naturel, lorsqu'elle n'était pas contrainte de la blanchir à la poudre. Elle oubliait les fards de Versailles sitôt qu'elle pouvait s'éloigner du château. Entre rires et exclamations, elle agitait avec grâce son éventail. Elle était un peu encombrée dans sa robe à paniers, faite de cinq cerceaux et ornée de rayures bleues et lilas. Son buste était serré d'un corset qui révélait ce qu'il fallait de sa gorge toujours splendide. Mouche discrète au-dessus des lèvres, elle n'avait rien perdu de sa superbe et, malgré les années écoulées, pouvait encore faire la leçon aux courtisanes versaillaises. Sa maturité trahissait une sensualité plus envoûtante que jadis.

Pietro et son fils firent quelques pas en avant. Les épées s'entrechoquèrent.

— Allons! Je recommence. Tu pars en *quarta*, bras tendu, quillons de l'épée horizontaux. Contregarde à l'approche; tu serres la mesure, l'épée à l'offensive. Puis l'enchaînement : feinte, double feinte, pas extraordinaire, estoc. Et plie-moi ces genoux!

— Oui, oui, répliqua Cosimo perplexe, *quarta*, feinte, estoc et plie les genoux. Pardonnez-moi, mais le métier des armes est un peu limité.

— Tant que tu n'as pas réinventé la philosophie européenne, contente-toi d'apprendre ce que je te dis! Tu as plus de chances d'y arriver.

— Oui...

— Ecoute ton père, Cosimo, dit Anna, il sait de quoi il parle. Cela te rendra service un jour.

— Mère, par pitié. Vous n'allez pas me resservir votre vie vénitienne et comment vous avez sauvé le Doge, ou je m'en vais !

— Concentre-toi, plutôt que d'insulter tes parents, rétorqua Viravolta. Ils ne sont pas encore séniles. Tiens, défends-toi, j'ai encore quelques bottes suffisantes à occuper pour un moment les freluquets de ton espèce. Et si tu es sage, je t'apprendrai cet enchaînement que je tenais de mon maître d'armes de Mestre, en Terre Ferme. Il est imparable.

— Bon, bon. En garde, père !

— Je préfère ce langage.

Anna rit, jouant de l'éventail tandis que Cosimo soupirait.

Les épées sifflèrent.

Un rai de soleil tomba sur les duellistes.

Pietro Viravolta de Lansalt avait quitté Venise pour la France près de vingt ans plus tôt, à la suite de l'affaire « Dante », survenue lors des fêtes de l'Ascension 1756. Pietro agissait alors au service de la police secrète vénitienne, le ténébreux Conseil des Dix, sous le pseudonyme de l'Orchidée Noire. Il venait de sauver le Doge d'une mort certaine, et la République d'une conspiration menaçant ses institutions. Las des intrigues de la Sérénissime, et curieux d'autres aventures, il s'était décidé à voler vers de nouveaux horizons. Depuis, son parcours n'avait pas fait mentir sa réputation.

Arrivé à Versailles durant l'hiver 1756, avec sa future épouse Anna Santamaria et son valet Landretto, il ne se présentait pas à la plus belle Cour d'Europe les mains vides. Un sauf-conduit et des lettres de recommandation du Doge lui-même, ainsi que de la moitié du Sénat vénitien, facilitèrent son introduction auprès des personnages les plus influents du palais. Le Secrétaire d'Etat aux Affaires étrangères, Rouillé, puis ses deux successeurs, le cardinal de Bernis et Choiseul, furent aussitôt informés de ce qui s'était joué à Venise, lorsque les canons avaient tonné dans la lagune. Des rapports leur parvinrent assez vite, de la Sérénissime mais aussi des agents du roi disséminés dans les capitales voisines. Accueillir en France l'Orchidée Noire, sauveur des institutions vénitiennes et désormais figure légendaire parmi les polices d'Etat et les services secrets européens, ne pouvait être qu'une bonne nouvelle. D'autant que l'intéressé fit très vite savoir qu'il était prêt à mettre son épée au service de Sa Majesté, le roi Louis XV, si cela pouvait favoriser sa cause.

L'arrivée de l'Orchidée Noire à Versailles fut donc loin de passer inaperçue, du moins dans les milieux autorisés. La nouvelle se répandit parmi les agents de Sa Majesté. On la soufflait à demi-mot dans les couloirs et les galeries du palais, les mouches et les policiers la répétaient dans les gargotes et les faubourgs ; les espions, les fonctionnaires et les ambassadeurs, les joueurs et les amants, les nobles introduits dans le secret des affaires et les dames rêveuses, qui songeaient à Venise durant la messe, colportèrent la rumeur. Elle gagna tantôt par sauts de puce, tantôt comme traînée de poudre. Ceux qui avaient des amis en Italie leur mandaient des nouvelles et des renseignements ; et à l'ombre des tavernes, dans le giron déliquescent des repaires interlopes et des auberges rouges, ou derrière les lambris des châteaux de province, on chuchotait : « L'Orchidée arrive ! » « Qui donc ? » « Mais, l'Orchidée Noire ! Viravolta, l'homme qui a sauvé Venise ! » Si sa réputation le précédait, on ajoutait aussi à son histoire nombre de fantaisies, si bien que cette arrivée fut auréolée d'une grâce insolite. Informé de l'imminence de cette arrivée et des détails de l'événement, le roi, au Parc-aux-Cerfs, rit aux éclats avant de rejoindre sa maîtresse. Sous les sourires se propageait une sorte de fièvre inhabituelle, comme celle qui, de temps en temps, saisissait la Cour pour la faire cancaner sans répit. Mais tous ces sourires étaient chaleureux et complices, ils résonnaient comme une promesse de dépaysement et d'évasion, d'action et de péripéties : l'Orchidée arrivait à Versailles !

La question de savoir quelle charge pourrait occuper Viravolta au palais ne fit pas débat très longtemps. Placé sous la tutelle du cardinal de Bernis, puis des Choiseul, on lui confia rapidement plusieurs missions de confiance. Celles-ci impliquaient tantôt la sécurité intérieure du royaume, tantôt celle du château et de ses principaux dignitaires : le roi bien sûr, et par la suite Mme de Pompadour, Marie Leszczynska, Mme du Barry, le feu Dauphin Louis-Ferdinand, puis Louis-Auguste ; Marie-Antoinette enfin, depuis son arrivée d'Autriche. Ses talents n'avaient pas échappé à une autre sorte d'instance. Celle-ci, de nature parfaitement officieuse, était tout indiquée pour lui, mais aussi beaucoup plus exigeante et dangereuse. Pietro ne tarda pas à se retrouver dans une position complexe, une de ces doubles situations qui faisaient jadis son quotidien, lorsqu'il œuvrait à la Sérénissime pour le compte du Conseil des Dix.

Dès 1758, il était entré au Secret du Roi.

Dirigé par le prince de Conti, puis par Jean-Pierre Tercier, le Secret du Roi, ou Cabinet Noir, avait été mis en place par Louis XV. Ce fut le comte de Broglie qui, après discussion avec le souverain, proposa au Vénitien de rejoindre les rangs de sa petite armée secrète – celle des espions du roi. Pietro fit rapidement partie des trente-deux agents du gouvernement chargés de la diplomatie parallèle et de la surveillance des ministres d'Etat.

Directement aux ordres du comte et de Louis XV, le Secret agissait à l'insu de la Cour. Il était constitué d'un service de correspondance avec l'étranger et d'un réseau de renseignement reposant sur l'interception de courriers, la surveillance de personnalités et le sabotage si besoin. Créé, à l'origine, pour permettre au prince de Conti de conquérir le trône de Pologne, le Secret s'était lancé peu après la guerre de Sept Ans dans de nouvelles entreprises, comme la préparation d'un éventuel débarquement français en Angleterre. Il avait pour vocation de protéger les intérêts de la France et d'influencer la politique extérieure des Etats européens, en s'efforçant tout particulièrement de préserver les liens avec l'Autriche et la Russie. Si Pietro représentait un intermédiaire de choix avec la Sérénissime, il avait également effectué des missions en Silésie, à Londres, dans le Saint Empire romain germanique, en République de Hollande et dans les Pays-Bas autrichiens. Les agents qu'il côtoyait n'étaient pas des moindres : Vergennes, Beaumarchais, Breteuil ou le chevalier d'Eon, autant de personnalités ambiguës, excentriques et toujours redoutables. De ces activités, Cosimo, son fils, ignorait tout ; ce n'était pas le cas d'Anna Santamaria, l'ancienne Veuve Noire de Venise, qui connaissait de longue date les talents cachés de son mari.

Voulant échapper aux affaires de la Sérénissime République, Pietro retombait ainsi dans celles de France. Né d'une comédienne et d'un cordonnier, fasciné par la noblesse et la gloire, il avait toujours tracé son chemin de manière insolite ; sa vie elle-même tenait du conte. Fin bretteur au propre comme au figuré, accoutumé aux doubles identités, comédien à sa façon, insolent et joueur, lui qui autrefois était incapable de contrôler ses passions, avait gagné en sagesse et en profondeur d'âme ce qu'il avait perdu en légèreté. Mais son énergie et son goût de la découverte demeuraient intacts. Après avoir épousé Anna et entamé l'éducation de Cosimo, il était parvenu à dominer les anciens paradoxes de sa propre nature, et le vertige intime, associé à sa peur profonde du néant, qui l'habitait jadis. Jamais il n'avait renoncé à sa liberté de pensée ; mais il acceptait désormais d'assumer les contraintes propres à la voie qu'il avait choisie.

Aujourd'hui, il était riche, bien qu'il ne le montrât pas : Venise lui assurait une rente à vie pour services rendus, et il tirait de sa double charge – l'officieuse auprès du Secret du Roi, l'officielle auprès du ministère des Affaires étrangères, dont il dépendait – des revenus substantiels. Pour l'apparence, on lui avait octroyé un marquisat : la famille résidait dans un hôtel particulier situé rue des Cerceaux, en bordure de Versailles, sur la route de Marly. Le roi les avait bien logés ; c'était aussi que la vie de Cour avait son prix, et un prix des plus élevés. Les nécessités de sa fonction avaient en outre décidé Louis XV à concéder au Vénitien l'une des cinq cents chambres situées sous les combles du palais. Versailles était truffé de ces petits appartements où s'entassaient les courtisans sans la moindre sécurité. Pietro se servait de cette pièce comme d'un bureau et n'y dormait que rarement ; mais il restait que la mise à disposition d'une chambre, même d'un trou à rats, au cœur du palais, était une faveur insigne.

Pourtant, en ce mois de mai 1774, la situation à Versailles était tendue. Louis XV se mourait et Pietro était dans une position des plus délicates. La rivalité entre ses deux mentors, le duc d'Aiguillon, son ministre de tutelle officiel, et le mystérieux comte de Broglie, chef du Secret du Roi, existait de longue date ; leurs relations venaient toutefois d'atteindre le point de non-retour. Un moment pressenti aux Affaires étrangères, le comte de Broglie avait été évincé par d'Aiguillon. Ce dernier disposait d'un soutien de taille en la personne de Mme du Barry, maîtresse du roi. En arrivant en poste, d'Aiguillon avait découvert la vérité sur le Secret. Existait-il vraiment, depuis tant d'années, un Cabinet Noir, travaillant directement aux ordres du monarque, et ce, à l'insu des ministres officiels ? L'affaire était vite devenue embarrassante. Sur la piste du Secret, d'Aiguillon avait mis au jour l'existence de missions occultes diligentées dans les Cours du Nord et intercepté des courriers édifiants. On y glosait sur les renversements d'alliances, on parlait même de se débarrasser de lui ! Il avait accusé Broglie de conspiration. Le roi ne pouvait protéger le chef du Secret sans avouer l'existence du Service fantôme. Echec et mat. Le comte de Broglie s'était ainsi retrouvé embastillé, puis exilé sur ses terres de Ruffec, au nom de la raison d'Etat.

A l'heure où le roi se mourait, Broglie était toujours en disgrâce, et ses agents, dont Viravolta, demeuraient dans l'expectative. Pietro subodorait que, malgré son exil, Broglie conservait en sous-main la direction du Secret, et que le roi ne l'avait pas complètement lâché. Mais si Louis XV décédait, le comte risquait fort de ne jamais revenir à la Cour. Et Pietro, lui, était désormais sur la liste noire de d'Aiguillon, pour avoir tout ce temps servi deux maîtres à la fois. Il ne fut donc qu'à moitié surpris lorsque arrivèrent, par la route de Versailles, trois émissaires à cheval armés et empanachés.

Ils le saluèrent et se présentèrent à lui, avant de lui tendre une lettre cachetée.

— Monsieur de Lansalt ? Message de M. le duc d'Aiguillon, qui vous demande à la Cour.

Pietro décacheta la lettre.

Ce qu'il lut accentua son inquiétude.

> Monsieur le marquis de Lansalt,
>
> Il est de la plus haute importance que je vous voie dès demain matin à mon cabinet. Vous me devez quelques explications quant aux activités que vous savez ; nous n'avons que trop différé ce moment. Mais cet entretien est motivé par des considérations plus alarmantes encore. Le roi est au plus mal. La Cour et la France prient pour son salut. Et il y a autre chose. Deux mots suffiront, je pense. Le Fabuliste. Vous êtes impliqué dans une affaire criminelle. Je vous attends avant le lever du jour. J'ai toutes les raisons de penser que vous êtes mêlé de près au drame qui nous arrive.

Comment ?

Pietro se mordit la lèvre. Le duc voulait s'entretenir avec lui de ses activités auprès du comte de Broglie... Le Fabuliste ?... Mais Pietro l'avait tué de ses mains, quatre ans plus tôt ! De qui pouvait-il s'agir ? A quel drame le duc faisait-il allusion ? Lui, Pietro Viravolta, impliqué dans une affaire criminelle ? Etait-ce – déjà – une manœuvre du duc pour se débarrasser de lui ? Ces pensées se bousculaient dans sa tête. Le Vénitien sembla perplexe ; il s'aperçut alors qu'un autre billet avait été glissé dans le même courrier.

Il fut frappé de sa texture.

Pietro passa lentement les doigts sur le grain de cet étrange message.

Du parchemin, ou... ou de la peau ?

Un instant, il crut à une monstruosité.

De la peau... humaine ?

Son cœur se serra.

Non... De la peau de bœuf, plutôt.

Les lettres composant le message avaient, en revanche, toutes les apparences du sang.

Des lettres de sang...

Et cette fois... ce n'était pas du sang de bœuf.

Mais pourquoi m'envoyer cela, à moi ?

LE RENARD ET LA CIGOGNE
LE LOUP ET L'AGNEAU
LA GRENOUILLE QUI SE VEUT FAIRE AUSSI GROSSE QUE LE BŒUF
LE CORBEAU ET LE RENARD
LE LION ET LE RAT
LE CHIEN QUI LÂCHE SA PROIE POUR L'OMBRE
LE SINGE ROI
LA CIGALE ET LA FOURMI
LE LIÈVRE ET LA TORTUE
LE LION DEVENU VIEUX

*

Nous y voilà, Viravolta ;
Dix Fables choisies pour nous mettre en joie,
Voulez-vous jouer avec moi ?

Le Fabuliste

Pietro releva le visage.

— Père, que se passe-t-il ? demanda Cosimo, épée en main.

— Pietro ? renchérit Anna.

Les soldats envoyés par d'Aiguillon l'encadrèrent.

Leur capitaine lui enjoignit de les suivre.

— Monsieur de Lansalt... Ceci... n'est pas exactement un courrier.

— Ah non ?

— C'est un mandat. Monsieur de Lansalt...

Le capitaine lui fit signe de lui emboîter le pas.

— Vous êtes en état d'arrestation.

Et tandis qu'on l'emmenait, Pietro se remémora ce qui s'était produit, quatre ans plus tôt – au soir même des noces de Marie-Antoinette.

Quatre ans plus tôt, mai 1770
Sus à l'Autrichienne

Opéra de Gabriel, jardins et toits de Versailles

Lorsque Pietro Viravolta franchit les portes de l'Opéra, transformé en salle de bal, il entendit le murmure d'admiration qui crépitait autour de la Dauphine.

L'ennemi est là – mais où ?

Pietro fit face à la Cour. Les premières mesures de l'orchestre résonnaient sous les plafonds et les lustres. L'Opéra nouvellement construit venait d'être dévoilé à la Cour, dans le plus beau palais du monde – et pour quelle occasion : les noces de la future reine de France ! La foule se pressait dans la salle ovale, de proportions parfaites. Des tentures de soie bleue tombaient des loges ; des portiques de glace reflétaient à l'infini les sculptures d'or mat. Le parquet de la salle, haussé au niveau de la scène qui recouvrait la fosse d'orchestre, lui donnait l'allure d'un immense salon. Et là, elle dansait ! Elle dansait avec grâce, dans une robe éblouissante. Pourtant, Marie-Antoinette était déjà la cause d'un scandale inattendu. La nouvelle Dauphine était fille d'un prince lorrain, et les représentants de la Maison de Lorraine avaient sollicité de Louis XV l'honneur de danser aussitôt après les princes et les princesses du sang – donc avant les ducs et les duchesses. Le monarque avait fini par y consentir et, outrées par cette entorse protocolaire, les duchesses avaient convaincu une partie de la Cour de ne pas se rendre au bal.

Ignorant tout de cette querelle de préséance, la Dauphine, en princesse de France nouvellement arrivée, dansait, dansait – et peu lui importait le reste du monde !

Les courtisans tournoyaient en mesure avec elle. La musique montait en écho d'un bout à l'autre de la salle ; les concertistes tiraient ardemment de l'archet. Marie-Antoinette était radieuse. Une joie indicible se lisait sur son visage. Elle glissait sur le parquet, conduite par le roi lui-même, tandis que Louis-Auguste, petit-fils du monarque, tâchait de dissimuler son air emprunté – et que Viravolta, aux aguets, balayait la foule des yeux.

C'était l'un des Suisses qui l'avait prévenu. La fâcheuse épigramme avait commencé de circuler.

Sus à l'Autrichienne
Qui suce comme une chienne.

Elle était signée « le Fabuliste », mais Viravolta doutait fort que sa diffusion sous le manteau eût été manigancée à la va-vite par quelque duc ou personnage de haut rang soucieux de l'étiquette ; l'expédient était trop salace pour qu'une figure bien née puisse s'y abaisser sans honte – quoique ses souvenirs de Venise avaient habitué Viravolta à déceler la pourriture la plus achevée sous la dentelle. Une chose était sûre : la Dauphine était à peine arrivée que l'on guettait déjà le moindre de ses faux pas. Dans la soirée, un second message avait suivi, du capitaine de la garde cette fois – *le Fabuliste nous fait savoir qu'il sera là ce soir. Avec les courtisans.*

Le front en sueur, Viravolta observa de nouveau la salle étincelante.

La Dauphine est en danger.

Trois mille bougies éclairaient la scène. La foule dansait. Pietro regardait à droite, à gauche ; malgré toutes les précautions prises, le Fabuliste avait-il vraiment pu trouver un moyen de se glisser ici, au plus fort des festivités ? En ce soir de fête, l'attention se relâchait. On oubliait la politique, les affaires de France et d'Europe, les secrets d'Etat. C'était un mariage, que diable !

Il fallait certes plus que quelques allusions grivoises pour émouvoir le Secret du Roi. Mais le comte de Broglie avait eu vent de longue date de possibles menaces contre la personne de Marie-Antoinette à son arrivée en France. Ses derniers renseignements avaient achevé de le mettre en alerte. Il avait bouleversé les affaires du Cabinet Noir pour donner priorité à cette enquête. Et, loin d'être isolé, le message de ce soir semblait donner le signal de l'action. Le Fabuliste s'était manifesté à de multiples reprises, signant les épigrammes de ce nom qu'il s'était inventé, car il se plaisait à disséminer dans ses propres poèmes des allusions aux Fables d'Esope et de La Fontaine, qui chutaient sur des morales acerbes. Mais il ne s'était pas contenté d'annoncer un attentat et de proférer des menaces. Durant ses investigations, Broglie avait trouvé sur son chemin les cadavres d'un cocher et d'un valet que le Fabuliste avait occis dans les conditions les plus atroces. Les agents du Secret avaient en outre mis la main sur des documents et des plans griffonnés du château de Versailles attestant de l'imminence d'une opération. Acte isolé ou conspiration ? Tous l'ignoraient. Mais jadis, un simple coup de canif, porté au flanc du roi par un anonyme du nom de Damiens, avait failli suffire à faire basculer la monarchie. Solitaire ou agent étranger, le Fabuliste était de toute évidence un agitateur furieux, dont témoignaient ses saillies pamphlétaires et ses sarcasmes politiques. Un extrémiste qui voyait dans l'ennemi héréditaire autrichien tous les malheurs de la terre, et ne supportait pas qu'une alliance « contre nature » pût amener Marie-Antoinette, fille de l'impératrice impie, sur le trône de France.

Le regard de Viravolta glissait des loges aux fresques de la voûte. Les figures défilaient sous ses yeux. Il s'efforçait de rester lucide. Heureusement, personne ne portait de masque. Le Fabuliste aurait pu préférer, pour agir, l'une de ces nuits de bal paré dont Versailles raffolait. Faisait-il lui-même partie de la Cour ? En choisissant de venir à visage découvert, sans doute voulait-il signifier qu'il pouvait être partout et nulle part à la fois, et qu'il ne reculerait devant rien. Il ne s'en rendait que plus redoutable pour les soldats et la garde chargée de la sécurité de tous ces grands personnages – à commencer par celle de la Dauphine. Non loin de lui, Pietro aperçut Anna Santamaria, qu'un courtisan, multipliant les pas chassés et les courbettes, invitait au menuet.

Il se renfrogna ; mais il ne devait pas oublier pourquoi il était là.

Soudain, alors qu'il levait les yeux en direction des coulisses, il crut voir une silhouette, qui se retranchait bien vite dans l'ombre.

Lui ?

Pietro se jeta en avant.

Le premier machiniste du roi, Blaise-Henri Arnoult, avait construit une mécanique géniale, celle-là même qui permettrait désormais de transformer la salle au gré des cérémonies et d'assurer les changements de décors dans les mises en scène triomphales – comme celle du *Persée* auquel la Cour avait assisté la veille. Dans les coulisses se croisaient cordes et poulies, roues de métal offrant de monter ou de baisser la scène, nasses et écheveaux environnés de pièces de décors et de caisses gorgées de costumes ébouriffants, de pantins de bois, placards de couleur et autres fariboles. Ce repaire du *deus ex machina*, cet antre dont les ramifications couraient à la fois derrière la scène, sous l'orchestre et dans les hauteurs drapées de tentures, pouvait aussi bien servir de merveilleuse... cachette.

Pietro fit signe aux autres gardes, mousquetaires et chevau-légers, disséminés dans l'Opéra. Ce ne fut pas une mince affaire que de se glisser au milieu du bal sans inquiéter les convives, qui continuaient de tournoyer. Viravolta manqua de bousculer Anna qui avait accepté le menuet et s'inclinait en cadence. Se redressant, elle croisa les yeux de Pietro. Passé le premier moment de surprise, elle considéra son mari qui, perruque poudrée, épée au flanc et veste à la française, venait de la heurter, et semblait en proie à la plus grande agitation :

— Pietro ! Grands dieux, mon amour, que fais-tu ?

— Je traite les affaires de la France, persifla-t-il, pendant que d'autres s'amusent.

La Dauphine n'était qu'à quelques mètres de lui lorsqu'il contourna l'orchestre ; un violoniste le regarda d'un air distrait. Pietro se faufila derrière le décor et courut dans la pénombre du couloir. Le parquet grinçait sous ses pieds. Des filins pendaient du plafond. Il longea les châssis de coulisse de près de dix mètres de haut, conçus pour disparaître à la verticale dans les entrailles de l'Opéra. Il évita quelques objets gisant sur le sol, s'esquintant le coude contre les parements de bois. Avisant l'une des trappes permettant de glisser sous la fosse, il s'apprêtait à s'y engouffrer lorsqu'une corde, qui dansait non loin de lui, l'en dissuada.

Il leva les yeux.

De nouveau, il aperçut l'ombre, dissimulée parmi les treuils et les poulies. A deux pas, la conque en stuc qui avait servi au *Persée* était suspendue dans le vide. Pietro l'attrapa, la stabilisa et commença de grimper le long des nœuds qui la soutenaient de part et d'autre. Il parvint, essoufflé, à cinq ou six mètres parmi les roues de la machinerie. Des planches en équilibre couraient le long du mur, entre le rideau des filins et des crochets. Et au-dessous, l'on dansait! Pietro avança parmi les cintres. Devant lui, l'ombre repérée filait. A l'extrémité surplombant la scène de l'Opéra, il parvint à une plate-forme réservée aux machinistes, elle aussi dissimulée au regard des invités. Deux caisses y étaient entreposées. Pietro s'en approcha, haletant. Ses yeux s'attardèrent sur la première...

Son cri fut couvert par la musique et l'effervescence du bal.

Le Fabuliste!

La caisse venait de s'ouvrir : le fuyard, costumé, était affublé du masque du Kraken, créature abyssale et monstrueuse qui, la veille, avait tenté d'enlever Andromède à Persée. Peinture verte, yeux reptiliens aux paupières cerclées d'écailles, nageoires aux tempes en guise d'ouïes, buisson de petits tentacules autour d'une gueule largement ouverte, il était vêtu d'une toge serrée à la ceinture, un glaive à son flanc. Surpris, Pietro faillit basculer de l'observatoire où il se trouvait. Il parvint à saisir l'une des cordes qui lui permit de rester en équilibre sur la plate-forme. Dans le même temps, le triste personnage de comédie ôtait son postiche; et tandis que Viravolta luttait pour ne pas tomber, il eut le temps de découvrir un autre visage, si fardé qu'il n'en paraissait que plus grotesque. Le maquillage abondant avait coulé en rigoles le long de ses joues, ses yeux étaient cernés de noir, ses lèvres ourlées d'un bleu sinistre.

D'un geste, le Fabuliste jeta le masque et s'élança sur les cordages. Pietro comprit trop tard. Les pieds en équilibre au bord de la plate-forme, il se sentit entraîné vers les cieux. Sa tête poudrée frappa contre les volutes d'un nuage, juste sous la voûte de l'Opéra. Etourdi, il aperçut l'énorme poulie qui lui faisait face et il comprit. Il était remonté avec l'un des châssis de coulisse du *Persée.* Les mains agrippées au filin, il se garda de le lâcher pour ne pas se rompre le cou. Pendant ce temps, le Fabuliste glissait au sol sans mal, en usant de l'autre extrémité de la corde. Lorsqu'il fit irruption sur la scène, ouvrant une brèche au milieu du menuet, quelques courtisans reculèrent d'un pas. Le châssis de coulisse était remonté brutalement. Il causa un premier émoi, dévoilant un deuxième châssis derrière lui, où se trouvait représenté un paysage d'île grecque parsemé de rochers blancs, devant la mer, avec au loin quelque Cythère abandonnée, et un promontoire cerné de chaînes où l'on avait ligoté Andromède. Les dames portèrent une main à leur bouche avant d'éclater de rire, croyant à quelque farce préparée par le roi et son machiniste. Marie-Antoinette elle-même envoya à ce pitre un regard ébloui, et rit à son tour. Elle dansait alors avec son époux; et la foule, pour observer le couple princier, n'hésitait plus à monter sur les banquettes. Il y eut une ou deux fausses notes dans l'orchestre, puis le menuet repartit de plus belle.

L'ombre fila vers la sortie.

Le fuyard se précipitait vers les jardins en contournant l'extrémité de l'Aile Nord; et lorsque Viravolta, redescendu des cieux mécaniques, glissa à son tour sur la scène de bal, on ne se préoccupait déjà plus que de la danse.

Le souffle court, Pietro franchit les portes de l'Opéra, entraînant dans son sillage quelques soldats.

Il est là!

Pietro le voyait filer dans les jardins; il se débarrassait de sa toge pour laisser place à des habits sombres, et jetait son glaive de théâtre pour se saisir d'une véritable épée.

Cent soixante mille lampions décoraient Versailles et ses parterres. Ces lucioles étaient disposées dans les bosquets, autour des buissons, sur les arcades, les carrés et les losanges des jardins, au fronton des arcs de triomphe dressés au-dessus du Grand Canal – le Grand Canal qui, dans les moments de calme, rappelait à Pietro celui de Venise. Cette incandescence semblait faire du parc tout entier la résidence d'une forêt de fées ; et en guise d'épiphanie, le Canal était sillonné de gondoles à baldaquin, dont celles offertes jadis par la Sérénissime. De toutes parts, les artificiers préparaient les déluges pyrotechniques qu'ils jetteraient bientôt vers de nouvelles constellations. Les fontaines offraient le merveilleux spectacle des grandes eaux. Des orchestres disséminés dans les bosquets invitaient à la danse des milliers de personnes venues de Paris et des provinces.

Maintenant était venu le moment que tous attendaient, le plus beau et le plus heureux de ces réjouissances : la féerie !

Ah non ! Tu ne vas pas m'échapper... Pas maintenant !

Un instant, Pietro perdit de vue le fugitif ; il plissa les yeux et l'entrevit de nouveau, qui paraissait soudain se détacher de la nuit pour entrer, de biais, dans le Labyrinthe. Pietro s'y jeta à sa suite. Les animaux de plomb polychrome qui le peuplaient donnaient aux allées un air fantastique, irréel. Le peuple s'y était également faufilé, riant au hasard de la promenade et de ses culs-de-sac. Droite ? Gauche ? Le Vénitien ne tarda pas à se perdre. Il pesta en se heurtant à un mur de buis, surprenant au passage un amant qui tentait de glisser la main sous les jupons de sa maîtresse. Il rebroussa chemin. Plus loin quelques beautés pouffaient de rire en jouant à se faire peur. Comment le Fabuliste était-il parvenu à se frayer une issue hors de ces allées ? Pietro finit par émerger. Il n'avait fait qu'un tour sur lui-même. Il ralentit l'allure et, épongeant la sueur à son front, considéra avec amertume les boucles de ses chausses poussiéreuses. Il retourna vers le château, haletant.

A l'entrée du palais, un Suisse l'apostropha :

— Nous l'avons surpris à la sortie du bosquet! Nous l'avons obligé à se rabattre. Il a profité de la confusion pour entrer à nouveau!

Pietro reprit courage. Si le Fabuliste avait regagné le château contraint et forcé, son temps risquait d'être compté. Il venait de se jeter dans la nasse. Pietro se remit à courir, tandis qu'un groupe de chevau-légers convergeaient avec lui vers les escaliers.

Il se précipita en direction des escaliers intérieurs du château.

La porte dérobée... Il veut gagner les toits!

*
* *

Premier étage. Deuxième étage. Le quart de la garde du palais s'était lancé aux trousses de l'intrus. Par quel autre labyrinthe le Fabuliste, pénétrant à l'improviste dans le secret des appartements royaux, parvint-il à se jeter dans les marches dérobées qui le conduisirent jusque sous les combles? Pietro n'en revenait pas, mais il était convaincu, à présent, que le fugitif ne pouvait plus lui échapper. Parvenu à son tour dans un couloir étroit et obscur, non loin des appartements de la Du Barry, Pietro avisa une trappe qui menait sur les toits. Il écarta les soldats.

— Il n'a plus d'issue. N'inquiétons pas la foule en nous livrant ici à un spectacle furieux.

D'un mouvement preste, il ouvrit la trappe.

— Je m'en occupe.

En un instant, il fut au-dessus du château.

Les jardins s'étendaient à perte de vue, jusqu'aux lointaines profondeurs de la nuit.

Il vit au loin, à l'angle nord-est des toits, l'ombre hésitante du Fabuliste.

Celui-ci cherchait vainement une issue. Il se retourna, résigné...

Il tira son épée pour faire face à Viravolta.

En bas, le bal s'était interrompu.

Pietro courut vers le fuyard.

— Nous y voici, dit-il en s'arrêtant à quelques mètres de lui.

— J'en ai l'impression, répondit l'autre.

Viravolta tira l'épée à son tour. Mais, voyant la posture du Fabuliste, il sourcilla. Avait-il... *peur,* ou jouait-il les maladroits ?

Les deux adversaires se jaugèrent un instant, Pietro assurant ses appuis...

Les cliquetis de métal annoncèrent que le duel était engagé.

Comme pour le saluer, un nouveau tonnerre déchira le ciel. Les deux combattants furent un instant désorientés. Ils regardèrent avec étonnement le firmament qui s'embrasait. En bas, les artificiers commençaient leur œuvre au son des trompettes. Autour des fontaines et des bosquets, le long du Grand Canal, ils allumaient leurs fusées ! Les constellations multicolores explosaient de toutes parts, si bien que l'univers sembla s'ouvrir en deux, jetant depuis l'encre des nuages leurs semis d'étoiles. Dans le même temps, les fontaines s'illuminèrent, et les grandes eaux jaillirent vers le ciel dans des stries étincelantes. Les rosaces crépitaient, tandis que Viravolta et le Fabuliste reprenaient leur engagement et que, partout dans les jardins, la foule trépignait, les yeux émerveillés vers la féerie.

Ce fut précisément le moment que choisit la Dauphine pour se présenter au balcon. Dès lors, les milliers de personnes rassemblées en contrebas ne virent plus qu'elle : Marie-Antoinette, que rejoignaient maintenant le roi et le Dauphin Louis-Auguste. Ce fut à peine si certains, plus lucides que les autres, distinguèrent les silhouettes obscures qui s'affrontaient sur les toits. Une acclamation éclata dans le ciel de Versailles ; applaudissements et cris de joie firent trembler les jardins tout entiers. Et la Dauphine, la princesse entre toutes, au comble de l'excitation, battait des mains, voulait descendre dans le parc, se mêler à la foule de France, qui l'accueillait comme sa future reine ! A ses pieds se déroulait la multitude, répandue entre les lampions, les jets d'eau illuminés et les bosquets, jusque là-bas – là-bas très loin, derrière les parterres, les plans d'eau et la forêt.

Le Fabuliste n'émit qu'un bref cri lorsque la pointe de l'épée de Viravolta le toucha en plein cœur. Pietro n'avait pas eu de mal à désarmer son adversaire. Une étoile sombre macula le costume du pitre. Il roula des yeux hallucinés. Il demeura ainsi quelques secondes, semblant hésiter entre la vie et la mort. Puis son regard se fit vitreux, et il s'effondra. Pietro le rattrapa avec difficulté.

Il sentit tout contre lui son haleine cuivrée de sang.

— Pourquoi ? demanda le Vénitien. Pourquoi tout cela ? Vous ne savez pas vous battre, n'est-ce pas ?

Soudain, malgré son fard outrancier, le Fabuliste lui parut sincère ; Pietro en fut stupéfait. Il saisit le bras de Viravolta, réunissant ses dernières forces.

— Ce royaume... pue la gangrène, Viravolta ! Vous devez... savoir... Il est trop tard pour moi mais...

Il eut encore le temps de l'entendre souffler :

— Le Fabuliste... n'est pas mort, Viravolta. Et il reviendra.

Ses membres parurent peser mille fois leur poids.

— Il reviendra.

Pietro se redressa dans l'ombre, sur les toits de Versailles. Les feux éclataient encore de toutes parts autour de lui, la foule rugissait parmi les bosquets et les jets d'eau, et sa main, qui tenait encore le collet du Fabuliste, retomba contre son flanc tandis qu'il se remémorait les dernières paroles du spectre de ce soir.

Le Fabuliste n'est pas mort, Viravolta
— et il reviendra.

Secrets d'Etat

AVANT-COUR ET COUR DE MARBRE
CHAMBRE DU ROI
BUREAU DU DUC D'AIGUILLON, VERSAILLES

Et voici que le Fabuliste semblait renaître de ses cendres.

Allons, plus vite!

L'aurore n'était pas levée que la voiture à quatre chevaux qui emportait Viravolta caracolait en direction de la Cour. Les soldats avaient escorté Anna et Cosimo jusqu'à Marly, puis ils étaient repartis avec lui dans la nuit après deux heures de sommeil, Pietro toujours sous bonne garde. Le Vénitien n'avait pas opposé de résistance. Sans doute y avait-il une explication à tout cela. Il connaissait trop d'Aiguillon pour savoir qu'il devait avoir une idée derrière la tête, et que cette convocation musclée cachait quelque chose. *Une affaire criminelle... Laquelle?* ne cessait-il de se répéter. Et ce mot incompréhensible – *Viravolta, voulez-vous jouer avec moi?* Grands dieux, quelle familiarité! Comment le Fabuliste pouvait-il être de retour?

Pietro regardait au-dehors, l'air sombre.

Tout le monde n'arrivait pas à Versailles comme Marie-Antoinette. A l'approche du château, le voyageur pouvait s'imaginer le voir surgir de terre au détour d'une noble avenue, encadré d'hôtels et d'immeubles à l'élégance incomparable. Dans le sillage des carrosses et des chaises à porteurs, glissant comme des gondoles sur une Cour de Marbre étincelante, il pouvait se figurer mille et un spectacles de petites galanteries et d'exquises politesses. Mais la réalité était tout autre. Qu'on se le dise : les jours de mariage étaient peu nombreux, et rares les occasions d'allumer cent soixante mille lampions ! Si côté jardin, resplendissait la gloire nationale, côté cour, Versailles était un cloaque.

C'était à ce contraste saisissant que songeait Pietro dans son carrosse, regardant défiler la ville plongée dans la pénombre. Il lorgnait les boulevards de la Reine et du Roi au rythme des cahots de la voiture. Fondrières et lacs de boue y servaient de dépotoirs. Les cris du cocher et le pas des chevaux dispersaient les volailles affolées qui s'ébattaient au milieu des ordures. Aux terrains vagues succédaient des baraques qui étaient autant d'insultes à la vue. Le carrosse croisait des échoppes, des auberges, estaminets et cabarets interlopes ; des boutiques biscornues où se traînaient des chiens faméliques ; des garnis accueillant une faune qu'un bestiaire n'aurait suffi à décrire ; des écuries odorantes et des cours à fumier qui ne l'étaient pas moins. Le jour, les hordes de petits métiers, maçons, menuisiers, charpentiers, forains, fripiers, colporteurs, rémouleurs, marchands de chansons, paveurs, terrassiers et filles de joie peuplaient ce théâtre débordant de vie et de promiscuité. Des aventuriers de toutes les provinces, attirés par la gloire, s'y agglutinaient comme des lucioles. La nuit, c'était pire. Brigands et rôdeurs détroussaient le promeneur égaré entre les auberges. Jusque sur la place d'Armes, des taudis abritaient des vagabonds sans le sou. La place elle-même était un gigantesque chantier qui continuait de servir de réceptacle aux déjections des passants. Des chats morts parsemaient l'avenue de Saint-Cloud. De temps à autre, ce paysage était sillonné par quelques hauts personnages, hommes d'Eglise, ambassadeurs, officiers et fermiers généraux, dans ce qui ressemblait davantage à une vaste hôtellerie qu'à l'ourlet enchanteur du château des anges ; et seul ce soupçon d'aristocratie rappelait alors que l'on était à deux pas de l'enceinte sacrée.

Tels étaient les abords de Versailles. Même l'arrivée au palais donnait le tournis, car à toute heure, on respirait l'urine et les matières fécales. Chaque matin, au pied de l'aile des Ministres où Pietro se rendait en cet instant, un charcutier dépeçait et grillait ses porcs. Le château lui-même était traversé par quelque dix mille personnes, dont trois ou quatre mille courtisans. Tout ce monde puait et s'aspergeait de parfum dessus les bras blancs, si bien que les couloirs étaient sans cesse parcourus d'odeurs douces-amères.

Le carrosse s'arrêta sur l'esplanade du château et Viravolta sourit en remerciant le cocher, avant de descendre le marchepied.

Ah! Versailles!.. songea Pietro, le sourire aux lèvres, humant l'air à pleins poumons.

Sa distraction fut de courte durée.

— Suivez-nous. Le duc vous attend.

Il fut de nouveau encadré des soldats, armés d'épées et de mousquets.

— Oui, oui. J'arrive.

Ils s'engagèrent dans l'avant-cour. Là aussi, on était loin de l'esplanade immaculée. Pietro lorgna les quantités de petites baraques qui s'y trouvaient. Louis XV les tolérait ; à cette heure elles étaient fermées, mais au plus fort de l'animation quotidienne, elles vendaient des souvenirs et des bibelots. Les grandes dames louaient des chaises à porteurs, à trois sols la journée, pour éviter les pavés crottés ou couverts de paille. Badauds, impétrants et solliciteurs avaient coutume de se masser sur les perrons des ailes des Ministres.

Les soldats encadrant Pietro saluèrent le garde de la prévôté qui se tenait en faction devant la Cour de Marbre. Celle-ci était déserte. Nulle volée de courtisans chuchotant et dissertant, la mine grave, sur les événements de cette aube funèbre. Il y avait toutefois une exception à cette solitude matinale.

Pietro sourit.

Son cher vieux Landretto trottait vers lui, le cheveu en bataille, l'air consterné.

— Je suis venu dès que j'ai appris, par l'un des gens de la garde du duc ! Que se passe-t-il ?

— Holà ! dit un soldat. Recule, toi !

Landretto, ignorant ce ton menaçant, marcha avec eux.

— Eh bien, tu m'as l'air frais, dit Viravolta à son ancien valet.

En effet, malgré ses habits brodés d'or sur velours cramoisi, la mine défaite de Landretto ne trompait pas.

— Au moins, tu peux m'accompagner sans zigzaguer, c'est déjà ça.

— J'ai passé une partie de la nuit dans une gargote avant de revenir ici. Dans les couloirs on murmure ; on dit que c'est la fin !

— Je vois que tu as sifflé un ou deux godets pour oublier...

Landretto secoua la tête. Viravolta refréna un sourire. Originaire de Parme, très tôt orphelin, comme Viravolta, Landretto avait longtemps sillonné les routes d'Italie, en chapardeur et semi-mendiant. Il était entré à quatorze ans comme valet au service de bourgeois de Pise, puis de Gênes. Pietro avait croisé sa route un soir à Venise. Le valet achevait alors de conter fleurette aux étoiles depuis le caniveau où, congédié par ses maîtres, il cuvait un chianti couleur sang. Pietro l'avait remis sur ses deux jambes et quelque temps plus tard, le jeune homme entrait à son service. Le valet lui avait été d'un précieux secours du temps où il œuvrait pour le compte de la Sérénissime sous le pseudonyme de l'Orchidée Noire, et qu'il diligentait des enquêtes secrètes au nom du Doge. *L'Orchidée Noire... Cela fait bien longtemps que je n'ai pas entendu ce nom.* Lorsqu'il avait agi sous le sceau du Secret, Pietro n'avait souvent utilisé pour signature que sa simple initiale, « V »; aussi ne pouvait-il songer sans nostalgie au souvenir de celui qui avait fait sa gloire.

Si Pietro avait su conserver sa prestance malgré le temps, Landretto, lui, avait pris quelques rides, de l'embonpoint et un double menton. Peu après leur arrivée en France, Viravolta avait dû céder son valet au service du roi. Malgré sa quarantaine, Landretto était devenu écuyer; on l'avait chargé d'une mission bien particulière. Il avait pour tâche d'assurer une partie de la formation des pages et logeait désormais avec ces garçons – pour la plupart, des adolescents turbulents rétifs à toute forme d'enseignement. Il bénéficiait au château d'un honneur auquel sa naissance ne le prédisposait pas. Là encore, les lettres de recommandation du Doge et des sénateurs de Venise avaient facilité la tâche. L'intercession du Chancelier puis celle de Saint-Florentin, Secrétaire d'Etat à la Maison du Roi, avaient achevé de propulser le bon valet à ce firmament de gloire. Landretto était maintenant l'héritier putatif de l'une des familles les plus éminentes de Parme, du moins sur le papier : il avait ainsi pu accéder à son office au cœur des Ecuries Royales avec toutes les bénédictions du monde. Un emploi fictif, en quelque sorte. C'en était presque insultant pour Viravolta lui-même. Mais à ses yeux, Landretto restait le gamin des rues qu'il avait relevé de la boue.

— Par Dieu, de quoi vous accuse-t-on? demanda Landretto. Sont-ils tombés sur la tête?

— Le duc prétend que je suis mêlé à je ne sais quelle affaire. J'en saurai plus dans un instant.

— Dites-moi si je peux faire quoi que ce soit. Je vous attendrai.

— Entendu.

Landretto retrouvait ses anciens réflexes.

Juste avant de pénétrer dans le bâtiment où l'attendait d'Aiguillon, Viravolta jeta un coup d'œil en direction de l'aile du palais qui abritait les appartements du souverain.

Ses pensées se tournèrent vers ces rideaux, qui avaient tout du voile funèbre.

Il vit sans doute ses derniers instants.

En ce moment même, un roi se mourait.

*
* *

Allongé dans son lit, Louis XV exsangue fixait les rideaux de sa fenêtre.

Lorsque, mardi 26 avril, en soupant à Trianon, il n'avait pu avaler une bouchée de son repas, il avait mis son malaise sur le compte d'une fatigue passagère. Le lendemain, la fièvre se déclarait; le surlendemain on le renvoyait de force à Versailles. Au début, il ne songea pas à la variole. Il pensait avoir déjà été atteint à dix-huit ans et en être immunisé. La Cour avait su la vérité avant lui. Aussitôt, cabales et intrigues avaient commencé : le clan de Mme du Barry tremblait, et les partisans de Choiseul se préparaient à tout. Au milieu de ces infortunes, les filles du roi, Adélaïde en tête, avaient fait montre d'un grand courage. Elles s'étaient enfermées avec lui pour le soutenir dans l'épreuve, à un moment où il ignorait encore le diagnostic de la Faculté. Dissimuler la vérité au monarque pouvait certes ménager son moral; mais à jouer ce jeu, la France risquait de le voir mourir sans confession. Heureusement, Louis n'avait eu besoin de personne pour tirer les conclusions de son état.

La variole.

Il regardait les rideaux, tâchant de se concentrer.

Le 3 mai, dans la soirée, il avait fait venir Mme du Barry, qu'il chérissait entre toutes. *Il ne faut pas recommencer le scandale de Metz. Je me dois à Dieu et à mon peuple. Vous devez vous retirer demain.* La favorite ne pouvait que s'incliner. Le même jour, après la messe dite en sa chambre, Louis avait reçu les derniers sacrements de Mgr de Beaumont et du grand aumônier, le cardinal de La Roche-Aymon. A ce moment pourtant, il espérait guérir. Même lorsqu'il s'était traîné à sa fenêtre pour apercevoir Mme du Barry se glisser à l'intérieur du carrosse qui l'emportait vers sa retraite de Rueil. A présent que lui revenaient ces images – ce mouvement discret de la robe, ce pied délicat, cette main blanche posée sur le montant de bois, ce regard ultime jeté vers la fenêtre royale – il ne pouvait plus l'ignorer : cette vision fugitive de celle qu'il aimait serait la dernière. A la grâce de Dieu ! Et à toi, Jeanne du Barry, dans l'au-delà peut-être ! Pour beaucoup, cette maîtresse avait été la honte de la France. Pour lui, l'une des rares raisons de vivre. C'était ainsi.

Les rideaux tremblaient, et l'image de la comtesse s'estompait elle aussi.

Deux jours plus tôt, il avait réclamé son confesseur, passant de l'espérance à la résignation, et puisant dans la gravité de ces instants une sérénité inattendue. Mais il était roi – et chrétien, malgré les faiblesses de son tempérament. A l'abbé Maudoux, il avait confié ses regrets. Bien sûr, on pouvait y voir un repentir facile, à l'article de la mort, après une vie passée, sinon à se moquer des préceptes de l'Eglise, du moins à en contourner quelques-uns. Pourtant, il était sincère. Il demandait pardon à Dieu du scandale offert par sa conduite à son peuple. Jamais, après de tels propos, il n'aurait pu faire revenir la comtesse auprès de lui ; mais il en fut apaisé. A sa fille Adélaïde, il trouva la force de murmurer :

— Je ne me suis jamais trouvé mieux, ni plus tranquille.

Louis tentait de garder les yeux ouverts. Sa tête lui faisait violence. Le sang tambourinait à ses tempes. Son corps était traversé de douleur. Ses yeux s'abîmaient dans une obscurité qui n'était déjà plus celle du dehors. Il se raccrochait à toute force à l'image dansante de ces rideaux. Derrière eux, le monde continuerait de tourner. Il tournerait et Mme du Barry, elle, vivrait encore de toute sa jeunesse. Mais... il n'était pas seul ici. Qui donc l'entourait maintenant, tandis qu'il mourait en scène ? L'abbé sans doute. Le cardinal, et les médecins de la Faculté... Oh, il en avait trop vu, de ces médecins en robe noire ! Il ne voulait plus voir personne – seulement s'accrocher à ces rideaux, oublier cette couronne qui avait si longtemps pesé sur son front, et son regard s'égarait – *trop de fièvre, trop, trop...*

Le peuple l'aimait-il ? se demandait le monarque. Quel souvenir garderait-on de lui ? On lui avait reproché ses escapades, son peu de goût pour la vie publique. Mais savait-on ce qu'était une journée de roi ? Toute une vie de protocole et de représentation publique. Il avait régné cinquante-neuf ans, dont trente et un de véritable gouvernement. Au temps du Roi-Soleil, chacun se réglait sur l'horloge de la Cour de Marbre, au point que, selon le mot de Saint-Simon, avec un almanach et une montre, quiconque pouvait, à trois cents lieues, dire avec justesse ce qu'il faisait. Alors oui ! Si Louis XV avait toujours profondément respecté l'œuvre de son glorieux prédécesseur, et peu innové, hors l'Opéra de Gabriel, il avait aussi cherché à s'affranchir de certaines rigueurs de l'étiquette, cédant souvent aux charmes d'une vie plus spontanée. Il aimait se retrancher dans ses appartements avec ses familiers. Près de la moitié de l'année, il s'échappait au Parc-aux-Cerfs, à Choisy ou la Muette. Bien sûr, la noblesse ne désertait pas le château, qui restait le centre du gouvernement ; mais elle s'en était éloignée. La

Dauphine ne jurait que par Paris. La Cour suivait. Et la foule aussi, s'éclipsant du château, sauf lors des fêtes solennelles.

Sans doute s'était-il montré trop indolent. Il avait perdu Québec, sans parvenir à empêcher l'affaiblissement du Canada et de la Louisiane. Les Anglais dominaient toujours l'Atlantique, et il n'avait pu secourir la Nouvelle-France. Il n'avait pas davantage réussi à maîtriser les querelles religieuses, à l'intérieur du royaume. Sa France était déchirée. Mais allons! Tout n'était pas si noir. Grâce à lui, l'Europe était toujours française; de petits Versailles fleurissaient partout. Il avait gagné la Lorraine et la Corse, protégé les compagnies savantes, multiplié la création des grandes écoles et des académies royales. L'instruction ne cessait de se développer. Son administration comptait parmi les meilleures du monde, intendants des finances, fonctionnaires des Ponts, lieutenants de police, ingénieurs de premier plan! Avec le chancelier Maupeou, il s'était lancé, certes tardivement, dans des réformes hardies. Ses erreurs avaient été le fruit d'omissions, plutôt que d'un défaut de jugement. Il avait souvent improvisé entre deux valses ministérielles, réitérant le bras de fer avec les parlements. Mais le plus grave était sans doute sa négligence à l'égard de ses charges symboliques. Il ne communiait plus, ne touchait plus les scrofuleux. Il se comportait alors en simple déiste, et en despote indifférent à l'opinion de ses sujets. Il n'avait pas non plus fait grand cas de ces philosophes qui l'attaquaient sans cesse, lui ou le régime – ce qui revenait au même.

J'ai mal mon Dieu, j'ai si mal...

Les rideaux se balançaient doucement.

Il s'était efforcé, malgré tout, de rester droit et juste. Assurément, il avait préféré la frivolité de ses maîtresses du Parc-aux-Cerfs à l'austérité de ses ministres. Mais alors qu'il se préparait à partir, il songeait qu'il resterait, pour la France et sa monarchie, le Bien-Aimé.

Autour de lui, ces gens à son chevet, ces gens qu'il ne pouvait plus distinguer, virent alors que ses lèvres tremblaient, comme s'il se parlait à lui-même, et qu'il esquissait un faible sourire.

Le Bien-Aimé...

*
* *

— M. le marquis Pietro Viravolta de Lansalt !

Les portes à deux battants s'ouvrirent devant Pietro.

D'ordinaire, le duc d'Aiguillon occupait d'autres bureaux que ceux improvisés aujourd'hui à proximité du roi, dans l'aile des Ministres, et qui donnaient sur la Cour de Marbre. Mais en ces moments d'agonie, les circonstances exceptionnelles bouleversaient les habitudes. Dans le cabinet du Secrétaire d'Etat régnait un parfum d'excitation nerveuse. Sur son bureau clouté d'or étaient empilés de volumineux dossiers ; d'autres encombraient les rayonnages d'une bibliothèque, aux côtés de livres de géographie, d'histoire, de droit et de stratégie militaire. Une carte de l'Europe était déroulée au-dessus d'une cheminée sur laquelle une Diane de bronze jetait un regard froid. Une mappemonde semée de continents n'attendait que d'être frôlée par une main voyageuse, ou de retenir l'attention d'un puissant du royaume.

Posté devant les rideaux à peine ouverts, se tenait le duc d'Aiguillon.

— Viravolta ! Vous voici.

Glacial, il l'invita à prendre place.

Pietro détailla la physionomie de cet homme au destin singulier. Arrière-petit-neveu de Richelieu, il s'était engagé très tôt dans la carrière militaire. Farouche adversaire de Choiseul, le plus grand ministre de Louis XV entre 1758 et 1770, il avait la réputation d'être hostile aux idées nouvelles.

On pouvait certes trouver dans son regard une sorte de fausse candeur, laissant deviner que le personnage, en politique avisé, savait manœuvrer en eaux troubles. Mais sa vive intelligence et sa capacité de travail tempéraient ce penchant à l'autoritarisme et à la duplicité que beaucoup lui reprochaient. A la tête de la cour de Bretagne, il avait été l'instrument du monarque dans sa lutte contre la prétention des parlementaires du royaume à empiéter sur ses prérogatives, et l'idée selon laquelle les parlements ne formaient qu'un seul et même « corps imaginaire ». L'affrontement avait duré jusqu'à ce que le Parlement parisien décide la cessation de service. On frôlait le crime de lèse-majesté! Après des années de laisser-aller, cet épisode avait décidé Louis XV à une vigoureuse reprise en main des affaires du royaume.

Le roi avait disgracié Choiseul et fait chancelier Maupeou fils, avant de nommer l'abbé Terray contrôleur général des finances. Ainsi était né le fameux triumvirat – Maupeou, d'Aiguillon, Terray. Critiqué pour sa rigueur, ce gouvernement était néanmoins intelligent et honnête. Ses offensives étaient impopulaires, mais l'atmosphère changeait : on avait critiqué Louis XV pour sa désinvolture, on l'accusait maintenant de trop d'activité, voire de tyrannie. A l'heure des frondes à peine larvées, il réaffirmait l'autorité royale. De son côté, l'austère abbé Terray, que Viravolta connaissait bien pour l'avoir souvent croisé à Versailles, s'était révélé l'un des meilleurs ministres des Finances qu'eût connu le royaume.

Mais en cet instant, la situation du duc d'Aiguillon, Secrétaire d'Etat à la Guerre et aux Affaires étrangères, n'était guère moins délicate que celle de Viravolta. Si le roi l'avait longtemps soutenu, leurs relations n'avaient pas toujours été cordiales, loin de là. En 1742, Louis XV avait soufflé à d'Aiguillon sa maîtresse. Certaines mauvaises langues disaient que le duc s'était vengé depuis, en profitant secrètement des faveurs de Mme du Barry. Pietro ne savait si la chose était exacte. En définitive, c'était bien sur les conseils de la Du Barry que d'Aiguillon s'était retrouvé aux Affaires étrangères. Si Louis XV mourait dans les prochaines heures, d'Aiguillon savait qu'il se retrouverait sur la corde raide. Marie-Antoinette deviendrait reine de France, la Du Barry était son ennemie – et la partie s'arrêtait là.

Ah, la politique... et l'amour !

Viravolta se préparait maintenant au pire.

Perruque poudrée, justaucorps semé de décorations, d'Aiguillon se tenait droit devant la fenêtre. Il revint vers Viravolta. Une main sur le menton, l'autre tapotant le bureau, il fit durer le silence. Puis il attaqua :

— Vous aussi, vous m'avez trahi, Viravolta...

Le ton était donné.

— Je n'ai jamais conspiré contre vous, vous le savez.

— Mmoui... dit d'Aiguillon, dubitatif.

Il planta ses yeux dans ceux du Vénitien.

— Pietro Viravolta de Lansalt... L'homme qui confondit le duc von Maarken, confondit *il Diavolo* et sauva le Doge... C'était il y a quelques années, n'est-ce pas ?

— Le temps passe, Excellence, dit Pietro.

— La situation est complexe, vous vous en doutez... J'ai longtemps différé le moment d'avoir avec vous cette discussion, Viravolta... ou devrais-je dire... *« V »* ?

Le duc s'assit.

— Le jour où j'ai compris... Ah, Seigneur... Un Cabinet Noir... Une diplomatie secrète, initiée par le roi lui-même, depuis presque trente ans ! Il est très désagréable, savez-vous, d'avoir le sentiment d'être pris pour un imbécile.

— Excellence, vous ne l'étiez visiblement pas assez pour ignorer le Secret plus longtemps, là où vos prédécesseurs, et non des moindres, n'y ont vu que du feu.

D'Aiguillon eut un bref sourire.

— Vous avez toujours été doué pour le compliment, Viravolta. Une exigence dans votre métier, n'est-ce pas... Et une seconde nature, chez tous les courtisans. A Venise, vous avez été à bonne école. Avouez qu'en France, ce n'est pas mal non plus...

D'Aiguillon inspira profondément.

— ... Moi, voyez-vous, je suis un militaire. La diplomatie m'est venue sur le tard... Ah, Viravolta! Il n'est pas surprenant que le Cabinet Noir ait fait appel à vous dès votre arrivée. Mais vous avez servi trop de maîtres à la fois.

— Est-ce parce que je n'ai pas assez servi ce pays que l'on est venu m'arrêter?

La pointe d'amertume – et d'insolence – n'échappa pas au duc. Pietro regretta aussitôt.

D'Aiguillon enchaîna :

— Il y a deux nuits, le cadavre d'une jeune femme a été retrouvé dans la Galerie des Glaces. En plein cœur de Versailles. Dieu sait comment il est arrivé là. Les Suisses se souviennent avoir vu une silhouette entrer par le Salon de la Guerre. Le meurtrier était visiblement un habitué des lieux, qui a attendu le moment propice. Fort heureusement, le corps a été découvert quelques instants après. Vous imaginez l'émoi si, au matin, c'étaient les courtisans qui l'avaient déniché, plutôt que la garde! Nous avons réussi à couper court à toute rumeur. La terrible maladie du roi a écrasé l'événement, et cela aussi est heureux – si je puis dire. Cette jeune personne répondait au prénom de Rosette. Elle était employée chez le parfumeur Fargeon. Vous savez peut-être que M. Fargeon est l'un des principaux fournisseurs de la Cour.

— Quel rapport avec moi?

Le duc fit glisser un livre sur son bureau.

Pietro leva vers lui un regard interrogatif.

— Vous allez comprendre.

Le Vénitien se saisit du volume.

C'était un gros recueil poussiéreux. On y lisait : *Fables de La Fontaine*, dans une belle calligraphie passée. La reliure était de cuir brun. Des arabesques couraient sur le pourtour de la couverture. Pietro l'ouvrit. Certaines pages étaient salies, écornées ou collées. Toutes les Fables y étaient rassemblées. Feuilletant le livre, Pietro s'aperçut que plusieurs d'entre elles étaient entourées de rouge. En face de chacune, sur les pages de gauche, on pouvait voir des gravures et caricatures grotesques, souvent drôles et enfantines, mais toujours admirablement travaillées. Le loup s'apprêtait à dévorer l'agneau se penchant sur l'onde pure ; le laboureur s'échinait sous le soleil et le regard de ses enfants ; Perrette descendait un sentier, son pot au lait sur la tête. Sur la page de garde, une mention signalait la date d'impression : 1695.

Soudain, Pietro s'arrêta.

Cette écriture noire, sèche et saccadée... Une dédicace.

A Pietro Viravolta de Lansalt.

Il releva les yeux.

— Mais... Je ne comprends pas.

— Laissez-moi éclairer votre lanterne... répéta le duc.

Il se leva.

— Ce vieux recueil de Fables gisait avec la morte. Tout comme le billet que je vous ai fait parvenir, et quelques petits ossements que nous avons identifiés comme étant de l'agneau. Mettez-vous à ma place, Viravolta. J'ai un livre sanglant, un roi à l'agonie, un agent du Secret mêlé à un meurtre commis en plein cœur du château... Et pour couronner le tout, un criminel qui renaît de ses cendres. Comprenez que je me pose des questions...

— Mais enfin, dit Pietro, ce Fabuliste... Il est mort, je l'ai tué ici même !

D'Aiguillon fit tourner la mappemonde.

— Eh bien, soit il est ressuscité... soit *quelqu'un* a repris son identité.

Le front de Pietro s'assombrit. Si, autrefois, l'identité du Fabuliste n'avait pas fait mystère, son portrait avait révélé bien des contradictions. Il s'agissait d'un certain abbé, Jacques de Marsille. On le disait janséniste, tourmenté au point d'avoir participé à des reconstitutions de crucifixion telles que les mystiques les plus zélés en organisaient jadis dans les caves de Saint-Médard. D'aucuns l'accusaient d'être un prêtre défroqué qui, sous couvert de rigorisme et de charité, rançonnait les prostituées. Les versions les plus noires affirmaient qu'il participait à des sabbats et autres cérémonies occultes. D'autres témoignages le dépeignaient comme un homme pieux et juste, fin lettré, grand lecteur de Pascal, d'une austérité et d'une profondeur d'âme authentiques. N'aidait-il pas les pauvres, allant jusqu'à héberger chez lui les plus démunis ? L'abbé était bien membre d'une ou deux sociétés savantes, mais celles-ci n'avaient rien de secrètes, et cet engagement plaidait plutôt en faveur de l'homme éclairé. Politiquement, l'abbé de Marsille était connu pour avoir eu des mots malheureux au sujet de Marie-Thérèse d'Autriche. Pietro se rappelait qu'avant de mourir, il avait stigmatisé la « gangrène de la France ». Que l'abbé fût un être tourmenté, voire déséquilibré, ce n'était guère douteux ; et certes, il aurait pu, au soir de la féerie, changer le monde. Mais avait-on identifié son véritable mobile ? On avait su que l'ancien abbé de la paroisse de Saint-Médard avait agi de son propre fait après avoir sollicité à plusieurs reprises une audience auprès du roi, qu'il n'avait jamais obtenue. Pourtant, il était établi qu'il ne représentait nul parti, nulle faction... Et sa mort ne faisait aucun doute ! Alors ?

— Je vous assure que je n'ai pas la moindre idée, dit Pietro.

Le duc répondit d'un air faussement distrait :

— Prenez donc le document bleu qui se trouve sur mon bureau.

Pietro se saisit du dossier en question, pourvu d'attaches de métal.

— Ceci, dit d'Aiguillon, est un rapport de police. En première page, vous pourrez lire le genre d'épigrammes qui s'est mis à circuler à la Cour, alors même que le roi se meurt. On n'en parle guère en ces circonstances. Là aussi, j'ai réussi à arrêter la saignée, et fait diligence dans la récupération des billets compromettants. Beaucoup ont été retrouvés, tantôt dans les Salons de Diane ou d'Hercule, tantôt dans les jardins ou à l'Orangerie. Cela devrait vous rappeler les messages que vous aviez trouvés jadis, à l'heure où la Dauphine arrivait en France. Nous avons déniché celui-ci près d'une fontaine du Labyrinthe.

Pietro ouvrit le dossier et lut en effet :

Ayant rempli ses honteux desseins,
Louis finit sa carrière.
Pleurent les coquins, pleurent les putains,
Ils vont perdre leur père.

Et bientôt sur le trône
Montera la fille de Vienne
Marie-Antoinette de Lorraine-Habsbourg
Comme elle enfourche l'amant, qu'à cela ne tienne,
Elle attend qu'on la bourre.

Puisque son époux falot n'y peut mais,
Entre deux elle s'amuse
Avec la princesse de Lamballe
Ou de la chair sa Muse.

Le duc arrêta la mappemonde et releva les yeux.

— Nous en avons étudié l'encre et l'écriture. Cela n'a rien donné, pas plus que l'analyse du livre de Fables, des os ou des autres épigrammes disséminées à tous vents. Inutile de vous rappeler en quel moment nous parvient ce genre de billets. Ce n'est certes pas la première fois que la Dauphine est visée...

A Versailles, les épigrammes étaient monnaie courante. Il fallait bien que le peuple se défoule. Les allusions aux relations coupables entre Marie-Antoinette et son amie la princesse de Lamballe étaient un classique. Elles émanaient parfois des cercles du pouvoir. La plupart du temps, ces calomnies ne prêtaient guère à conséquence. Cette fois, le ton du billet était des plus virulents. Et l'attaque contre l'incapacité de Louis-Auguste et de la future reine à concevoir un héritier au trône touchait juste.

— Certains, reprit le duc, s'imagineront encore que c'est moi qui ai fait circuler ce genre de petits poèmes... ou Mme du Barry! Hormis le fait que le billet, comme tous les autres, est signé du Fabuliste.

Pietro écarta l'épigramme et lut le rapport qui faisait suite au dossier.

— Nous avons des raisons de penser que la mort de la jeune femme retrouvée dans la Galerie des Glaces a été particulièrement atroce. Elle a eu la cheville sectionnée, Viravolta. Par un piège à loup. Des traces de corde laissent deviner qu'elle a été ensuite suspendue à un arbre. Dieu seul sait où... et ce qui a pu se passer. Le Fabuliste a dû abréger les souffrances de la pauvre enfant, avant de l'encorder. Du moins je l'espère, car le cadavre, tel que nous l'avons découvert, était à moitié dévoré par les loups. Puis notre assassin l'a convoyée tranquillement au château, avant de la décharger, à la brouette, dans la Galerie des Glaces. Il y a encore des traces sur le parquet.

Viravolta se contenta de secouer la tête.

Le duc l'incita à compulser le document suivant.

— La petite Rosette avait sur ce qui lui restait de visage une mouche, l'une de celles qui sont taillées avec des emporte-pièces de fer dans du taffetas gommé noir. Ce n'est pas à vous que je vais apprendre ce que ces mouches signifient !

— Près de l'œil, elles sont le signe d'une humeur assassine, murmura Pietro. Au coin de la bouche, elles sont appel au baiser... Friponnes sur les lèvres, galantes sur la joue, effrontées sur le nez, majestueuses sur le front, ou discrètes sur la lèvre inférieure...

— Celle de Rosette était agrémentée d'une initiale, un *F* comme le Fabuliste, et dissimulait un bouton d'acné.

— Receleuse, en somme... dit Pietro, sombre.

Il marqua un temps. Puis il sortit de sa poche le billet en peau de bœuf que le duc lui avait fait parvenir au moment de son interpellation.

— Et cela ? Cette peau, j'ai cru un moment...

— Non, c'est de la peau de bœuf. Les lettres en revanche... Il s'agit de sang humain. Celui de la petite Rosette. Nous avons retrouvé ce parchemin sur son corps, avec le recueil de Fables. La Fontaine, bien sûr. *Le Loup et l'Agneau.* D'où les ossements, et le reste. Quelqu'un veut nous faire la morale ! *La raison du plus fort est toujours la meilleure...* Et comme vous l'aurez constaté, le Fabuliste vous invite, personnellement, à je ne sais quel jeu du chat et de la souris.

— Pourquoi moi ?

— Vous êtes un agent du Secret, non ? Le jeune mouche Baptiste Lansquenet a eu sa Fable, lui aussi. Ce garçon était... l'amant de Rosette.

D'Aiguillon se saisit d'un portrait miniature du jeune homme.

— Mais... Il me semble le connaître, dit Pietro.

— Cela ne me surprend guère ! Il servait d'indicateur au comte de Broglie. Il travaillait lui aussi chez Fargeon. Il a été empoisonné... au parfum.

Viravolta leva des yeux étonnés.

— Au *parfum* ? Mais comment...

— Vous trouverez les détails plus loin.

— Je vous disais que Lansquenet a eu sa Fable, lui aussi. Comme tous les agents assassinés. Il est probable qu'il en ait une à votre intention...

— Il en a dix, visiblement. Dix qu'il m'annonce à titre personnel... et qu'il m'invite à empêcher ? Dix meurtres ? Dix pièges à déjouer ? J'ai le sentiment d'être invité à un curieux divertissement morbide... Mais rien ne dit qu'il jouera ses Fables dans l'ordre. Ni même qu'elles soient livrées à ma seule attention. Il abat peut-être ces cartes-là pour mieux nous égarer. Vous disiez : *tous les agents* assassinés ?

— Oui. Vous n'êtes pas le premier à recevoir des Fables. Vous trouverez les détails relatifs à chacun des autres dans le rapport... Je vous les laisse découvrir ! Car voici maintenant où je voulais en venir. Regardez les documents suivants. 21 mars 1774. Mort de Beccario, dit le Baron, à Sceaux, alors qu'il dînait dans une auberge. 1er avril, mort de Fanfreluche, dit le roi de Carreau, en mission à Trèves. 4 avril, mort de Mme de Boisrémy, dite la Vouivre, au sortir d'un rendez-vous galant – comprenez une autre mission – à Epinay. 12 avril, décès accidentel de Manergues, dit Météore, à Londres.

Pietro commençait à comprendre. S'il ne connaissait pas toujours chacune de ces personnes, ces pseudonymes ne lui étaient pas étrangers.

— Des agents, oui, dit-il seulement. Mais exclusivement des agents du Secret du Roi. Quelqu'un cherche à nous éliminer. Tous les agents du Secret, un à un ! Quelqu'un qui se dit être le Fabuliste. Mais je ne comprends pas, si le Secret est dissous...

— *L'est-il*, Viravolta ? demanda d'Aiguillon en le transperçant du regard.

Pietro ne se déroba pas.

— Croyez en ma sincérité, Excellence. Je l'ignore moi-même. Je n'ai aucune nouvelle du comte de Broglie depuis sa disgrâce.

— Allons. Pas de chiffre ? Pas de petit message battant le rappel ?

— Je vous assure que non, dit Pietro.

— Viravolta... Voyez le paradoxe... Me voici contraint une fois de plus de protéger les intérêts de la Dauphine, qui pourtant me hait ; et peut-être la sécurité d'agents qui n'ont cessé de comploter dans mon dos. Demain, Marie-Antoinette sera reine, et ce qui se passe aujourd'hui ne me dit rien de bon. Je ne sais pourquoi, mais le Fabuliste s'attaque au cercle rapproché des agents du roi. Le couple royal sera bientôt en première ligne. Et le Fabuliste est peut-être...

— ... L'un d'entre nous.

— Et peut-être Broglie lui-même, sait-on jamais. Autrement dit, votre « supérieur » au Secret, si j'ose dire. Votre empereur de l'ombre ! Quelqu'un, en tout cas, qui refuserait la dissolution du Service. Ou qui voudrait se venger ? A moins qu'il ne s'agisse d'un agent de l'étranger qui tenterait de profiter de la situation pour nous déstabiliser... quelqu'un de la Cour ? Tout cela m'échappe. Louis XV va mourir et son petit-fils va prendre sa place. Il ne connaît rien aux affaires. Aujourd'hui, la monarchie est fragilisée. Je sais que vous avez les philosophes et les Encyclopédistes en sympathie. Quoi qu'on en dise, le roi les a ménagés, et Voltaire nous a soutenus. Mais vous savez aussi que les ennemis du roi sont nombreux, parmi les magistrats, les loges et les officiers des parlements...

— Mais il ne s'agit pas de cela, n'est-ce pas ?

D'Aiguillon le regarda, intéressé :

— Poursuivez !

Pietro plissa les yeux.

— Si *quelqu'un* a repris l'identité du Fabuliste... Ce quelqu'un connaissait nécessairement son existence.

— Ce qui veut dire...

— Qu'il est... de la maison. Et qu'il connaît tout de Versailles ! S'il a pu se glisser dans la Galerie, en pleine nuit... Il est peut-être ici même, tous les jours, au cœur du château !

— Ce qui nous fait dix mille suspects potentiels ! Viravolta, savez-vous le nombre de métiers, valets, gens d'armes, pages, écuyers, cuisiniers, jardiniers, architectes, sans parler de la Cour et des passants, qui sillonnent le palais ?

Le duc se pencha :

— Je me proposais de commencer par vous.

Pietro soutint son regard.

— Vous ne pensez pas sérieusement que je puisse être suspect de pareille aberration...

— Evidemment non... Mais dites-moi, pourquoi vous désigner ? Quel est le mobile ? Une vengeance personnelle ? Politique ?

Pietro ne douta plus de ce qu'il avait à faire.

— Confiez-moi l'enquête.

— Je vous demande pardon ?

Pietro se pencha.

— C'est bien ce que vous voulez, non ? Pourquoi tant de détours ? Cette arrestation... Vous ne croyez pas un instant que je sois mêlé à je ne sais quelle conspiration, dirigée contre vous, la Cour ou le roi, n'est-ce pas ? Alors, allez au bout de votre pensée. Le Fabuliste m'invite à jouer avec lui ? Eh bien, confiez-moi l'enquête... secrètement.

D'Aiguillon eut un sourire carnassier.

— Je vois que nous commençons à nous comprendre. Trouvez le Fabuliste, réglez-moi cette affaire et vous vous sortirez de cet imbroglio tête haute. Décevez-moi, ou jouez double jeu, et je vous crucifierai, Viravolta. Le nouveau pouvoir finira par avoir connaissance de ces épigrammes et ne les tolérera pas longtemps. Il faudra un bouc émissaire. Il sera tout trouvé en votre personne, et en celle de Charles de Broglie. Quant à moi, je suis déjà fini, à moins d'un coup de théâtre. Mais notre futur Louis XVI ignore encore tout du Secret et de vos activités. Cela peut me suffire pour faire pencher la balance. J'ai un cadavre sur les bras, votre nom est cité, il ne me faut rien de plus. Alors soyons clairs. Si je tombe, vous tomberez avec moi. J'ai réussi avec Broglie, ne l'oubliez pas. Je suis sur la corde raide, mais toujours ministre.

Il sourit de plus belle, mais il y avait de l'amertume dans ce sourire.

— Pas un mot à Marie-Antoinette, évidemment.

Un instant, le cœur de Pietro battit plus fort. Pouvait-il vraiment croire en la menace de d'Aiguillon ? Le spectre des Plombs, ces prisons de Venise où il avait été jadis enfermé, passa devant ses yeux. Il avait eu l'expérience de la claustration. Faudrait-il goûter cette fois à la Bastille ? Cette idée ne l'enchantait guère. La fin du Secret était une éventualité plus que vraisemblable. Le futur roi risquait fort de découvrir le Cabinet Noir avec horreur... Déciderait-il d'en finir et de porter le blâme sur Broglie et ses agents ? Pietro ne devait pas s'y tromper : il avait déjà été victime de la raison d'Etat par le passé... et n'avait aucune envie de recommencer.

Le regard du Secrétaire d'Etat était explicite.

Inutile que je m'aveugle. J'ai le couteau sous la gorge, et la lame est tranchante.

Il serra les dents.

D'Aiguillon regarda encore Viravolta, puis :

— Allez voir M. Marienne, de la Maison du Roi. Il a parmi ses attributions celle de veiller aux inventions qui nous parviennent de tout le royaume. Je gage que ses soins pourront vous être utiles, mais je crois que vous le connaissez déjà... Puis allez rendre une petite visite à ce parfumeur... Jean-Louis Fargeon. En dehors de fournir la Cour et Mme du Barry, c'était l'employeur de Rosette et de Baptiste Lansquenet.

Le duc ouvrit un tiroir et en sortit un petit flacon, rempli d'un liquide pourpre.

— Voici le parfum dans lequel le jeune Baptiste trempait son nez. Fargeon pourra sans doute vous en apprendre plus sur sa composition... Mais n'oubliez pas que le parfumeur lui-même est sur la liste des suspects.

Pietro prit le flacon. Il regarda le liquide danser devant ses yeux.

Il n'osa pas l'ouvrir pour humer ce parfum de mort. Pourtant, il doutait toujours que l'on pût tuer en faisant simplement respirer une telle substance. Il y avait de quoi, en effet, aller taquiner le sieur Fargeon.

— Quant à Broglie... continua d'Aiguillon, tâchez de lui parler et de comprendre s'il a quoi que ce soit à voir avec cette affaire. La disparition de ses agents n'a pu lui échapper, exil ou pas. Je n'ai aucune nouvelle du chevalier d'Eon, de Breteuil ou de Vergennes. Sans compter que beaucoup de ses agents me sont inconnus. Trouvez-les, prévenez qui vous semble bon, méfiez-vous. Et découvrez qui est ce Fabuliste.

Ils se turent, puis Pietro reprit :

— Une dernière chose. Comment en avez-vous appris si long sur le Secret... Et sur moi ?

D'Aiguillon lui tendit un rapport qui, jusque-là, était resté sur son bureau.

> Quatorze heures. V quitte Versailles pour Saint-Germain-en-Laye en compagnie de Mme A. S*** et de C. en carrosse de quatre chevaux. Quinze heures quinze. Le carrosse parvient en lisière de la forêt.

Pietro eut un sourire contraint, mais beau joueur.

— Depuis quelques mois seulement, dit le duc, mais cela a été suffisant.

— Il faudra me dire qui a été chargé de ma surveillance.

— Secret diplomatique.

Tout le monde espionnait tout le monde, en somme.

D'Aiguillon se pencha.

— A vous de jouer, Viravolta. Mais entre nous, nous

n'userons pas de votre pseudonyme habituel. Ce « V » pour Viravolta, c'était bon pour le Cabinet Noir. Trouvez autre chose... Vous aurez bien une petite idée ?

Pietro le regarda, pensif.

— Peut-être.

Le duc se leva. Pietro, plus lentement, fit de même.

Il allait franchir les portes lorsqu'il se retourna.

D'Aiguillon le regarda droit dans les yeux.

— Soyez-moi fidèle, Viravolta.

Il fit une pause, puis :

— Une dernière chose... Chaque fois, le Fabuliste a laissé un autre petit cadeau, en plus de ses poèmes.

— Quoi donc ?

— Une rose, mon ami. Une rose rouge.

Viravolta leva un sourcil. D'Aiguillon sourit.

— Viravolta, je serais vous...

Le duc lui tapa sur l'épaule.

— Je le prendrais personnellement.

*
* *

Les Suisses croisèrent leurs hallebardes derrière Viravolta. Landretto attendait dans le salon voisin. L'ancien valet se pressa aussitôt dans sa direction.

— Alors ? Que se passe-t-il ?

— Au moins, je suis libre, dit Pietro. Pour le moment.

— Pourquoi vous a-t-il fait arrêter ?

— Il a trouvé mon nom sur un cadavre. Hem...

— Et ?...

— Je me suis débrouillé pour être chargé de l'enquête censée m'incriminer.

— Je vous reconnais bien là. Que puis-je faire ?

— Rien pour le moment. Je ne veux pas t'entraîner dans cette affaire.

Pietro fronça les sourcils.
— ... Mais tiens-toi prêt, on ne sait jamais.

*
* *

Dans son bureau, le duc d'Aiguillon resta longtemps les yeux dans le vide.

Pâle et fatigué, il considéra les dossiers qui encombraient son quotidien.

Il fit tourner la mappemonde d'un geste sec.

Les trésors de M. Marienne

GALERIE DES GLACES
SOUS-SOL DES AILES DES MINISTRES, VERSAILLES

Pietro se rendit sans plus attendre dans la Galerie des Glaces. Landretto, de son côté, s'en retourna prendre ses instructions auprès du Grand Ecuyer.

Le château était dans l'expectative; nul ne savait ce que ferait la famille royale si la mort de Louis XV survenait ce matin. L'atmosphère dans les couloirs était rendue oppressante par l'imminence du deuil. La Galerie elle-même était le lieu d'une effervescence rentrée. Pietro s'y attarda quelques minutes. Lentement, il s'agenouilla auprès de l'endroit où l'on avait retrouvé Rosette. Tout avait été nettoyé. Il restait cependant quelques traces sur le parquet, comme des traces de griffes, ainsi que des particules de cire refroidie, et de vagues auréoles ombrées, qui pouvaient être dues au sang. Pietro y trouva même, avec horreur, ce qui lui sembla être un bout d'ongle – à moins que ce ne fût l'un de ces minuscules morceaux d'os d'agneau dont lui avait parlé d'Aiguillon? Il releva les yeux. Ici et là, on tendait déjà des rideaux noirs. Le Vénitien, une main sur le genou, caressa le sol sans quitter du regard les courtisans qui chuchotaient.

Il entendait leurs murmures, voyait leurs ombres s'allonger sur le parquet.

L'atmosphère était recueillie et funèbre.

Ainsi, se disait-il, *le Fabuliste est revenu. D'entre les morts peut-être...* Dieu seul savait par quel sortilège. Ici serait le théâtre où se jouerait la pièce d'un combat étrange et inédit. Au beau milieu de la Cour de France.

Habitué des complots et des langueurs de la Sérénissime, Pietro avait su se glisser sans peine dans le jeu à la fois édifiant et mélancolique, vaniteux et violent, qu'était la vie de Cour. Il s'y était faufilé avec l'adresse d'un chat. Le monde entier se pressait chaque jour à Versailles avec l'espoir d'y être présenté au roi : c'était l'occasion d'obtenir la faveur d'un mot, d'un geste, ou le simple sourire qui pour toujours changerait le destin. Mais l'on pouvait aussi y perdre son honneur et sa vie. Courtiser était un métier. Il fallait tout connaître des codes et solennités de rigueur. L'art de saluer avec distraction, d'un bref signe du menton, d'interroger sans regarder son vis-à-vis, de parler haut et clair, ou de glisser sur le parquet avec légèreté, tout cela demandait beaucoup de grâce et de pratique. Il fallait parfois hasarder un coup avant de battre en retraite; feindre le caprice pour témoigner de sa force; flatter avec adresse le souverain ou quelque personne de son aréopage qui faciliterait votre introduction; et après tous ces calculs et mesures, comme disait La Bruyère au siècle passé, de ce jeu harassant l'on sortait parfois échec, souvent mat. L'or et le sang coulaient en alternance.

Les créatures que Pietro avait sous les yeux en cet instant, dans leurs costumes et leurs drapés de soie, savaient tout de ces travestissements. Si Pietro n'était pas novice dans ces artifices, il devait reconnaître que les Français poussaient le jeu à un suprême degré de raffinement. Dans l'égale distribution des vanités et de l'arrogance, ils étaient même plus retors que les Italiens, ce qui n'était pas peu dire. La terreur quotidienne du retournement de faveur pouvait pousser des individus a priori sains d'esprit au délire. Le fonctionnement de la Cour était à l'image de la bonne vieille roue de la fortune. Les miroirs de la Galerie renvoyaient à l'infini ces luttes de petits pouvoirs et de grandes douleurs. Pietro eut un sourire cynique. L'allusion première du Fabuliste était claire.

Un théâtre, oui. Le théâtre des animaux.

Et que de Fables, en effet, se nouaient dans ces alcôves.

Nous y voilà, Viravolta ;
Dix Fables choisies pour nous mettre en joie,
Voulez-vous jouer avec moi ?

Le Vénitien se releva.

Il lissa son catogan et caressa avec désinvolture l'un des anneaux qui brillaient à ses doigts.

Tout se jouera entre ces murs. Il est là, parmi nous... Mais où ?

Il n'avait plus de temps à perdre.

Allons trouver Augustin Marienne.

Tandis qu'il traversait la Galerie, on déroula les dernières tentures noires, qui tombèrent devant les fenêtres donnant sur le parc.

*
* *

Le bureau du préposé aux Inventions de la Maison du Roi était situé dans les sous-sols des ailes des Ministres. Viravolta franchit une porte avant de descendre un escalier menant vers les anciennes fondations du château. Il tomba sur une autre porte, en bois, travaillée de ferronnerie, avec une grosse serrure ouvragée. Il frappa trois fois puis entra. Deux nouvelles marches ouvraient sur la salle où l'attendait Augustin Marienne.

— Tiens... Viravolta ! Cela faisait longtemps !

Au fond se tenait un homme d'une soixantaine d'années, les mains jointes, debout derrière son bureau, dans une posture évoquant celle d'un sphinx. Digne et élancé dans son habit noir, il tranchait avec le spectacle cyclonique qui l'entourait. Binocles sur le nez, il reçut Viravolta d'un geste ample ; il donnait l'impression de l'inviter au palais des mille et une nuits. Pietro regarda autour de lui. Il retrouvait toujours ce fatras avec la même surprise. La salle était exiguë, au plafond très bas. Esquisses, dessins et autres ébauches de plans plus insensés les uns que les autres se trouvaient épinglés au mur. Viravolta leva un sourcil en découvrant une étrange machine garnie de roues, de cordes et de soupapes, qui cernaient le châssis d'un carrosse agrémenté de lys d'or ; au-dessus de lui jaillissait une cheminée de métal environnée de plumes.

— Je vois que vous avez reçu de nouvelles propositions... commenta-t-il avec ironie.

En guise de commentaire de l'esquisse, une main avait écrit, le plus sérieusement du monde, et d'une calligraphie ronde et sophistiquée, *Projet de Carrosse Sans Chevaux pour les Déplacements de Sa Majesté le Roy, Uniquement Tiré par Automotion Mécanique*. Plus loin, des tracés au crayon s'inspirant des travaux de Léonard de Vinci figuraient une demi-douzaine d'engins qui, si l'on en croyait les légendes associées, permettaient de *Voler dans les Airs à la Manière des Oiseaux*. Pendant que Pietro souriait à cette profusion d'idées, Augustin mettait la main à des piles de dossiers poussiéreux.

— Croyez-moi, ma tâche est de plus en plus accablante. Ces études, ces croquis, ces calculs nous proviennent par centaines, et de tout le royaume. Certaines de ces inventions sont issues de sociétés savantes, et portent la marque d'un ou plusieurs de leurs membres ; toutes se jalousent, envoient propositions et contre-propositions. D'autres émanent de simples particuliers, dont pas un, naturellement, ne s'imagine autrement qu'avec les atours du génie !

Il prit un air grave, regardant Pietro.

— Mais le génie, mon cher ami, est chose rare. Bien entendu, tous souhaitent mettre leur talent et le fruit de leurs élucubrations au service de la France ! Voilà qui est noble, je l'admets. Tous espèrent aussi en retirer la récompense que méritent leurs équations et circonlocutions sublimes, dont certaines, croyez-moi, le sont tellement qu'elles échapperaient parfois à nos plus estimés grammairiens, et à nos ingénieurs les plus sagaces !

Ce disant, il ôta ses binocles pour les nettoyer au moyen d'un petit chiffon.

— En même temps, j'ai pour ces fantaisistes une certaine admiration. Quelle vitalité, n'est-ce pas ! Quelle imagination !

Pietro continuait de cheminer au milieu de ce gigantesque débarras. Ici, une chaise équipée de roues attendait d'être actionnée par un homme dissimulé dans un coffre ; il lui incomberait de pédaler sur des palets à ressorts pour convoyer deux promeneurs assis sur une banquette... Là, un enchevêtrement compliqué de tuyaux permettait, si l'on en croyait la notice qui les accompagnait, de transmettre des signaux secrets au moyen de la propagation du son. La machine avait pour vocation de servir *les Agents du Roy et les Soldats de Sa Majesté en Temps de Guerre* ou, ajoutait l'inventeur non sans malice, les *Courtisans aux Amours Contrariées*. Un curé astronome du Sud-Ouest proposait une lunette grossissante qui offrait de voir les astres *comme si l'on s'y trouvait soi-même*. Dans un registre différent, un sieur Jean Viot de Fontenay annonçait l'invention de « pompes antiméphitiques » pour purger toutes les fosses d'aisances de

Versailles. Celles-ci s'étaient multipliées, et leur vidange ne cessait de poser des difficultés. Le piétinement des foules n'arrangeait pas les choses. Il existait bien de vieilles latrines, notamment à l'extrémité des ailes du Nord et du Midi. Mais pour les avoir testées, Viravolta savait qu'à l'entrée de l'avant-cour, celles des Gardes-Suisses, par exemple, étaient régulièrement ensevelies sous des sculptures scatologiques. Les latrines restaient négligées, malgré les études, plans et consultations déjà esquissés par les meilleurs ingénieurs royaux pour parvenir à une résolution du problème. Dans ce contexte, M. de Fontenay et son mémoire faisaient œuvre de salubrité publique.

Viravolta déambulait, secouant la tête, deux doigts sur la bouche, hésitant entre le rire et un émerveillement sincère. Augustin, qui voyait défiler ces miracles sous ses yeux à longueur de journée, était plus désabusé. Son travail consistait surtout en celui d'un secrétaire, rédigeant des courriers dont la teneur restait invariable.

— Regardez cela, par exemple.

Augustin se retourna vers un établi sur lequel était déposé un instrument des plus étranges. Il était composé de quatre branches disposées autour d'un manchon de bois à l'embout équipé d'un cliquet. Au sommet du manchon, des billes de plomb prenaient le chemin de quatre gouttières, deux de chaque côté, qui, partant de l'embout, dessinaient des pattes d'araignée. Empruntant l'une puis l'autre des gouttières, le poids des billes les faisait basculer alternativement à gauche et à droite. Augustin, lâchant les billes à intervalles déterminés, en fit la démonstration à Viravolta. Aussitôt, la petite araignée sembla s'animer en cadence, les branches tournant à mesure que tombaient les billes, au moyen d'une roue crantée qui paraissait gouverner l'ensemble. Arrivées à la base de l'une des gouttières, lesdites billes la faisaient basculer dans l'autre sens, et se retrouvaient l'instant suivant au sommet qu'elles venaient de quitter, prêtes pour la descente suivante. Du moins était-ce la façon la moins brumeuse de présenter cette curieuse machine, dont l'exacte vocation échappait à Pietro.

— Ceci, mon ami, est le fruit de l'une des obsessions du moment. Un Mouvement Perpétuel. La grande affaire. Il s'agit de produire ce mouvement semblable au divin ou au premier moteur d'Aristote, sans le secours d'aucun homme, sans vent ni courant de rivière, sans feu ni contribution animale. Depuis que ces maudits philosophes se sont piqués d'inventer leur *Encyclopédie*, tous s'imaginent qu'ils vont faire avancer les sciences, de l'aubergiste au châtelain qui se morfond dans sa province – et n'importe qui se mêle de mécanique...

Il retourna vers son pupitre, ouvrit l'un des dossiers.

— Bien sûr, cela ne marche pas. Le frottement et la résistance de l'air finissent toujours par avoir raison de cette prétendue éternité. J'ai ici deux cent cinquante projets de cette sorte. Tous ces Mémoires finissent dans la corbeille. Nous nous bornons, le plus souvent, à griffonner dans la marge de leur missive une formule courtoise, et en retour un remerciement au nom du roi, qui suffira à les payer de leur peine. Mais nous ne voulons pas non plus les décourager, bien sûr... Après tout, qui sait ? Il y a peut-être un Vinci pour dix mille fanfarons ! Si seulement nous pouvions le trouver aussitôt, sans avoir à répondre à tous les autres !

Le Mouvement perpétuel... Pietro sourit.

Augustin releva les yeux.

— Allons. C'est le duc qui vous envoie ?

— En effet.

— Ah ! celui-là ! Au train où vont les choses, il risque bien de quitter Versailles avant vous. Mais voyons ce que j'ai là... Figurez-vous que, dans ce chaos, j'ai tout de même quelques nouveautés qui pourraient vous aider.

Il passa devant Viravolta et s'aventura vers un placard. Il sembla y chercher quelque chose, puis, lentement, en sortit ce qui ressemblait à un petit coffre de voyage. Il en présenta le contenu au Vénitien. Cette fois, Pietro identifia l'objet aussitôt.

L'arme qu'il avait sous les yeux était un pistolet, mais de facture et d'aspect inattendus. Il rappelait les pistolets Dog-Lock utilisés un siècle plus tôt par les Anglais; mais également les Twigg de Londres, plus contemporains, et dans un autre genre, les pistolets de fer Scottish All Steel Flintlock, caractéristiques des Hautes-Terres d'Ecosse. Surtout, cet instrument-là était pourvu de canons multiples – six exactement. Pietro n'en avait jamais vu de semblable. Il devait faire trente-cinq centimètres. Son fût était garni de laiton. Ses canons démontables et à damas vissé évoquaient aussi les modèles non raccourcis des régiments de cavalerie. Il portait le marquage de la manufacture de Saint-Etienne et un poinçon *h/b*. La crosse était de noyer quadrillé. En digne héritier de ses ancêtres, son pommeau, agrémenté d'une calotte de métal, paraissait prêt à fracasser le crâne de l'adversaire.

— Permettez que je vous présente ce que nous pourrions appeler le système Marienne, dit Augustin en s'inclinant.

Il laissa courir ses doigts sur les canons. Son air se fit malicieux.

— Cette arme-ci, Viravolta, aurait fait les délices des maîtres platineurs et des armuriers de Liège. C'est une révolution; nous la tenons encore secrète, car elle pose de nombreuses difficultés. Il ne s'agit que d'un premier modèle. Il est pourvu de six canons numérotés. Chacun possède, à la bouche, quatre rainures permettant son démontage, à l'aide d'une clé carrée que vous trouverez dans ce petit coffre. Elle est révolutionnaire, disais-je. En quoi? *Comment ça marche?* Hem... Le système repose sur l'invention d'une capsule spécifique et séparée qui, un jour sûrement, supplantera le silex.

Ses doigts caressaient l'instrument.

— L'amorçage de la poudre se fait ici, par le choc du chien sur la capsule de laiton. Celle-ci est glissée dans une cheminée qui aboutit à la chambre de combustion. Ce procédé offre des avantages étonnants... notamment de développer des armes à plusieurs coups ! Vous voyez ici, ce long cylindre foré de canons... en appuyant sur la queue de détente, vous pouvez les aligner successivement, chacun muni de sa capsule respective. Un bouclier vient recouvrir le chien lors de la percussion pour éviter de brûler les doigts du tireur. Tout cela n'est pas encore très pratique, car tous vos canons doivent être chargés par la bouche avant utilisation ; et l'arme est encombrante. Mais nous travaillons à diverses hypothèses de chargement par la culasse...

Augustin s'éclaircit la gorge.

— Bref, c'est pour vous. Grâce aux canons tournants, vous pouvez tirer six coups sans recharger. J'y ai apporté beaucoup de petites innovations ; j'aimerais y faire graver la mention « Marienne breveté », sur la bride inférieure. Mais la modestie, et la nécessité du secret, m'obligent à rester humble. Tel est le triste lot d'un fonctionnaire du roi.

Il rit comme pour lui-même.

— J'ajoute que cette arme peut aussi servir au corps à corps. Voyez ce cran, ici, que l'on peut sans mal débloquer de l'index.

Il l'actionna. Dans un cliquetis, une lame étincelante jaillit.

— Fort bien. Et... Et cela ? demanda Pietro, éberlué.

Il désignait un autre cylindre, au sommet de l'arme, qui paraissait équipé d'un piston à ressort.

— Ah, cela...

Augustin se tourna vers le placard et en sortit un petit grappin aux griffes repliées, emmêlé dans un filin.

— Vous pouvez y fixer ce grappin. Vous trouverez sans mal le moyen de le défaire. Logé dans le système de propulsion, il permettrait d'accéder en quelques secondes aux toits du château. Le filin est suffisamment solide pour supporter le poids d'un homme. Je sais qu'à Venise, vous avez vu déjà des arquebuses-épées, des hallebardes à canon et autres fantaisies. Reconnaissez que celle-ci vaut le détour. A dire vrai, elle a été imaginée par un ancien officier de marine.

Mais Pietro ne l'écoutait plus. Il s'était saisi de l'arme. Il assura la prise de sa paume, jouant de l'index avec le cran qui libérait le poignard. Il se saisit du grappin.

La voix d'Augustin lui parvint de nouveau.

— Ce n'est pas tout.

D'un geste théâtral, il saisit la plume qui trempait dans l'encrier.

— Ceci, mon ami, est une plume tout à fait ordinaire. Mais celle-là...

Il ouvrit un tiroir dissimulé sous le pupitre et en sortit une autre, une plume d'oie effilée, qui ressemblait à s'y méprendre à la première, ainsi qu'un second petit encrier noir. Il prit un air mystérieux. Il dévissa le bouchon de l'encrier et, usant d'une précaution qui étonna Viravolta, y trempa la pointe de la plume.

— Attention, je vous prie... dit-il en faisant signe au Vénitien de s'écarter.

Subitement, il jeta la plume vers le sol, au-delà du pupitre, pointe en avant. Pietro ne put retenir un cri et fit un bond en arrière. A la rencontre du sol, la plume avait explosé, dégageant un nuage de fumée blanchâtre et une odeur de poudre.

— De quoi signer des contrats explosifs, n'est-ce pas? reprit Augustin. La plume est plus forte que l'épée. Vous constaterez qu'une goutte a suffi. Nous devons ceci, ne le répétez pas, à un ancien notaire de Chaumont, las d'apposer seings et contreseings sur tous les actes de la terre. Depuis, ce brave homme, plutôt que d'appliquer la loi, la fait. Il a une charge au Parlement de Paris, mais vous me permettrez de taire son identité.

Il ouvrit un étui qui contenait une demi-douzaine de plumes et un encrier du même type. Pietro en prit une qu'il trempa à peine pour rééditer l'opération. N'osant la jeter à son tour, il l'examina avec soin tandis qu'Augustin faisait claquer son étui et levait l'index.

— Un dernier cadeau, Viravolta.

Il sortit de sa poche un jeu de cartes.

— Ces cartes, cher ami, semblent tout à fait anodines, et paraissent convenir à toutes sortes de jeux à la mode. Mais méfiez-vous.

Du pouce, il isola une carte et en posa le tranchant contre un épais dossier. Quand il la tira vers lui, il y eut un bruit comparable à celui d'une estafilade sur de la chair fraîche.

Le dossier fut coupé en deux.

— Voyez qu'elles sont à manier avec précaution. C'était là le roi de cœur ; chacune d'entre elles a le tranchant d'une lame de rasoir, à droite. Tenu toutes cartes ensemble, le jeu est une arme des plus redoutables. Gare aux distributions à la légère, Viravolta. Assurez-vous de conserver la main.

Il retourna la carte avec précaution.

— Derrière chacune d'entre elles figure en outre... une fleur, mon ami, que vous reconnaîtrez. Ce jeu est l'invention d'un champion de whist, de pharaon et de lansquenet. J'y ai ajouté ma petite touche personnelle... à votre intention, dit-il en s'inclinant. Je me doutais bien que vous ne pourriez vous passer de moi.

— Vous m'en voyez très touché, dit Pietro.

Augustin rangea le jeu dans son étui de métal et le lui tendit.

— C'est tout. Ah, j'aurais eu d'autres choses à vous montrer, ceci par exemple, dit-il en ouvrant un écrin pastel bleu rembourré de velours.

Pietro y vit une série de petits points noirs qui ressemblaient à des pastilles.

— Des mouches. Mais si vous en écrasez une sur le visage de la femme qui la porte, elle libère un produit acidifiant capable de ruiner sa beauté à tout jamais... Le problème est que je ne sais encore à quoi cela pourrait bien servir... J'ai aussi un anneau au diamant coupant le verre et les barreaux de métal, et...

— C'est assez, dit Pietro.

Augustin cessa de se gratter le crâne.

— Vous avez raison. Enfin ! Je vous prierais de bien vouloir apposer votre signature sur mon carnet, pour la bonne tenue de mes registres personnels et de mes commandes. Commandes auxquelles je vous conjure, au passage, d'apporter le soin qui convient. N'oubliez pas qu'en dehors des plumes, il s'agit de prototypes.

Pietro s'avança. Il avait gardé la plume en main, toujours imbibée.

— Euh, non, s'il vous plaît, pas avec cette plume-ci ! Avec l'autre...

— Ah, oui, dit Pietro en échangeant les plumes.

— Il est vrai que, d'ordinaire, ceux qui reçoivent commande sont nos ingénieurs, architectes des Bâtiments ou officiers de la Maison du Roi. Vous êtes un client très particulier. Ce n'est pas tous les matins que je fournis un agent de Sa Majesté. Il faudrait que je trouve un moyen de le spécifier pour ne pas vous perdre au milieu de ce capharnaüm.

— Faites, faites, dit Pietro.

— Eh bien ! Voilà, signez là, de votre surnom si vous préférez, d'un signe caractéristique, que je puisse me repérer du premier coup.

La plume resta un instant en suspens. Pietro leva un sourcil et sourit.

— J'ai bien mon vieux sobriquet...

Il adressa à Augustin un clin d'œil.

Et il signa, de son écriture élégante et déliée.

Soudain, on frappa vigoureusement contre la porte.

Pietro et Augustin échangèrent un regard.

Landretto se tenait derrière le battant, l'air affolé.

— Eh bien ! Que se passe-t-il ?

Il le regarda un instant sans répondre. Puis il écarta les bras et dit, l'air navré :

— C'est fini !

Le retour de l'Orchidée

APPARTEMENTS DU DAUPHIN, VERSAILLES
HÔTEL DES CERCEAUX, MARLY

Dans ses appartements, Marie-Antoinette à ses côtés, Louis-Auguste tournait comme un fauve en cage.

Lorsqu'il entendit monter la clameur, et les pas retentir dans le couloir, le presque roi comprit que le moment était venu... et il trembla.

Il avait perdu son père à onze ans, et sa mère, Marie-Josèphe de Saxe, deux ans plus tard. C'était son grand-père, Louis XV, qui avait eu pour tâche de l'élever. Ce dernier n'y avait mis que peu d'ardeur. Jugeant peut-être que sa propre influence ne serait pas la plus louable, et fatigué d'éduquer la terre entière, il avait passé la main à quelques heureux élus, tels le duc de La Vauguyon et l'abbé de Radonvilliers, auxquels s'adjoignirent d'abord deux jésuites, Croust et Berthier, puis l'abbé Soldini. De l'avis général, le jeune prince n'était ni bon ni mauvais. Il apprenait le latin, l'allemand et l'anglais, se montrait passionné d'histoire et surtout de géographie. Mal dans sa peau, il était affecté d'une gaucherie excessive. Il se persuadait sans raison de sa médiocrité. Il passait ses leçons, lisait et chassait beaucoup, suivait les offices, tenait des livres de comptes, s'occupait de bonnes œuvres, allait causer technique avec le serrurier Gamain, et se montrait plus à l'aise avec les valets de chiens qu'avec les dames de la Cour. Il semblait contenir en germe deux destins, oscillant encore sur le fil de sa propre indécision : l'un qui le verrait renouer avec la splendeur solaire de ses aïeux, l'autre qui lui ferait contempler cette splendeur d'en bas.

On lui avait dit qu'un jour, il serait à son tour le maître de la nation et le seul dépositaire du pouvoir divin. Il connaissait les qualités nécessaires à un bon monarque. Il était façonné par les lois et traditions de la monarchie française, les préceptes de Bossuet et Fénelon, les rapports qui devaient gouverner l'Etat et la religion. Sur de grands panneaux ouvragés et semés d'arabesques évoquant des arbres et des haricots géants, il avait contemplé les filiations infinies de Charlemagne, des Capétiens et de Saint-Louis, de Charles VII, Louis XI et Louis XIV. Il savait tout des rivalités ancestrales des Maisons et lignées de France, des prétentions de ces duchés dont il avait fallu casser les cornes, et des parlements qu'il était bon de rappeler à la raison. Il s'était pénétré de tout cela avec tout le respect de qui ne peut ignorer sa destinée future. Des idées des philosophes qui agitaient les esprits européens, des théories de Montesquieu ou des envolées de Rousseau, il n'était guère avisé. Louis XV l'avait toujours exclu de la gestion des affaires, et Louis-Auguste en avait pris son parti. Il regardait son grand-père avec un amour filial mêlé de crainte, parfois de muette désapprobation. Le roi s'était comporté en barbon, faisant d'une fille des rues la presque reine de France. A vingt ans, Louis-Auguste n'avait vécu qu'un conte de fées, reflet lointain d'un songe qu'il eût souhaité sans doute moins rutilant, mais plus heureux. Ses réflexions l'avaient porté, au fil des ans, à une mélancolie renforcée par ses prédispositions naturelles, et contre laquelle même le tempérament enjoué de la pauvre Marie-Antoinette n'était pas de taille à lutter.

Les yeux rivés sur le parquet, il n'osait aventurer son regard au-delà des fenêtres, comme si le seul spectacle de ce monde qui l'attendait lui était un supplice.

Fébrile, les dents serrées, il regarda sa femme d'un air égaré et dit :

— J'ai l'impression que l'univers entier va tomber sur moi !

On souffla une bougie.

Une petite veilleuse, dansante, s'éteignit sur le balcon de la chambre du roi.

Le roi est mort ! Vive le roi !

Louis regarda de nouveau Marie-Antoinette. Des larmes vinrent perler à leurs yeux. Lorsque les courtisans et leur entourage arrivèrent, se bousculant à leur porte, ils les trouvèrent agenouillés tous deux, qui sanglotaient.

Et Louis XVI murmurait :

— Mon Dieu, gardez-nous, protégez-nous... Nous régnons trop jeunes !

L'abîme était ouvert. Comme le dirait, plus tard, un savant mémorialiste, il semble qu'à ce moment-là, le nouveau roi eut l'angoissante vision de tout ce qu'il lui fallait savoir, et qu'on ne lui avait pas appris.

*
* *

Viravolta fut rapidement de retour à l'hôtel particulier où il logeait avec Anna Santamaria et Cosimo, sur la route de Marly. Il contemplait son reflet dans la grande psyché de leur chambre. Derrière lui, Anna était alanguie sur le lit. Là-bas au château, on ne parlait que de mort, l'ambiance s'y faisait funèbre. Si bien que Pietro avait été saisi d'une furieuse envie de contredire le sort. Il pouvait maintenant observer la belle Vénitienne dans le miroir, la poitrine découverte, sa chevelure bouclée tombant sur ses épaules, corset dénoué et cuisses dénudées.

Pietro s'était lavé, avait ajusté sa perruque et venait de se poudrer. Anna se leva, choisit sa veste et se décida non pas pour un veston français, tel qu'il en portait d'ordinaire au château, mais pour l'un de ces justaucorps vénitiens de couleur claire, agrémenté de lisérés et d'arabesques d'or, qu'il arborait jadis. A cet accoutrement, Pietro n'ajouta ni le manteau noir du temps des affaires de Venise, ni sa *bauta* de carnaval. Il vérifia ses manches, lissa la blancheur de sa chemise. Anna sourit, traînant avec elle le drapé de sa robe sous ses seins découverts, et vint vérifier l'attache de son ceinturon, dont elle fit cliquer la boucle. Pietro enfila des gants, tira l'épée, se remémorant cet autre jour où, presque vingt ans plus tôt, sorti de la prison des Plombs, il avait eu l'impression de renaître. Il se mit en garde, puis glissa l'épée au fourreau, après sa petite parade. Il examina la plume que lui avait remise M. Marienne, puis cet insolite pistolet-poignard et son jeu de cartes au verso de fleurs, tandis qu'Anna tournait autour de lui pour le parfumer à grands jets vaporeux.

— Cette fois, nous risquons gros, ma douce. Si j'échoue...

— J'ai confiance, répondit Anna. Tu le sais bien.

Pietro inspira.

— Tu as sans doute raison.

Il se regarda de nouveau dans la glace.

— En tout cas, le tableau est complet.

— Pas tout à fait...

Elle revint vers lui, dissimulant quelque chose sous un linge.

— Je me suis promenée dans les jardins, cet après-midi... J'espère que les jardiniers ne m'en voudront pas.

Elle lui dévoila son offrande. Une fleur noire.

Le cœur de Pietro bondit.

— Et maintenant, Fabuliste, qui que tu sois, à nous deux.

Depuis Versailles, la clameur partout se répandait et répétait : *Le roi est mort! Le roi est mort! Vive le roi!* Entre glas et tocsin, le peuple de France chantait son deuil et son espoir; dans les cours et les escaliers, dans les jardins et sous les fenêtres du château, le bruit montait, courait par les routes et les auberges, prêt à se diffuser dans tout le royaume. Pietro accrocha la fleur à sa boutonnière, en lissant ses pétales. Dans le reflet du miroir, il adressa à Anna Santamaria un sourire.

Elle le lui rendit avec beaucoup de grâce.

— Voici, dit-elle, le printemps est revenu...

Elle sourit de plus belle, avant d'ajouter :

— ... et l'Orchidée Noire reprend du service.

ACTE II

Au bal des animaux

S'il y a quelque chose d'ingénieux dans la République des Lettres, on peut dire que c'est la manière dont Esope a débité sa morale. [...] J'ose, Monseigneur, vous en présenter quelques essais. C'est un Entretien convenable à vos premières années. Vous êtes en un âge où les jeux et les amusements sont permis aux Princes ; mais en même temps vous devez donner quelques-unes de vos pensées à des réflexions sérieuses. Tout cela se rencontre aux fables que nous devons à Esope. L'apparence en est puérile, je le confesse ; mais ces puérilités servent d'enveloppe à des vérités importantes...

Votre très humble, très obéissant,
Et très fidèle serviteur,
De La Fontaine.

Lettre à Monseigneur le Dauphin.

Meurtres in Fabula

COUR DE MARBRE, VERSAILLES
PARFUMERIE FARGEON, RUE DU ROULE, PARIS

Pietro traversa la Cour de Marbre en direction du carrosse qui devait le conduire à Paris. Tout en marchant sur le sol en damier, il regarda autour de lui les courtisans qui, éparpillés en grappes, avec ici une ombrelle, là une volée de cannes, achevaient de se disperser. On avait ôté la chandelle du balcon du roi. La volière versaillaise s'était tue. Seuls quelques prêtres, dans la chapelle ardente, avaient dû accompagner la dépouille du souverain, scellée à la va-vite dans un cercueil de plomb rempli d'esprit-de-vin, avant d'être acheminée vers Saint-Denis. Le corps avait filé au milieu de la foule des sujets mais, voyant cette voiture caracoler vers son sépulcre, la population, loin de se jeter en pleurs sur son passage, s'était mise à lancer des « Taïaut, taïaut ! », le cri que poussait le monarque lors des parties de chasse. Eh bien ! C'était allé vite. Pietro secoua la tête.

Il était revenu à Versailles pour revoir brièvement le duc d'Aiguillon. La famille royale était partie pour Choisy le jour même. Personne ne souhaitait s'attarder au château. Louis-Auguste, désormais successeur de son grand-père, n'avait jamais contracté la variole et les risques de contagion étaient toujours vifs. Viravolta venait de voir Mesdames Tantes monter dans leur carrosse avec les princesses Clotilde et Elisabeth, après avoir héroïquement assisté le monarque dans ses derniers instants. Le nouveau couple royal, les deux frères de Louis et leurs épouses avaient pris place dans un autre équipage. Allant voir d'Aiguillon, Pietro avait croisé, à l'intérieur même du palais, des visiteurs anglais qui flânaient dans les appartements de Mesdames, et s'apprêtaient à visiter les jardins! Il n'en revenait toujours pas. Les Anglais se promenaient au cœur du château, comme si de rien n'était! Le duc avait raison de s'inquiéter. Ce laisser-aller risquait fort de faire le jeu du Fabuliste.

C'était là l'une des choses les plus extraordinaires de cet endroit. La sécurité y était quasi nulle. Le château était ouvert à tous les vents. Pour un homme tel que Viravolta, qui avait écumé tous les sextiers de Venise en affrontant les pires conspirations, il y avait de quoi s'arracher la perruque. Versailles était sans doute le plus beau palais du monde; pourtant, on y entrait comme dans un moulin. Chaque fois que Pietro avait tenté d'alerter la Maison du Roi à ce sujet, il s'était heurté à une apathie désarmante. Il avait du mal à admettre une lointaine tradition, qui expliquait en partie cet état de fait : tout Français devait pouvoir accéder à la personne du souverain. Conséquence logique de cette belle coutume, il était impossible de concevoir un système de sécurité rigoureux. Quiconque, dès lors qu'il était correctement vêtu, et à condition qu'il ne fût ni moine ni mendiant, ni fille de joie ni marqué par la petite vérole, pouvait y pénétrer et s'y esbaudir comme dans un musée, aller et venir dans le Grand Appartement du Roi, s'asseoir près de la cheminée dans les antichambres, et même accéder à la chambre où le souverain était réputé avoir dormi. Les hommes étaient tenus d'arborer une épée au côté et, s'ils n'en avaient pas, ils en louaient facilement dans une échoppe près des grilles de l'entrée. Des poissardes, en viragos tempétueuses, dégorgeaient leurs invectives à la face des puissants sous les balcons de la reine, mais aussi à l'intérieur même du château, jusqu'aux abords des cabinets intérieurs. Au milieu de tout cela, des canailles circulaient sans que nul ne se soucie de les tenir à l'œil.

Certes, les gens d'armes étaient nombreux et le roi s'entourait de plusieurs gardes du corps; Versailles disposait de quatre compagnies affectées à la sécurité des lieux, dont une écossaise et une compagnie des Cent-Suisses. Les hoquetons, gardes de la Prévôté de l'Hôtel, assuraient la police du palais. La grille d'honneur était le territoire de deux régiments d'infanterie, les Gardes-Françaises et les Gardes-Suisses. Lorsque le monarque quittait le château, il était protégé par les chevau-légers, les mousquetaires ou les gendarmes. Tout ce beau monde procédait régulièrement à des fouilles et à des inspections, ou faisait la ronde dans les jardins avec des meutes d'épagneuls renifleurs. On se contentait de déloger à coups de pique les miséreux qui allaient se nicher dans les recoins. Pour le reste, la soldatesque de Versailles était assez emblématique de cette désinvolture. Les compagnies y vivaient vingt-quatre heures sur vingt-quatre et, encombrée de paravents, de lits, d'armes, d'affaires et de ceinturons, la salle des gardes tenait de la chambrée de caserne débraillée.

Pietro soupira. Au moins, c'était vivant.

Il cracha par terre et siffla à l'adresse de son cocher qui l'attendait non loin.

Les chevaux trottèrent dans sa direction.

Les yeux rivés sur les pavés de la cour, la main sur le pommeau de son épée, Pietro se concentrait sur les manœuvres qui l'attendaient pour le début de son enquête.

Bon. Résumons-nous...

Il lui fallait urgemment parler au comte de Broglie, avant

de contacter les autres agents de Sa défunte Majesté, et de faire circuler l'information concernant le danger qui pesait sur eux. Un danger invisible, incompréhensible, mais bien réel. Le Fabuliste cherchait à faire place nette parmi les anciens du Secret, au moins les plus dangereux. Pourquoi? Pietro l'ignorait. Peut-être Broglie en saurait-il davantage. Mais il était toujours en disgrâce à Ruffec et le voyage prendrait du temps. Quant aux agents eux-mêmes, le Vénitien n'avait pas obtenu du duc d'Aiguillon d'informations satisfaisantes. Vergennes était à Stockholm, le chevalier d'Eon à Londres; Beaumarchais, quelque part dans la nature; en tout cas, pas à Versailles. Et aujourd'hui, la Cour vidait les lieux. Pietro inciterait Broglie à battre le rappel, s'il ne l'avait déjà fait. Peut-être les uns ou les autres auraient-ils des éléments susceptibles de faire avancer son enquête. Mais pour d'évidentes raisons de sécurité, ils travaillaient de manière cloisonnée et étaient loin de se connaître tous. Sans compter que, comme l'avait suggéré d'Aiguillon, le Fabuliste pouvait être l'un d'entre eux...

En attendant, Pietro devait se rendre à Paris pour y rencontrer le parfumeur Fargeon. La pauvre Rosette et son amant, Baptiste Lansquenet, avaient été employés chez lui : voilà qui en faisait un suspect tout trouvé. Mais Pietro était sceptique. Fargeon s'était imposé depuis quelque temps comme le fournisseur officiel de plusieurs hauts personnages de la Cour, la Du Barry en tête. Pour quel mobile un homme tel que lui aurait-il initié une conspiration brumeuse? A moins qu'il n'ait été qu'un complice, sous la menace? Le Vénitien soupira. Rosette avait sans doute été tuée pour s'être mêlée d'affaires qui ne la regardaient pas... Confidences sur l'oreiller? Ou bien, avait-elle surpris des conversations compromettantes? Lansquenet n'était qu'un petit informateur. Lui aussi, avait-il découvert quelque chose susceptible de justifier son meurtre – et par ricochet, celui de sa belle? Quelque chose concernant non seulement l'*existence* du Fabuliste, mais aussi la nature de son projet... voire, son identité? Quels qu'aient été ses renseignements, il n'avait pu, de toute évidence, en référer à temps à quiconque. Tout cela restait un mystère. Mais l'association de ce nom énigmatique de Fabuliste, comme ressuscité d'entre les morts, avec les épigrammes salaces qui avaient récemment circulé à l'encontre de Marie-Antoinette laissait présager d'inquiétants développements.

Pietro emportait avec lui les documents de d'Aiguillon et le livre de Fables.

Il considéra le recueil machinalement, ses yeux s'attardant sur la couverture poussiéreuse...

D'autres éléments étaient des plus troublants. Comme d'Aiguillon l'avait dit, Pietro avait trouvé dans ses rapports détaillés les éléments supplémentaires concernant la mort des agents du Secret. Si Rosette avait eu sa Fable, *Le Loup et l'Agneau*, les autres avaient été tués dans des circonstances correspondant de manière plus ou moins ironique à celles de poèmes de La Fontaine, certains connus, d'autres plus obscurs. La Vouivre, étouffée, avait eu droit à *La Laitière et le pot au lait*; le Baron, empoisonné dans une auberge, aux *Médecins*; ou encore Météore, noyé dans la Tamise, à *L'Ane chargé d'éponges et l'Ane chargé de sel.* Chaque fois, les enquêteurs avaient souligné une étrange mise en scène. Toutes les Fables déjà utilisées avaient été entourées de rouge par une main mystérieuse. Sans compter les dix restantes, adressées spécialement à Pietro, avec Rosette et Baptiste en guise de coup d'envoi. Un coup d'envoi qui avait eu lieu autour de la parfumerie Fargeon. *Dix Fables choisies pour nous mettre en joie/Voulez-vous jouer avec moi?* Mais pourquoi inviter Viravolta à son tour dans ce divertimento morbide, et le mettre en quelque sorte au défi d'empêcher l'accomplissement des Fables finales?

Baptiste Lansquenet, en tout cas, n'avait pas échappé à la règle. Comme le duc le lui avait dit, le mouchard avait été tué... au parfum – sans doute à l'aide de substances toxiques qu'on lui avait fait inhaler à haute dose. On n'avait pu, du moins jusqu'à présent, en identifier la provenance et la nature exactes. User d'un parfum de la sorte était-il seulement possible ? On avait retrouvé le jeune homme dans la cuisine de l'appartement miteux qu'il occupait dans le quartier des Halles, à deux pas de la rue du Roule et de la parfumerie Fargeon. Il était assis sur une chaise, les mains ligotées dans le dos, les yeux exorbités et le nez plongé dans un bec inhalateur ; des morceaux de viande étaient disséminés à son entour. Une grimace abominable déformait les traits de son visage, au point qu'au dire des enquêteurs, il avait l'air figé dans un rire grotesque. Au dos du cadavre, son assassin avait épinglé *Le Renard et la Cigogne*, extraite du livre Ier des Fables. Elle racontait de quelle façon la cigogne se vengeait du renard, qui s'était moqué d'elle en lui servant dans une assiette un brouet que le bec du pauvre volatile était bien incapable de saisir. Lui rendant son invitation, la cigogne piégeait à son tour son compère, en lui proposant des morceaux de viande au fond d'un vase.

Il se réjouissait à l'odeur de la viande
Mise en menus morceaux, et qu'il croyait friande.
On servit, pour l'embarrasser,
En un vase à long col et d'étroite embouchure.
Le bec de la Cigogne y pouvait bien passer,
Mais le museau du Sire était d'autre mesure.
Il lui fallut à jeun retourner au logis,
Honteux comme un renard qu'une poule aurait pris,
Serrant la queue, et portant bas l'oreille.

Trompeurs, c'est pour vous que j'écris :
Attendez-vous à la pareille.

Et comme chaque fois, la rose, naturellement, cette rose rouge sang identique à celle que l'on avait trouvée sur le corps à moitié dévoré de Rosette, avait été disposée sur les lieux du meurtre. Pietro fit la grimace, puis fouilla dans sa poche et en sortit l'échantillon de parfum que d'Aiguillon lui avait remis. Le liquide pourpre, qui ressemblait à du sang, y dansait comme un mystère, ou un présage. On allait bien voir, pensait l'Orchidée Noire, ce qu'en dirait le cher Fargeon – qu'il soit coupable ou innocent.

Eh bien, maître Fargeon... Il est temps d'avoir une petite conversation.

*
* *

Dans le carrosse, Pietro se perdit dans ses pensées. Il regardait au-delà des rideaux cramoisis, constatant que la route de Paris était toujours aussi grouillante et boueuse. Une lumière orangée de fin d'après-midi ajoutait à ces ombres changeantes. La Seine charriait ses tonneaux d'ordures, qui roulaient à la surface au milieu de reflets bruns, verts ou gris. La rivière des Gobelins, les hôpitaux et les ateliers la pourvoyaient aussi de leurs déjections. En toute saison, on y lavait son linge. En été, on y nageait. On s'y noyait aussi, ou l'on s'y jetait du moins. Ah, Paris! Ville de boue! Du Palais-Royal aux Tuileries et du Louvre au Palais de Justice, la beauté des bâtiments émergeait au-dessus des effluves des fosses d'aisances, comme les façades des villas vénitiennes de leur lagune. La fange était tenace. Sans voiture, on ne sortait dans les rues qu'en bas noirs. Lorsqu'il pleuvait, des porteurs de parasol offraient de protéger les passants – même si beaucoup étaient, comme Baptiste Lansquenet, des informateurs de la police ou du Secret.

Le spectacle de ces rues était aussi repoussant que merveilleux. Pietro ne put s'empêcher de sourire. La circulation était frénétique. Ici, dans le carrosse, filait un médecin en habit noir ; là, dans un cabriolet, passait un maître à danser. Plus loin, un fourbisseur d'armes. De jeunes hommes à cheval houspillaient la foule qui gênait leur progression. Dans un rai de jour déclinant, un noble faisait donner du fouet à son attelage à six chevaux sans se préoccuper de la populace, les cochers se contentant de crier : *Gare ! Gare !* Des accidents se produisaient parfois, dans la plus parfaite indifférence. Une humble vinaigrette venue de l'île Saint-Louis se glissait entre deux carrosses et s'échappait du piège comme par miracle. Deux enfants évitaient de peu les roues menaçantes d'une berline. Partout l'on criait : écailleuses d'huîtres, décrotteurs déblayant les pavés, portefaix, marchands de tisane, voleurs à la tire et filles publiques s'égosillaient de toutes parts. On appâtait le chaland en vantant les mérites du hareng nouveau ou des oranges du Portugal ; le poisson, pêché dans les ports de la Manche et acheminé à Paris dans de grands baquets d'eau de mer, frétillait sous le nez des badauds. Les bouchers tuaient leurs viandes dans la rue, le sang caillait sous les pieds et rougissait les souliers. Les pans flottants du vêtement d'un abbé glissaient entre les jupons de deux rombières, qui se disputaient à grands renforts de postillons et d'insultes. Peu à peu, la pénombre gagnait la cité, allongeant les formes et les silhouettes confuses.

Des tours de Notre-Dame, l'on pouvait voir la ville comme un composé de plâtre blanc et noir, lacéré de pierre et de craie, d'échafaudages, de fumées s'échappant jusqu'à masquer les clochers, entre lesquels circulait la Seine, serpentine et luisante. La ville inspirait et expirait comme une asthmatique, mais de manière si forte, si puissante, que de vieille douairière en dentelle, elle pouvait soudain se transformer en ogre capable de dévorer ses congénères. Elle transpirait la crasse autant que la lumière. Tanneurs, boulangers, cafetiers, menuisiers, forgerons, marchands de vin, joailliers, usuriers, lapidaires, épiciers, apothicaires, modistes, prêtres et accoucheuses, acteurs et actrices, mendiants et moribonds, tous fourmillaient et s'en allaient au milieu du soufre, du salpêtre, du charbon, de la farine, des mille ingrédients de la vie urbaine, que leurs milliers de trognes soutenaient sans férir.

Le carrosse longea les grilles dorées des Tuileries. Pietro revint aux informations que lui avait communiquées le duc d'Aiguillon au sujet de Fargeon. Originaire de Montpellier, le parfumeur se disait homme de science et de progrès. Il se vantait d'avoir exploré des voies jusqu'ici inconnues dans le domaine de la chimie, d'être parvenu à associer les fragrances de ses bouquets à tous les mouvements de l'âme. Les notes de d'Aiguillon stipulaient que Fargeon était un lecteur assidu de l'*Encyclopédie*. Parmi ses références, on comptait également le traité de l'ancêtre Jean, apothicaire et parfumeur à privilège royal, qui avait conçu une première nomenclature de l'usage des produits et compositions de parfumerie, les ouvrages d'Antoine Hornot sur le phénomène olfactif, mais aussi l'encyclopédie du savant allemand von Haller, le *Traité des sensations* de Condillac ou encore les premiers travaux de Lavoisier.

A la mort de son père, il avait été confié à un contremaître du nom de Jean Poncet, originaire de Sète. Celui-ci prétendait que « la narine était la porte de l'âme ». Ancien élève des oratoriens, Fargeon y avait trouvé matière à l'élaboration de sa mystique personnelle, qui passait par une réhabilitation de la nature face à l'impérialisme de l'esprit. Sous la houlette du Sétois et le regard clairvoyant de sa mère, il avait poursuivi sa formation pour créer ses propres poudres, rouges, fards et cosmétiques, mais aussi des produits de beauté comme les savons et les pâtes à blanchir les mains et le visage, des huiles et des teintures pour l'éclat des cheveux, des opiats pour les dents, des tablettes destinées à parfumer la bouche...

Pietro releva les yeux en entendant le cocher lui indiquer qu'ils arrivaient. Il ne tarda pas à sortir. La rue du Roule, en plein quartier des Halles, était assez large, bordée de part et d'autre d'une nuée de commerces. La foule, déjà nombreuse à l'approche du soir, descendait vers le Pont-Neuf ou se dirigeait vers Saint-Eustache. Pietro ajusta son tricorne. Avant d'entrer, il leva les yeux vers l'enseigne. Il se trouvait au numéro 11. La maison comptait quatre étages. Avec ses lucarnes, balcons et pignons, elle ressemblait à toutes les autres. Viravolta poussa la porte ; il arrivait juste avant la fermeture.

*

* *

En face de la parfumerie, sous une porte cochère, un homme rabattit une capuche sur son visage.

Oui, mon ami... Bienvenue au bal des animaux.

Il dégaina un poignard étincelant.

Parfumeur particulier

PARFUMERIE FARGEON, RUE DU ROULE, PARIS

Pietro fut saisi par le contraste entre les miasmes de la rue et ce mol océan de parfums dans lequel il entrait à présent. Essences de narcisse ou de fleur d'oranger croisaient les senteurs italiennes chères à son cœur, citron, orange, mandarine, cédrat, pamplemousse. Bois de santal et épices venues d'Orient, cannelle ou cascarille y ajoutaient des notes de fond lancinantes. On était loin de la puanteur de Versailles. Des boiseries peintes en blanc perle recouvraient les murs. Des échelles permettaient d'atteindre les récipients disposés sur des rayonnages en acajou. Pots à esprits, dames-jeannes, tabatières en corne, boîtes de bergamote, étuis de senteur y étaient soigneusement alignés. Les concoctions aux herbes de Montpellier se trouvaient rangées auprès d'eaux de senteur aromatisées à la rose, au jasmin, à la violette, à l'iris, à la jonquille ou à l'œillet. Pietro ne put réprimer un sourire en levant les yeux vers le plafond peint et ses chérubins joufflus. Il s'avança en ôtant son chapeau pour saluer la jeune femme de dix-sept ans qui arrangeait une botte de fleurs, et s'était tournée vers lui à son entrée.

— On ne sait quel bouquet prendre, dit-il.

La demoiselle rougit aussitôt. Pietro prit un air amusé.

— Mademoiselle... ?
— Constance !
— Je suis gentilhomme, de Venise.
— De Venise ? dit-elle d'une voix chantante.
Le visage de la délicieuse Constance s'illumina.
— Je souhaiterais voir M. Fargeon...
Sans le quitter du regard, elle gagna le fond de la boutique.

Elle revint quelques instants plus tard, accompagnée du parfumeur. Fargeon était un trentenaire au visage mûr ; des sourcils fournis sous un front haut, des yeux profonds, une physionomie générale ordinaire avec un léger bouton sur la tempe gauche – à moins que ce ne fût une tache de vin. Pietro le salua tandis qu'il se plantait devant lui, l'air interrogatif et vaguement suspicieux.

— Monsieur Fargeon... Je viens vous voir de la part du duc d'Aiguillon.

Ce disant, il exhiba sous les yeux du parfumeur son ordre de mission officiel, marqué des symboles royaux et du sceau du Secrétariat d'Etat.

— Le duc ? bafouilla Fargeon. Mais pourquoi cette affaire est-elle... remontée aussi haut ?

Il paraissait nerveux. Constance continuait d'arranger son bouquet en lançant des œillades au Vénitien.

— La police est déjà venue me voir, ajouta-t-il.

— Je le sais. Mais cette affaire est un peu... spéciale. Je souhaiterais avoir avec vous une petite conversation.

— Et vous êtes ?...

— Mon nom importe peu.

Un instant, les deux hommes se dévisagèrent.

— Venez, dit le parfumeur, regardant Constance de biais. Allons à l'entresol, si vous le voulez bien.

Alors que Fargeon l'invitait à le suivre, Pietro fit un clin d'œil à la jouvencelle, qui lui sourit d'un air insolent. Fargeon et le Vénitien traversèrent l'arrière-boutique, où se trouvaient entassés quantité de caisses et de livres. Puis ils pénétrèrent dans le saint des saints : le laboratoire.

La salle était profonde et peu éclairée. Elle était occupée de chaudières ventrues, de brocs et de barriques, de cuves et de pressoirs, d'écumoires et de mortiers. Sur un établi trônaient encore serpentins translucides et autres becs à inhalation. C'était ici que le parfumeur distillait et laissait s'égoutter les substances rares. Dans ce sanctuaire demeurait un homme chauve et ventripotent, qui évoquait le moine fou de quelque abbaye perdue dans les Abruzzes ; seules deux touffes de cheveux ornaient ses tempes. Ses yeux sortaient de leurs orbites. On devinait sous sa chemise une succession de bourrelets de graisse. Une cuiller en bois à la main, il tournait quelque brouet dans une cuve – à ce stade, le liquide essaimé de pétales ou de grumeaux avait quelque chose d'inquiétant. Le faux cistercien leva vers Pietro un regard muet, puis le salua en silence. Le Vénitien lui rendit son salut tandis que Fargeon lui glissait, en aparté :

— Voici Crapaud. Il est un peu demeuré. Il a la chance, comme moi, d'avoir un nez que d'autres n'ont pas, et de discerner parmi mille fragrances celle qui créera le sillage de la nouveauté. Pour le reste, c'est un imbécile...

— Ah, dit Pietro, ne trouvant rien à répondre.

Quittant le laboratoire par une porte dérobée, ils montèrent un petit escalier conduisant à l'entresol, où était nichée une autre porte. Ils pénétrèrent dans une pièce au mobilier dépouillé. Deux chaises étaient disposées autour d'un guéridon sur lequel se trouvait un vase de fleurs séchées. Un lit sans matelas reposait auprès du mur de droite. C'était entre ces murs que, lors de son arrivée à Paris, Fargeon avait commencé par loger. Il invita Pietro à s'asseoir sur l'une des chaises, se racla la gorge et dit, secouant la tête :

— Quel malheur que la mort de notre bon roi.

— Certes, dit Pietro.

Ils n'épiloguèrent pas.

Fargeon considéra le Vénitien et reprit, après quelques secondes :

— Je vais vous répéter ce que j'ai déjà dit aux autorités. J'ai appris le décès de Baptiste, puis celui de Rosette, puis la nature de leur relation. De tout cela je n'étais pas informé, bien que j'eusse nourri quelque présomption à voir les œillades que de temps à autre ils se lançaient. Pour le reste, j'ai pour principe de ne pas me mêler des affaires de cœur de mes commis. J'ai suffisamment à faire avec celles de la Cour !

Il se pencha, réunissant les mains sur ses genoux.

— Voyez-vous, mon commerce exige du discernement. Je suis comme un oiseau au milieu des vipères. Mme Vigier m'en avait averti dès mon arrivée, prévenant le provincial encore naïf que j'étais. Je l'ai vite compris ! Mon établissement est, malgré moi, fréquenté par des espions, escogriffes de tout poil et chantres d'ambassadeurs. Il y a, derrière notre belle Cour parfumée, toutes sortes d'intrigues ; ce que vous dites à l'un peut froisser l'autre, et ainsi de suite. Si je fais un pas de travers sur le fil tendu entre ma boutique et Versailles, je peux dans l'heure courir à la ruine. Vous comprendrez à quel point cette affaire m'a tourmenté... Et la mort de ces deux jeunes gens m'a glacé de terreur et de chagrin. Je les aimais bien, croyez en ma sincérité.

— Vous n'avez aucune idée de ce à quoi ils ont pu être mêlés ?

— Pas la moindre. Je n'ai évidemment cessé de demander la discrétion. Oui ! Je fais des jarretières parfumées pour les comtesses aimant la cuisse, si vous me passez l'expression ; je fournis les abbés riches et coquets en poudre à la violette, et les plus fous de mes clients utilisent parfois plusieurs de mes produits selon les heures de la journée ! Si tout cela s'ébruite, c'est pour moi très dangereux. Le départ de Mme du Barry n'est pas une bonne chose pour mes affaires. Je n'ai aucun intérêt à me mêler d'intrigues qui ne me regardent pas, ou qui peuvent nuire à ma situation.

Pietro l'écoutait. Son intuition lui disait qu'il était sincère. Il se bornerait de toute évidence à répéter ce qu'il avait déjà dit à la police. Sauf si... on l'entraînait sur un terrain différent. Il y avait un autre moyen d'en tirer parti – ou de le mettre dans l'embarras.

Pietro fouilla dans sa poche. Il en sortit le flacon empli de son liquide pourpre.

— Ce flacon contient un parfum avec lequel on a empoisonné Baptiste Lansquenet.

— Je vous demande pardon ?

— On ne vous a pas dit dans quelles circonstances exactes il était mort, n'est-ce pas ?

— Eh bien... Non, pas exactement, je...

— Pensez-vous qu'il soit possible de tuer avec ceci, monsieur Fargeon ?

— Avec... du parfum ?

Pietro ôta le bouchon du flacon avant de le tendre au parfumeur.

— Avec *celui-là*, dit-il.

Fargeon regarda Pietro un instant, roulant des yeux étonnés.

— Que voulez-vous que j'en fasse ?

— Eh bien, sentez maintenant, dit Pietro.

Fargeon plissa les yeux. Puis il se décida. Ses narines s'approchèrent du flacon.

Il eut aussitôt un mouvement de recul.

— Mais c'est infect ! dit-il.

— Toxique, plus exactement.

— Vous appelez cela un parfum ? Vous n'imaginez pas que j'aie pu concevoir pareille horreur, tout de même !

— Insulte professionnelle, n'est-ce pas ?

Pietro l'invita à sentir de nouveau.

— Baptiste Lansquenet a été retrouvé le nez dans un bec inhalateur, les mains ligotées dans le dos. Monsieur Fargeon, pourriez-vous me dire quels sont, selon vous, les ingrédients qui constituent ce parfum ?

— Les ingrédients ?

— Oui. A vue de nez... Si je puis dire.

Fargeon hésita, puis s'approcha de nouveau de la substance indéterminée. Il y alla comme l'on trempe le bout de l'orteil dans une eau glacée. Il renifla d'abord une fois. Puis il approcha encore ses narines, plus près, à l'embouchure du flacon. Il ferma les yeux et, surmontant son aversion :

— Ecœurant et toxique, en effet. Les notes de tête sont assez aisément identifiables. Il y a du lis, de l'asphodèle, j'en suis à peu près sûr, attendez... J'en suis parfaitement sûr. Mais ce n'est pas tout...

Les yeux toujours fermés, il continua de passer le flacon sous son nez.

— Les notes de cœur sont constituées d'au moins un de ces composants qui pourraient donner en effet à l'ensemble sa toxicité... De la belladone. Oui, c'est cela. De la belladone...

Lis, asphodèle, belladone. D'accord...

— Est-ce tout ?

— Non, dit Fargeon en relevant un instant le visage. Quoi qu'il en soit, il faudrait une telle quantité de ces effluves pour tuer que... cela me paraît tout à fait fantaisiste, mon cher, euh pardon, monsieur... Jamais je n'ai entendu pareille fable !

— Cela concorde assez bien avec le personnage que je recherche. En réalité, je pense que notre ami Baptiste a été empoisonné. Et que cette inhalation du prétendu parfum de mort n'est qu'une mise en scène. On a dû en plus lui inoculer dans les veines je ne sais quelle substance mortelle, tout en lui mettant le nez dans son inhalateur. Mais cette façon d'attirer notre attention sur ce parfum... ce pourrait être une mise en scène, un message qui nous est adressé. Continuez...

— Les notes de fond sont plus problématiques... Il y a de l'arum, du basilic et une pointe de... ah ça c'est terrible, je n'arrive pas à me souvenir...

Pietro tendait le cou mais Fargeon, sourcils froncés, peinait à trouver ses mots.

— C'est trop bête, je l'ai sur le bout de la langue... Seigneur, quelle mixture... En tout cas, notez bien qu'hors le basilic, il ne s'agit que de macérations de fleurs... Des fleurs, rien que des fleurs !

Lis, asphodèle, belladone, arum. Que des fleurs... plus le basilic.

Fargeon secoua la tête de dépit.

— Rien à faire. Nous allons demander à Crapaud, qu'il serve au moins à quelque chose, celui-là. *Crapaud!* Crap...

Il fut interrompu par un hurlement déchirant.

D'un bond, le Vénitien fut sur pied.

Il ouvrit la porte de l'entresol à la volée et descendit les marches de l'entresol ; le parfumeur se leva à sa suite.

Pietro se rua dans le laboratoire.

On ne discernait plus le visage de Crapaud. Son corps adipeux de faux cistercien était affalé contre la cuve, les deux bras reposant lourdement sur son pourtour. Sa tête et ses épaules étaient plongées dans la mixture bouillante, au milieu de la préparation spéciale du maître parfumeur, dans le liquide étrange, au milieu des pétales et des grumeaux.

La grosse cuiller de bois était plantée dans le brouet à ses côtés.

Pietro se précipita et, attrapant Crapaud par le dos, le sortit de la préparation. De blême et globuleux, son visage était devenu rouge écrevisse, ses paupières énormes et rongées, son nez écarlate. Le brouet qu'il avait avalé malgré lui dégoulinait autour de ses lèvres. Le sang était venu se mêler à la préparation du parfumeur, dessinant des figures vaporeuses dans le liquide. Pietro jura. Crapaud était si lourd qu'il faillit le lâcher. Il retint un cri en découvrant l'estafilade qui courait sous son cou. On l'avait égorgé, si bien que sa tête dodelinait entre les mains du Vénitien de la manière la plus abominable. On lui avait également ouvert le ventre, au poignard ou à l'épée. Crapaud perdait ses entrailles ! Fargeon bondit sur place et étouffa un hurlement lorsqu'il arriva à son tour. Pietro venait de s'apercevoir qu'un feuillet était accroché au dos du pauvre bougre.

Il connaissait Rosette et Lansquenet
Plus grave encor, mon identité
Ciel ! Me faire chanter
Il voulait.
Quelle impudence, pour un petit employé.
L'imagines-tu, Viravolta ?
En tout cas ne l'oublie pas :
Je te vois.
Le Fabuliste en attendant
S'en va son office poursuivant
Et pour Crapaud j'ai trouvé
Une Fable bien appropriée
De même que la rose, de circonstance
Parfumant cette stance.

*

LA GRENOUILLE QUI SE VEUT FAIRE AUSSI GROSSE QUE LE BŒUF
Livre I – Fable 3

Une Grenouille vit un bœuf
Qui lui sembla de belle taille.

Elle qui n'était pas grosse en tout comme un œuf,
Envieuse s'étend, et s'enfle, et se travaille
Pour égaler l'animal en grosseur,
Disant : « Regardez bien, ma sœur ;
Est-ce assez ? dites-moi ; n'y suis-je point encore ?
– Nenni – M'y voici donc ? – Point du tout. – M'y voilà ?
– Vous n'en approchez point. » La chétive pécore
S'enfla si bien qu'elle creva.

Le monde est plein de gens qui ne sont pas plus sages.
Tout Bourgeois veut bâtir comme les grands Seigneurs,
Tout Prince a des Ambassadeurs,
Tout Marquis veut avoir des Pages.

*

Restent Sept Fables, mon trésor !
Ah, un conseil encor :
Suis le parfum de la mort.

Viravolta lâcha le corps de Crapaud qui retomba instantanément dans le brouet, la tête la première, et tira son épée du fourreau en se jetant vers la sortie.

— *Il était là !* s'écria Pietro. Dieu sait comment, mais il était là !

Rien n'avait bougé dans l'arrière-boutique et Pietro ouvrit la porte du magasin à la volée. Recroquevillée dans un angle de la pièce, Constance était en larmes. Le Fabuliste l'avait bousculée, sa robe était déchirée, les bouquets renversés autour d'elle ; des flacons et de la poudre de violette gisaient sur le sol. Le visage blême, elle désignait la porte qui donnait sur la rue, encore entrouverte. Elle suffoquait, ses lèvres tremblaient sans parvenir à articuler le moindre son.

Pietro courut vers la porte donnant sur la rue. Le tourbillon de la circulation continuait, machine aveugle et anonyme, grande roue des travaux et des hommes qui vaquaient à leurs occupations. Le bourgeois en carrosse. La bande d'étudiants. Le maître à danser. Les cochers criant : *Gare!* Les enfants. Les marchands hâbleurs. Le charcutier et son couteau.

L'abbé glissant dans le soir.

Les mille clochers.

Paris.

Pietro regarda la cohue à gauche... la cohue à droite...

L'épée dans une main, le tricorne dans l'autre, il fit la grimace.

— *Miseria,* lâcha-t-il.

Il rentra dans la boutique. La petite reprenait ses esprits. Elle remettait d'aplomb les bouquets et flacons renversés.

— Vous allez Mieux ?

— Je... Je n'ai pas entendu tinter la sonnette... Il est entré par surprise... Encapuchonné... je n'ai rien vu...

Pietro traversa de nouveau la salle en direction de l'arrière-boutique.

— Fermez le magasin, dit-il.

Il retourna dans le laboratoire. Fargeon s'y trouvait encore, les bras ballants, hagard. Il contemplait le cadavre de Crapaud mais n'osait le toucher, si bien que le pauvre continuait de patauger dans son brouet et ses viscères.

Puis le parfumeur, qui semblait lui-même revenir d'entre les morts, s'exclama soudain :

— L'iris des marais !

— Je vous demande pardon ? demanda Viravolta.

— Le parfum de cette fleur... que je n'arrivais pas à trouver. C'est l'iris, enfin... une variété très particulière d'iris...

Fargeon le regardait maintenant de ses grands yeux désemparés.

— L'iris des marais. C'est une fleur... une fleur de sabbat!

Le visage de Pietro s'assombrit.

Le Corbeau et le Renard

ROUTE DE MARLY
ATELIER DU FABULISTE, VERSAILLES
HÔTEL DES CERCEAUX, MARLY
CHAMBRE DES HALLES, PARIS

Un triple meurtre.

Un triple meurtre lié aux Fables... et aux parfums.

Viravolta avait poursuivi l'interrogatoire de Fargeon tandis qu'on envoyait Constance prévenir la police. La pauvre enfant allait quitter la boutique, au grand désarroi du parfumeur qui perdait un à un ses employés. Les autorités arrivèrent à leur tour et le représentant du lieutenant général discuta longuement avec Pietro. Le conciliabule se prolongea alors que l'on approchait minuit. Trois morts – Lansquenet, Rosette, et maintenant Crapaud. Tous avaient su quelque chose. Tous, d'une façon ou d'une autre, avaient croisé le Fabuliste. Les nouveaux interrogatoires auprès du parfumeur, de Constance et des autres commis ne donnèrent rien de plus. Du Fabuliste, on ignorait tout. Il avait fait place nette derrière lui. Mais ainsi ! Au nez et à la barbe de Pietro ! En tout cas, son objectif était atteint. Viravolta enrageait et peinait à dissimuler son inquiétude. Au moment où il quittait la boutique, le lieutenant lui demanda, sans rire, si son enquête avançait.

Le Vénitien se contenta de répondre, en se recoiffant de son tricorne :

— Ne vous inquiétez pas, j'ai l'habitude. Je vous tiendrai informé...

A présent, le carrosse le ramenait chez lui.

Que s'était-il passé exactement autour de cette boutique? Pour seules pistes, Pietro n'avait que les mots, Fables et épigrammes que le Fabuliste prenait plaisir à laisser derrière lui, ainsi que ces étranges gouttes de parfum glissées, elles aussi, en signature. *Le Renard et la Cigogne* pour Baptiste, qui avait cru jouer au bec fin; *Le Loup et l'Agneau* pour Rosette, victime de son innocence; et maintenant, *La Grenouille qui se veut faire aussi grosse que le Bœuf,* pour un employé obèse qui s'était improvisé maître chanteur. Le Fabuliste alimentait son bestiaire. Qu'y avait-il encore à venir? Pietro se remémora les lettres de sang sur la peau de bœuf. *Le Corbeau et le Renard. Le Lion et le Rat.* Les sept dernières Fables.

Attrapant le recueil qu'il avait emporté, Pietro se reporta aux Fables cernées de rouge. Les gravures grossières figurant sur les pages de gauche attirèrent son attention. Sur celle du *Loup et l'Agneau,* on voyait le loup dévorant un agneau suspendu par les pattes à un arbre, au-dessus du courant. Une brouette abandonnée traînait non loin... Pour *Le Renard et la Cigogne,* un renard semblait agoniser, le nez plongé dans un vase à col étroit, tandis qu'une cigogne rieuse achevait de dévorer son mets; plus loin, la grenouille explosait littéralement auprès du bœuf. Le corbeau était comme épinglé sur des charmilles, l'œil effrayé, un fromage tombé à ses pieds. Le rat était piégé dans une cage, et un lion prêt à le dévorer rôdait autour de lui... Le Vénitien secoua la tête. *Mais comment veux-tu que je m'y retrouve? Qui sera le cor-*

beau, qui le renard? Qui le lion et qui le rat?... Il considéra la liste sur la peau de bœuf et, mentalement, barra d'un trait les premières Fables.

~~LE RENARD ET LA CIGOGNE~~ Lansquenet
~~LE LOUP ET L'AGNEAU~~ Rosette
~~LA GRENOUILLE QUI SE VEUT FAIRE AUSSI GROSSE QUE LE BŒUF~~
Crapaud
LE CORBEAU ET LE RENARD
LE LION ET LE RAT
LE CHIEN QUI LÂCHE SA PROIE POUR L'OMBRE
LE SINGE ROI
LA CIGALE ET LA FOURMI
LE LIÈVRE ET LA TORTUE
LE LION DEVENU VIEUX

Quant au parfum... Lis, asphodèle, belladone, arum, iris des marais. De toute évidence, Baptiste avait été empoisonné d'une autre façon que par ce seul parfum; mais pourquoi cette mise en scène? Pourquoi avoir attiré l'attention sur cette substance toxique et, du coup, sur son exacte composition? *Suis le parfum de la mort...* Le Fabuliste voulait-il par là leur signifier quelque chose? Pietro se remémora les hypothèses qu'il avait formulées avec d'Aiguillon : le Fabuliste... un ancien agent du Secret? Un simple pion à la solde de l'étranger, d'une loge ennemie de l'Etat, ou d'une organisation inconnue? A moins qu'il ne fût un fou isolé – un courtisan de Versailles, peut-être? Dans ce cas, pourquoi n'avoir pas frappé plus tôt, et à la tête? Tout cela n'augurait rien de bon. Dix mille personnes passaient au château chaque jour! En ce moment, le palais était désert. Mais bientôt la foule reviendrait... et il serait impossible de surveiller toutes les allées et venues! Pietro soupira. Il pouvait être promené longtemps par ce mystérieux adversaire, et ce recours ironique aux Fables ne lui rappelait que trop ses aventures de Venise : il était de nouveau tombé sur un spécialiste des chimères et rébus qui se servait du labyrinthe des lettres pour mieux l'égarer.

Il allongea les jambes, méditatif.

De nouveau, il regarda le petit flacon de liquide pourpre, puis la Fable et la rose rouge. Il caressa l'orchidée à son propre cœur ; puis il ferma les yeux et rabaissa le tricorne sur son visage, essayant de se détendre quelques instants, malgré les cahots de la voiture.

Des cigognes, des grenouilles, des loups et des agneaux dansaient dans sa tête.

Son repos fut de courte durée. Il avait toujours le rapport du duc d'Aiguillon avec lui. Ces histoires de Fables le tracassaient. Il y avait là quelque chose d'un peu facile et de mystérieux à la fois... Comme si le tableau n'était pas complet. Il rouvrit son dossier. D'Aiguillon avait fait rassembler les informations essentielles sur La Fontaine et son œuvre. Là se trouvait sans doute une première clé. Pietro, soucieux, s'y plongea. Après une vie insouciante de bourgeois de province à Château-Thierry, La Fontaine avait assumé une charge de maître des Eaux et des Forêts et fréquenté assidûment les salons, lisant à la fois les Anciens et les Modernes. En 1658, son poème héroïque inspiré d'Ovide, *Adonis*, lui avait assuré la protection de Fouquet à Vaux-le-Vicomte. Accueilli par la duchesse d'Orléans après la chute du surintendant, il avait connu un éclatant succès avec ses *Contes et Nouvelles*, récits gracieux et licencieux usant de vers irréguliers ; une manière qu'il reprit pour ses premières *Fables*, parues dès 1668. Sous la protection de Mme de La Sablière, puis de M. et Mme d'Hervart, il les augmenta de deux recueils supplémentaires. Le public, fervent, goûtait son « ample comédie à cent actes divers » d'où se dégageait une morale tantôt pessimiste, tantôt épicurienne. Il s'inspirait directement d'Esope, de

Phèdre et de la sagesse hindoue. Courtisan habile, il était cependant réputé pour son indépendance. Les *Fables* elles-mêmes comptaient trois recueils, et douze livres d'apologues, qui tous présentaient des évocations pittoresques et concises du monde animal. Usant ainsi « d'animaux pour instruire les hommes », La Fontaine épinglait les travers et lubies de la société humaine...

Pietro regarda machinalement par la vitre du carrosse.

Une comédie à cent actes divers...

Se servir des animaux pour instruire les hommes...

Des meurtres avec, pour *modus operandi*, de bien cruelles Fables.

Pietro referma le rapport.

Voilà dans quoi nous sommes entraînés !

*
* *

Dès qu'il eut regagné son atelier, à deux pas du château, le Fabuliste ôta sa capuche.

Il haletait, reprenant son souffle entre deux rires.

Il jeta son long couteau ensanglanté dans la bassine et se nettoya les mains à l'eau froide.

Longtemps, sous les traits de l'un des valets de pied de Versailles, il avait fréquenté les recoins les plus obscurs du palais. Il avait patiemment tissé sa toile, apprenant tout des us et coutumes du château, des relations de Cour et des jeux de pouvoir. Désormais, il n'était plus seul. Ses alliés étaient plus puissants que nul n'aurait su l'imaginer, y compris Viravolta. Il avait ressuscité son personnage de comédie. *Leur* personnage de comédie. Pas seulement un Fou, ou un Bouffon du roi, non – il était un roi lui-même, le roi des animaux ! Il rit de plus belle.

Pour compléter son espionnage, il avait resserré son maillage autour de Versailles. Lui aussi, en empereur de l'ombre, avait ses indicateurs. Il avait utilisé les services d'un bossu employé à la journée dans les latrines des Suisses. Avec Etienne, son âme damnée – une brute cupide, mais qui faisait ce qu'on lui demandait –, il avait floué la terre entière. Jusqu'au comte de Broglie, le chef du Secret, exilé à Ruffec ! Lorsqu'il venait prendre ses renseignements auprès de ce pauvre hère courtaud et servile, il le regardait balayer la fange. Les yeux noyés dans les déjections, le Fabuliste voyait dans le labeur de sa créature un reflet assez fidèle de sa haine, et de cette honte que dissimulait Versailles, sous ses prétentions solaires. De temps en temps, Etienne jetait des chiffons dans un grand seau à l'eau saumâtre et partait d'un rire, en mettant la main devant sa bouche. Il avait jadis été attaqué par des loups en forêt. Un coup de griffe avait failli lui emporter la moitié du visage. Il en conservait trois entailles profondes, et avait gardé de ces stigmates quelque chose de difforme, mi-homme mi-animal. Le Fabuliste considérait ce rebut de la terre, qui n'avait jamais connu que la souffrance et la haine. Personne ne se souciait de cette limace à Versailles ; Etienne était idéal pour exécuter quelques-unes des plus viles besognes dont le chargeait son maître. Il lui servait autant de nettoyeur que de cocher. Le Fabuliste voyait en lui comme un prolongement de cette partie honteuse, bestiale, de laquelle était né son jeu de mort. Il était à l'image de ces êtres peuplant les Fables dont il s'inspirait pour ses pièges érudits et morbides.

Il se remémorait souvent sa propre enfance. Lui aussi, il avait eu son lot. Le Fabuliste revoyait cette trappe des profondeurs, ouverte sur un halo indéfini, cette trappe qu'il essayait d'ouvrir en vain. Il avait encore en mémoire la texture du bois humide sur lequel il s'écorchait les ongles. Parfois, lorsqu'on le laissait seul, il hurlait dans le silence, avant de redescendre se terrer entre les sacs de sel et les bouteilles de vin. Il ramenait ses mains sur ses genoux, y enfouissait le menton, et regardait l'ovale du soupirail donnant sur l'extérieur. Il cherchait à comprendre ce qui lui arrivait. Son crâne d'enfant ne pouvait contrôler ces tempêtes. Sa colère avait germé sur un terreau empoisonné.

Puis l'abbé l'avait sauvé. Il avait su faire fructifier son intelligence, une intelligence que le saint homme avait même toujours considérée comme fulgurante – *Dieu est avec toi, mon fils,* lui disait-il parfois. Son esprit s'était affûté, et asservi à un seul objectif : la vengeance. Autrefois il rêvait de mythologies oubliées, s'imaginait différent, comme ces créatures, ces chimères illustrées dans les vieux livres de contes qu'il parvenait à chaparder auprès de la nourrice et des autres enfants. Il se parait lui-même des attributs de ces monstres divins qui peuplaient son univers, et lui parlaient mystérieusement. Lorsqu'il avait su lire, il s'était jeté dans ces récits à corps perdu ; dès qu'il avait compris les rudiments du grec et du latin, et son catéchisme bien sûr, il avait lu des psaumes, et les histoires païennes que l'abbé acceptait de lui glisser entre deux admonestations pascaliennes. Il se voyait Pan ou satyre, centaure au torse musculeux et à la flèche sûre. Tantôt Gorgone, tantôt faune, il enlevait des nymphes dans des bois profonds. Inlassablement, il lisait et relisait son précieux recueil, écorné et poussiéreux – ce livre de Fables, sa propre comédie, résumé improbable de sa vie, de ses métamorphoses et de ses turpitudes.

Sa vie même était une comédie.

Tout cela était loin maintenant. Il n'avait gardé que la colère, l'acuité de jugement, la capacité de pénétration des âmes. Oui, c'était pour cela que son bossu l'amusait et que, lorsqu'il le rejoignait dans les latrines, pour le voir encore et encore éponger ses ordures, se glorifiant de ce royaume de corruption et de pestilence, il riait, riait,

Bienvenue dans mon royaume !
— car maintenant ils allaient tous payer.

Depuis cette enfance, refermée derrière lui, il s'était émancipé. Il était devenu un fauve. Solaire. Brillant. Sophistiqué. Escrimeur hors pair, et architecte capable de prévoir trois, cinq, dix coups à l'avance sur l'échiquier qu'il avait en tête. Froid et méthodique. Phalène et papillon de nuit, il pouvait endosser l'identité du gueux ou du marquis décadent, du valet autant que du prince. Il était un maître autant qu'une bête. Et de pantin, il était redevenu marionnettiste. Tout était en place. Ses Fables étaient prêtes. Il avait mis tant de soin à reprendre celles de ses maîtres, et à composer ses propres poèmes, à l'ombre de sa bougie mourante, lissant sa plume et ruminant ses rimes, les remettant cent fois sur le métier. Qui eût cru en ce talent, patiemment cultivé aux sources de sa haine ! Oui, il était un poète en son genre, un poète noir ! En même temps, en véritable artiste qu'il était, il ne négligeait pas cette qualité fragile et ô combien essentielle : le talent de l'improvisation.

Le Fabuliste cilla en devinant l'effluve qui émanait de son manteau. Le seul problème posé par la fréquentation de ce loqueteux d'Etienne était qu'à force, une partie de l'odeur tenace des latrines où ils se retrouvaient avait fini par imprégner ses propres vêtements. C'était cette odeur que Rosette avait perçue au soir de sa mort. Elle avait compris – trop tard – qui il était. Pauvre Rosette. Il l'avait lui-même possédée, dans l'une de ces maisons où elle se rendait, pour raisons de service. Ces catins se moquaient des marquis boursouflés, des barbons poudrés et des jeunes impétrants cyniques et puants. Mais devant lui, elles se taisaient. Elles avaient peur. Elles devinaient sa puissance. Etienne aussi avait voulu la petite Rosette. Il n'avait fait qu'en rêver. Elle aurait ri, désignant sa chair blafarde et moquant ses traces de griffes, si le bossu s'était avisé de se dénuder devant elle. Le Fabuliste avait eu la faiblesse de lui confier quelques bribes de sa vérité, pendant qu'Etienne assistait à leurs ébats. Quelle erreur. Elle n'était qu'une sotte. Elle s'était empressée de tout répéter à son petit loqueteux de Baptiste Lansquenet. *Baptiste! Je t'aimerai toujours!* Et Crapaud les avait espionnés, lui aussi, ce mirliton imbécile. Triste vaudeville, triste fable! Tous trois avaient failli éventer le projet du Fabuliste, et le révéler aux autres indicateurs et agents du Secret. Erreur qui ne se reproduirait plus.

Le Fabuliste considéra un instant l'intérieur de son atelier. Il y avait aménagé un lit, dont il gardait les draps propres et immaculés, avec un soin maniaque. Sa couche était encadrée de deux bouquets de fleurs fanées, artistiquement disposés. Un fauteuil profond et quelques livres, dont le *Clélie* de Madeleine de Scudéry et plusieurs volumes de l'*Histoire naturelle* de Buffon, abandonnés sur une étagère, achevaient de composer ce gîte singulier. La partie atelier proprement dite, en revanche, témoignait d'une fièvre et d'une activité toutes différentes. Plus loin se trouvait un établi couvert d'une pellicule de poussière. Les restes d'un lapin éviscéré y trônaient encore. Une armature de bois figurant le squelette du rongeur était disposée non loin, ainsi que des solutions chimiques de différentes couleurs. Sur un linge graisseux étaient alignés des pinces, des tenailles et divers outils. Des dessins du lapin, présenté dans diverses postures, réalisés avec talent et un réel souci du détail, traînaient auprès d'autres esquisses semblables, figurant des belettes, des marmottes ou des oiseaux. Non loin, un renard au pelage roux, sur son socle, la gueule ouverte, semblait prêt à bondir sur une poule vagabonde. Des peaux étaient tendues sur un chevalet de fortune.

L'abbé, dans le temps, n'avait fait que s'intéresser de loin à la naturalisation. Le Fabuliste, lui, y avait trouvé un véritable exutoire, qui satisfaisait son goût obsessionnel de la précision, son amour de la technique, son souci du travail bien fait. Son penchant pour la chirurgie aussi. Conserver aux animaux l'apparence de la vie était un travail fascinant. Au début, on se contentait de rembourrer les animaux de paille. La technique s'était perfectionnée à mesure du temps. On avait, par exemple, enfoncé des tiges de fer dans les pattes pour mieux les maintenir, et figer les bêtes dans des attitudes de plus en plus proches de la nature. Après avoir acquis son spécimen, le Fabuliste avait coutume d'en prendre les mesures, puis d'en recréer la couleur et les caractéristiques exactes au moyen de dessins anatomiques. Il l'écorchait avec patience, en commençant par des incisions sous le ventre et à l'intérieur des pattes. Il conservait le crâne et les os de ses membres. Lors de ce dépouillage, il fallait soigneusement décoller la peau, et la moindre parcelle de chair, de graisse ou d'os restante devait être grattée pour éviter toute nécrophagie ultérieure. Puis il passait au tannage de ladite peau, afin de l'assouplir avant la pose et le montage. Il la protégeait grâce à des agents et poudres chimiques. Parallèlement, il réalisait une maquette précise du corps de l'animal, modelant avec de l'argile une carcasse qui figurait son squelette – lorsqu'il n'utilisait pas le squelette directement. Du savon arsenical, qui permettait une conservation des peaux de première qualité, était disposé près de l'établi. Il avait jadis eu la chance de rencontrer à Saint-Médard l'apothicaire Jean-Baptiste Bécoeur, qui lui avait fait part de cette grande découverte. Le Fabuliste en avait toujours dans son atelier.

Puis il redonnait forme à l'animal en lui bourrant le corps. Pour restaurer au mieux les caractéristiques de la bête, et conserver l'éclat de son regard, il utilisait des yeux de verre, et d'autres artifices pour certains organes comme la langue. Il posait ensuite la peau et l'ajustait après l'avoir enduite de graisse. Quelques retouches de peinture étaient parfois nécessaires, avant la couture finale. Il cherchait toujours à donner à ses œuvres les poses les plus réalistes. C'était tout un art, un peu comme celui de La Fontaine – un art de la *sculpture animalière.*

Tant de précision... Tant de méticulosité...

Le Fabuliste embrassa la pièce du regard, s'attardant sur l'un des vases de fleurs fanées qui encadraient sa couche.

Suis le parfum de la mort.

Ses traits s'abîmèrent dans un sourire tordu.

Il resta ainsi quelques secondes, puis rabattit la capuche sur son visage.

Allons ! Pas de répit. Le plan devait s'accomplir. Il se reposerait plus tard. Il s'enveloppa de nouveau de son manteau. Etienne l'attendait. Il lui fallait préparer la suite de son œuvre, s'occuper des autres agents du Secret. Au moins, après s'être débarrassé de Rosette, Lansquenet et Crapaud, avait-il arrêté l'hémorragie. Son plan était un mélange de calcul et d'adaptation, les Fables pour guides. Oui, chacun sa Fable. Chacun sa mort. Et Dieu, ou le Diable, pour tous. Du moment où le Fabuliste avait entrevu l'issue des événements, il avait préparé son billet pour Viravolta. *Viravolta, l'ennemi...* Les dix dernières Fables, pour lui et pour le monde. Mais l'Orchidée n'en verrait pas la fin.

Il avait mis du temps à choisir son camp. A faire alliance avec l'ennemi. A ressusciter le Fabuliste des noces de 1770 – ce personnage que l'abbé et lui avaient inventé, jadis. Il rit. Dans son manteau et sa capuche noire, il s'élancerait tel un songe, un cauchemar. Ce soir il retournerait goûter à sa liberté dans les bois. Le Fabuliste chevaucherait en cavalier d'enfer, se découpant de nouveau derrière le rideau des arbres, les troncs fichés en terre comme des flèches d'encre imprécise. Il serait un poème, une charade, une énigme, une métaphore ; il s'érigerait en mythe, en conte, de ces histoires horribles que l'on n'ose raconter aux enfants, sinon du bout des lèvres, à la veillée. Il serait... le Fabuliste !

Il allait sortir, lorsque trois coups sourds furent frappés contre la porte.

Il saisit sa dague puis alla ouvrir.

— Etienne ?

— *No*, dit une voix grave et profonde.

Son visage se tordit en un rictus lorsqu'il découvrit l'identité du nouveau venu.

— Lord Stevens. Je ne vous attendais pas ici. J'imagine que vous venez aux nouvelles...

L'homme, dressé de toute sa stature, le visage dans l'ombre, ne répondit pas.

Le Fabuliste s'inclina.

— Entrez, entrez donc. Mais ne m'en veuillez pas si notre entretien ne dure pas très longtemps.

Il posa une main sur son cœur.

— Une nouvelle Fable m'attend.

*
* *

Des lumières indécises, jaunes ou orangées, filaient çà et là comme des lucioles.

Pietro y noya son regard, se laissant bercer par les cahots du véhicule.

Le carrosse entra enfin dans la cour pavée, et le bruit des sabots se calma sous les *holà* du cocher. Pietro descendit et salua. Il leva les yeux vers les étages. L'hôtel de la rue des Cerceaux avait été construit quelque cinquante ans plus tôt. Sous les encorbellements, les grandes fenêtres faisaient comme des yeux ouverts sur la nuit. Derrière l'une des fenêtres, une lumière vacillante attestait qu'Anna avait dû attendre son retour. Deux lanternes étaient allumées sous le porche. Pietro entra et ôta son tricorne qu'il abandonna sur le buffet de l'entrée. Il glissa sur le sol en damier et emprunta l'ample escalier aux marches blanches. Il déboutonna son gilet. En haut il jeta un coup d'œil dans la chambre de Cosimo. La porte était entrouverte ; le linge abandonné sur le seuil l'avait alerté – Cosimo n'était pas là, sans doute parti rejoindre quelque noce. Sa chambre était un capharnaüm où traînaient des chemises froissées, des fracs en désordre et des chausses amoncelées les unes sur les autres. Le lit était défait, et un gros volume de l'*Encyclopédie* avait servi à caler la commode branlante – une façon, sans doute, de mettre en application les principes techniques et physiques des arts et nouvelles sciences dont se réclamaient Diderot et les siens. Pietro se dirigea vers la chambre qu'il occupait avec Anna Santamaria.

Elle s'était endormie. Près de leur lit, des bougies achevaient de se consumer, sur les chandeliers dorés. Ils n'avaient plus de domestiques ici, depuis que la dernière soubrette avait été prise d'un méchant rhume et renvoyée chez elle. Il fallait en trouver une ou deux autres. Restait le cuisinier, un dénommé Ariel qui, à cette heure, devait ronfler dans les dépendances de l'hôtel. Pietro sourit en voyant qu'Anna avait laissé pour lui du poulet et du fromage dans une assiette. Elle avait également fait chauffer de l'eau dans des brocs pour sa bassine, en espérant qu'il rentrerait à temps. L'eau était tiède. Pietro ôta chemise, chaussures, pantalon et culottes, puis glissa ses pieds endoloris dans la bassine d'argent, en étalant sur ses genoux une serviette en toile de Limbourg. Il renversa un moment la tête, échevelé et fatigué. Il regarda la cheminée, bouche d'ombre froide. Puis ses yeux croisèrent un miroir, monté sur la coiffeuse d'Anna. Elle en avait un autre, dans son petit boudoir mais celui-ci, situé près de l'alcôve, lui permettait de démêler ses cheveux au matin, dès son réveil.

Pietro aperçut son visage. D'où il se trouvait, le miroir lui paraissait curieusement orienté. Il ne voyait qu'une partie de son reflet, sous un angle distordu. Un quart de sa figure était coupé par l'ovale de bois sur lequel la glace était montée. Il considéra ses traits. Le sourcil levé. Le fard en déroute. Ces yeux plissés, ridés au coin des paupières. Ces nervures sur le front, qu'il ne pouvait plus ignorer. Bien sûr il était toujours beau. Mais à son âge, il était déjà un barbon, après tout. Il soupira. Il y avait, dans ses yeux, des reflets de tison, comme une flamme obscure qui vacillait et qui, ce soir, semblait porter le souvenir des fastes de la Sérénissime, des maîtresses de toujours, des parties de cartes sous les lambris, des coups d'épée au pied de l'escalier d'or, des chants sur la lagune... Sans quitter son fauteuil, il put tendre la main pour attraper son vieux poignard vénitien, à crosse de nacre, qu'il laissait souvent près de la coiffeuse d'Anna.

L'instant d'après il était distrait par une ombre. Il ferma un œil. La forme lui évoquait... une fleur.

Une orchidée.

Une orchidée sur le mur.

Qui était-il lui-même, se demanda-t-il, sinon... une ombre ?

Il s'amusa avec ses doigts à faire monter, depuis la corolle de l'orchidée imaginaire, les deux antennes d'un insecte... Oui, qui était-il lui-même, sinon une ombre mouvante ? Une Fable ? *Je suis une Fable. Et le Fabuliste aussi est une ombre. Et ce monde tout entier, peut-être. Une scène de théâtre, pour une pièce en quatre actes... Tous des ombres...*

Il soupira encore, soudain saisi d'une impression troublante.

Il regarda Anna, qui reposait dans l'alcôve, entre deux voiles tendus et les rideaux du baldaquin. Un livre de prières, relié de cuir, était abandonné par terre. La main d'Anna

Santamaria dépassait du drap et tombait du lit, comme pour caresser le psautier. Couchée sur le ventre, le visage à moitié enfoui dans son oreiller, elle respirait profondément. Pietro se leva et s'agenouilla près du lit. Elle seule avait eu cette capacité, chaque fois, de le rendre à lui-même, et de le combler. Pietro entendait le vent s'engouffrer dans la cour et faire grincer la maison, mais il émanait d'Anna une chaleur étrange. Il la regardait, et son visage se faisait presque grave, presque soucieux, comme s'il cherchait à se rappeler quelque chose d'absolu et de vital. Dans un demi-sommeil, Anna ouvrit les paupières. Il regarda ces lèvres, ces joues de feu, le grain de beauté au coin de sa bouche. Le sourire d'Anna, lumineux et confiant, s'accentua.

Ah. Tu es là. Je savais que tu reviendrais.

Il l'embrassa en lui soufflant :

— Ma dormeuse. Je t'aime.

Il acheva de se dévêtir, et faillit renverser l'eau de la bassine. Il retint un juron.

On manquait de personnel de maison ici.

Et toi, Landretto... Où es-tu?

A cette pensée, Pietro sourit; l'image de son valet de toujours repassait devant ses yeux. Que faisait-il ce soir? Il l'aimait aussi, ce vieux bougre! Il se souvenait de lui sautillant pour plaider sa cause, jadis, auprès du Doge et d'Emilio Vindicati; lui apportant des livres et des nouvelles de la ville dans son cachot des Plombs; échangeant des plaisanteries avec Casanova, alors également hôte des cellules de la République.

Landretto, mon vieil ami! Pourquoi n'es-tu pas resté avec moi? Tu me manques. Pourquoi nous sommes-nous éloignés?

Mais où était-il, ce temps où ils chantaient tous trois à Venise? Mon Dieu, comme le temps passait! Où était leur jeunesse – où était la sienne? Il regardait la poudre de Versailles glisser sur les murs, se représentait les gondoles sillonnant les canaux huileux, le plâtre fondant sur les visages, dans les cœurs et sur les murs, tout n'était plus qu'un songe déliquescent, mais où était-il le temps où l'on chantait ?

Lentement, Pietro détendit les jambes. Il sombrait. Les images de Baptiste Lansquenet, rictus grotesque dans son bec à inhalation, de Rosette suspendue à une branche, le pied sectionné et dévoré par les loups, et de Crapaud éviscéré défilaient dans son esprit. Le Fabuliste semblait lui rire au nez.

Au bout de quelques minutes, il se réveilla, frissonnant.

Il cligna des yeux.

Pas de doute, le duel était engagé.

Mais par les enfers, qu'est-ce que tu cherches ?

*

* *

Le tricorne de Landretto reposait auprès du lit défait.

Il avait été le confident et le valet fidèle. A présent il était en mauvaise posture.

Il se tenait les mains jointes dans le dos, dans son costume d'écuyer du roi.

Il aurait dû écouter sa conscience – écouter peut-être son ancien maître, Pietro Viravolta. Le sang battait à ses tempes. Sa migraine lui faisait mal, ses muscles endoloris lui pesaient affreusement. La veille encore il avait trop bu, il avait pris du ventre, mais Seigneur, pourquoi buvait-il autant ? Et maintenant... s'agissait-il seulement d'un cauchemar, ou était-il bel et bien tombé dans un piège ?

Dites-moi que c'est un mauvais rêve...

Il se tenait les mains jointes dans le dos, ligoté.

Landretto faisait face à un mur froid et dépouillé. Il essayait de se souvenir.

Il n'avait pas eu besoin de partir pour Choisy. Avec quelques-uns de ses compères il était descendu par Notre-Dame jusqu'au quartier des Halles, à l'une de leurs adresses favorites. Ils avaient liquidé quelques tonnelets près de l'île Saint-Louis. Sur le chemin du retour, entre deux chansons, il avait été arrêté par une jeune femme ravissante, très fardée, qui paraissait à peine plus de vingt ans. L'une de ces délicieuses catins de Paris. Elle portait une robe mauve à froufrous, tenait un éventail coquin, ses joues étaient fiévreuses. Landretto avait fini par se laisser convaincre. Elle lui rappelait vaguement cette jolie mante qu'il avait aimée à Venise, la Dame de Cœur, agent secret pour le compte du Doge. La belle l'avait flatté sur ses atours, sur sa prétendue naissance, sur son merveilleux office d'écuyer de Sa Majesté, le complimentant sur les boutons d'or à ses manchettes, sur les fils de son veston. Il avait lâché ses petits pages à grand renfort de clins d'œil, alors qu'ils se préparaient à entrer dans une autre taverne.

La petite l'avait emmené ici, près du Châtelet, dans une maison à colombages du vieux Paris, jusqu'à cette chambre étroite, aux murs gris et au mobilier presque inexistant. Un lit aux draps glacés, un bac, une chaise. La fenêtre donnait sur une cour pavée. Un rai blafard tombait devant lui. Juché comme il l'était maintenant sur la chaise, Landretto ne pouvait voir que cette paroi humide à laquelle il faisait face. Il ne se souvenait plus guère de ce qui s'était passé après son entrée ici. Il n'était même pas sûr alors de pouvoir remplir son office – c'était à peu près la dernière pensée dont il se souvenait, s'il fallait en croire sa mémoire. Honteux, il s'était effondré. De l'eau glacée venait de le réveiller.

Le jour pointait à l'horizon.

L'eau coulait encore sur son visage, quelques gouttes tombaient dans son col ; la petite avait disparu ; une corde était passée autour de son cou.

Et derrière lui, alors qu'il revenait sur terre, une voix récitait :

LE CORBEAU ET LE RENARD
Livre I – Fable 2

Maître Corbeau, sur un arbre perché,
Tenait en son bec un fromage.
Maître Renard, par l'odeur alléché,
Lui tint à peu près ce langage :
« Et bonjour, Monsieur du Corbeau.
Que vous êtes joli ! Que vous me semblez beau !
Sans mentir, si votre ramage
Se rapporte à votre plumage,
Vous êtes le Phénix des hôtes de ces bois. »
A ces mots le Corbeau ne se sent pas de joie ;
Et pour montrer sa belle voix,
Il ouvre un large bec et laisse tomber sa proie.
Le Renard s'en saisit et dit : « Mon bon Monsieur,
Apprenez que tout flatteur
Vit aux dépens de celui qui l'écoute.
Cette leçon vaut bien un fromage, sans doute. »
Le Corbeau honteux et confus
Jura, mais un peu tard, qu'on ne l'y prendrait plus.

Les pieds de Landretto, tremblants, étaient en équilibre sur le dossier de la chaise. Passée dans le crochet d'un lustre absent, la corde était rattachée à la porte d'entrée. Il suffisait d'un souffle pour que la chaise bascule, et lui avec. Il avait mal au crâne, ses mains étaient moites. La corde râpait sa gorge.

— Qu... Qui êtes-vous ? Que voulez-vous ? demanda-t-il d'un ton étranglé.

Il n'entendit d'abord qu'un souffle, puis la voix se décida :

— Nous allons parler un peu de votre maître, si vous le voulez bien.

— De... de mon maître ?

— Ne me prenez pas pour un imbécile. Je vous parle de l'Orchidée Noire.

— Comment savez-vous...

— Ça, c'est Paris, répondit la voix. Nous allons aussi parler... de votre second maître. Et de votre trahison.

— Ma *trahison* ?

Landretto était parcouru de frissons. Il crut un moment qu'il allait basculer. Un pied glissa de la chaise ; il se rattrapa au dernier instant, comme il le put, les mains toujours liées dans le dos, de plus en plus étranglé. Sa langue sortait de sa bouche. Il cherchait son souffle. Il tentait aussi de se tordre le cou pour voir le Fabuliste, qui se tenait assis derrière lui, un bout de la corde en main.

— Vous m'avez très bien compris. Cher petit valet... Vous savez qu'il m'appartient de déceler et de dépeindre les travers des hommes... Allons ! Pas de cachotteries, pas de faux-semblants entre nous... Je sais que votre généalogie a été inventée de toutes pièces... Vous, écuyer du roi, officier par dérogation... Quelle plaisanterie ! Vous, issu de la plus noble ascendance, seigneur de Parme ! Je sais que vous devez tout cela aux lettres des sénateurs de Venise, et au bon plaisir du roi, qui a bien voulu fermer les yeux... Mais n'a-t-il pas toujours fermé les yeux ? N'a-t-il pas toujours été aveugle, lui aussi ?

Landretto émit un borborygme indistinct.

— En vérité, petit Landretto, vous êtes un menteur et un Judas... Sans famille, n'est-ce pas ? Vous avez toujours été orphelin...

Landretto, le souffle court, ivre de douleur et de colère, ne savait plus que dire ; des larmes lui brûlaient les yeux. Le Fabuliste rit. Il s'était levé à présent et tournait autour de lui. Le parquet de la chambre grinçait sous ses pas.

— Et vous voilà piégé par une simple entraîneuse, dont vous avez eu l'arrogance de penser qu'elle était sensible à vos apprêts, petit valet, et à votre costume à boutons d'or ! Vous êtes fabriqué, Landretto, fabriqué tout entier... *Pantin pantin pantin*, petite marionnette ! Voilà ce que vous êtes ! Vous avez usurpé votre ramage ! Et par vous, arrivera le malheur. Alors dites-moi... En quel animal vous peindrais-je ?

Landretto poussa un gémissement.

— Votre silence est éloquent, mon Judas, et je vous trouve bien coi. Voyez-vous, j'aime versifier, moi aussi. Bien que vous ne soyez guère en position de battre des ailes.

Le Fabuliste se rapprocha de la chaise ; sa main s'attarda sur la corde, toujours reliée au crochet du plafond, et à la poignée de la porte.

— Ah ! cher Landretto !... J'ai décidé de jouer un peu avec votre maître ; il mérite un traitement particulier. Et vous aussi, petit valet. Landretto... *Vous allez me servir d'appât.*

Il en était là lorsque la porte s'ouvrit ; Landretto crut que c'était la fin, mais le Fabuliste venait de laisser filer un peu de mou pour permettre au nouveau venu de s'introduire dans la pièce. Landretto crut alors à une nouvelle vision de cauchemar. Apparut un être difforme et courbé, la moitié droite du visage lacérée de trois balafres régulières. Landretto le reconnut. Ce bossu... il l'avait croisé, cent fois déjà, près des latrines des Suisses ! Il réalisa soudain l'ironie du sort : ils étaient tous les jours à Versailles ! Et cette odeur ! Maintenant, la paupière lourde, un sourire édenté sur le visage, le bossu le regardait, les lèvres étirées en un sourire imbécile. Il paraissait se repaître en silence de ce spectacle.

Derrière Landretto, la voix se mua de nouveau en rire – mais cette fois en un étrange rire de fausset. Le Fabuliste étendit les bras et, dans des mouvements saccadés, se plut à imiter le cri du corbeau – des cris perçants et grotesques. Les manches de son manteau noir figuraient les ailes du volatile ;

il continuait d'agiter les bras, le visage perdu sous sa capuche d'ombre.

— Etienne est... mon valet à moi. Il est bien plus fidèle que vous. Mon ami, en quel animal vous peindrais-je ? Priez ! Priez pour qu'Etienne ne rouvre pas cette porte ! Et récitons ensemble.

Le bossu le regardait fixement.

Le Fabuliste rit encore et, redevenant sérieux, dit d'un ton glaçant :

— *Maître Corbeau, sur un arbre perché*... La suite, Landretto ?

La Philosophie dans le Jardin

TERRASSES DES PARTERRES SUD, JARDINS DE VERSAILLES
BUCKINGHAM HOUSE, LONDRES

Suis le parfum de la mort.

Lis, asphodèle, belladone, arum, iris des marais.

Que des fleurs... plus le basilic.

Pietro avait une idée assez saugrenue. Mais il savait que l'empathie avec l'ennemi, et la compréhension de ses façons d'opérer, était l'une des clés de la réussite. En l'espèce, le fonctionnement du Fabuliste parlait de lui-même : il aimait *raconter des histoires.* Morbides, de préférence. Pietro avait saisi une chose essentielle – penser avec lui signifiait aussi rompre avec les méthodes conventionnelles et apprendre, pour mener son enquête, à *penser en poésie*, en quelque sorte. Une poésie noire, bien sûr. Penser en Fables, assurément, et en rébus littéraire ; tel était son ouvrage. Il tuait avec l'esprit français. Sa force, sa finesse, sa préciosité aussi. Peut-être les ingrédients de ce parfum racontaient-ils une Fable, à leur manière. Peut-être était-ce la signification de cette invitation – ce « conseil » – laissé à Viravolta par le Fabuliste : *Suis le parfum de la mort.* Pour l'heure, ce n'était plus des lumières du parfumeur dont Viravolta avait besoin – mais d'un spécialiste des fleurs. Et quoi de mieux, dans cette savante optique, que de consulter l'un des jardiniers de Versailles ?

Lorsqu'il arriva au château, vidé de la Cour et d'une partie de ses gens d'armes, Pietro gagna promptement les terrasses. En ce mois de mai, c'était la grande saison des bosquets et des fleurs. Durant l'hiver, on cassait la glace des bassins, au milieu des parterres enneigés ; les bûcherons débitaient le bois des arbres tombés. Au printemps, on inspectait les canalisations, les conduits de fontaines, on préparait bêchages et labours, on remettait à glisser sur le Grand Canal un partie de la Flottille, dont chaloupes, barques et gondoles de la Sérénissime. A l'heure où Pietro s'aventurait dans les jardins, on venait d'installer les bancs de bois sur le Parterre du Midi, d'envelopper de damas et de cerceaux de fleurs les chariots de promenade, et de sortir la célèbre collection des Orangers de la Couronne, rencaissée pour l'occasion. Les jardins resplendissaient sous le soleil et pourtant, la mort du roi continuait de laisser alentour un grand vide. Versailles semblait une princesse abandonnée à son sommeil, au cœur d'un palais enchanté.

Descendant depuis les terrasses en direction des Parterres du Sud, Pietro avisa l'un des jardiniers qui s'affairaient encore. Il lui demanda conseil et le jardinier lui recommanda l'un de ses confrères, que Pietro aperçut plus loin.

— Vous verrez... C'est un Le Normand, l'un des héritiers des grands chefs jardiniers de Versailles. Mais il s'invente parfois d'autres particules ; c'est que, sous ses dehors de terrassier, il est fort instruit. Il se targue d'avoir été durant un temps le jardinier de Voltaire à Ferney. Depuis, Monsieur joue au philosophe... Il se prend un peu pour son ancien maître, mais il faut en convenir, lui qui passe son temps à planter est assez cultivé. Ne soyez pas surpris s'il part dans de grandes digressions ! C'est que son ouvrage l'inspire.

Voilà celui qu'il me faut, songea Pietro.

Il partit à la rencontre du dénommé Le Normand. Ce dernier, chapeau sur la tête, manches retroussées, ôtait les épines et pétales échappés des parterres à l'aide de son balai à feuilles. La sueur coulait au creux de ses bras. Quelques-uns de ses confrères, dispersés ici et là, passaient la ratissoire, dont le tranchant coupe les mauvaises herbes. Les dents des râteaux imprimaient des dessins réguliers dans le sable des allées. En temps normal, une foultitude de métiers et de tâches se croisaient au sein de cette ruche bruissante : les terrassiers et les maçons saluaient les plombiers, tandis que les horticulteurs jouaient de la cisaille et que passaient les chariots des taillandiers. Cachés dans des réduits verdoyants, dans des écrins joyeux, des rocailleurs, bronziers, doreurs, ferblantiers ou peintres s'affairaient à embellir les cabinets de verdure. Des pêcheurs de passage fournissaient le sable de rivière couvrant les allées. Mais aujourd'hui, le front était calme.

— Holà! l'ami. Je me présente... Pietro Viravolta de Lansalt. On me dit que vous êtes en quelque sorte... le phénix des hôtes de ces bois.

Le jardinier se redressa.

— Viravolta... Ne seriez-vous pas ce gentilhomme de Venise ?...

— Pour vous servir. J'aurais quelque petite énigme à soumettre à votre sagacité...

Il ne tarda pas à lui expliquer la raison de son nouvel intérêt pour les fleurs ; il se garda de lui parler des meurtres proprement dits, mais expliqua qu'un étrange parfum de fleurs composées avait coûté la vie à un amant éconduit ; il pensait que les ingrédients choisis n'étaient pas le fruit du hasard, mais bien d'une intention et d'une pensée raisonnée, porteuse de sens. Pour ajouter un peu de piquant à la discussion, Viravolta dit qu'il enquêtait au service de Sa Majesté.

— Laquelle ? demanda Le Normand.

— La nouvelle, bien sûr.

Puis il évoqua les ingrédients du parfum mystérieux. Il voulait avoir son sentiment sur la nature, et peut-être la signification des fleurs utilisées pour sa création. Le Normand l'écouta avec attention. Des rides se dessinaient sur son front. Il se tenait, main l'une sur l'autre, dessus le manche de son balai à feuilles. Pietro regardait distraitement les deux touffes de cheveux qui dépassaient de son chapeau.

Le jardinier sourit enfin et hocha la tête en ôtant sa coiffe.

— Si les fleurs ont un sens ? Mais, monsieur de Lansalt...

Le jardinier le considéra en silence puis reprit, écartant les bras.

— Regardez là-bas... près des Miroirs qui font face aux terrasses, juste devant le château. Là se croisent les deux axes principaux de ces jardins. Croyez-vous qu'ils aient été conçus par hasard ? Pas du tout...

Il plissa les yeux.

— Si les fleurs ont un sens ? Ces jardins sont une forêt de symboles ! Ils nous parlent, monsieur de Lansalt ! Ils ont une signification morale, comme le voulut jadis notre grand Roi-Soleil...

— Vraiment ? demanda Pietro, d'un ton faussement badin.

— Bien sûr, reprit le jardinier. On a travaillé, lacéré, macéré cette terre comme un poème ! Considérez, par exemple, le chemin qui va du nord au sud... Serez-vous surpris d'apprendre qu'il est celui de l'homme perdu, oublieux du Ciel et du bien commun, au profit du monde des apparences et des illusions ? Suivre ce chemin, c'est déjà se tromper de sens, tout sacrifier à l'homme en s'égarant dans le déni et l'oubli de Dieu. Là n'est pas la voie droite, celle que préconisait le grand Louis !

— C'est donc vrai que vous êtes philosophe !

Le Normand rit brièvement.

— Oh! bien peu! Mais j'avoue avoir œuvré pour M. de Voltaire; je prenais un plaisir infini à prendre soin de ses plantations. Parfois, le soir, nous devisions au soleil couchant, tandis que je bêchais encore et que lui, assis dans son fauteuil, les pieds sur la chaise... Mais laissons cela.

— Poursuivez, je vous en prie.

— M. Le Nôtre, qui a conçu ces jardins, était un artiste, monsieur de Lansalt! Croyez-le ou non, mon grand-père travailla jadis à son service. Cela me rappelle une anecdote...

Pietro toussa.

— Oui, pardon. Ainsi... par exemple, si vous marchez en direction de l'occident depuis le Parterre de Latone, vous verrez que trois chemins s'offrent à vous...

Abandonnant momentanément son outil contre son épaule, il se tourna, les deux bras écartés; ils s'animèrent à mesure qu'il indiquait à Pietro les différents angles des jardins.

— Le Chemin Nord, sous le regard sévère de Pallas, est celui des responsabilités et du travail. Le Sud vous entraîne dans un mélange de plaisirs et de pensées inconséquents... Et devant vous, monsieur de Lansalt, se trouve la seule voie véritable – la Voie Droite, l'Allée Royale! Ces jardins sont comme une grande Fable. Ils racontent une histoire! Et comme je vous le disais, ils ont leur morale...

— Fort bien... Mais revenons à mes fleurs, si vous le voulez bien...

Pietro se concentra pour se rappeler l'ensemble des ingrédients du parfum de mort.

Lis, asphodèle, belladone, arum, iris des marais. Que des fleurs... plus le basilic.

Le Normand l'écouta patiemment, puis se mordit la lèvre :

— Oui, monsieur de Lansalt, en effet, les fleurs aussi ont

un langage... Sans doute ce mystère remonte-t-il au temps où l'homme cherchait à percer, grâce à elles, le secret de la Nature! Quand je travaille à ces jardins, vous dirais-je, monsieur de Lansalt, que je dialogue avec elles, et que j'y cherche, peut-être, un peu de moi-même ?

— Vous ne vous arrêtez jamais...

Le Normand eut de nouveau un rire.

— Jardinier, philosophe... C'est un peu la même chose, n'est-ce pas! On ne fait pas cette profession par hasard. Mais redites-moi : quelles sont, déjà, les fleurs de votre parfum ?

— Eh bien... Le lis.

Le Normand se redressa et se gratta la tête.

Puis il s'appuya du coude sur le manche de son balai à feuilles.

— Le lis. C'est sans doute le plus simple. On dit qu'il est né d'une goutte de lait jaillie du sein d'Héra, lorsque Zeus autorisa Héraclès à téter la déesse endormie pour le rendre immortel... Une goutte de lait tomba pour former la Voie lactée. Une autre chut sur terre, pour faire naître le lis. Aphrodite fut jalouse de sa blancheur et la dota d'un pistil énorme...

— Très joli.

— Il signifie aussi la suprême noblesse, bien sûr, puisque c'est la fleur de notre bon roi... Au Moyen Age, on la peignait de trois feuilles, désignant Foy, Sapience et Chevalerie. Le blason d'azur, à trois fleurs de lis d'or – la France! Et on le trouvait partout dans les jardins, qui symbolisait l'amour des chevaliers... Comme, bien entendu, la rose.

Pietro repensa à la rose rouge que le Fabuliste, constamment, laissait derrière lui.

— La rose, dites-vous... Et que peut-on penser de cette association ?

— Eh bien... Si le lis est roi, la rose est reine! La reine des fleurs, celle d'Aphrodite et de sa beauté. Cupidon, fils de Mars et Vénus, portait une couronne de roses... comme

Priape au printemps. Priape, dieu de la fécondité et des jardins – mon saint patron !

— Mais la rose et le lis ? N'y a-t-il pas... un sens politique, peut-être ?

Le jardinier réfléchit.

— Si... La rose a joué un rôle crucial en Angleterre.

— En Angleterre ?

Pietro se tut un instant.

— Les Plantagenêts, monsieur de Lansalt.

— Ah oui... Elle opposa les deux camps de la famille... La guerre des Deux-Roses, sous Henri VI ! *Red for Lancaster, white for the York.* Les deux se battant pour la Couronne !

— Exactement.

— Le roi, la guerre, l'amour, l'Angleterre... Une déclaration ? Je n'y comprends rien.

— La rose et le lis. C'est l'affrontement de deux puissances, monsieur de Lansalt. De deux têtes couronnées...

Pietro soupira et regarda son soulier, frappant de la pointe contre le sol poussiéreux.

— Je crains de m'être aventuré dans je ne sais quel bourbier. Je ferais mieux de reprendre tout cela d'un autre point de vue...

— Ne vous découragez pas. Et les autres ?

— Il y avait... de l'asphodèle.

— La fleur des trépassés élyséens. Une fleur pour les héros morts...

Un lien avec les meurtres, se dit Pietro. *Ceux des agents du Secret ?*

— L'asphodèle est une plante de deuil. C'est aussi celle de l'amour perdu. On la trouve avec la rose dans les bosquets de l'au-delà... On la plantait près des tombeaux, et l'on pensait que les morts se délectaient de ses racines. Certaines variétés, comme l'*Asphodelus ramosus,* évoquaient aussi la royauté... Est-ce tout ?

— Non. La belladone.

— Une plante vénéneuse, une fleur toxique par excellence, comme l'aconit ! On l'appelle belle-dame, dans le langage vulgaire – ce qui veut tout dire. Son nom savant est l'*Atropa belladonna.* Mais dites-moi, voilà un dangereux bouquet !

— Pour un dangereux parfum.

— Cette plante est dédiée à l'aînée des trois Parques. Elle a pour tâche de trancher le fil du destin des mortels. Est-ce tout ?

— L'arum.

— Elle n'a qu'une signification, et cette signification est : Piège.

Le Piège...

Pietro recula machinalement de quelques pas.

Le Piège de Versailles. M'y voilà donc tout entier.

Puis, secouant la tête, il regarda le jardinier droit dans les yeux.

— Il en reste une. L'iris des marais... et une plante : le basilic.

Le Normand cilla.

— Tiens, tiens... Je vous parlais du lis tout à l'heure. Mais le plus beau, savez-vous, est que la fleur héraldique de la Maison de France n'est pas *vraiment* un lis. En réalité, il s'agit d'un iris. Une variété particulière d'iris, pour être plus précis. Et précisément, de l'iris des marais, aux fleurs jaunes, et aux feuilles en glaive.

— Le lis royal est un iris ?

— Oui. Il tire son nom du panthéon grec, encore une fois. Comme le lis et l'ancolie, il est la virginité, mais aussi la souffrance de la Passion et la Résurrection. On l'associe au péché originel. Toutefois, cette variété particulière... l'iris des marais... c'est une fleur à la racine rampante, au goût âcre et repoussant. On en faisait des onguents, dont s'enduisaient les créatures de la nuit. Une fleur de sorcellerie, monsieur de Lansalt. Une fleur de sabbat !

— Aucune de mes fleurs ne signifie proprement... meurtre ?

— Pas que je sache. Mais vous avez l'équivalent.

— Ah oui ?

— Le basilic. *La Haine.*

Pietro resta un moment interdit et se gratta le front. Il doutait de plus en plus de la justesse de son intuition. Elle ne menait d'ailleurs pas loin. Pourtant... c'était comme s'il sentait, derrière ce voile, poindre une sourde vérité.

Suis le parfum de la mort.

La rose et le lis. Un affrontement entre les deux puissances. Deux Couronnes. L'asphodèle, la fleur des héros morts. La belladone, un poison. L'arum pour le piège. L'iris des marais, pour le grand sabbat du Fabuliste. Tout cela de basilic saupoudré – pour sa haine.

Perdu dans ses méditations, Pietro, ne sachant s'il était fou ou s'il tenait quelque chose, semblait absorbé par le sable sous ses pieds. Il était troublé ; de la substance qui avait tué Lansquenet aux ingrédients qui la composaient et aux fleurs recelant une fable cachée, c'était comme s'il suivait en effet le sillage même du parfum de mort du Fabuliste, depuis le début de son enquête. Un sillage subtil... et dangereux.

— Je vous remercie, mon ami. Vous avez peut-être rendu à Sa Majesté un grand service, bien que j'ignore encore lequel.

— C'est là mon zèle et mon honneur... même si je suis philosophe, dit-il, un brin sarcastique.

Pietro sourit. Il tourna les talons et s'apprêtait à prendre congé du jardinier, lorsqu'il ajouta :

— Ah, tant que j'y suis...

Il sourit :

— Et l'orchidée ? noire, en particulier...

Le Normand sourit à son tour.

— Elle signifie la *ferveur*, monsieur de Lansalt. Une ferveur rare.

Ils marquèrent un temps.

Puis Pietro rit.

Le Normand se remit à jouer de son balai à feuilles, tandis que Viravolta s'éloignait, pensif.

Il allait remonter les escaliers en direction des terrasses lorsque, s'échappant à l'angle de la balustrade, un homme le saisit par le bras, foulard sur le visage. Il se tenait à demi dissimulé dans l'ombre.

L'Orchidée Noire porta instinctivement la main à son épée.

Sous le foulard, une voix jaillit.

— *Par ici*, V. Je vous cherchais.

Pietro resta interdit quelques secondes, résistant à l'appel ; l'homme soupira et dévoila son visage.

Cette fois, Viravolta le reconnut aussitôt.

— Si vous avez fini de batifoler au milieu des fleurs...

C'était le comte de Broglie.

— Viravolta, j'ai à vous parler.

*
* *

Dans le même moment, un agent spécial de la Couronne entrait dans les jardins de Buckingham House, en plein cœur de Londres. Il arrivait de France, et son rapport était des plus alarmants. Il venait de traverser St James's Park avant de gagner la résidence royale et de se faire annoncer auprès de Sa Majesté George William Frederick, dit George III, électeur de Hanovre, roi du Royaume-Uni et d'Irlande. Là, après avoir fourni les justificatifs nécessaires, franchi les grilles puis un dédale de couloirs, il fut orienté vers les jardins. On l'annonça auprès de lord Stormont, l'un des plus proches conseillers du souverain, ordinairement ambassadeur anglais en France, de retour à Londres pour un voyage éclair. L'espion claqua du talon et lui fit son rapport. Tandis qu'il égrenait ses renseignements, il jetait de temps à autre des coups d'œil à la silhouette royale, portant perruque, ample manteau rouge galonné d'or et brodé d'hermine, qu'il devinait un peu plus loin ; George III paraissait absorbé dans la contemplation de ses rosiers. Il avait acheté cette résidence en 1761 avant de la donner à sa jeune épouse Charlotte ; il aimait s'y retrancher de temps à autre avec la famille royale. Et, en attendant l'entretien prolongé qu'il aurait d'ici à une heure au St James's Palace avec ses principaux ministres, le roi jouissait ici de quelques moments de tranquillité. Il se plaisait à arpenter ses jardins et à observer les mûriers, les roses et les fleurs sauvages qui le composaient. Il avait enfilé un gant grâce auquel il pouvait examiner ses rosiers sans crainte. Lord Stormont, de son côté, une main sur le menton, écoutait l'agent avec la plus grande attention. Bientôt, il le congédia et revint vers Sa Majesté.

— Le roi de France est mort, dit-il.

— Mort ? répéta George III, songeur. Ainsi, c'est arrivé.

— Ce qui est inquiétant, Votre Majesté... c'est ce qui se passe à la tête de notre propre contre-espionnage. Certaines manœuvres m'échappent.

— Mais que fait lord Stevens ?

— Je n'en sais rien. Mais je vous garantis que je vais me renseigner au plus vite. Il prépare, paraît-il, une « opération », suite au blanc-seing que Votre Majesté lui a donné. Une opération qu'il a baptisée... *Party Time.*

George III le regarda, légèrement de travers.

— *Party Time ?* Mais par la Couronne, qu'est-ce que ça veut dire ?

Lord Stormont écarta les bras.

— Grands dieux, je n'en sais rien ! Mais croyez-moi... Je vais me renseigner.

Sa Majesté claqua la langue et lâcha la rose épineuse qu'elle tenait en main.

— Il est peut-être temps de rappeler lord Stevens à l'ordre. Tenez-moi informé directement.

Puis, l'air absent, le roi se replongea dans ses roses.

Stormont se tourna vers les jardins, la mine sombre.

— *I will, Your Majesty.*

Party Time.

Loterie Nationale

DOMAINE ROYAL DE CHOISY

Est-ce possible ?

Debout face aux fenêtres de ses appartements de Choisy, Marie-Antoinette peinait à se concentrer.

Elle commençait seulement à comprendre. Elle avait eu un premier choc en entendant sa suite demander « les chevaux de la reine », au moment où elle quittait Versailles. Le paysage tremblait devant ses yeux. Elle gardait son mouchoir sur les lèvres. Son cœur bondissait dans sa poitrine. Elle avait traversé les couloirs avec son mari, au milieu de la haie des courtisans, suivie par la comtesse de Provence, le comte et la comtesse d'Artois. Dans la voiture qui les emmenait vers Choisy, la tension était palpable. Sous l'effet de l'émotion, la comtesse d'Artois avait écorché un mot ; on était parti d'un fou rire nerveux. L'arrivée au domaine, loin des miasmes de Versailles, était une bouffée d'air frais. Le moment semblait propice pour essayer d'y voir plus clair. Les yeux perdus dans la contemplation des jardins, la jeune femme tentait de reprendre ses esprits. A l'étourdissement du deuil se mêlait une promesse terrible.

Reine de France !

Elle considéra un instant le faîte des arbres qui dansaient dans la brise. Puis elle s'assit pour reprendre la plume. Elle la trempa doucement dans l'encrier et se pencha. Une réminiscence la fit sourire. A la fin de la cérémonie de ses noces, toute la famille avait défilé pour signer le contrat de mariage. Le roi avait signé simplement « Louis », et le Dauphin « Louis-Auguste », en lettres appliquées. Marie-Antoinette s'était penchée à son tour, signant « Marie-Antoinette Josèphe Jeanne ». Mais elle avait fait une grosse tache, à côté du premier J. Peut-être avait-elle hésité, juste après la terminaison « tte », à la fin de son prénom « Antoine ». Elle n'était pas habituée à sa nouvelle signature. A la naissance, elle avait reçu les prénoms de *Maria Antonia Josepha Joanna.* En famille, on l'appelait toujours Antoine. Les prénoms à consonance française étaient familiers à la Cour de Vienne.

Une tache.

Elle pouffa de rire, puis un voile passa devant ses yeux.

Cela lui paraissait déjà si loin.

Maintenant elle écrivait à sa mère, l'impératrice Marie-Thérèse d'Autriche.

> Je ne puis m'empêcher d'admirer l'arrangement de la Providence, qui m'a choisie, moi, la dernière de vos enfants, pour le plus beau royaume de l'Europe. Je sens plus que jamais ce que je dois à la tendresse de mon auguste mère qui s'est donné tant de soin et de travail pour me procurer pareil établissement...

Elle se releva bientôt, songeuse, et alla arranger un bouquet de lilas.

Certes, Louis XV était mort. Marie-Antoinette avait le sentiment qu'une partie de sa propre histoire s'envolait avec lui. Elle aimait Papa-Roi, et lui s'était toujours montré attentif et bienveillant à son égard – malgré quelques fausses notes. Elle se sentait triste, un peu perdue. N'était-ce pas son lot quotidien, depuis son arrivée en France? Mais aujourd'hui, parmi ces sentiments mêlés, elle éprouvait une obscure satisfaction.

Combien de fois? Combien de fois a-t-il fallu que je me batte?

D'abord petite agnelle spontanée et voulant bien faire, elle avait dû tout apprendre des usages, intrigues et stratégies de cette Cour française. Dès son arrivée, elle avait été prise en main par la vieille comtesse de Noailles, sa dame d'honneur – « Madame l'Etiquette », comme elle l'appelait. Au château, les membres de la famille royale étaient autant maîtres qu'esclaves. Le protocole n'avait guère changé depuis Louis XIV. Comme Marie-Antoinette n'avait pas tardé à le découvrir, l'étiquette était le cœur d'une lutte sophistiquée pour le pouvoir. Elle avait eu besoin de temps pour saisir toutes ces subtilités. Otage de ce carcan du matin au soir, elle se réveillait entre neuf et dix heures, passait une robe et disait sa prière, petit-déjeunait, rendait visite aux dames du roi, se coiffait à onze heures. A midi, on appelait la chambre; elle mettait son fard et se lavait les mains devant un public nombreux. Elle avait appris comment moduler ses accueils, du signe de tête à l'inclinaison gracieuse, selon la qualité des entrées. Puis elle s'habillait et se rendait à la messe, se promenait, vaquait à diverses activités et dînait, avant une petite soirée précédant le coucher. Spécialiste de la révérence, championne du maniement de traîne et des robes à double panier, Marie-Antoinette avait perfectionné certaines techniques pour devenir insurpassable. Dès quatorze ans, elle avait été la première dame de Versailles. Elle exécutait comme personne le fameux « pas glissé », donnant l'illusion qu'elle planait sur le sol. Elle avait vite compris, aussi, combien Versailles était avide de cancans et de ragots. On pissait derrière les rideaux avant de vous démolir, les mains pleines d'urine et le visage poudré.

Elle se savait vulnérable sur un point crucial : sa capacité à concevoir un héritier. Sa mère lui avait assez représenté que l'alliance franco-autrichienne en dépendait – autant dire l'équilibre des nations européennes. Dans les lettres qu'elle lui adressait, l'impératrice ne cessait de lui répéter que le bonheur dans le mariage dépendait de la qualité de l'épouse. Marie-Antoinette n'avait pas ménagé sa peine, en vain. On évoquait la « frigidité morale », voire l'impuissance de son mari ; on avait parlé de phimosis. Au début, le roi et la Cour ne s'étaient pas inquiétés, mettant ces difficultés sur le compte de la timidité du Dauphin. La situation avait tout de même fini par inquiéter Louis XV. Son petit-fils passait ses journées à s'étourdir dans des parties de chasse. Paraître à la Cour lui était une torture. Une forge était installée au-dessus de ses appartements et, s'il ne comprenait rien au sexe de sa femme, il passait des heures à fabriquer des clés ou démonter des serrures. Il aidait parfois les ouvriers du château à de basses besognes, et rêvait devant des livres d'histoire ou de géographie. Contre l'avis de sa mère qui craignait pour sa santé, Marie-Antoinette s'était mise à participer aux véneries. Ce passe-temps lui permettait d'être entourée d'un aréopage de jolies figures, pour des pique-niques d'où tout protocole était exclu, au grand dam de la comtesse de Noailles. La politique, les affaires, tout cela l'ennuyait. Elle n'y comprenait d'ailleurs pas grand-chose. Louis s'était essayé à des traitements, à base de bains, de potions, même de limaille de fer. On avait évoqué la possibilité d'une opération, mais les chirurgiens avaient conclu qu'aucun obstacle physique ne s'opposait à la consommation du mariage. Enfin, Louis ne voulait-il pas être puissant ? Ne voulait-il pas ressembler à son grand-père ?

Marie-Antoinette avait tenu sa mère informée de ses avancées sexuelles. Et miracle, le 22 juillet 1773, à Compiègne,

Louis-Auguste, avant de partir à la chasse, avait crié victoire. Il y était arrivé ! Il s'était empressé d'annoncer la nouvelle au roi qui, soulagé et ravi, les embrassa de tout cœur. Un premier cap était franchi. Mais d'enfant, point. Pendant ce temps, le comte de Provence, puis le comte d'Artois s'étaient mariés. Il y avait désormais trois couples princiers à Versailles. Promenades, chasses, bals et spectacles avaient repris leur cours. Marie-Antoinette attendait toujours et craignait que ses belles-sœurs fussent mère avant elle. Elle doutait, mais ne désespérait pas.

Un bébé ? Quand aurai-je un bébé ?

Elle semblait chercher à lire l'avenir.

Reine de France...

Heureusement, elle avait toujours trouvé soutien en la personne du comte de Mercy-Argenteau, ambassadeur d'Autriche, son mentor et chaperon depuis qu'elle était arrivée en France. Marie-Antoinette pouvait s'ouvrir à lui de presque tout. Il était avisé en politique et lui rendait mille services. Il l'aiderait toujours. En outre, la mort de Louis XV avait au moins une conséquence positive. Mme du Barry ne mettrait plus jamais les pieds à Versailles. La guerre entre les deux femmes avait duré longtemps. Sur ce plan, les frasques de Papa-Roi avaient révolté Marie-Antoinette. Habituée à la vertu et à l'austérité des mœurs autrichiennes, la petite figure de porcelaine n'avait cessé, durant cinq ans, de tenir tête à la sulfureuse odalisque. Désormais elle avait le champ libre. Sur l'ordre du roi à l'agonie, la comtesse avait quitté Versailles, et Marie-Antoinette était reine. Peut-être parviendrait-elle aussi à faire renvoyer d'Aiguillon, qui n'avait jamais caché son hostilité à l'alliance autrichienne, et à pousser son mari à rappeler Choiseul auprès de lui.

Oui, l'apprentissage avait été difficile.

Elle sourit. *Maintenant c'est à moi.*

Elle regagna le bureau pour continuer sa lettre. Elle avait tant à penser ! Mais elle savait, désormais, comment user de sa fonction. Dès son retour à Versailles, elle prendrait la relève des plaisirs du château, elle organiserait ses bals, ses promenades et ses festivités. Pour cela, elle serait douée. Elle serait la plus belle, la première dame, un exemple pour la France et le monde, et donnerait à ce royaume l'étincelle, l'éclat et le lustre qu'il lui fallait. Versailles ! A Vienne, sa mère serait fière d'elle ! Elle ferait de cette vie une fête, et non un chemin de croix. Elle avait envie de rire, s'étourdir, d'emporter la France dans sa danse ! Elle sentit un peu de feu rosir ses joues.

Et dans sa tête, une voix continuait de répéter :

Reine ! Reine de France !

*
* *

Osons... Il faut oser.

A l'autre bout du domaine de Choisy, Louis-Auguste, assis profondément dans un fauteuil, profitait de quelques instants de solitude pour méditer lui aussi. Etre ici avec son entourage familier lui mettait du baume au cœur. Il avait pris un risque en permettant à Mesdames Tantes de le suivre ; après tout, elles avaient longtemps veillé leur père et pouvaient avoir contracté la maladie. Mais Louis les aimait, et trouvait important qu'en ces jours de deuil, ils ne fussent pas séparés. Pour autant, il ne parvenait toujours pas à dominer son angoisse. Comme il regrettait de ne pas s'être intéressé plus tôt aux affaires de son grand-père ! Pourquoi celui-ci n'avait-il pas insisté pour le faire venir au Conseil ? L'avait-il toujours jugé si encombrant ? Louis éprouvait aujourd'hui une vulnérabilité intense. Il devait affirmer son autorité. Les ministres ne l'avaient jamais considéré avec attention. C'était aussi de sa faute. Les affaires du royaume l'ennuyaient. Maintenant il devait faire face. Il ne pouvait plus se contenter de chasse et de serrurerie. La crainte d'une propagation de la variole l'empêchait de rencontrer les ministres en question avant plusieurs jours. Et il se trouvait en face d'une priorité absolue : constituer son gouvernement.

Il ne se sentait pas suffisamment expérimenté. Il avait besoin de quelqu'un capable de l'aider dans la direction des affaires. Sartine, convoqué en hâte, avait laissé passer sa chance. Depuis, désemparé, Louis-Auguste arpentait sans fin les jardins, mains dans le dos, regardant ses pieds, tandis que le monde entier se demandait ce qu'il allait décider. Le cas d'Aiguillon était à peu près réglé. Il avait été l'allié de la comtesse du Barry, ce qui rendait les choses difficiles. Il savait aussi que Marie-Antoinette lui proposerait Choiseul, sans hésiter. Les choiseulistes étaient en embuscade, espérant leur retour en grâce. Mais Louis n'avait pas oublié de quelle manière Choiseul s'était jadis opposé à son père, le feu Dauphin, sur quelques affaires des plus sensibles. Alors – ni les barrystes, ni les choiseulistes ? Seigneur, cela devenait compliqué. A qui demander des conseils utiles ?

Louis – car on l'appellerait Louis désormais : il renonçait à « Auguste », il lui faudrait lui aussi s'y habituer – Louis n'avait en l'avis de ses frères qu'une confiance relative. Une fois de plus, il lui faudrait s'en remettre à Mesdames Tantes. Adélaïde s'était manifestée pour l'informer qu'elle tenait à sa disposition une liste de personnalités susceptibles de convenir pour les offices suprêmes. Cette liste, selon ses dires, avait été élaborée autrefois par son père, le Dauphin Louis-Ferdinand, fils de Louis XV. Elle offrait donc le meilleur des contreseings.

Louis baissa les yeux sur le papier qu'il tenait en main.

Un bref instant passèrent de nouveau dans sa tête ces paroles qu'il redoutait plus que tout.

Je n'y arriverai jamais !

Il avait eu beau se préparer à l'inéluctable, tout cela survenait beaucoup trop tôt. C'était une chose que de s'imaginer dans ces atours royaux, une autre que de les endosser vraiment. Sa gorge le serrait. Il refréna le tremblement de sa main. Un curieux souvenir lui revenait en mémoire, sans explication.

C'était lors d'une fête donnée pour les petits princes. Une loterie avait été organisée, où chacun devait donner son lot à la personne qu'il aimait le plus. Les enfants royaux reçurent très vite des monceaux de cadeaux. Louis-Auguste les regardait circuler, entre rires, cris de joie et embrassades. Il restait là à les regarder, debout, les mains vides, car personne n'avait pensé à lui donner un présent. Lorsque, à son tour, il reçut le jouet désigné par la loterie, il se refusa à le donner à quiconque, préférant le garder pour lui. On lui reprocha de ne pas respecter les règles du jeu. Il se contenta de répondre :

— Moi, je sais que personne ne m'aime, je n'aime non plus personne et me crois dispensé de faire des présents.

On l'avait toujours oublié.

Pourquoi repensait-il à cet épisode ?

Depuis quelque temps, Louis tentait de se contempler sans faux-fuyant. Sans émotion non plus. La tâche n'était pas aisée. Le nez busqué, une bouche lippue, un menton lourd. Une dentition plutôt vilaine. Ces contours étaient comme atténués par sa myopie, qui rendait en quelque sorte son regard plus mol et plus tendre. Il savait que l'on trouvait sa voix un peu nasillarde, et qu'elle montait facilement dans les aigus. Il se mouvait en se dandinant du fait de sa corpulence. En revanche, il était doté d'une force impressionnante. Bourbon lors des chasses, excellent cavalier, cette passion le muait en centaure. Aurait-il le talent pour décider, choisir, orienter un royaume dont il serait désormais le guide ? Il prit une inspiration profonde, puis son regard chavira. Il se sentait mal. Il se racla la gorge. Au bout d'un moment, il se leva et alla chercher une plume à son tour, qu'il trempa dans l'encrier.

Lui aussi écrivait une lettre.

Monsieur, dans la juste douleur qui m'accable et que je partage avec tout le royaume, j'ai pourtant des devoirs à remplir. Je suis roi : ce seul mot renferme bien des obligations, mais je n'ai que vingt ans. Je ne pense pas avoir acquis toutes les connaissances nécessaires. De plus, je ne puis voir aucun ministre, ayant tous été enfermés avec le roi dans sa maladie. J'ai toujours entendu parler de votre probité et de la réputation que votre connaissance profonde des affaires vous a si justement acquise. C'est ce qui m'engage à vous prier de bien vouloir m'aider de vos conseils et de vos lumières. Je vous serai obligé, Monsieur, de venir le plus tôt que vous pourrez à Choisy où je vous verrai avec le plus grand plaisir...

Oui, il avait besoin d'un mentor, qui serait à la fois son Premier ministre et son plus fidèle serviteur. Il s'interrompit encore pour regarder sa fameuse liste des candidats potentiels. Le cardinal de Bernis ? Hors de question de rappeler l'officier de « Maman Putain », comme Louis-Auguste et ses tantes appelaient jadis la Pompadour. Machault ? Pourquoi pas ? Disgracié jadis par Louis XV, il était favorable à l'égalité fiscale, et prêt à tailler dans les abus. Malgré ses soixante-treize ans, il débordait d'énergie. Il aurait assurément une vision pour la France. Il saurait consolider les finances. Certes, il s'attaquerait aux privilèges, et une partie de la noblesse monterait au créneau. Mais peut-être donnerait-il à la monarchie le second souffle qu'il lui fallait.

Après une inspiration, Louis XVI regarda sa liste une dernière fois. Le nom de Machault y était entouré.

Le messager partit une heure plus tard.

Le sort voulut que, dans sa galopade, il perde un éperon.
Il fut contraint de revenir à Choisy.

Entre-temps, Louis s'était ravisé. Il avait songé à quelqu'un d'autre. Quelqu'un qui, lui aussi, avait été ministre de feu son grand-père. Disgracié comme Machault, pour avoir ironisé sur la Pompadour en 1740. Depuis, l'homme en question était en exil à Pontchartrain, non loin de Versailles. Il était âgé mais connaissait tout des ficelles du pouvoir. Affable, expérimenté, il avait su rester à l'abri des querelles récentes. A la fois résolu et discret, il aiderait sans nul doute le nouveau souverain à porter son lourd fardeau. Et Marie-Antoinette n'y serait pas hostile. Cédant à Adélaïde, qui militait pour lui, Louis XVI avait donc changé d'avis.

Un deuxième nom avait été entouré sur la liste.

Maurepas.

Avec lui, tout serait plus tranquille.

Le roi fit appeler la reine, pour qu'elle transmît le message à Mesdames Tantes.

Le courrier repartit.

Louis XVI soupira. Il fallait maintenant s'occuper du reste du gouvernement.

Maurepas l'y aiderait, s'il était d'accord.

Osons... Il faut oser, que diable !

Ce fut alors que Guimard, garçon du château, demanda à le voir. Il était recommandé par d'Ogny, l'intendant des Postes. Pourquoi un simple garçon sollicitait-il soudain une entrevue avec tant d'insistance, et une telle introduction ? Il avait avec lui, disait-il, une lettre de la plus haute importance, traitant d'affaires urgentes. Cela sembla à Louis fort curieux.

Il le reçut pourtant.

Guimard lui remit une lettre cachetée. Elle était signée du comte Charles de Broglie.

Ses doigts et son coupe-papier s'appliquèrent à décacheter la lettre.

Mais... De quoi s'agit-il?

L'existence du Cabinet Noir.

La vérité sur vingt-huit ans de diplomatie parallèle menée par feu son grand-père.

Le Secret du Roi.

Louis XVI découvrait, avec effarement, l'impensable.

Sillage mortel

ORANGERIE DE VERSAILLES

L'Orangerie avait des allures de petite cathédrale. Son ampleur, sa hauteur, ses lignes épurées faisaient face aux parterres de Le Nôtre. La longue galerie centrale, orientée plein sud, était encadrée par deux galeries latérales situées sous les escaliers des Cent Marches. L'ensemble, éclairé de grandes fenêtres, enserrait le Parterre Bas comme dans un écrin. Le Nôtre avait souhaité y représenter « l'éternel printemps du jardin des Hespérides ». Au milieu se trouvait un vaste bassin circulaire, entouré de six pièces de gazon. En hiver, plus de mille arbres en caisse restaient protégés des frimas et donnaient au lieu des airs de forêt. A la belle saison, comme en ce moment, ils étaient exposés dans le Parterre Bas, constituant, sur trois hectares, son unique décor.

C'était au cœur de ce paysage délicat que s'étaient glissés Pietro et le chef du Secret. Des orangers du Portugal, d'Espagne ou d'Italie, des citronniers, des grenadiers, des lauriers-roses et des centaines d'agrumes faisaient concert autour d'eux. Taillés en boule, les arbres étaient enserrés dans leurs caisses de bois dont l'armature n'avait pas changé depuis le XVIIe siècle. Broglie et le Vénitien passèrent auprès d'une berlinguette abandonnée avant de trouver refuge sous les arcades de la galerie voûtée. Là-bas, sous la lumière, la balustrade au sud du Parterre donnait sur la route de Saint-Cyr, au-delà de laquelle s'étendait la pièce d'eau des Suisses.

Pietro regarda autour de lui.

L'éternel printemps du jardin des Hespérides.

— Il fallait que je vous voie, dit Viravolta.

— Eh bien me voilà.

— Vous ne pouviez pas tomber mieux. Je m'apprêtais à aller vous trouver à Ruffec.

Devant le Vénitien se tenait Charles-François de Broglie, vêtu d'un justaucorps bleu marine, aux manches longues et parements à ailerons. Il avait baissé le foulard sous son chapeau. Pietro considéra un instant ce visage aux sourcils bien dessinés, ces rides d'expérience au front et au coin des yeux, ces lèvres fines. Broglie ! L'héritier lointain des premiers services de renseignement français. Créés sous le règne de Louis XIII, autrefois dirigés par le cardinal de Richelieu et son éminence grise, le père Joseph, un capucin retors, les services avaient déjà employé par le passé de nombreux agents restés célèbres, tels le baron Hercule de Charnacé, ou François Langlois, ancien curé de Saint-Germain-l'Auxerrois. Le premier réseau avait été l'auteur de nombreux exploits, notamment en sauvant La Rochelle d'une expédition navale ou en corrigeant la flotte espagnole en juillet 1640 au large du cap Saint-Vincent. Affaiblis sous Louis XIV, malgré la direction vigoureuse du plus célèbre des grands commis, le lieutenant général de police La Reynie, les « services » avaient perduré. La cryptologie avait connu son essor grâce à la mise au point, par les Rossignol père et fils, du « Grand Chiffre », un système codé qui n'avait cessé de tenir l'adversaire en échec. Les missions d'espionnage maritime s'étaient développées pour favoriser le commerce français outre-mer. Avec Charles de Broglie et la naissance du Secret du Roi, le réseau avait franchi un nouveau cap, devenant l'affaire de spécialistes de haut vol, qui avaient recours à des agents d'un dévouement absolu. Cela n'avait malheureusement pas suffi à empêcher la catastrophe de la guerre de Sept Ans ou la perte du Canada.

Et aujourd'hui, comme le duc d'Aiguillon, Broglie était dans une posture pour le moins délicate.

Il semblait tendu ; Pietro le laissa commencer.

— Je suis venu, Viravolta, parce qu'il fallait moi aussi que j'aie une petite conversation avec vous. Ah ! cet exil me tue ! Vous le savez, la Cour n'a jamais beaucoup aimé ma famille... Au moins, du temps du feu Dauphin, avions-nous un allié puissant. Mon oncle, l'abbé de Broglie, avait sur lui et la Dauphine un réel ascendant ! S'il n'avait eu cette satanée tuberculose, il y a longtemps que je serais revenu en grâce ! L'abbé voulait placer mon frère Victor-François à la Guerre, et moi aux Affaires étrangères...

— Tout n'est peut-être pas perdu. Mais dites-moi : où en est le Secret ?

Charles de Broglie soupira et commença à faire les cent pas d'un air irrité.

— Où il en est ? Grands dieux, mais je n'en sais rien ! Que va faire Louis XVI ? Pour le moment d'Aiguillon est toujours en place ! A ce propos...

Il s'arrêta, plissa les yeux en regardant l'Orchidée Noire.

— ... A-t-il eu un entretien avec vous ?

Pietro hésita un instant, puis se décida à jouer franc-jeu.

— Oui. Il s'inquiète lui aussi de sa situation, ce qui ne vous surprendra pas... La Du Barry partie, il craint que son temps ne soit compté, tout comme vous.

— Comme moi, en effet ! Imaginons que d'Aiguillon quitte le gouvernement. Trouverons-nous encore Choiseul à sa place ? Il a toujours l'estime du roi, et surtout de la reine !... L'alliance autrichienne, c'est lui ! J'ai beau répéter depuis vingt ans que je n'y suis pas hostile, Marie-Antoinette ne veut rien entendre ! Tout ce que je demandais, Viravolta, c'était la réciprocité – pas de droits sans devoirs ! Au lieu de cela, la France s'est couchée en acceptant tout de Marie-Thérèse, et nous n'avons rien fait quand elle a festoyé sur la dépouille polonaise ! Voilà ce qui s'est passé ! Et ce chaperon de malheur, Mercy-Argenteau, qui passe ses jours à chapitrer la reine ! Il ne me laissera pas avancer d'un pas ! Elle, encore moins ! Quelle est la nature de son ascendant sur le roi ? C'est la question. Alors que va-t-il faire ? Mais que va-t-il faire ?

Pietro écoutait la diatribe tandis que Charles de Broglie continuait de tourner en rond.

— J'ai le choix entre d'Aiguillon, à qui je dois la dissolution du Secret et l'affaire de la Bastille, ou le clan des Choiseul qui préférerait me voir rôtir en enfer ! D'Aiguillon a tout fait pour me compromettre... Et je me demande quel jeu vous-même avez joué !

Broglie venait de pointer un index méfiant en direction de Pietro.

— Je n'ai jamais révélé quoi que ce soit au duc des activités du Secret, et vous le savez bien, dit Pietro d'un ton tranquille. J'étais tenu par vous, et par Sa Majesté. Vous connaissez les services que je vous ai rendus du fait de cette position qui, je vous le rappelle, était hautement délicate pour moi. J'ai rempli les missions officielles et les officieuses avec autant d'ardeur. Enfin, ne préjugez pas de la décision du roi quant au retour aux affaires des uns ou des autres. Ce ne seront peut-être ni d'Aiguillon ni les Choiseul. Mais revenons aux agents...

— Que vous a dit le duc lors de votre rencontre ?

— Il m'a confié une autre mission. Une mission spéciale, pour laquelle il s'est déclaré prêt à coopérer avec vous, si besoin ! Quel que soit notre parti, nous ne pouvons rester sans rien faire. Il se trame quelque chose ! Que savez-vous du Fabuliste ?

— Dites-moi ce que sait d'Aiguillon... et je vous parlerai.

— Il a eu vent de morts répétées, et il s'inquiète. Beccario, dit le Baron, à Sceaux, tué alors qu'il dînait dans une auberge. Fanfreluche, le roi de Carreau, à Trèves. Mme de Boisrémy, dite la Vouivre, qui quittait un rendez-vous galant, à Epinay. Manergues, dit Météore, à Londres. Que se passe-t-il ?

— Tout cela est malheureusement exact, Viravolta. Cette entreprise est telle que j'ai même soupçonné d'Aiguillon d'avoir franchi un point de non-retour.

— Il s'inquiète lui aussi et craint que le danger ne soit bien plus vaste que nous ne l'imaginons. Le roi est mort, Louis XVI ne connaît rien aux affaires et nous sommes fragilisés. Le duc pense aussi bien à une manœuvre étrangère qu'à un ennemi issu de l'intérieur même du Secret. C'est pourquoi il a besoin de vous, et de moi. Charles, comment le Fabuliste pourrait-il connaître nos identités ? Y a-t-il une liste de noms ? Aurait-on intercepté un courrier chiffré, ici ou ailleurs ? A Londres, à Vienne ?

Charles fronça les sourcils.

— A ce compte-là, vous et moi aussi sommes suspects, Viravolta.

— Cela n'a pas échappé au duc, figurez-vous. C'est pourquoi il espère que nous prendrons son geste comme une marque de confiance, bien que, je vous le concède, en d'autres circonstances nous eussions peut-être mieux fait de nous méfier.

— Le Secret a duré vingt-huit ans, Viravolta. Il est possible que quelqu'un, parmi nous, ait patiemment rassemblé des informations pour s'en servir le moment venu. Le réseau est cloisonné, mais il n'est pas de cloison qui ne cède à la sagacité et la détermination, nous sommes bien placés pour le savoir. Vous-même connaissez plusieurs de mes agents.

— Justement... et les autres ? D'Ogny, Vergennes, d'Eon, Breteuil ? Sont-ils prévenus ? Faut-il les prévenir ? Ont-ils des informations ?

Charles regarda Pietro droit dans les yeux.

— J'enquête de mon côté, soyez-en sûr.

— Nous savons que trois employés de parfumerie, chez Fargeon, fournisseur de la Cour, ont eu vent de l'identité, et peut-être du projet du Fabuliste. Tous ont été tués, mais il y a là un nœud, et un point de départ. Baptiste Lansquenet...

— Oui, l'une de nos petites mains, je sais...

— Il avait visiblement découvert la vérité. Tout comme Rosette et le dénommé Crapaud. Le parfum avec lequel on a tué Baptiste était d'une drôle de composition. Et ces Fables qui accompagnent chacun des meurtres...

Ce disant, Pietro lui montra un feuillet sur lequel il avait recopié les Fables annoncées.

Broglie le prit, leva un sourcil et le redonna à Pietro d'un geste sec.

— ... Et nous tenons le rôle des animaux.

— Dix Fables, sans compter celles déjà utilisées pour les autres. Les dix dernières, choisies spécialement à mon intention, le bouquet final, sans doute. Il en reste sept.

— Et il en a personnellement après vous. Pourquoi ?

— Parce que j'ai tué... son inspirateur, le premier Fabuliste, selon toute vraisemblance. L'abbé Jacques de Marsille.

— Mais alors qui était-ce ? Son frère aîné ? Son père ?

— Un abbé ?... C'est possible, après tout, dit Pietro. Ecoutez, nous devons reprendre dans les Archives du Secret tout ce que nous avions réuni sur le premier Fabuliste. Peut-être l'enquête a-t-elle été menée trop vite. Fouillez les anciens dossiers, réouvrez l'enquête de Saint-Médard. Quant à ce parfum, c'est incompréhensible. Enfin, que cherche-t-il ? Je viens d'interroger un certain Le Normand, jardinier de son état, et...

Tout à coup, Viravolta s'interrompit.

Lis, asphodèle, belladone, arum, iris des marais, basilic.

La rose et le lis. Un affrontement entre les deux puissances.

Deux Couronnes. L'asphodèle, la fleur des héros morts. La belladone, un poison dédié à la Parque coupant le fil des destins. L'arum pour le piège. L'iris des marais, pour le grand sabbat du Fabuliste. Tout cela de basilic saupoudré – pour sa haine.

Suis le parfum de la mort.

— C'est évident. C'est bien un message, dit Pietro, soudain songeur.

— Je vous demande pardon ? demanda le comte.

— Quelqu'un... ajouta Pietro, quelqu'un en veut au roi et à la reine. Et pas seulement... Mais à la monarchie tout entière.

Il ne bougeait plus, maintenant convaincu de cette révélation.

— C'est tout simplement le régime qu'on veut mettre à bas. L'ennemi peut être autant intérieur qu'extérieur. La guerre des deux puissances...

Il releva le regard vers Charles.

— Le lis et la rose. La France et... l'Angleterre.

— L'Angleterre ? s'étonna Charles. Grands dieux, d'où tenez-vous cela ?

— Une intuition, dit Pietro. Renseignez-vous de votre côté. Ce n'est pas impossible. Le Fabuliste est un fou, nul doute qu'il suive un objectif personnel – sa vengeance ! Mais il n'est peut-être pas seul. Il peut lui-même servir de... d'adjuvant à un complot plus vaste. Et être utilisé à des fins politiques. Et si tel avait été le destin du premier Fabuliste ?

Après un moment de perplexité, Charles s'interrogea. Viravolta devina, sous ce front soucieux, un enchaînement intense de réflexions ; comme s'il cherchait lui-même à mettre en rapport la multitude de renseignements dont il était le centre, le cœur et le dépositaire, afin d'en dresser un tableau cohérent.

— Voilà ce que nous allons faire, Viravolta. En ce qui me concerne, la première chose à déterminer est de savoir si nous aurons oui ou non le soutien du roi. Il faut sauver le Secret ! Je viens d'adresser une lettre à Sa Majesté. Oh, je ne m'étends pas sur les vingt-huit ans de services rendus, non, et diable, je le pourrais !

Il repartait *illico* dans son mouvement d'humeur et d'inquiétude.

— Je lui rappelle que cette mission m'a été confiée par le roi son grand-père – et ce, malgré ma réticence, je vous le signale ! Regardez comme j'étais honnête, Viravolta. J'avais moi-même proposé d'informer Choiseul, puis d'Aiguillon, de l'existence du Cabinet Noir. C'est lui qui a refusé ! Lui, tout de même ! Le roi ! Hé !

— Je le sais bien.

— D'Aiguillon et la Du Barry m'ont persécuté. Telle est la vérité ! Là-dessus arrivent l'affaire de la Bastille et mon exil. Mais Sa Majesté ne voulait que me protéger... Je suis resté honoré de sa confiance, et me voici maintenant piégé ! Il voulait que le Secret continue de fonctionner, Viravolta. C'est très embarrassant, car il me faut informer le nouveau roi de tout cela. Les rapports des agents en poste à l'étranger vont continuer d'arriver à Versailles. Il ne va rien y comprendre ! J'attends donc ses instructions, sans lesquelles je ne sais même pas si nous existons encore. Quelle erreur ce serait de se passer de nous en ce moment !

— Assurément, concéda Pietro.

— Nous devons agir. Pour cela il me faut plus que des intuitions. J'ai besoin de preuves ! Ecoutez. J'ai parlé à Sartine et convoqué dès demain une petite assemblée avec deux ou trois de vos... confrères. Tous ont d'ailleurs été en poste à Londres, à un moment ou à un autre. Ils auront peut-être des informations précieuses. Ils sont au courant de la situation, mais ne se sont encore jamais rencontrés. En attendant la décision du roi, nous devons nous entraider. Je leur ai fixé rendez-vous dans ce café parisien... le Procope. Vous devez connaître.

— J'y ai traîné mes guêtres.

— Soyez-y demain à dix-sept heures, Viravolta.

— Vous-même, y serez-vous ?

— Certainement pas. J'ai trop à faire par ailleurs. Surtout après ce que vous venez de me dire.

Sur ce, Charles, regardant de droite et de gauche de ses yeux vifs, remit son foulard sur sa bouche. En même temps, il fouilla dans son manteau... et en sortit un étrange petit livret.

— Les Anglais ! Il ne manquerait plus que ça ! La situation est peut-être beaucoup plus grave que nous ne le croyons. J'ai moi aussi reçu un message du Fabuliste, figurez-vous.

— *Comment ?*

— ... A Ruffec. Mais curieusement... ce message était pour vous.

Pietro n'en crut pas ses oreilles. Il regarda le livret. Il était écrit : *Manière de montrer les jardins de Versailles.*

Viravolta leva vers Broglie un regard interrogateur.

— C'est... une promenade royale, Viravolta. Vous n'en avez jamais entendu parler ? Le Grand Roi, Louis XIV lui-même, en a rédigé le texte. Il s'agit d'une invitation à parcourir ses jardins. Les plus beaux du monde, bien sûr. C'est l'itinéraire qu'il proposait pour découvrir ses paysages enchanteurs. Il y avait tant de choses à voir qu'il en avait fait un guide... en 1689. Il a d'ailleurs repris sa promenade quatre ou cinq fois... Celle-ci est une version non datée.

Pietro prit le livret sans comprendre.

— Mais qui... comment... Qu'aurais-je à faire de ce...

— Le Fabuliste vous invite à la promenade !

Pietro ouvrit le livret. Et en effet, sous le titre royal, *Manière de montrer les jardins de Versailles*, figuraient quelques vers qui semblaient de la main même de l'ennemi – ce dernier suivant de toute évidence sa pente naturelle, et sa fâcheuse propension à rédiger épigrammes et autres poèmes ironiques.

C'est encore moi, Viravolta;
Veux-tu toujours jouer avec moi?
Continuons donc du parfum
Le chemin!
Ceci est pour toi :
Dans les jardins suis-moi
Au cœur de leurs allégories
Rejoins-moi
Et dans ce grand théâtre
Tu me trouveras.

— Pour nous promener, il nous promène, dit Viravolta entre ses dents.

— Je n'y comprends rien. Mais suivez la piste, Viravolta! Continuez à vous amuser avec vos fleurs, pendant que j'essaie de sauver le Secret!

Pietro encaissa sans broncher.

— Nous verrons où il vous mènera. Et n'oubliez pas le Procope demain. Quant à moi je m'occupe du roi et de nos affaires. Je vous aiderai comme je le pourrai, sitôt que je le pourrai. Nous resterons en contact par d'Ogny et par le Chiffre. Au revoir, Viravolta. Et s'il vous plaît... Ou qu'il soit, trouvez-le! Si vous n'y parvenez pas, ce sera la fin du régime! celle du Secret! la mienne!...

Dans un froissement, il tourna les talons.

— ... Et la vôtre, par la même occasion.

*
* *

Bientôt Pietro était revenu devant le château. Il faisait face aux jardins, feuilletant le livret. Le Fabuliste et le Roi-Soleil l'invitaient dès à présent à commencer sa promenade, depuis les terrasses où il se trouvait.

C'était ici, en effet, un univers d'illusions, de suggestions, de correspondances, d'allégories ; l'univers des jardins. Une Carte du Tendre. Pietro n'aurait su dire pourquoi il y songeait soudain. Le Pays du Tendre, bordé à l'ouest par la Mer d'Inimitié, à l'est par le Lac d'Indifférence, au nord par la Mer Dangereuse qui le séparait de la *Terra Incognita*, celle des amours passionnées. Le Tendre et ses trois cités, Tendre-sur-Estime, Tendre-sur-Inclination, Tendre-sur-Reconnaissance... On pouvait, sur la célèbre carte des passions de Madeleine de Scudéry, cheminer de Nouvelle Amitié à Complaisance, Soumission, Petits Soins, Sensibilité, Tendresse, Obéissance et Confiante Amitié ; ou bien passer par Négligence, Tiédeur, Légèreté et Oubli pour franchir le Lac d'Indifférence... *Oui, bien sûr,* se dit Pietro – propices à la pompe comme à la mélancolie, aux plaisirs intimes de la séduction comme aux retraites rêveuses, les jardins de Versailles étaient bien une sorte de Carte du Tendre ! Tout ici s'admirait ; tout y était maîtrisé, domestiqué pour le plaisir des yeux, pelouses rases et gazons tendres, lacis d'allées et dentelles de buis ponctuées d'ifs, immenses plates-bandes de fleurs encerclant statues et fontaines...

Viravolta releva les yeux.

Il songea de nouveau aux fleurs du parfum.

Un complot. Un complot contre le roi et la reine. Contre le royaume.

La rose et le lis...

Une orchidée au milieu !

Son livret entre les mains, il commença son combat contre les jardins de Versailles.

Manière de montrer les jardins de Versailles

PARTERRE DE LATONE, AXE NORD-SUD

BOSQUET DU LABYRINTHE, CABINET DE VERDURE

Depuis les terrasses, et comme le Fabuliste et Louis XIV l'y invitaient, Pietro se concentra sur l'opuscule.

Manière de montrer les jardins de Versailles.

S'ouvrir aux symboles, telle était la clé qui le conduirait au Fabuliste, car celui-ci pensait en symboles, et le fil de ces métaphores serait aussi celui de son enquête – son fil d'or, son fil d'Ariane. Il fallait apprendre à penser comme lui, cheminer avec lui, accepter ce langage.

Suis-je en train… de délirer? Ou est-ce bien là que ce narrateur fou cherche à me conduire?

Il humecta son doigt, baissa les yeux et ouvrit le livret pour lire la prose du Roi-Soleil.

Manière de montrer les jardins de Versailles.

Son invitation au voyage.

Il fronça les sourcils, hocha la tête.

1. En sortant du chasteau par le vestibule de la Cour de marbre, on ira sur la terrasse; il faut s'arrester sur le haut des degrez pour considérer la situation des parterres des pièces d'eau et les fontaines des Cabinets.

A sa droite, sur les terrasses, Pietro pouvait contempler le vase de la Guerre.
A gauche, celui de la Paix.
Suis le fantôme du Roi.

Le regard du Vénitien alla d'un vase à l'autre. Il avança. Le promeneur, au pas oscillant, était convié à descendre les marches entre les deux. La tempête et le havre. Car ainsi la vie, malgré ses doutes, ses peines et ses incertitudes, se frayait-elle un chemin entre batailles et armistices. Pietro devinait pourtant que là n'était pas le seul message du Fabuliste. Il lui disait aussi que, selon la nature de ses actes, il aurait peut-être lui-même la responsabilité de plonger le royaume dans la Guerre, ou de préserver la Paix. *Veux-tu vraiment me déclarer la guerre?* semblait lui demander son ennemi. *Pourquoi ne pas pactiser, et me rejoindre?* Le Fabuliste lui offrait une chance de le rallier, ou de sortir du jeu. Par cette seule injonction, Tu dois choisir, le Fabuliste annonçait déjà son projet, comme une menace latente. Il déclencherait la foudre ou l'empêcherait de frapper. Ce n'était plus une simple promenade, mais une élévation spirituelle et, Pietro le devina, le lieu d'une guerre.
Il descendit les marches.
Le fantôme de Louis XIV continuait :

2. Il faut ensuite aller droit sur le haut de Latonne et faire une pause pour considérer Latonne, les lésars, les rampes, les statuës, l'allée royalle, l'Apollon, le canal, et puis se tourner pour voir le parterre et le Chasteau.

Non loin se trouvait le Parterre de Latone, qui abritait la plus imposante fontaine du jardin, un chef-d'œuvre du château. Sa statuaire était inspirée des *Métamorphoses* d'Ovide. Pietro tenta de se remémorer cet ancien récit. Latone, mère de Diane et d'Apollon, l'une des épouses de

Jupiter, avait été chassée de l'Olympe par Junon, qui ne pardonnait pas à son divin mari son infidélité. Errant sur terre avec ses enfants, elle avait cherché à trouver secours auprès des paysans de Lycie... en vain. Elle en appela à Jupiter qui, pour la venger, changea les paysans égoïstes en crapauds et en grenouilles. C'était la raison pour laquelle les batraciens, ainsi que quelques tortues, figuraient dans le bassin de la fontaine. Autour de Latone et de ses enfants, ils formaient comme un chœur désespéré, à tout jamais écarté de l'Esprit, du Vrai et du Beau. La gueule ouverte et tournée vers le ciel, ils hurlaient tous ensemble : *Changez votre cœur, ouvrez-vous aux autres, ou c'est vous qui serez métamorphosés !*

Alors, la signification du mythe parut claire à Pietro. Ces parterres étaient bel et bien à la croisée des chemins dont lui avait parlé le jardinier. Dans ce croisement, le Vénitien devinait autre chose : il était ici comme dans les jardins de l'ailleurs, le jardin des Parques tissant le fil des destins. Son propre destin paraissait hésiter. Il se souvint de ce qu'avait dit Le Normand : *Ces jardins eux-mêmes sont une fable, monsieur de Lansalt. Ils racontent une histoire. Ils ont leur morale...*

Pietro prit une inspiration.

Quel chemin vais-je emprunter ?

Au nord se trouvait celui du travail, des responsabilités, de la création. Au sud, celui des plaisirs pouvant mener aux plus grandes illusions. Droit devant lui était l'Allée Royale, la Voie Droite bien sûr, celle qu'en définitive il faudrait choisir. Immense et belle, un peu triste et sévère, elle faisait face au château. Le chemin de l'honnête homme. Ouverte sur ses plans d'eau, sa perspective grandiose et rectiligne courant au bout de l'horizon, elle ne s'écartait pas, ne se dissipait pas, ne se perdait pas. Edifiée par Laocoon qui, entouré de ses fils, recevait son châtiment, l'âme vagabonde comprenait qu'il fallait se défier du Diable. En voyant l'éclat de Vénus séchant ses cheveux dans des perles d'eau ruisselantes, elle affirmait son choix d'une nouvelle vie, faite d'amour et de lumière. Ainsi se succédaient les lignes géométriques et signifiantes, jusqu'au bassin formidable, le Bassin d'Apollon.

Le bassin, hémicycle ouvert sur l'infini, entouré de charmilles et de statues, était le point de convergence retrouvé de tous les chemins. Au cœur de leur fontaine, les chevaux sublimes du char divin se cabraient en jaillissant des eaux. Apollon paraissait ainsi en son apothéose, au milieu des dauphins, composant l'image d'une Résurrection répétée chaque jour par le soleil dans sa course, image du roi aussi, bien sûr ! Le Roi-Soleil. Il surgissait dans ses cascades ruisselantes, sous le signe des trois lys désignant l'Elu, la glorieuse épiphanie, sertie de vingt-huit jets, entre les quatre points cardinaux, et les quatre trompes dressées pour tonner au monde sa venue... Et là-bas, tout au fond, le plan lisse et froid du Grand Canal, encadré d'arbres infinis, accompagnait le regard vers cette perspective accomplie et sereine, fenêtre ouverte sur l'horizon.

Pietro cligna des yeux, puis considéra le poème du Fabuliste, et la promenade royale.

Il continua. Ses pieds faisaient crisser le sable doux. Il avait l'impression étrange d'être relié au sol par quelque mystère qui l'enracinait, le mettait au contact des entrailles de la terre, de ces jardins et de leurs semences.

Alors qu'il avançait, il croisa un Suisse. Dans le parc presque désert, cela lui procura une impression des plus insolites et des plus mystérieuses. Le soldat était comme effondré sur son arme, les yeux fermés, l'air à demi mort. On eût dit une autre de ces statues qui émaillaient le jardin ; et l'on se fût presque attendu à ce que des lacets de buis ou de lierre vinssent s'enrouler autour de lui, pour achever de le pétrifier à tout jamais.

Pietro passa, en silence, à quelques mètres de lui.
Il revint à sa promenade.

3. Il faut après tourner à gauche pour aller passer entre les Sfinx ; en marchant il faut faire une pause devant le cabinet pour considérer la gerbe et la nappe ; en arrivant aux Sfinx on fera une pause pour voir le parterre du midy, et après on ira droit sur le haut de l'Orangerie d'où l'on verra le parterre des orangers et le lac des Suisses.

C'est cela. Ouvre-toi... Laisse-toi conduire.

En tournant à gauche, lorsque l'on regardait de face l'immensité des jardins, au sortir du château, on s'aventurait dans l'axe interdit. L'Axe Nord-Sud, dont lui avait parlé le jardinier. L'axe du déni de Dieu. A l'entrée, deux Sphinx se faisaient face. Juché sur le premier, un enfant ailé semblait repousser Pietro de la main droite : *Ne va pas par là!* Sur le second, en vis-à-vis, un autre tentait de le ramener dans la voie droite. Les Sphinx étaient posés devant lui comme deux énigmes, ornés de leurs chérubins de pierre. *Ne te trompe pas de Voie.* C'était pourtant celle que lui proposait de suivre le Fabuliste. Ce piège de symboles, ce rébus dans un jardin à la française, cette charade se refermait un peu plus à chaque pas. Il comprit que le Fabuliste lui offrait de suivre non seulement une histoire, mais de communier à sa vision, de plonger avec lui dans un autre univers. *Entre, viens chez moi, dans mon théâtre, mon décor.* Pietro se laissait mener dans l'arène. Il avait le sentiment de progresser vers quelque obscure révélation ; il savait pourtant qu'elle était là, tapie dans l'ombre – *là,* au bout du chemin.

Laisse-toi conduire par les symboles. Par ton imagination, la Magicienne.

Et je serai ton Magicien.

Ici, tu es dans MON royaume.

Pietro se demanda s'il n'était pas déjà fou, aveugle et perdu, à contempler ainsi des soleils abstraits. Un trouble nouveau l'envahit au seuil de ce mystère. Il avançait à présent sur le terrain des Parterres Sud, dans une allée bordée d'ifs, plantés en massifs de six, le chiffre du Diable. Et les ifs eux-mêmes, symboles de mort! En s'obstinant dans cette voie, il retrouverait l'Orangerie. Dans la douce torpeur de cet éden géométrique, loin de toute réalité, il se perdrait dans la joie des théorèmes et des pures figures, se noierait dans la vision béate de constructions intellectuelles sans objet. Ici le Fabuliste prenait toute sa dimension : il n'était pas qu'un metteur en scène, un assassin – le Fabuliste était un fou, mais un moraliste. Au-delà de l'Orangerie, le promeneur exalté achèverait sa vie dans le lac des Suisses, ou l'illusion des vaines utopies, et de paradis artificiels. Dans le lointain, la statue de Marcus Curtius se jetait dans les flammes. Pietro considéra le chemin qu'il avait déjà parcouru : les terrasses, les vases, les Sphinx. De l'autre côté : l'Orangerie, le lac, Marcus Curtius. L'Axe Nord-Sud, 666 toises, l'axe du Mal! Il regarda derrière lui, puis à nouveau devant.

Il avait marché aux côtés de Lucifer, comme jadis à Venise.

Nous approchons.

Laisse-toi conduire par le Fabuliste.

4. On tournera à droit, on montera entre l'Apollon de bronze et le Lantin et l'on fera une pause au corps advancé d'où l'on voit Bacchus et Saturne.

5. On descendra par la rampe droite de l'Orangerie et l'on passera dans le jardin des orangers, on ira droit à la fontaine d'où l'on considérera l'Orangerie, on passera dans les allées des grands orangers, puis dans l'Orangerie couverte...

Ici le roi l'invitait à obliquer.

Le Fabuliste quittait l'axe des plaisirs illusoires et des songes creux. Il prenait le Vénitien par la main pour le faire tourner, certes vers l'occident et la voie de l'honnête homme

– mais pas selon la perspective droite et sublime, faite de clarté et d'élégance, devant laquelle Pietro s'était trouvé sur les terrasses. Non, c'était là un chemin de traverse. Le Fabuliste continuait de tisser sa toile, son œuvre, et Pietro de suivre cette initiation, mi-subie, mi-consentie, poussé par l'instinct autant que par la raison.

Où veux-tu m'emmener? Dans quel sanctuaire, quel empire sinon le tien?

Obliquant derrière les Sphinx, il longea les terrasses en direction des Miroirs. Ces pièces d'eau prolongeaient le lieu extraordinaire qu'était la Galerie des Glaces; là étaient les mille profondeurs de l'âme, le seuil de la réflexion. Elles renvoyaient autant les mouvements du ciel et des astres que ceux du cœur. Les Miroirs invitaient au cheminement intérieur, au retour sur soi. En ce jardin, ils murmuraient leur invitation à l'éternité, mais le jaillissement des eaux rappelait le temps terrestre et le temps qui coule, dans le dédale des émotions humaines – et soudain Pietro commença de comprendre – il *craignit* de comprendre l'endroit vers lequel, en définitive, il était entraîné.

... Et l'on sortira par le vestibule du costé du Labirinte.

Il s'arrêta devant l'entrée.

Les charmilles qui le composaient dépassaient les sept mètres de haut. Pietro se tenait là, dans sa chemise blanche et sa veste française, les cheveux noués en catogan, l'épée et le pistolet au flanc, comme à l'entrée d'un univers de danger et de faux-semblants, Ulysse au seuil d'un monde dont il ne savait la part de ténèbres et de clarté.

C'était ici que jadis, il avait chassé le premier Fabuliste.

Le fil d'Ariane... conduisant au Labyrinthe!

L'Orchidée Noire porta la main au pommeau de son arme.

Pénétrait-il en enfer ou en paradis ?
Un grand silence régnait dans les jardins.
Le monde s'était tu.

Lentement, Pietro franchit le seuil.
Il pénétra dans le Labyrinthe.

Achevé un siècle plus tôt, ce carré de bois touffu, orné de statues de plomb polychromes, avait perdu de son lustre. Pourtant, son origine même était poétique ; le Labyrinthe avait été conçu jadis par Le Nôtre et Charles Perrault, contrôleur général de la surintendance des Bâtiments du Roi – un autre conteur. Il narrait autrefois comment Amour, après avoir félicité Apollon pour toutes les beautés de ces jardins de Versailles, avait demandé à garder pour sa propre disposition l'aménagement de ce bosquet. L'amour lui-même, en effet, était un labyrinthe, où l'on s'égarait facilement... Pietro plissa les yeux. La figure d'Amour, auteur des moralités, tenant le fil d'Ariane, et celle d'Esope, auteur des Fables antiques, figuraient de part et d'autre des grilles de l'entrée. Ce contraste entre le vieil Esope, bègue et difforme, qui pourtant incarnait la sagesse, et le beau jeune homme porteur d'un tout autre message, était une énigme qui s'ajoutait au mystère du bois.

Sur le piédestal d'Esope était gravée la formule :

Avec mes animaux pleins de ruse
et d'adresse,
Qui de vos mœurs font le vivant portrait
Je voudrais bien
enseigner la sagesse.

Sur son piédestal, Amour répondait :

Je veux qu'on aime, et qu'on soit sage,
C'est être fou que n'aimer rien ;
Chaque animal le dit en son langage.

Pietro les considéra encore.

Il y avait quelque chose. Quelque chose d'autre...

Le Vénitien se mordit la lèvre et s'avança.

Une brise froide s'était levée.

Amour ailé désignait de l'index l'entrée du Labyrinthe ; de l'autre, la statue tenait le fil d'Ariane... ainsi qu'un petit billet, enroulé sur lui-même, qui dansait doucement dans le vent.

Il semblait l'attendre.

Pietro s'approcha encore. C'était bien un billet.

Il regarda un instant le visage muet de la statue.

Figée en son sourire énigmatique.

Puis il considéra de nouveau le billet, tremblant entre les doigts d'Amour.

Le jeu de piste continue.

Au moins, je ne me suis pas trompé... Je suis arrivé là où il le voulait.

Il prit le billet et lentement, le déroula.

J'ai tout pouvoir sur toi, sans limite est mon imagination,
Je fabule et affabule, j'invente, je couds et je découds,
Licier de l'ombre je tisse ma toile et ourdis ma trame
Je suis l'Auteur, Viravolta !
Je vais te perdre, t'embrouiller, te retrouver, t'égarer,
Te jeter dans un voile de brume et te reprendre
Pour mieux te promener
Je suis le Fabuliste, et le gardien
Et toi tu m'appartiens.

Pietro secoua la tête et considéra une nouvelle fois le seuil du Labyrinthe.

Pour me promener, c'est sûr... Il me promène.

Eh bien ! Entrons, voyons où ça nous mène.

Il tomba presque aussitôt sur la première fontaine. Au milieu du bassin, un hibou était encadré de deux oiseaux qui ressemblaient à des cigognes ; une volière factice montait en une sorte de feu d'artifice aquatique et de treillages qui évoquaient un éventail de roseaux. C'était là le souvenir un peu passé de la fameuse machine des *Fables d'Esope*, construite jadis par Mercadé et Ballin. Le bosquet tout entier semblait un livre de Fables. La bouche sèche, Pietro s'avança.

Il marchait dans le Labyrinthe où se croisaient les allées, et à chacune de ses intersections se trouvait une fontaine. Les charmilles dominaient de leur ombre les allées qui se rencontraient en trente-neuf carrefours. Chaque fontaine possédait un bassin différent, enrichi de rocailles fines et de coquilles rares ; et chacune était ornée de divers animaux qui incarnaient une situation inspirée d'un conte d'Esope, dans l'ordre voulu par Perrault et Le Nôtre.

I. LE DUC ET LES OISEAUX
II. LES COQS ET LA PERDRIX
III. LE COQ ET LE RENARD
IV. LE COQ ET LE DIAMANT
V. LE CHAT PENDU ET LES RATS
VI. L'AIGLE ET LE RENARD

Les Fables n'avaient été choisies parmi les autres que par la grâce et le bon vouloir des artistes, et parce qu'elles se trouvaient plus propres à leur servir d'ornement et de prétexte à leurs fantaisies. Les différentes fontaines renfermaient une maxime, versifiée par le poète Isaac de Benserade, sous la forme de quatrains gravés en lettres d'or ; elles devaient jadis servir à l'éducation du Dauphin.

Pietro se glissait entre les niches de treillage. Les représentants du bestiaire s'ébattaient autour de lui, se répondaient entre les palissades de verdure impénétrable. Ici, le Vénitien croisait des oiseaux, là des singes et des coqs, une poule et un dragon, un rat et un renard, une grue et un rossignol. Les animaux singeaient les hommes pour mieux pourfendre ou dévoiler leurs caractères, leurs travers, leurs faiblesses. Ils n'étaient que matière morte et pourtant, malgré le temps, malgré la mousse qui les dévoraient et les lézardes qui les parcouraient, ils étaient si travaillés qu'ils semblaient vivants, figés dans l'action qu'ils représentaient. Leur parole était manifestée par les jets d'eau qu'à certaines heures ils se lançaient, leur conférant des apparences de mouvement.

Les murs de verdure ne débouchaient jamais sur un espace libre.

XXI. LE LOUP ET LA GRUE
XXII. LE MILAN ET LES OISEAUX
XXIII. LE SINGE ROI
XXIV. LE RENARD ET LE BOUC
XXV. LE CONSEIL DES RATS
XXVI. LE SINGE ET LE CHAT
XXVII. LE RENARD ET LES RAISINS

Pietro progressait vers le cœur du bosquet – et tout, brusquement, se faisait plus sombre, plus mystérieux, car il songeait aux vers du Fabuliste. Il avait la terrible impression qu'il était observé, et que le Fabuliste lui-même agençait le parcours de sa vie. Il se voyait tel un pantin, égaré dans un esprit malade, l'imagination débordante de son ennemi. Et parmi ces animaux, qui était-il ? Pietro Viravolta, l'Orchidée Noire, le personnage d'un conte, d'une Fable ? Où était son fil d'Ariane ? Quelles tragédies, quels mystères étaient-ils ici dépeints ? Ces Fables, ces créatures, que voulaient-elles signifier ? La quête d'un sens vrai et définitif ? La corruption ? Le passage du Temps ? La course vers le Néant ? Le Fabuliste regardait son rat prisonnier, et il disait : *Avec moi, tu vas te perdre.* Pietro s'enfonçait dans le Labyrinthe, dans les allées étroites bordées de charmes... Allées de sortilèges et d'envoûtements.

Oui, il touchait au but, il...

Il se figea.

XXXIV. LE RENARD ET LE CORBEAU
XXXV. DU CYGNE ET DE LA GRUE
XXXVI. LE LOUP ET LA TÊTE
XXXVII. LE SERPENT ET LE HÉRISSON
XXXVIII. LES CANES ET LE PETIT BARBET
XXXIX. Sortie du Labyrinthe.

Il était parvenu au cœur du Labyrinthe, dans le bosquet dit Bosquet Sans Nom.

Cinq allées convergeaient dans ce cabinet de verdure : une invitation à trouver en soi un tout cohérent. Le bosquet était comme le nombre d'or de cette étonnante géométrie, la clé de voûte, le point de gravité sans lequel s'effondrait la structure en trompe l'œil.

Au cœur de la chambre pentagonale, sur le sol, un nouveau billet l'attendait, enroulé dans un ruban rouge.

Pietro le ramassa et l'ouvrit, fébrile.

Là est mon jeu, tu l'as compris,

Tant de fontaines
Au Labyrinthe portées
Emaillées de Fables
En chaque bosquet !
Tant de fontaines
Aux Fables ornées
Dont je me suis inspiré
Pour perdre

Les agents du Secret.
Tant de fontaines
Et une Rose
Contre une Orchidée
Au Labyrinthe des pensées.

Voici venue la croisée des chemins
Au croisement des intrigues et des destins
Viravolta, viens!
Trouver la mort
En ce jardin!

Le Fabuliste

Le Vénitien recula de quelques pas. Et soudain, il comprit.

Trente-neuf carrefours et trente-neuf fontaines illustrées de trente-neuf statues de plomb, placées à divers endroits du Labyrinthe, le tout composant l'intrigue et la machinerie complexe du Fabuliste; le bosquet d'Esope avait été conçu pour être visité dans un ordre très précis. Il fallait prendre le temps de le parcourir dans l'ordre et d'en consulter les maximes, afin d'en tirer une morale. *Le Loup et l'Agneau* retrouvé sur le corps de Rosette, *Le Renard et la Cigogne* sur Lansquenet, ou encore *La Grenouille qui se veut faire aussi grosse que le Bœuf*; sans compter, Dieu du ciel, celles qui restaient, *Le Corbeau et le Renard*, *Le Lion et le Rat* – le Fabuliste s'amusait, comme le jardinier ou l'auteur du jardin, tissant sa trame et sa toile, y plaçant ses personnages et les faisant déambuler à sa guise; il ne s'était pas seulement inspiré des *Fables* de La Fontaine – et du vieil Esope; mais aussi de ce bosquet! Avec les animaux, Esope et La Fontaine se moquaient des travers des hommes – et le mystérieux Fabuliste à son tour se posait avec ironie comme leur héritier ! Au hasard de sa promenade parmi ces légendes, il picorait celles dont il voulait user pour son chef-d'œuvre, et entraînait Pietro dans le labyrinthe de ses facéties et de sa pensée !

Effaré, Pietro releva les yeux.

Un parcours de sagesse...

Il est vraiment très fort.

Et lorsqu'il vit où il était arrivé, ainsi que l'abominable spectacle qui se dévoilait maintenant à lui dans toute sa funèbre gloire, au centre du Bosquet Sans Nom, il crut que son cœur s'arrêtait de battre.

Par quelle connaissance passe la sagesse ?

Vision de cauchemar. Pietro porta une main à sa bouche, tandis qu'il sentait, au plus profond de lui-même, quelque chose se briser.

— Oh... *Non...* murmura-t-il d'une voix étranglée.

Landretto était pendu dans cette chambre verte. Il était pendu au sommet des charmilles, au centre du Bosquet Sans Nom, les bras ballants. Son corps raide se balançait de gauche à droite. Landretto qui l'avait sauvé des geôles de Venise, avec qui il avait arpenté tous les sextiers de la Sérénissime à la poursuite des Stryges, Landretto qui veillait sur lui, et qui avait tant compté dans ses retrouvailles avec Anna. Landretto, dont l'ardeur et la fidélité n'avaient jamais été mises en défaut ! Il était là, dans son habit coloré d'écuyer du roi, la coiffe traînant sur le sol. Son visage bleu le regardait, vide. Pietro s'avança en chancelant. Il s'aperçut qu'il ne s'agissait pas *vraiment* de ses yeux : on leur avait substitué deux calots de verre, donnant à son regard un éclat vide et affreux. Ses traits étaient crispés dans un masque grotesque, comme si le Fabuliste s'était plu à y peindre un sourire d'outre-tombe. C'était bien le corps de Landretto ; mais des gerbes de foin grossières avaient été fourrées dans sa bouche, dans ses oreilles, dans son ventre. Des plumes noires enduites de graisse y étaient mêlées. Il l'avait traité en spécimen !

Il l'a... Il l'a empaillé !

Viravolta, viens !
Trouver la mort
En ce jardin !

Un message était épinglé sur la poitrine du valet et les boutons d'or de sa veste. Il ne fallut qu'une seconde à Pietro pour comprendre. Un énorme morceau de fromage, émietté et ridicule, était disposé aux pieds de son ami et confident. Le titre du message était assez clair : *Le Corbeau et le Renard.* Suivaient quelques mots qui semblaient tout droit sortis d'un manuel de taxidermie.

La réalisation d'un spécimen correspond à cinq grandes étapes principales qui sont le dépouillage de l'animal, le tannage de la peau, la préparation de la forme ou du mannequin, l'ajustage de la peau sur celui-ci et la réalisation des finitions.

1 – mature et silhouette
2 – Pose de la toile
3 – Début de modelage
4 – Pose de la peau
5 – Montage terminé.

Une Vanité était posée non loin, une rose rouge et une bible parfumée ; enfin, l'une des ratissoires dont usaient les jardiniers...

Oui... pour couper les mauvaises herbes !

Pietro recula encore. Ses pensées tourbillonnaient dans son esprit. Il ne pouvait croire à ce spectacle. En ce dédale d'amour, en ce jardin de mort, son ennemi tuait, il tuait *in Fabula* !

Et tout à coup il entendit une voix :

— Bienvenue, Orchidée, dans mon théâtre d'ombres.

Il reçut un énorme coup sur la tête.

Le paysage tourbillonna autour de lui. Il vacilla, tenta vainement de se retourner pour voir son agresseur, mais ses jambes ne le portaient plus.

Son dernier regard fut pour le corps de Landretto suspendu

— et il sombra.

ACTE III

La rose et le lys

Que de mille endroits de la terre
Il nous vienne des ennemis,
J'y consens ; mais que l'Angleterre
Veuille que nos deux rois se lassent d'être amis,
J'ai peine à digérer la chose.
N'est-il point encor temps que Louis se repose ?
Quel autre Hercule enfin ne se trouverait las
De combattre cette hydre ? et faut-il qu'elle oppose
Une nouvelle tête aux efforts de son bras ?

JEAN DE LA FONTAINE,
Le Pouvoir des Fables.

A M. de Barillon.

Dans l'antre du lion

MÉNAGERIE DE VERSAILLES

Lorsqu'il ouvrit l'œil, il vit un lion.
Des jets d'eau cristallins s'élançaient vers la nuit.
Il était allongé à l'intérieur de... d'une
cage.
Oh non.
Son cœur tonna dans sa poitrine.
Pietro se redressa d'un coup en étouffant un cri.
A trois mètres de lui, un lion ronflait.

La Ménagerie de Versailles, édifiée par Le Vau à l'extrémité du Grand Canal, avait été la première création de Louis XIV aux abords de son palais. Une cour d'entrée conduisait à un petit château, composé d'un corps de logis principal et relié par une galerie à un pavillon qui servait de lieu de repos et d'observatoire. Après avoir gravi l'escalier et traversé un salon impeccable, on pénétrait dans un cabinet de forme octogonale, avec sept croisées et un corridor de fer au-dehors. Sept cours y convergeaient en éventail, de sorte que l'on pouvait toutes les embrasser du regard depuis le premier étage. Chacune était peuplée d'oiseaux et d'animaux rares, et n'était fermée que par une balustrade de fer courant tout à l'entour. Aménagée au rez-de-chaussée, une grotte ornée de coquillages et de pierres de meulière était assortie de multiples jeux d'eau, issus du sol et de la voûte, avec en son centre un jet tournant.

Oh, mon Dieu... Où suis-je ?

La vue de Pietro se précisa à mesure qu'il reprenait conscience. Non loin, des poules d'Egypte au panache blanc avançaient en cadence, toute de grâce drolatique. Elles voisinaient avec des pélicans, autruches et autres échassiers d'Afrique. Avec le temps, des animaux sauvages ou exotiques issus des loges de Vincennes s'étaient ajoutés à la faune de la Ménagerie, tels des chameaux et dromadaires, l'éléphant ramené de Chandernagor, un chapas marqueté comme un tigre, ou un rhinocéros qui faisait la joie des badauds. On trouvait aussi dans la Ménagerie des paons, des antilopes, des tigres... et un vieux lion.

Pietro recula, ses talons glissant sur le sol et la poussière.

L'écœurante odeur de fauve, accompagnée d'un parfum de sang, parvint à ses narines tandis que son épaule heurtait l'un des barreaux de la cage où il se trouvait.

Il entendit son souffle rauque, puis un chuchotement attira son attention, dans la nuit.

Il releva les yeux.

Le Fabuliste était là.

Il s'était assis sur le balcon de ferronnerie, au-dessus de la cage. Il avait posé une main gantée sur son genou. L'autre tenait une rose rouge. Une cape lui enveloppait le corps. Il murmura :

— *Chut...* Ne le réveillez pas.

Viravolta crut apercevoir un sourire. Le Fabuliste, prenant un billet sous son manteau, le déplia avant de le laisser tomber dans l'antre du lion.

— Celle-là est pour vous, Orchidée.

Pietro suivit des yeux le billet qui balançait de droite et de gauche dans sa chute, feuille morte dans la brise... Il retint son souffle lorsqu'il crut que le papier allait choir sur le museau du félin.

Le billet obliqua au dernier moment... et s'échoua exactement entre le fauve et lui.

D'instinct, le Vénitien porta la main à son flanc. Mais son ennemi l'avait délesté de son épée, ainsi que du pistolet de M. Marienne, des plumes, de son poignard – et même de son jeu de cartes. Pietro n'avait que ses vêtements et son ceinturon à boucle.

Le Fabuliste rit :

— Passons à la Fable suivante.

Le Vénitien ne vit pas le détail du poème écrit sur le billet. Il n'osait faire le moindre geste. Il put toutefois en discerner le titre. Cela lui suffit.

LE LION ET LE RAT

Le fauve grogna, comme dérangé dans son sommeil par le vol de quelque moucheron.

Cette fois... La situation se complique.

Les lèvres sèches, il leva les yeux vers le balcon de fer ouvragé.

Le Fabuliste, une botte sur le montant du balcon, ne bougeait pas de son perchoir.

— Vous aimez les animaux de compagnie ?

Affalé non loin de Pietro, l'animal ronflait, le museau frémissant. Des restes d'os et un quartier de viande saignante, que le fauve n'avait pas achevés, traînaient devant lui. L'espoir d'un maigre sursis, tout au plus. Pietro n'osait faire le moindre geste.

— Mon parcours floral vous a-t-il séduit ? chuchota le Fabuliste.

— Je craignais d'être sur la mauvaise voie, dit le Vénitien.

— J'aurais pu user d'autres fleurs, bien sûr... L'aloès, pour l'amertume et la douleur... L'achillée pour la guerre, l'amaryllis pour l'artifice ! Je vous savais homme de culture et d'esprit, mon ami. Sensible à la poésie, et aux pays situés derrière le voile... Vous m'avez impressionné. Quel bouquet, quelle couronne pourrais-je préparer pour vous ? Avec quelles fleurs ? L'orchidée, naturellement... L'immortelle ? La tulipe ?

Viravolta serra les dents, refrénant à la fois sa terreur et sa colère. Son visage s'assombrit. Il dut faire un effort surhumain pour ne pas hurler et laisser libre cours à ses émotions.

— Vous avez tué Landretto !

La tête du Fabuliste se redressa légèrement. Pietro tentait en vain de discerner les traits de son visage.

— Ma douce Orchidée... Revenez parmi nous ! Votre cher valet, votre ami de toujours... Il vous avait *trahi*, Viravolta !

— Trahi ?

— Il travaillait pour le duc d'Aiguillon, mon cher ! Ouvrez les yeux ! Il était chargé de vous espionner !

— Vous mentez !

Cette fois, Pietro n'avait pu s'empêcher d'élever la voix. Il s'en voulut aussitôt.

Le lion grogna.

— Réfléchissez... Il tenait à vous, assurément. Mais il était entré au service du roi. Sa position lui permettait d'entendre beaucoup de choses, lui aussi ! Même Broglie l'a approché. Landretto n'aimait guère les petites intrigues du Secret... C'est à d'Aiguillon qu'il s'en est remis. Lui et vous et avez pris deux voies différentes !

Le Fabuliste avait écarté les bras. Pietro se souvint du rapport si détaillé que lui avait montré le duc d'Aiguillon, lors de leur entrevue dans l'aile des Ministres. Le rapport le concernant...

Quatorze heures. V quitte Versailles pour Saint-Germain-en-Laye en compagnie de Mme A. S*** et de C. en carrosse de quatre chevaux. Quinze heures quinze. Le carrosse parvient en lisière de la forêt.

— Vous mentez, répéta-t-il avec fureur.

— Allons, Viravolta, dit le Fabuliste. Ecoutez votre cœur. Vous savez que c'est la vérité. Le petit écuyer craignait pour votre vie. Il avait raison. Sans doute pensait-il ainsi veiller sur vous. Une façon de rester votre ange gardien... Mais laissez-moi goûter cet instant de félicité... *L'Orchidée Noire!* L'un des plus brillants agents du Secret!

La haine dans sa voix. Une haine pourtant mêlée d'une forme d'admiration, voire... *d'affection.* Pietro frissonna.

— Je dois malheureusement vous quitter, dit le Fabuliste. D'autres obligations m'appellent.

Il descendait de son perchoir.

— ... Vous fûtes un glorieux adversaire.

— *Mais qui êtes-vous?* dit Viravolta, s'empêchant de crier. Pourquoi m'en voulez-vous à moi? Qui était Jacques de Marsille pour vous?

Le Fabuliste se tut un instant; nul n'aurait su dire ce qu'il pensait, ni la nature des émotions qui pouvaient alors le traverser; mais, à la fin, il sembla à Pietro qu'il souriait de nouveau derrière sa capuche.

— Ah, tant de questions, dont vous n'aurez jamais les réponses... Frustrant, n'est-ce pas? Mais allons! Il n'est plus temps de faire la conversation. Je vous laisse en compagnie de messire lion. Il symbolise l'orgueil. L'orgueil, qui est aussi le vôtre...

Il s'inclina. Puis il désigna une masse sombre posée sur le sol du balcon de ferronnerie. Pietro devina sans mal de quoi il s'agissait. Son épée, le pistolet, les plumes, le poignard, les cartes.

— C'est une coutume immémoriale que de laisser leurs armes aux adversaires valeureux, à l'heure de leur mort. Je suis fier de vous rendre cet hommage. Quoique j'eusse bien emporté votre étrange pistolet, je l'avoue.

Mais tout cela, bien sûr, restait hors de portée. Pietro, affolé, regardait autour de lui. Les barreaux montaient pour former une cloche trois mètres plus haut. La seule issue consistait en une porte de fer pourvue d'une énorme serrure, fermée elle aussi. Le cœur du Vénitien battait la chamade. Il continuait de regarder à gauche, à droite. La panique le gagnait. Il la refréna de toutes ses forces et affecta l'air le plus assuré qu'il pût.

— Laissez-moi au moins... de quoi me divertir, dans mes derniers instants, dit-il, forçant une ironie désespérée.

Le Fabuliste eut un petit rire.

Il hésita puis se pencha sur les biens abandonnés de l'Orchidée Noire.

Il en sortit l'étui de cartes.

— Vos cartes, bien sûr, marquées d'une orchidée au verso ! Celles qui vous valurent tant de succès dans les *casini* de Venise, à la Cour, et chez les Sénateurs du plus haut renom ! Les cartes de l'Orchidée Noire !

Il rit encore.

— Je pense que, cette fois, vous n'en avez plus guère dans votre manche.

Il suspendit le jeu au-dessus de la cage.

— Allons... La dernière partie de l'Orchidée... Une bataille, sans doute ! Eh bien ! Jouez, jouez avec la mort.

Il lâcha l'étui.

Le jeu tomba sur le museau du lion...

puis il roula auprès de la Fable abandonnée.

— Je vous en avais annoncé dix...

Le fauve se réveilla aussitôt.

— ... Mais ai-je jamais dit que vous iriez jusqu'au bout ?

Le Fabuliste s'en retourna dans un mouvement de cape.

— Surprenez-moi, Viravolta, et récitez : *Le Lion et le Rat.*

Son rire doucereux s'éloigna tandis qu'il longeait le balcon de ferronnerie.

Il disparut dans un éclair de lune.

Le lion s'était redressé.

Pietro attrapa le jeu de cartes. Le fauve regarda dans sa direction. Sa narine s'enfla à l'odeur de l'intrus. Il y avait, dans ses prunelles étincelantes, la trace d'une sauvagerie issue du fond des âges. Un instant, le regard du lion dérangé dans son sommeil croisa celui de l'homme Pietro fut inondé de sueur.

Il prit ce qui restait du quartier de viande.

— Calme, calme, dit-il absurdement.

Il ôta l'étui. Les cartes émaillées de leur orchidée noire dansèrent devant ses yeux.

Sans attendre une seconde de plus, il arracha un morceau de viande sanglante et l'enroula autour d'une poignée de ces cartes au tranchant de rasoir que lui avait confiées Augustin Marienne. Le fauve rugit, ouvrant une gueule béante d'où coula un filet d'écume. Il se ramassa sur lui-même. Un coup de patte suffirait à assommer Pietro ; un coup de griffes à lui emporter la moitié du visage ; un coup de dent, à lui sectionner la trachée. Pietro jeta le morceau de viande sous son museau. Quelques cartes en dépassaient, fichées dans le muscle tels des biscuits dans un gâteau.

— Mange, dit-il d'une voix brisée. Mange la bonne viande !

Le lion attrapa le morceau au vol, sans lâcher l'intrus du regard. Il se préparait à le dépecer et s'en pourléchait d'avance les babines. Pietro, les talons glissant devant lui, parvint à se relever dans un mouvement brusque, croyant sa fin venue.

Que Dieu me pardonne !

Soudain, le lion fut saisi d'un tremblement. Il ouvrit la mâchoire en tous sens, comme pour se débarrasser d'une écharde qui lui eût transpercé la gorge. Il rugit encore, d'un rugissement étranglé. Ses yeux s'allumèrent d'une sauvagerie nouvelle, décuplée par la douleur et l'effroi. Pietro se jeta sur les barreaux d'une façon ridicule, crochant ses chevilles contre le métal. Il monta ainsi le plus haut qu'il put, tandis que le fauve se jetait dans sa direction. Un instant, le Vénitien se retrouva au-dessus de lui; la gueule ensanglantée de la bête, dégoulinante d'écume, lui taquina les talons. Mais il glissait.

Il *glissait!*

De sa botte, il frappa le museau du lion.

Rabrouée, toujours ivre de douleur, la bête recula.

A présent elle tournait sur elle-même, comme déchirée de l'intérieur. Pietro attrapa de nouveau le jeu de cartes. Aussitôt, l'animal fut sur lui.

Tout autour du château de la Ménagerie, dans les sept cours des volatiles et des animaux exotiques, une excitation fiévreuse se propagea; on eût dit un retour à la vie sauvage. Le chapas se mit à tourner en long et en large; le rhinocéros donna de la corne; les poules d'Egypte agitèrent leur panache; l'éléphant de Chandernagor barrit puissamment dans la nuit. C'était à présent comme si tous se tournaient vers Viravolta, et encerclaient l'arène où se disputaient l'homme et le fauve.

Les héros des Fables présidaient au combat.

Acculé contre les montants de la cage, le Vénitien se retrouva brutalement sous son assaillant. Il enfouit désespérément sa main dans la crinière or et noir, tandis que les quintaux de la bête menaçaient de le broyer. Il sentit son haleine fétide. Un moment, Pietro crut que sa tête allait lui être arrachée. Son visage était près d'être englouti par les mâchoires béantes.

— Allez ! Avale ! hurla-t-il, enfouissant ses cartes dans la gueule de l'animal.

Les mâchoires se refermèrent dans le vide – suffisamment toutefois pour que les tranchants de rasoir fissent de nouveau leur office. Le lion rugit encore, dans un nouvel étranglement. Il manqua d'écraser le Vénitien. Il se dressa au contraire, levant ses pattes et contractant tous ses muscles. Sa crinière frémit. Puis il s'enroula sur lui-même ; il avait l'air de vouloir récupérer, jusqu'à l'intérieur de sa gueule, ces rasoirs qui le découpaient. Il tourna, dans un ballet affreux, poussant d'effroyables gémissements... L'homme et le lion échangèrent un dernier regard. On n'y lisait plus que souffrance et terreur.

Puis le fauve s'effondra, d'un coup.

Du sang jaillit de sa gueule. Pietro crut voir l'ombre sanglante courir, comme une traînée, le long de ses flancs...

Et le lion se tut.

Pietro n'entendit plus que sa propre respiration.

Les animaux des cages voisines se calmèrent. Le silence revint. Pietro resta tétanisé contre les barreaux.

Le rythme de son cœur revint peu à peu à la normale. Il s'efforça de le contrôler. Le sang battait à ses tempes. La gorge sèche, il murmura :

— *Patience et longueur de temps font plus que force ni que rage...*

Il s'efforça de sourire.

— L'orchidée, mon minou, c'est indigeste.

Il ne se redressa qu'au bout d'une demi-heure, pantelant.

La colère le reprit, mais il dut attendre dans la cage le lever du jour, aux côtés du cadavre du lion. Aux premières lueurs, il ne fut qu'à moitié surpris de voir, arrivant en compagnie des valets de la Ménagerie, le jardinier-philosophe Le Normand.

Celui-ci, placide, emprunta le balcon de ferronnerie et considéra Viravolta.

— Monsieur de Lansalt... Qu'est-ce que vous faites encore ?

Pietro s'était de nouveau assis contre les barreaux.

Il fit à l'adresse du jardinier un signe désabusé.

Puis il demanda :

— Cela vous ennuierait d'aller chercher la clé ?

God Save The King

HERBLAY

Le village d'Herblay était situé sur la rive droite de la Seine, à six lieues en aval de Paris. Son nom remontait au temps de la domination romaine ; il signifiait « lieu planté d'érables » ou « les érables ». Le Fabuliste s'arrêta un instant auprès de Saint-Martin d'Herblay ; la petite église du XIIe siècle, de style gothique, dominait une boucle de la Seine. D'ici, la vue, magnifique, s'étendait jusqu'à Paris et Saint-Germain-en-Laye.

L'aube venait de se lever. Donnant de l'éperon aux flancs de sa monture, le Fabuliste fit demi-tour, redescendit par le val puis remonta en direction des quartiers anciens. Les sabots de l'animal résonnèrent dans le dessin sinueux des rues centrales, sous les façades des maisons aux corniches décorées, aux niches votives et aux portes charretières. Il filait devant de belles demeures aux portails de pierre, croisant les paysans qui allaient se disséminant dans les champs alentour. Herblay comptait quelque trois cents foyers. Des anciens domaines seigneuriaux avait émané un château principal, construit dans le style du XVIe siècle. Il s'agissait d'une maison de campagne dotée de belles proportions. Vu du parc, le « château » avait longtemps gardé bonne allure ; mais son dernier maître, endetté, l'avait laissé en ruine depuis près de quarante ans.

Ce fut là que le Fabuliste descendit de cheval.

Au milieu de l'aurore se tenait une bien curieuse assemblée.

Des rais de lumière tombaient entre les feuillages des arbres, allongeant les ombres des conspirateurs. Tous étaient vêtus de la même façon que le Fabuliste. Capuche noire, rose rouge à la poitrine. Une véritable petite armée.

Au sommet des marches qui menaient au manoir se tenait un homme qui, lui, ne ressemblait à aucun autre.

— Vous êtes en retard.

Le Fabuliste marcha à pas rapides au milieu de ses semblables, qui s'écartèrent devant lui.

— Viravolta est mort.

Lord Stevens, comte de Bedford et Apôtre de la Grande Loge de Fer, était habillé d'une étrange façon. L'épée au côté, il portait un justaucorps matelassé, des gants de cuir et des bottes sombres. Il avait cinquante ans. Ses cheveux encadraient un visage et des yeux ténébreux, une mâchoire volontaire. Un pli de dédain sur les lèvres, il arborait lui aussi une rose à la poitrine. Souvenir de la guerre de Sept Ans, il avait perdu une oreille, à la place de laquelle des morceaux de chair racornie dessinaient des ourlets tourmentés. Il n'avait pas oublié, non plus, de quelle façon un Français avait transpercé de sa lame l'aîné de ses trois fils, lorsque celui-ci servait sous ses ordres. Depuis très longtemps, lord Stevens œuvrait dans l'ombre pour Sa Majesté George III et la Couronne. Et, un an plus tôt, le roi en personne lui avait confié la charge du contre-espionnage anglais.

Stevens connaissait de nombreux agents français en poste à Londres. Il avait rencontré Charles de Broglie à plusieurs reprises. Il avait aussi eu vent, par ses propres informateurs, de son plan d'invasion de l'Angleterre, conçu après le traité de Paris. Ce plan de débarquement et de guerre avait été rédigé sur ordre de Louis XV une dizaine d'années plus tôt. L'une des craintes de lord Stevens était que ce projet devînt un jour réalité. Son gouvernement l'avait chargé, en sous-main, de prévenir toute initiative de cet ordre. Il avait disposé pour ce faire de moyens aussi occultes qu'illimités. Stevens était allé plus loin, proposant, à sa discrétion, une entreprise de déstabilisation de la monarchie française. La mort de Louis XV, et l'avènement d'un Louis XVI encore novice, fragilisaient le royaume. Le moment était idéal. Aussi Stevens, usant des réseaux du roi George III et des Affaires étrangères, était-il parvenu à s'adjoindre les services du Fabuliste. Depuis, celui-ci avait commencé de faire place nette parmi les agents ennemis, décimant ceux du Secret qui pouvaient s'avérer autant de remparts à leur entreprise. Ce que George III ignorait, toutefois, était *jusqu'où* prétendait aller son zélé serviteur. Jamais il n'avait été question de renverser l'équilibre européen, en éliminant purement et simplement le roi de France et la fille de Marie-Thérèse; c'était pourtant la secrète détermination dans laquelle Stevens se trouvait.

Affaiblie par les philosophes et le règne interminable de Louis XV, la France était mûre pour la sédition. Tous les renseignements pris par Stevens le confirmaient. L'opportunité de déposer aux pieds du roi George la dépouille de l'ennemi héréditaire était historique. Le jeu de dominos de lord Stevens était prêt. Lui aussi avait son plan, dont seul le Fabuliste partageait le secret. Il l'avait consigné dans un manuscrit illustré de cinquante et un croquis au crayon, représentant trophées, armes, canons, pinces, haches, couteaux et maillets, ainsi que les emblèmes de la Grande Loge de Fer. Il n'avait guère eu de mal à recruter sa petite armée de l'ombre parmi les rangs de celle-ci. Le moment venu, il proposerait son « grand dessein » à George III. L'opération qui en serait le coup d'envoi portait déjà un nom de code : *Party Time*. Tout était prévu, jusqu'au comptage des matériels, des fournitures et des ressources en hommes nécessaires à la composition d'une armée d'invasion définitive. Une armée qui se fraierait sans mal un chemin jusqu'à Paris. Il ne manquait que l'*imprimatur* du souverain. Le roi serait sans doute surpris d'une initiative si vaste! Mais d'ici peu, tout serait si bien en place que George III ne pourrait que se ranger à la raison. Il en profiterait pour en finir avec une nation malade, ayant perdu coup sur coup deux rois et une reine! Une pichenette suffirait. Et lui, lord Stevens, apporterait à l'Angleterre cette sublime offrande. L'Union des Deux Couronnes. La rose et le lis. Lord Stormont, l'ambassadeur anglais en France, avait déjà cherché plusieurs fois à s'entretenir avec lui. Stevens s'était arrangé pour brouiller les pistes, ce que sa position pouvait justifier. Son repli dans ce quartier général d'Herblay lui avait permis de couper les ponts momentanément, et de se réfugier dans un silence volontaire.

Une fois la France plongée dans le chaos politique, il faudrait l'empêcher de préparer sa riposte avec l'Espagne et l'Autriche, en usant de Gibraltar, de la Jamaïque et des Grandes Indes pour étendre encore l'influence britannique; et bien sûr, quelle que soit l'issue de cette entreprise, l'empêcher de reconquérir toute position en Amérique. Car cet affrontement recouvrait un autre enjeu – et un enjeu de taille. Entre 1739 et 1763, la Grande-Bretagne s'était trouvée en guerre continuelle, du bras de fer avec l'Espagne à la guerre de Sept Ans en passant par la guerre de Succession d'Autriche. Sa supériorité navale lui avait permis de vaincre les Français au large du Portugal. La Couronne avait battu Dupleix aux Indes et Montcalm au Canada, dans les plaines d'Abraham, devant Québec. Le traité de Paris de 1763 avait consacré la suprématie anglaise. La France perdait ses colonies d'Amérique du Nord et ses comptoirs des Indes. L'Angleterre gagnait la Nouvelle-France et les comptoirs sénégalais et indiens, dont Pondichéry; elle réaffirmait son empire sur les mers. Après la paix entre l'Autriche et la Prusse, l'alliance de Marie-Thérèse et de Marie-Antoinette avec la France achevait de dessiner la nouvelle carte précaire de l'équilibre continental.

Les guerres perpétuelles ayant vidé les caisses de la Couronne, Londres s'était tournée vers ses colons américains. Les nouvelles taxes imposées par le Parlement, du *Sugar Act* au *Tea Act*, avaient provoqué le mécontentement des treize colonies britanniques en Amérique. Non contente de réserver à ses navires le monopole du trafic de certaines marchandises, l'Angleterre interdisait aux commerçants de vendre leurs produits à d'autres pays. Il en résultait une asphyxie progressive des colons. La dernière crise en date, en décembre 1773, était restée fameuse sous le nom de *Boston Tea Party*. Refusant le monopole des compagnies britanniques sur le thé, des colons américains déguisés en Indiens Mohawks avaient jeté dans le port de Boston près de trois cent cinquante caisses de thé, embarquées sur trois navires de la Compagnie des Indes. La Grande-Bretagne avait décidé de fermer le port en représailles. Le reste de l'opinion s'était montrée solidaire des Bostoniens. Un congrès de colons avait été organisé! On se prenait à rêver de nouvelles institutions! Et George III venait de prendre la décision la plus délirante de son règne : déclarer les colons « rebelles », eux qui, déjà trahis, n'avaient cessé de réitérer leur attachement à la Couronne!

Que se passerait-il si la rupture en venait à être véritablement consommée? Toute l'Amérique du Nord serait en jeu.

On s'acheminait vers une déchirure entre loyalistes et rebelles. Une guerre d'indépendance se profilait-elle ? Pour Stevens, cela ne faisait aucun doute. Et si la guerre éclatait, si les insurgés venaient à manquer d'alliés... vers qui se tourneraient-ils, sinon la France ? Dans cette hypothèse, Stevens imaginait parfaitement la monarchie française sautant sur l'occasion pour soutenir les insurgés, et prendre sa revanche sur le traité de Paris. Une revanche dont elle rêvait depuis dix ans. Pour preuve, la France, déjà, reconstituait sa flotte. Elle modernisait son matériel et améliorait la formation de ses militaires, augmentant ses effectifs au point que les sources de Stevens les estimaient aujourd'hui à 300 000 hommes. Si la Grande-Bretagne restait maîtresse des mers, l'alliance autrichienne et celle du pacte de famille France-Espagne, quoi qu'on en dise, dominaient toujours l'Europe continentale. Dans ce contexte, l'agitation des treize colonies, si elle devait se poursuivre, poserait la question de toutes les grandes nations européennes face aux Britanniques.

Le monde entier serait concerné !

Lord Stevens descendit les marches du perron.

— L'Orchidée Noire ?... dit-il. Vous avez eu raison du Vénitien ?

— Oui, dit l'encapuchonné.

— Bravo. Vous avez tué une légende.

— On ne déracine jamais complètement les mauvaises herbes.

— Il est temps d'en finir avec votre jeu de quilles. Après celles des autres, la mort de Viravolta va faire du bruit.

— Peuh ! Ils ne savent plus où ils en sont. Je ne puis rester très longtemps, Stevens. J'ai rendez-vous au Procope pour achever mon ouvrage. Je dois aussi faire parvenir un courrier spécial à Choisy. L'un des nôtres s'en chargera ; c'est un courrier de première importance.

Le Fabuliste se retourna en direction de leurs sbires. Puis il poursuivit :

— Je m'amuse beaucoup, Stevens. La panique ne tardera pas à les submerger, si ce n'est déjà fait. Mais il me reste encore à conquérir quelques trophées, et non des moindres.

— Eh bien, finissez-en. Mais ne confondez pas notre projet et votre vengeance personnelle. Tout sera bientôt en place.

Le Fabuliste mima une révérence, puis il se retourna, dans un mouvement de cape, et se jeta sur son cheval. Il fit signe à la troupe encapuchonnée et habillée comme lui, qui attendait toujours dans les jardins. Tous s'animèrent pour gagner eux aussi leurs montures, dispersées dans le parc, et former leur étrange cohorte des enfers.

— A bientôt, Stevens.

Le Fabuliste eut un rictus.

— Et *God save the King*.

Il donna du talon contre les flancs de l'animal qui se cabra, puis franchit les grilles du château. Il s'en fut, suivi de sa troupe, dont les manteaux dansaient dans le vent.

Stevens caressa la rose à sa poitrine.

La rose, le lys...

et le sort de l'Amérique.

La proie pour l'ombre

JARDINS DE VERSAILLES
CAFÉ LE PROCOPE, PARIS

Il venait de dire adieu à Landretto. Et tandis qu'il cheminait vers Paris, Pietro ne pouvait s'empêcher de revoir devant ses yeux ces images auxquelles il ne parvenait pas à croire complètement.

A l'aurore, il s'était retrouvé, les mains jointes, devant le corps de son ancien valet. Derrière lui, les jardiniers et les responsables de la Ménagerie, les uns avec leur ratissoire, les autres appuyés sur leur balai à feuilles, s'étaient alignés pour composer une étrange haie d'honneur. En d'autres circonstances, ce dernier salut eût semblé comique. Mais il émanait de cette scène singulière, entre Latone et le Labyrinthe, entre le bassin d'Apollon et l'Encelade, une gravité tragique. Le silence était absolu.

Landretto... Mon ami...

Pietro s'était avancé, sans refréner ses larmes.

Allongé sur un banc, Landretto était encore dans son costume de petit écuyer. Les yeux fermés, le teint bleuâtre, figé dans sa raideur cadavérique. La lumière du matin semblait lui rendre un peu de vie. On s'était arrangé pour dissimuler la marque de la corde qui lui avait cisaillé le cou. Ses deux mains, réunies sur sa poitrine, serraient son galurin. Des plumes étaient croisées sur son cœur, on avait lustré ses galons et ses boutons.

Petit prince... Toi, tu n'auras pas droit aux trompettes et aux grandes eaux...

Le Vénitien, lui caressant la joue, se souvenait.

> Où était leur jeunesse – où était la sienne ? Il regardait la poudre de Versailles glisser sur les murs, se représentait les gondoles sillonnant les canaux huileux, le plâtre fondant sur les visages, dans les cœurs et sur les murs, tout n'était plus qu'un songe déliquescent, mais où était-il le temps où l'on chantait ?

Il l'avait embrassé sur le front.

Landretto...

Enfin, il s'était redressé, avant de reculer lentement, dans ce dernier adieu, pour le laisser entrer dans l'ombre nouvelle – ou plutôt, il l'espérait, un vert paradis.

L'éternel printemps du jardin des Hespérides.

Dans le carrosse qui l'emmenait vers Paris, il releva la tête.

Bon... Et maintenant ?

Il lui fallait réunir ses forces. Landretto ne serait pas mort pour rien, il s'en faisait le serment. Il avait au moins un avantage : l'ennemi le croyait mort. Pietro, faisant un effort surhumain pour dominer sa colère et son chagrin, récapitula les derniers coups d'échecs du Fabuliste.

~~Le Renard et la Cigogne~~ Lansquenet
~~Le Loup et l'Agneau~~ Rosette
~~La Grenouille qui veut se faire aussi grosse que le Bœuf~~
Crapaud
~~Le Corbeau et le Renard~~ Landretto
~~Le Lion et le Rat...~~ Moi
Le Chien qui lâche sa proie pour l'ombre

LE SINGE ROI
LA CIGALE ET LA FOURMI
LE LIÈVRE ET LA TORTUE
LE LION DEVENU VIEUX

Arrivé face à la devanture élégante et fleurie du Procope, dans le quartier de la foire Saint-Germain, Pietro descendit du carrosse et pénétra dans le café d'un air déterminé.

*
* *

Il poussa la porte du Procope.

L'animation du lieu lui donna aussitôt un coup de fouet.

Café ! Café ! Voilà bien quelque chose qui pouvait rapprocher les Parisiens des Vénitiens. A Venise, Viravolta et son cher valet se rendaient jadis au Florian, ou dans quelque *ridotto*, en prélude à leurs soirées les plus arrosées et les plus licencieuses. Mais ici, le café était la saine et sainte institution, le Temple et la véritable église, où l'on prononçait tant de vérités et de jugements profonds, nourris de mille expériences... C'est qu'il fallait les entendre, les danseuses et les comédiennes au sortir des spectacles, les piliers de sagesse tonitruant à la face du monde, les joueurs de cartes et de billard saisis par l'ivresse, le petit peuple et les aristocrates déchus en quête de rédemption, les aruspices d'un soir avalant la lune, ou les gens de métier levant leur verre à la santé du roi. Six ou sept cents cafés à Paris, à multiplier chaque fois par deux, dix, trente, cinquante clients, soit plusieurs dizaines de milliers d'oracles, de prophétesses et de pythies, permettaient de se faire une idée assez exacte, non seulement de l'ensemble des maux de la terre passés, présents et à venir, mais aussi des solutions les plus radicales, et parfois les plus inattendues, pour y remédier...

— La Comédie française! Fabulistes et comédiens, nous sommes en plein dans le sujet, songea Pietro en entrant dans le café, situé en face de l'hôtel qui abritait les « Comédiens ordinaires du Roi ».

A peine eut-il franchi le seuil qu'il fut arrêté par une femme – à moins que ce ne fût un homme? Le Vénitien mit quelques secondes à comprendre. Enfin, il le reconnut, malgré le chapeau noir au bord long vissé en travers du crâne, malgré sa mouche et son foulard de brigand, ses yeux étoilés et ce déhanchement suggestif. C'était le chevalier de Tonnerre, le travesti, l'agent suprême du Secret du Roi, l'homme-femme aux mille visages, l'Aphrodite hermaphrodite – devant Viravolta se tenait une autre légende : le chevalier d'Eon.

Tous deux s'étaient rencontrés à Londres quelques années plus tôt, mais ils se connaissaient à peine. L'Orchidée Noire ne manquait pas d'admiration pour son confrère et ses manières savoureuses, dans la diplomatie comme dans l'espionnage. On l'appelait aussi Mademoiselle d'Eon, car il était célèbre pour son extraordinaire faculté de se travestir en femme. Pietro sourit. L'énergumène valait le détour. Il avait commencé sa carrière comme avocat au Parlement, avant d'être nommé par Louis XV « censeur royal pour l'Histoire et les Belles-Lettres ». Puis il était entré, lui aussi, au Secret du Roi. Secrétaire d'ambassade à la Cour de Russie, il avait cherché à obtenir de la tsarine Elisabeth une alliance avec la France. Il disait y avoir été la « lectrice » de la tsarine, sous le pseudonyme de Lya de Beaumont. Celle-ci perça à jour le déguisement du travesti et tenta de consommer; le chevalier, s'y refusant, fut accusé de folie. En 1762, il avait participé à la rédaction du traité de Paris et à l'élaboration du fameux plan d'invasion de la Grande-Bretagne, avant d'être nommé ministre plénipotentiaire de l'ambassade du duc de Nivernois, puis secrétaire du comte de Guerchy, le nouvel ambassadeur à Londres, avec qui il était en guerre et en procès perpétuel. La rumeur courait dans toute l'Europe qu'il était véritablement une femme. Jamais il n'avait démenti. Il avait les traits doux, le visage fin, de grands cils. Pietro se demandait si, au contraire, il ne cherchait pas à cultiver cette ambiguïté, devenue en quelque sorte sa marque de fabrique. Une marque pour le moins originale...

— Ah, c'est vous, dit Viravolta.

— L'Orchidée!... Je vous attendais. Venez nous rejoindre.

Ce jour-là, d'Eon portait un long manteau bleu agrémenté de boutons d'or. On se retournait sur son passage, car le travesti affichait sous le manteau une robe étrange, au décolleté noir. Il portait ses cheveux en catogan et tenait entre ses doigts un éventail de dentelle carmin. Ses mains étaient agrémentées de bagues, dont une de ces chevalières usitées pour dissimuler du poison dans le chaton, poudre que l'on pouvait facilement déverser dans un verre. Une épée au flanc, un poignard dans sa botte achevaient de composer ces atours vénéneux et charmants.

Ils se frayèrent un chemin dans le café. Sous les lustres en cristal, les jeux de miroirs renvoyaient à l'infini les reflets des clients; les murs cernés d'ovales et de médaillons apportaient à l'endroit sa touche picturale. Le café, à l'élégance toute parisienne, était un lieu spécial. Le Procope se targuait d'être un café littéraire, une manière de salon, un lieu d'échange entre intellectuels, artistes et galants de passage. Rousseau, Voltaire et Diderot le fréquentaient, ainsi que Marmontel et Crébillon. Y fourmillaient enfin les nouvellistes et, comme aujourd'hui, les espions. A droite, une volée de joueurs d'échecs, stratèges concentrés, s'affrontaient en tournois improvisés; et là, derrière l'une de ces petites tables de marbre qui contribuaient au cachet de la place, se tenaient deux de ces espions, vers lesquels se dirigeaient Pietro et « Mademoiselle » d'Eon.

Viravolta reconnut sans mal le premier des deux ; lui aussi était un habitué du lieu. Pierre-Augustin Caron de Beaumarchais, fils d'horloger, n'était pas au sens strict un agent du Secret ; en revanche, il avait accompli plusieurs missions pour le compte de Sartine, le chef de la police. Sa vie, à lui aussi, était un roman. Marié en 1756 à une Madeleine-Catherine Aubertin, veuve Francquet, plus âgée que lui d'une dizaine d'années, il l'avait enterrée un an plus tard ; on l'avait soupçonné d'avoir un peu accéléré le processus. Et ce n'était là que l'un des multiples scandales dont Beaumarchais était entouré... Séducteur de talent et professeur de harpe de Mesdames, filles de Louis XV, il s'était lié avec un financier de la Cour, Pâris-Duverney, pour engager de vastes spéculations commerciales – autre matière en laquelle il savait faire montre de génie. Son immense fortune lui permit d'acheter une charge de secrétaire du roi, puis de devenir lieutenant général des Chasses. Protégé par le prince de Conti, il avait commencé à écrire de petites parades pour des théâtres privés, puis s'était essayé au drame avec *Eugénie* et *Les Deux Amis ou le Négociant de Lyon.* Sa deuxième femme, décédée elle aussi peu de temps après leur mariage, avait laissé à son époux un nouveau pactole. Cette fois, on l'avait accusé de détournement d'héritage.

— Tiens, tiens, l'Orchidée Noire... dit-il en voyant arriver Pietro.

Le Vénitien s'inclina, un sourire en coin. Mais pas davantage que lui, Beaumarchais n'avait l'esprit à évoquer leurs souvenirs communs. Depuis quatre ans, le dramaturge enchaînait les procès et les retournements de fortune, qu'il s'agisse de l'affaire du comte de La Blache et de l'imbroglio de la succession testamentaire de Pâris-Duverney ou des mémoires contre Goëzman. Il traînait une réputation d'empoisonneur et d'escroc. Il avait certes montré l'étendue de son talent dans la rédaction de mémoires judiciaires, mais l'essentiel de son patrimoine et de ses droits civiques y étaient passés. Sartine lui était encore un allié ; mais Beaumarchais restait en disgrâce. Il revenait de Londres, où il avait négocié la suppression d'un libelle dirigé contre Mme du Barry, *Les Mémoires secrets d'une femme publique*, de Théveneau de Morande. Il fallait bien reconnaître que, lorsqu'il était en « mission secrète », Beaumarchais tenait un peu de l'éléphant dans un magasin de porcelaine. Pietro était allé sur place lui-même verrouiller la négociation. Il connaissait aussi peu Beaumarchais que d'Eon, situation due autant à leurs emplois du temps respectifs qu'aux nécessités du Service ; mais tous deux s'étaient déjà croisés à la Cour. Une Cour dont Beaumarchais devait à tout prix regagner les faveurs. Le chevalier travesti et le dramaturge se rencontraient aujourd'hui pour la première fois ; une rencontre appelée à rester des plus secrètes.

Une chose était certaine : à la différence de Viravolta, Beaumarchais était convaincu que le chevalier était vraiment une femme... et comble de tout, au regard intéressé qu'il lui lançait, le Vénitien comprit... que le dramaturge n'était pas insensible aux charmes du travesti !

Voilà qui ne manque pas de saveur, se dit-il.

— Vous vous connaissez, je crois, dit d'Eon à Viravolta. Quant à cette charmante personne...

— Saphir, dit l'intéressée en se levant de table.

Un dernier convive n'avait pas encore été présenté. Son visage, très fardé et pourvu de faux cils sous une perruque excentrique, était vaguement familier à Pietro. La dénommée Saphir semblait jeune mais d'une vigueur étonnante. Elle lui tendit une main aux doigts de harpiste, et sourit tout en le saluant d'une voix au modulations chantantes. Sa tessiture, à vrai dire, était assez exceptionnelle. D'abord surprise, Saphir avait sursauté en le voyant arriver. Elle portait au creux de la gorge un joyau bleu, auquel elle devait sans doute son pseudonyme. Un bracelet lui enserrait le poignet. Pour le reste, bustier à collerettes, robe et jupons semblaient calculés pour lui laisser le plus possible de liberté de mouvement.

— Nous serions-nous déjà vus ? demanda Pietro.

— En rêve peut-être, monsieur de Lansalt. J'ai beaucoup entendu parler de vos exploits.

Elle le regarda effrontément de haut en bas.

— Vous êtes à la hauteur de votre légende... Plus âgé, toutefois, que sur les médaillons... Savez-vous que certains d'entre eux traînent encore dans le secrétaire de vos anciennes conquêtes ?

— Euh... Saphir, qui a depuis longtemps enfoui son identité exacte, a été en poste à Londres où je l'ai connue, enchaîna d'Eon. Figurez-vous que sa couverture était des plus originales : elle chantait à l'Opéra. Elle a une voix extraordinaire. Puis elle a été nommée... A Venise.

Saphir sourit de plus belle.

— Je vois, dit Pietro.

— Asseyons-nous, proposa le chevalier.

Tous prirent place autour de la table.

Beaumarchais avait commandé un breuvage turc, Saphir un sorbet.

— Un *capuccino*, commanda Viravolta sans illusion.

Il sourit.

— Crémé, mais non agité, précisa-t-il.

— Broglie a arrangé cette entrevue sans y prendre part, dit d'Eon. On assassine non seulement les gens du Secret, mais aussi de petits indicateurs ; c'est tout le réseau sur lequel on s'acharne ! Il va falloir changer les chiffres, et nos noms de code.

Il avait raison. A Londres, d'Eon utilisait le pseudonyme de William Wolff ; Beaumarchais, celui de Ronac – anagramme un peu pathétique de Caron. Quant à Saphir, elle restait Saphir.

— ... Les Viennois ont de toute façon cassé la plupart des

cryptogrammes, poursuivit le chevalier; nous ne sommes plus en sécurité. Comme vous le savez, toutes les victimes avaient reçu une Fable. J'ai essayé de rassembler le puzzle... On se joue de nous, et nous sommes menacés. La question est de savoir par qui, et pourquoi.

Beaumarchais regardait toujours d'Eon d'un air intéressé.

— J'ai eu ma Fable aussi, et j'ai failli y rester, dit Pietro. Il joue avec nous. Croyez-le ou non, cet illuminé s'est inspiré de La Fontaine et des jardins de Versailles pour orchestrer sa liquidation des nôtres. Plus exactement, des bosquets et fontaines du Labyrinthe. Nous y sommes piégés, du moins est-ce la teneur de son message!

— Le problème est que nous ne savons pas ce que va devenir le Secret! coupa Beaumarchais. Je viens d'écrire au roi, pour lui expliquer la situation où son grand-père m'a mise, et la mission particulière qu'il m'a confiée en mars. Je n'ai pas cessé de faire des allers et retours entre Londres et Versailles. Au moins quatre en six semaines! Et voilà qu'à peine revenu, je trouve Louis XV mourant, et ne puis même lui dire que j'ai accompli sa mission! Cette affaire londonienne peut avoir des suites! En attendant, je termine une comédie en cinq actes, l'histoire d'un comte épris de la pupille d'un docteur, et qui intrigue avec son valet. Je l'appellerai peut-être *La Précaution inutile*, ou *Le Barbier de Séville*, ou les deux, qu'en pensez-vous?

Tous se regardèrent.

— Hem. Je vous l'accorde, il y a plus urgent.

Le chevalier d'Eon ouvrit son éventail d'un geste sec du poignet.

— Je pense qu'on cherche à accélérer la dissolution du Secret pour servir un plan plus vaste, dit-il. Mais lequel? Vergennes est encore à Stockholm. Peut-être en apprendra-t-il davantage en activant ses réseaux?

— On murmure qu'il serait pressenti par le roi pour les Affaires étrangères, dit Beaumarchais.

— Imaginez-vous cela ? renchérit Saphir. L'un des nôtres au gouvernement... Voilà qui arrangerait bien nos affaires !

— En tout cas, je doute que le roi choisisse notre bien-aimé comte de Broglie. Et je ne le vois pas non plus garder d'Aiguillon.

Pietro, inquiet, se pencha.

— Nous verrons cela. Louis XVI doit découvrir aujourd'hui même que nous existons. Les décisions viendront en leur temps. Mais c'est pire que vous ne le pensez. Et ce n'est pas vers Stockholm, Vienne ou la Prusse qu'il faut chercher. Le Fabuliste a tué Landretto, mon ancien valet, et à l'heure qu'il est il pense que je suis mort moi aussi. Mais je crains qu'il ne vise plus haut, bien plus haut que nous.

— Comment cela ? dit d'Eon.

— Le... Le roi ? dit Saphir.

— Le couple royal. Le régime tout entier. C'est aux Anglais que je pense. Pour quelle raison exactement, je n'en sais rien ; ce n'est encore qu'une intuition, je manque de preuves. Mais je redoute le pire.

— Les Anglais ? Encore ! Mais pourquoi ? demanda d'Eon. La volée que nous avons prise avec le traité de Paris ne leur suffit pas ? J'ai approché Wilkes ; pas un seul de mes correspondants ne m'a alerté d'une affaire de ce genre. S'il existe un plan d'envergure pour désorganiser le réseau, je doute qu'il soit l'œuvre d'un habitué du gouvernement anglais ou du Parlement.

— Peut-être un mercenaire recruté pour l'occasion, dit Beaumarchais. Quelqu'un qui agirait en marge de leurs services...

— Un membre du contre-espionnage ? demanda Pietro.

— Mandaté ou non, c'est possible, dit le chevalier.

— Mais enfin, c'est délirant ! s'écria Saphir. George III n'irait pas jusqu'à... jusqu'à vouloir faire tomber la monarchie ! Et risquer Marie-Thérèse, l'Espagne, la Prusse, le renversement des alliances !

— Oui... Mais l'Amérique ? dit Pietro.

— Quoi, l'Amérique ! On s'en moque, de l'Amérique !

— Ce n'est pas si bête, dit Beaumarchais, soudain soucieux.

Il claqua la langue.

— Nous allons continuer d'aller à la pêche aux informations, Viravolta, continua-t-il. Soyez-en sûr. En ce qui me concerne, je n'ai pas la moindre idée de l'identité du Fabuliste.

— En attendant, nous avons au-dessus de nous une épée de Damoclès dont nous ignorons tout, dit Pietro.

— Personne ne sait rien, en somme, dit d'Eon en faisant la moue.

— Mais alors pourquoi nous avoir réunis? dit Beaumarchais.

— Oui ! On se demande au nom de quoi nous nous trouvons exposés ensemble, au mépris des règles de sécurité les plus élémentaires. Je me dem...

Il y eut un long silence. D'Eon cilla.

— Broglie a-t-il... continua Saphir.

Tous s'interrompirent et se regardèrent.

— Quatre d'un coup, dit Beaumarchais, plissant les yeux.

— Et si c'était... continua Saphir.

— ... Un *piège*? acheva d'Eon.

A peine eut-il prononcé ce mot qu'ils entendirent un sifflement. Ils sursautèrent. Un objet venait de se ficher dans le montant de l'un des miroirs, tout près de leur table.

Un poignard.

Traversé par la lame, un feuillet y était accroché.

D'Eon l'arracha et le montra aussitôt :

LE CHIEN QUI LÂCHE SA PROIE POUR L'OMBRE
Livre VI – Fable 17

Chacun se trompe ici-bas :
On voit courir après l'ombre

Tant de fous qu'on n'en sait pas
La plupart du temps le nombre.
Au Chien dont parle Esope il faut les renvoyer.

Ce Chien, voyant sa proie en l'eau représentée,
La quitta pour l'image, et pensa se noyer.
La rivière devint tout d'un coup agitée ;
A toute peine il regagna les bords,
Et n'eut ni l'ombre ni le corps.

— La proie et l'ombre... murmura le chevalier.

Là, dans l'onde du miroir, dans le reflet de la glace devant laquelle ils étaient assis, ils le virent.

Il se tenait devant eux, les mains sur les hanches, dressé de toute sa stature, tel le Commandeur. Les pans de son manteau étaient ouverts au-dessus de son pantalon noir et de ses bottes de cuir. Une rose rouge était accrochée à sa poitrine ; une boucle d'argent luisait à sa ceinture. Le pommeau d'une épée étincelait à son flanc.

— Le Fabuliste, murmura Viravolta.

Il y eut de nouveau un long silence ; les quatre agents autour de la table avaient tourné la tête dans la même direction. Ils restèrent bouche bée devant cette apparition.

— C'est de la provocation, dit Beaumarchais.

— Et il se présente seul ! dit Saphir.

Viravolta était prêt à bondir :

— Je vais vous tuer de mes mains !

Il se leva, renversant sa chaise.

— Ainsi, vous êtes vivant, dit le Fabuliste. Eh bien, c'est réussi, Viravolta. Vous m'avez surpris. Rejoignez-nous donc pour le conte suivant...

Sa voix avait changé. Elle était plus grave encore qu'à l'ordinaire.

— *La proie et l'ombre,* mon ami.

Pietro allait s'élancer, mais il s'arrêta. Le Fabuliste venait de s'écarter pour laisser passer une dizaine d'hommes. Tous étaient vêtus exactement de la même façon que lui, en manteau à capuche noir. Ils se répandirent dans le café. Des clients s'étaient levés; parmi eux, d'autres Fabulistes se déployèrent, jusque-là ramassés sur eux-mêmes, dans des froissements de capes et de vêtements. Des joueurs d'échecs se dressèrent, leur trogne balafrée révélant qu'ils étaient moins stratèges que brigands gagés pour l'occasion. Inquiets, les serveurs du Procope reculèrent dans des cris étouffés.

Le maître du lieu, moustachu sicilien, tel son aïeul, fit une grimace pathétique.

— *Madre mia*...

— Au temps pour le secret, dit Beaumarchais en serrant les dents.

— C'est réussi en effet... dit Saphir. Et nous n'y avons vu que du feu!

Sur le seuil du Procope, le Commandeur leva le bras.

Le temps sembla, de nouveau, se dilater. Beaumarchais se redressa.

— Bien. Mes amis, je crois qu'il va falloir nous défendre.

Il tira l'épée.

— Et comme toujours...

Il se mit en garde, son épée décrivant un gracieux arc de cercle dans l'espace.

— Avec distinction.

D'Eon tira l'épée à son tour.

— Elégance.

Saphir saisit deux poignards qu'elle fit tournoyer dans ses mains.

— Raffinement....

— Et ferveur, dit Viravolta, se postant à leurs côtés.

Tous quatre se tenaient au milieu de la troupe des Fabulistes et des mercenaires. La meute n'attendait plus que de fondre sur eux. Pietro sourit, l'air mauvais.

— Taillons-leur la barbe, dit Beaumarchais.

Il fit siffler sa lame.

Le Commandeur baissa le bras.

D'un même élan, Fabulistes et mercenaires se jetèrent en avant ; d'Eon, de sa main gauche, referma brièvement son éventail en écran de dentelle carmin et ajourée, pour libérer du pouce un petit cliquet à la base de l'objet. A l'extrémité de chaque baguette apparut alors un dard étincelant. D'Eon rouvrit l'éventail d'un geste sec du poignet, dans la direction de leurs assaillants. Une volée de pointes empoisonnées atteignit trois ou quatre des personnages costumés. Ils vacillèrent très vite sous la violence du poison. D'Eon souffla sur une mèche de cheveux, agitant son éventail devant son visage, tandis que Pietro le regardait d'un air étonné :

— Seriez-vous, vous aussi, une cliente de M. Marienne ?...

Le travesti se contenta de sourire. Parmi leurs adversaires, quelques-uns sortirent des armes prêtes à cracher la poudre. Pietro attrapa à son flanc le pistolet qu'il tenait lui-même du fonctionnaire de la Maison du Roi. Il pressa la détente, encore et encore. Dans un chuintement et un grincement métallique, les canons tournèrent autour de leur axe, tirant six fois l'un après l'autre, et semant autant de dégâts chez l'ennemi. L'un d'eux en particulier, qui venait de bondir dans l'espace par-dessus une table, tournoya un moment dans l'air avant de s'effondrer devant Viravolta, brisant deux chaises au passage.

— J'ai aussi un ou deux atouts dans ma manche.

— Ah ! les Lumières ! commenta d'Eon.

Puis il jeta son éventail, Pietro le pistolet à poudre. Ils s'élancèrent ensemble dans la mêlée, épée au poing. Non loin, Saphir avait ouvert sa robe, la laissant tomber pour révéler une taille fine et un costume bleu roi, plus propice à ses exercices ; elle jonglait des poignards avec une *maestria* consommée. Beaumarchais n'était pas en reste. D'un bond, il était passé d'une chaise à une table de marbre. Il faisait le vide autour de lui, en escrimeur patenté qu'il était. Il s'en donnait à cœur joie. Pietro le rejoignit et lui sauva la mise, croisant le fer à son tour, d'une table à une autre, avec deux autres de leurs assaillants.

— A droite ! criait Pietro.

— A gauche ! lançait Beaumarchais.

Pendant ce temps, dans l'embrasure de la porte, le Commandeur assistait à ces envolées comme s'il se fût trouvé au spectacle. Le visage toujours dissimulé par sa capuche, il faillit applaudir lorsqu'il vit l'Orchidée Noire bondir sur un lustre et se balancer d'un bout à l'autre du café, pour tomber au milieu de trois Fabulistes qui mettaient Saphir en péril. Le personnel du café et les quelques clients qui n'étaient pas de la partie s'étaient jetés à terre, mains sur la tête. Des verres, des tasses et des bouteilles se brisaient ; des étagères étaient fracassées ; des glaces commencèrent à exploser en semis d'étoiles ; les chaises continuèrent de craquer.

Puis tout à coup, plus rien.

Viravolta et Beaumarchais, échevelés, regardèrent autour d'eux.

Le chevalier d'Eon se redressa.

Saphir fit de même, ajustant sa perruque de travers, et recherchant sa robe dans le fouillis.

Une vingtaine de corps étaient disséminés alentour, les uns effondrés à terre, les autres un bras en angle bizarre encore posé sur une table ou une chaise. On entendait quelques râles. Des traînées sanglantes jonchaient le sol un peu partout, au milieu des bris de verre et de bois. La tornade était passée.

Lentement, les clients, ou plutôt les rares survivants, se relevaient à leur tour.

Pietro se jeta vers la sortie.

Le Commandeur avait disparu.

Seuls demeuraient son manteau noir et la rose rouge, comme s'il se fût évanoui d'un coup.

Pietro s'agenouilla, les sourcils froncés, considérant longuement la rose qu'il prit entre ses doigts.

La proie et l'ombre...

Il jeta la rose au loin, se redressa et marcha sur l'un des Fabulistes agonisants. Pendant ce temps, Beaumarchais nettoyait d'un air dégoûté le sang sur le fil de son épée, Saphir se rajustait et d'Eon repliait son éventail avant de le glisser dans son décolleté, entre ses seins postiches.

— Cela m'ennuie, j'ai une faiblesse dans le mollet, dit d'Eon.

— Que vous avez par ailleurs fort gracieux, dit Beaumarchais.

— Flatteur.

— Sans la liberté de blâmer...

— En tout cas, votre coup de quarte est remarquable.

— N'est-ce pas ?

— J'aime ces cafés littéraires, siffla Pietro entre ses dents.

Il prit au hasard le Fabuliste de pacotille et lui ôta sa capuche. L'homme, touché à l'estomac, était encore vivant, mais ses yeux commençaient à chavirer. Pietro fit signe à Saphir de lui glisser l'un de ses poignards. Il saisit le mourant par les cheveux et le menaça de la pointe de son arme, tout près de son œil paniqué.

— Qui est le Fabuliste ?

L'homme essaya de dire quelque chose. Un filet de sang coula de sa bouche.

— Où se cache-t-il ? Réponds !

L'autre poussa un râle. Pietro se pencha.

— Comment ?

— Her... *Herblay*... Le m... Le manoir...

Puis il ferma définitivement les yeux.

Herblay.

— Saphir ? Wolff ? Ronac ?

Tous se redressèrent, tournant la tête dans sa direction.

— En selle. Nous avons du travail.

Il récupéra son tricorne échoué durant la bataille et s'en coiffa.

Il ajusta l'orchidée sur sa poitrine.

Aux lèvres, un sourire mauvais.

— Cette fois, c'est à nous de jouer, dit-il.

Le Singe Roi

DOMAINE ROYAL DE CHOISY

ROUTE DE MARLY

Tandis que la pluie battait les carreaux de Choisy, le roi tournait et retournait dans sa tête ces révélations.

Le regard fixe, il regardait danser les flammes dans la cheminée, comme frappé de stupeur.

La lettre de Charles de Broglie l'informait de l'existence du Secret. Il n'en revenait pas. Ou plutôt il commençait à comprendre, peu à peu, qu'il lui fallait être prêt à tout. Ainsi son grand-père avait-il, vingt ans durant, fait appel à des agents très particuliers dans le cadre d'un Cabinet Noir ! *Un cabinet fantôme ! Au plus haut sommet de l'Etat !*

Louis était désemparé, à découvrir soudain, comme le duc d'Aiguillon avant lui, l'existence d'une diplomatie parallèle. A présent qu'il se retrouvait à la tête du royaume, il lui fallait saisir les rouages de cette machinerie, plus complexe encore que celles des spectacles du temps de Lully ! Ce n'était pas seulement ce contact brutal avec toutes ces affaires politiques qui rendait Louis perplexe : il se retrouvait face à un abîme, où il apprenait pêle-mêle de quelle façon le Secret avait œuvré dans l'ombre pour tenter de placer un prince français sur le trône de Pologne, avec comme seul résultat un dépeçage en règle ; comment il avait tenté de contrer la puissance anglaise, avec aussi peu d'effets ; comment il avait connu, en Suède, son seul succès. La question se posait : la Suède mise à part, à quoi ce Service avait-il servi ?

Le comte de Broglie attendait ses instructions. Alors ? Louis devait-il prononcer la dissolution du réseau une bonne fois pour toutes, ou réactiver cette « agence » souterraine et continuer l'œuvre de son grand-père ? Pour couronner le tout, il apprenait que les casseurs de codes viennois avaient percé à jour les messages que les agents du Secret s'échangeaient en chiffres. Ces chiffres, Louis n'y comprenait pas grand-chose. Les pratiques mêmes du réseau étaient à repenser. Il hocha la tête. Les noms de ces agents avaient achevé de le plonger dans des méditations soucieuses. Dumouriez, Breteuil, d'Eon, Beaumarchais, sans parler de cet agent vénitien, Viravolta, serviteur de deux maîtres ! Toutes ces réputations, si elles se trouvaient liées au grand jour, pouvaient se porter préjudice – avec, pour pierre angulaire, le comte de Broglie, ennemi juré du duc d'Aiguillon, et en qui l'on pouvait voir tantôt un conspirateur de haut vol, tantôt un manœuvrier de second rang !

Charles de Broglie se défendait : non, il n'avait jamais conspiré contre le royaume ; il avait toujours pris ses ordres directement du souverain. Il rappelait que son exil était dû à la cabale conçue contre lui par le duc d'Aiguillon et la Du Barry, et qu'il n'avait jamais servi autrement que comme bouc émissaire. Il expliquait les fondements de l'organisation du Secret et révélait l'identité de quelques agents : d'Ogny, l'intendant des Postes, Guimard, garçon du château qui transmettait les ordres, ou Dubois-Martin, chargé du déchiffrement des instructions et de l'encodage des réponses à destination du roi. Tout cela était très technique. Louis n'avait pas de liste des agents du réseau proprement dit, bien sûr. Et sans doute n'en existait-il aucune, sinon dans la tête du comte... A moins que ?

Guimard lui avait remis le courrier de Broglie, d'Ogny les lettres codées. Le roi les avait ouvertes pour voir comment était le Chiffre. Dans la liasse donnée par d'Ogny, deux missives étaient en clair : l'une du chevalier d'Eon, signant William Wolff, l'autre de Desrivaux, consul général de Raguse. L'un et l'autre l'interpellaient sur des affaires en cours. Le roi se préparait à répondre à Charles, et à renvoyer ses réponses par la même voie, avec le paiement du mois de mai pour l'ensemble des agents du Service. Il laisserait à Broglie son « bureau » jusqu'au mois de juillet, avant de lui faire parvenir des ordres plus clairs. D'ici là, il resterait muet comme une tombe, le temps de prendre une décision. Il se renseignerait sur les raisons précises de l'exil du comte afin d'évaluer plus justement la situation. D'ici à juillet, au moins, il se ferait une opinion...

Que faire du Secret ?

Tout cela allait trop vite.

Il allongea les jambes devant le feu et passa une main sur ses paupières.

Puis il revint à son travail. A sa grande surprise, il avait reçu aujourd'hui un autre courrier inattendu ; mais celui-ci était chiffré d'une autre manière. Il avait été déposé à son attention, à l'entrée de Choisy, et remis à un soldat qui avait suivi la voie hiérarchique. D'Ogny et Guimard affirmaient ne pas en avoir eu connaissance. Ils avaient examiné l'enveloppe et le cachet de cire, qui ne portait qu'un *F* étrange. Ils avaient même imaginé que la lettre pût être empoisonnée, comme c'était la mode à Versailles. Mais ils n'avaient rien trouvé. Le courrier n'était pas arrivé par la voie habituelle du Secret, et c'était comme si... comme s'il avait été conçu spécialement pour le roi. On le lui avait donné après l'avoir lu, avec son assentiment, et en usant de mille précautions. D'Ogny savait par Charles de Broglie la signification du *F*. Il l'en avait informé immédiatement, avant d'en recopier le contenu. Chose absurde et extraordinaire, la *clé* du code était fournie, à la façon d'un jeu destiné au roi en personne ! Maintenant, courbé devant la cheminée, les yeux plissés, Louis s'amusait à percer le chiffre, une plume sur les genoux. D'Ogny devait aussi le transmettre à Dubois-Martin pour qu'il s'en charge de son côté.

Mais le roi n'aurait pas besoin d'attendre. Le code était enfantin !

Il était sur le point de le craquer définitivement.

8♣4♥♣24♥5♦♠3♥326 ♠524♥3 178○3♥243
■3 1153173 2♦♣ ♠5♦♥3♥24 93♥24♣143...

... Ainsi trouverez Votre Majesté
Le poème qui vous est destiné
Pour le jour prochain où
Dans la danse vous entrerez ;
D'Esope celle-là,
cette Fable me laisse pantois :

LE SINGE ROI

Un Singe fut élu Roi par les Animaux,
pour avoir fait cent singeries avec la couronne qui
avait été apportée pour couronner celui
qui serait élu.
Un Renard, indigné de ce choix, dit au nouveau Roi
qu'il vînt prendre un trésor
qu'il avait trouvé.
Le Singe y alla et fut pris à un trébuchet
tendu où le Renard disait qu'était le trésor.

Bientôt, vous mourrez,
Signé :
Le Fabuliste.

Le roi vit dans la glace son visage interloqué.
Il n'y comprenait rien.

*
* *

Anna Santamaria revenait en carrosse de chez Rose Bertin, modiste de la reine.

Rien n'avait prédestiné cette dernière à se hisser à ce firmament de gloire. Rose Bertin était née à Abbeville d'un cavalier de maréchaussée, et l'on disait – enfin, elle disait – qu'une bohémienne lui avait prédit un avenir exceptionnel. Petite provinciale, elle débarqua à Paris à seize ans, avec l'idée qu'elle serait un jour présentée à la Cour. Elle trouva emploi comme ouvrière chez Mme Pagelle, au *Trait-Galant*, magasin de mode. Rose s'appelait en vérité Marie-Jeanne, mais jugea qu'un prénom de fleur lui irait mieux au teint, et faciliterait son introduction dans le monde, ce qui était finement pensé. En abeille industrieuse, elle commença par courir Paris pour offrir aux belles dames des cartons de fanfreluches et de frivolités. Elle rencontra la duchesse de Chartres, la princesse de Conti, la princesse de Lamballe. On jugea que cette Rose ne manquait pas de piquant ; le duc de Chartres, qui la trouvait gentille, voulut en faire sa maîtresse. Comme elle se refusait à lui, il proposa de l'enlever et de la couvrir de diamants. Un jour qu'elle était en conversation avec la comtesse d'Usson, on annonça le duc ; la petite ne se leva pas. Mme d'Usson s'en émut et la tança vertement ; à quoi Rose répondit, tranquille : « C'est que Madame la comtesse ne sait pas que, si je le voulais, je serais ce soir duchesse de Chartres... Que monseigneur n'oublie pas son rang et je me souviendrai de l'extrême distance qui existe de lui à moi ! » Là-dessus elle s'inclina profondément et s'en fut.

Le trait fit sa fortune. Rose Bertin fonda sa propre maison, *Au Grand Mogol*, rue Saint-Honoré, et fut rapidement submergée de commandes. Marie-Antoinette elle-même s'enticha d'elle. Anna Santamaria allait également lui rendre visite de temps en temps, bien que Rose, le plus souvent, se déplaçât à la Cour. La petite avait bien fait de croire en la prophétie de la bohémienne ; elle avait réussi. Tout comme Anna ; car il avait fallu bien de l'art à la belle Vénitienne pour ne pas se fâcher avec la Du Barry, lorsqu'elle était à Versailles, tout en gardant la confiance de Marie-Antoinette et de la princesse de Lamballe, ennemies jurées de la comtesse. Anna avait tout appris lorsqu'elle était l'épouse du retors Ottavio dans la Sérénissime ; elle-même était d'une famille de l'aristocratie, les Santamaria de Venise, habitués de longue date aux intrigues de Cour. Elle avait compté de nombreux diplomates du côté de son père, dont deux ambassadeurs en France.

Anna revenait les bras pleins de cartons. Elle avait acheté un chapeau de paille très fine, garni de rubans de taffetas, un autre garni de satin et à nouer sous le manteau, un fichu d'organdi et une bonnette de linon. Elle songeait à ses achats, le sourire aux lèvres, lorsque la voiture s'arrêta brutalement. Etonnée, elle écarta les pans du rideau violet et regarda au-dehors.

L'homme qui s'approchait, cassé en deux, lui parut vaguement familier. Il était d'une laideur sans nom. Le visage orné de trois cicatrices, un rictus édenté sur les lèvres, un air animal échappé d'un conte noir pour enfants. Etienne vit aussitôt qu'on ne lui avait pas menti. Cette poupée vénitienne était splendide. Il lorgna sa gorge magnifique et ses seins pleins comme des fruits ; elle portait une robe au corsage cintré, au décolleté plongeant, fermée par des bandes d'agrafes, et allongée dans le dos pour accentuer la cambrure de ses reins ; sa robe, coupée dans un velours prune, dessinait nettement la silhouette en sablier. La chevelure d'Anna Santamaria était nouée en boucles blondes. Un papillon incrusté de bijoux semblait s'y être posé par mégarde.

Le couteau de chasse que sortit le serviteur du Fabuliste acheva de dissiper les doutes de la Vénitienne quant à ses intentions, en même temps que parvint à l'intérieur du carrosse la puanteur qui montait de lui.

Anna s'aperçut aussi qu'il n'était pas seul. Ils venaient d'être arrêtés sur la route pavée qui menait à Marly. Six autres personnages entouraient le carrosse. Anna ne pouvait le voir, mais le cocher, contraint, avait maintenant le couteau sous la gorge, au-devant du véhicule.

— Je... Je n'ai rien pu faire, Madame ! s'écria-t-il.

Anna songea que peut-être elle pourrait amadouer son ravisseur.

Celui-ci passa la tête par la portière.

Lentement, elle souleva sa robe.

— Eh bien, mon ami ? Que me voulez-vous ?

— Vous allez descendre et me suivre, dit Etienne d'une voix mielleuse.

Il sourit de plus belle, dévoilant ses chicots sans ambages.

La main aux doigts délicats d'Anna remontait le long de sa cuisse ; la robe révéla un morceau de sa chair... et l'amorce d'une jarretière de dentelle noire.

Une bague étincela.

Etienne n'en perdait pas une miette.

— Mais, monsieur... Savez-vous qui je suis, et comment on me nommait à Venise ?

Il ne vit pas le petit poignard vénitien à crosse nacrée qu'elle sortit soudain de l'attache de sa cuisse ; son bras décrivit un bref arc de cercle. Il eut à peine le temps de reculer la tête. Le dard venait de lui faire au menton une profonde estafilade. Une de plus !

— On m'appelait la Veuve Noire.

— *CATIN!* hurla-t-il.

Les reste des manants se précipita, portant dagues et pistolets.

Se voyant cernée, Anna sortit fièrement.

Elle se tint devant eux, hautaine.

Etienne avait fait quelques pas en arrière, passant une main sur son menton sanguinolent.

— Je vais te prendre, maintenant !

L'un de ses comparses le retint.

— Non. Il faut lui ramener intacte. Souviens-toi.

— Oui. Et quand nous en aurons fini, ma belle... Toi aussi tu goûteras de mon dard.

Il se contenta de lui pincer la joue. Elle recula la tête tandis qu'on l'encadrait.

— Ne me touche pas, misérable.

— Allons. Bande-lui les yeux.

Ils l'emmenèrent.

Battue champêtre

MANOIR D'HERBLAY

— Et maintenant ?
Viravolta recula dans l'ombre.

D'Eon et Beaumarchais étaient dissimulés avec lui, derrière une haie de buis. Saphir, pendant ce temps, se rendait à Ruffec à la rencontre de Charles de Broglie. On avait trouvé curieux que le chef du Secret ait ainsi convié ses agents au Procope pour un rendez-vous ayant tourné au traquenard. Soit l'information avait filtré d'une manière ou d'une autre... soit Broglie y était pour quelque chose. Une hypothèse à laquelle ni Pietro ni ses confrères n'osaient croire. Mais il fallait en avoir le cœur net. Saphir s'était proposée pour cette mission périlleuse. Celle qui incombait maintenant à Viravolta, au dramaturge et à Mademoiselle d'Eon ne l'était pas moins.

— J'en ai compté une dizaine, répartis tout autour du château.

La nuit était tombée. La lune, tachetée par sa Mer des Pluies, brillait derrière les nuages. La silhouette du manoir à l'abandon évoquait un château gothique cerné de hiboux ou de chauves-souris. Des lumières vacillaient à l'étage. A l'angle sud-est de la bâtisse, une tour surmontée d'un toit pointu faisait donjon. De part et d'autre des marches du perron, on devinait les anciens fossés. Plus loin, quelques coassements jaillissaient d'une pièce d'eau.

— Je vais y aller en éclaireur, proposa Pietro.

— Y aller, aller où ? persifla Beaumarchais.

— Je vais passer par les hauteurs.

— Les hauteurs ? demanda d'Eon étonné.

Pietro sourit, faisant glisser un doigt sur le fil de son tricorne.

— Je vous ferai signe.

Il s'élança.

— Mais... Viravolta !

Il ne les écoutait plus.

— Incorrigible, dit Beaumarchais.

— Italien, compléta d'Eon.

La silhouette de Pietro glissa dans la nuit. Il se faufila entre deux porteurs de lanterne postés au sud, qui arpentaient le chemin des anciens fossés. Dissimulé dans l'angle du donjon, Pietro leva les yeux. A l'étage, trente pieds au-dessus de lui, une fenêtre suffisamment grande pour laisser passer un homme était ouverte ; un vantail décoré de plomb bâillait au-dehors. Pietro chercha à sa ceinture le pistolet de M. Marienne. Il avisa le grappin qui en surmontait le canon et vérifia le mécanisme de propulsion. Il lui fallut d'abord démêler le filin de métal, sorte de serpent noué de boucles inextricables. Allons ! Ces nœuds... c'était insensé. Il s'y reprit à plusieurs fois, boucle dessus, boucle dessous, jetant des regards autour de lui. Il risquait à tout moment d'être repéré. Il logea le grappin au fond du tube, jusqu'à entendre le cliquet salvateur... puis il pointa l'instrument vers la fenêtre.

Et clic.

Il ne se passa rien.

Clic clic clic ?

Pietro regarda le canon.

Pendant ce temps, Beaumarchais s'occupait comme il pouvait, soucieux de ne pas perdre complètement son temps.

— Vous savez, mademoiselle d'Eon... Nous deux, ici... Dans la nuit, et ces buissons...

Il lui avait enlacé la taille. La chevalière se dégagea.

— Non mais, je rêve !

Rabroué, Beaumarchais n'insista pas. Il lui décocha un sourire.

D'Eon haussa les épaules.

Le dramaturge soupira et regarda de nouveau dans la direction de Pietro.

— Aïe, chuchota-t-il.

— Qu'y a-t-il ?

— *On vient,* dit Beaumarchais, désignant du menton l'endroit où se tenait Viravolta.

Un porteur de lanterne s'approchait dangereusement. Il était encore à quelques mètres de l'angle du donjon où se trouvait tapi le Vénitien. Beaumarchais fit la grimace. Lui et d'Eon étaient toujours à l'affût.

— Il faut faire quelque chose ! souffla d'Eon.

— Oui, mais quoi ?

— Je ne sais pas ! Sifflez !

— Sifflez, comment ça, sifflez ?

Il secoua la tête, fit une moue dédaigneuse et se baissa.

— Vite ! *Vite !*

Beaumarchais venait de ramasser une petite pierre. Quittant sa cachette, il la jeta vigoureusement derrière le porteur de lanterne, puis recula de nouveau derrière les buissons.

— C'est tout ce que vous avez trouvé ?

Beaumarchais grimaça.

— Il y a parfois du relâchement dans votre style, grommela d'Eon.

La pierre avait rebondi avec un bruit sec contre la paroi du château. La lanterne changea aussitôt de direction ; alerté, le porteur s'était retourné. Il s'arrêta au bout de quelques mètres, sur le qui-vive. Beaumarchais et d'Eon retinrent leur souffle. La lanterne oscillait de droite et de gauche. L'homme sondait l'obscurité. La brise froide agitait le feuillage des châtaigniers.

Clic clic clic.

Pietro s'échinait, pointant toujours le grappin en direction de la fenêtre.

Le porteur de lanterne reprit sa marche. Il revenait vers lui.

Cette fois, Pietro l'entendit.

Allez ! ALLEZ !

Son pouce força le cliquet.

Le porteur de lanterne était presque sur Viravolta, lorsque le grappin partit en vibrant.

Le filin se détendit immédiatement et la serre de métal traversa le vantail ouvert pour tomber à l'intérieur. Pietro tira vers lui et le grappin s'accrocha au rebord du premier coup. Le Vénitien s'arc-bouta ; il n'eut plus qu'à faire glisser le cliquet dans l'autre sens et le filin commença de s'enrouler dans la chambre de propulsion, hissant Pietro sans effort vers l'étage. Le porteur de lanterne apparut à l'angle du donjon. La lanterne passa sous les pieds de Viravolta. Elle oscilla de nouveau un instant, comme si l'homme pressentait quelque chose ; Beaumarchais dans les buissons avait tressailli ; d'Eon lui prit le bras. Pietro était sauf. Un nuage passa, la lune apparut de nouveau : ils eurent à peine le temps de voir la jambe du Vénitien disparaître à l'intérieur.

— Il a réussi ! dit Beaumarchais.

— Et maintenant ? demanda d'Eon.

— Faisons comme il a dit. On attend son signal.

Viravolta glissa prestement sur le sol de pierre du château.
Voilà. C'était faci...
Il s'arrêta.
Trois pistolets à poudre étaient braqués sur lui.
Il eut un sourire contrit.
Une silhouette encapuchonnée dit d'un ton ironique :
— Bonsoir.

Amenée jusqu'au château dans son carrosse, Anna Santamaria se trouvait maintenant dans un immense salon, au dernier étage. Stevens en personne était venu l'accueillir. Le Fabuliste les avait rejoints. Encadrée de ses ravisseurs, le nez inquiet levé dans leur direction, elle se tenait devant eux, les mains toujours liées, un bandeau blanc masquant ses yeux. Une boucle tombait sur son front. Sa poitrine se soulevait à chacune de ses respirations. Stevens avait récupéré le poignard de la Vénitienne. Il était abandonné sur la table, au centre de la pièce.

— Alors... où suis-je? dit-elle d'un ton insolent. Et qui s'abaisse à enlever ainsi des femmes sans défense?

Stevens sourit.

— Sans défense, c'est vite dit.

Le Fabuliste était assis un peu plus loin, auprès d'une imposante cheminée, une main gantée sur le menton. De temps en temps, il grattait le sol de sa botte avec nonchalance pour évacuer des cendres ou de la poussière. Soufflet et tisons pendaient près du foyer à des crochets de fer. Le haut plafond était décoré de poutres de chêne massif. Un lustre ancien, qu'une chaîne rattachait à une boucle sur le mur nord, était allumé. Une tapisserie abîmée, représentant une scène de chasse dans la forêt de Saint-Germain, couvrait la paroi sud. A l'est, des rideaux cramoisis dissimulaient une autre aile du bâtiment. Une table aux pieds torsadés et six chaises étaient situées au milieu de la pièce, au-dessus d'un tapis poussiéreux. Dans un angle enfin, sur un bureau, orné de deux candélabres, des plans étaient déroulés. A travers les fenêtres, on devinait le vent, la lune et la cime des arbres; plus loin, les toits et le clocher d'Herblay.

Stevens s'approcha d'Anna et lui caressa le visage. Elle détourna la tête.

— Allons, ma chère, ma furieuse... Du calme.

Il se tourna vers le Fabuliste.

— Vous avez eu le valet, vous n'avez pu avoir le maître... Vous vous rabattez sur l'épouse ?

— Le... le valet ? Le maître ? De quoi parlez-vous ? demanda Anna.

— Je pourrais avoir d'autres plans. Avec elle entre nos mains, Viravolta fera ce que nous voudrons. Il se rendra pour son propre sacrifice – ou bien il servira nos intérêts. Ne vous inquiétez pas et laissez-moi mener ma partie. Le terrain sera dégagé ainsi que vous le souhaitez, et nous porterons ensemble le coup fatal.

— Qui êtes-vous ? s'écria Anna. Où est Pietro ? Où est mon fils ?

Stevens la considéra de haut en bas. Elle était d'une beauté à couper le souffle. Ses joues étaient de feu et cette fureur presque animale la rendait plus belle encore.

— Je vous en prie. Nous allons faire connaissance.

Stevens caressa la rose à son propre torse.

Red for Lancaster, white for the York.

Il ôta le bandeau d'Anna.

Elle retint un cri lorsque Stevens, sourire sur le visage, posa une main sur son épaule.

— Je vous en prie, ma chère. Vous avez décidément des yeux magnifiques... A mourir d'amour, belle marquise... Sont-ils verts, bleus, noisette ? Un peu de tout, selon la lumière... Etonnant... Et s'il n'y avait que vos yeux...

— Stevens, intervint le Fabuliste. Ne mélangez pas tout.

Stevens sourit et dit d'un air narquois :

— Il est certain que ce n'est pas vous qui pourriez en user comme je l'entends.

Le Fabuliste resta muet sous sa capuche.

Stevens regarda de nouveau Anna :

— Ma chère, je vais faire en sorte que votre villégiature ici soit des plus confortables. Si vous êtes sage, je pourrais même ôter vos...

Il s'interrompit. On frappait à la porte des coups sourds et répétés.

Stevens jura :

— Allons, de quoi s'agit-il ! Oui !

Le battant s'ouvrit sur Etienne. Mimant une révérence ironique, il se passa la langue sur les lèvres et dit enfin :

— L'Orchidée Noire est ici.

Stevens et le Fabuliste échangèrent un regard.

Le cœur d'Anna bondit dans sa poitrine.

— Vous avez encore le temps de fuir, dit-elle d'un ton railleur.

— V... Viravolta ? dit Stevens, incrédule.

— Sous bonne garde, précisa Etienne, onctueux. Il tentait de s'introduire dans le château... Nous l'avons mis en cellule.

— Vous êtes certain ? demanda encore Stevens.

Etienne opina du chef. Anna se rembrunit.

— Il a été encore plus rapide que prévu, dit le Fabuliste.

— Inutile de vous en vanter, répliqua Stevens. Il a suffi de deux ou trois hommes pour s'emparer de lui, alors que vingt autres ont été mis en échec au Procope. Pas de quoi pavoiser.

— Je vous le concède, dit le Fabuliste, se renfrognant.

Il y eut un silence, puis Stevens se tourna vers Anna.

— Bien. Vous êtes heureuse ? Mais ce n'est pas le plus beau. Je pense... je pense qu'il ignore que vous êtes là.

Il se tourna vers le Fabuliste.

— Mon ami, préparons ces retrouvailles, si vous en êtes d'accord... A vous de trouver la Fable qui conviendrait. Notre invité sera-t-il chien, âne, hibou ? Et *elle* ? Souris, tigresse ?

Le Fabuliste ôta lentement ses gants.

Anna baissa les yeux en direction de ses mains... Elle cilla.

Il dévoila des doigts aux bagues étincelantes.

Stevens se tourna vers Etienne.

— Vous nous l'amènerez... dès que nous serons prêts.

Où la Folie guide l'Amour

MANOIR D'HERBLAY

Dans les buissons, Beaumarchais et d'Eon s'impatientaient.

— Mais que fait-il ?

— Il a dit qu'il nous ferait signe, dit le chevalier.

— C'est long.

— Il faut lui faire confiance.

— Et s'il avait un problème ?

— Lui ? Allons. Aucune difficulté ne saurait l'arrêter.

Le regard de Pietro courait sur la pierre humide tandis qu'on l'emmenait, ligoté, dans l'escalier qui tournoyait en direction de l'étage. Enfin, une porte à serrure de fer s'ouvrit. Il fut poussé dans le salon. Le lustre, les bougies et candélabres, la cheminée, la tapisserie. Au bout de la table trônait Stevens. Pietro détailla ce visage allongé, ces cheveux gris-noir, ces yeux profonds, cette oreille manquante, le pli sur ses lèvres. Il nota la rose à sa poitrine. Stevens était assis sur l'une des chaises sculptées et, derrière lui, une main sur le dossier, se trouvait la silhouette encapuchonnée du Fabuliste, qui inclina légèrement la tête, sans rien dire.

Stevens prit la parole.

— C'est donc bien vrai. C'est vous ! Quel honneur nous vaut votre visite ?

— Vous êtes fatigant, Viravolta, renchérit le Fabuliste sans lui laisser le loisir de répondre. Je me demande comment vous avez pu survivre dans l'antre du lion, puis au Procope… et comment vous nous avez trouvés ici.

Pietro s'aperçut qu'il déformait sa voix.

— Hé ! Il vous a suivi, d'une façon ou d'une autre, tout simplement !

Cet accent ne trompait pas. Cet homme… était anglais, de toute évidence. Sans perdre un instant, Pietro continuait d'analyser la situation. Incidemment, il sentit de vagues effluves. Ceux d'un parfum, un parfum qui…

Il fronça les sourcils.

Stevens se leva, désignant sur la longue table de bois une feuille de vélin, accompagnée d'une plume et d'un encrier. Un poignard s'y trouvait aussi. Etienne déposa non loin les armes dont ils avaient délesté Pietro. Stevens eut un gloussement lorsque apparut le pistolet de M. Marienne muni de son grappin.

— Formidable, dit Stevens en s'en emparant. Mettez cela en lieu sûr.

Il se tourna de nouveau vers le Vénitien.

— Nous avons eu une idée assez savoureuse. L'idée d'un petit jeu, avant d'en terminer avec vous. Nous allons vous délier les mains, cher ami. N'en profitez pas pour tenter quoi que ce soit, ce serait peine perdue.

Il fit un nouveau signe et, aussitôt, une poignée d'hommes franchit la porte de bois pour se répartir autour de Viravolta, dans le salon. L'un d'eux le débarrassa de ses liens. Pietro frotta ses poignets endoloris. Deux autres allèrent se poster de part et d'autre des grands rideaux.

— Qui êtes-vous ? demanda Pietro.

Stevens sourit et l'invita à prendre place sur l'une des chaises ouvragées. Pietro obtempéra. Devant lui, le feuillet vierge, la plume et l'encrier. Mais c'était à ce parfum qu'il songeait... L'odeur, dans la pièce, se faisait de plus en plus présente, de plus en plus fine...

Stevens claqua la langue.

— Nous avons à écrire une dernière Fable, cher ami. Et, ensemble, une nouvelle page de l'Histoire. Je trouve assez à propos que celle-ci soit écrite par vous. Ainsi, l'Orchidée Noire aura-t-elle contribué à notre chef-d'œuvre. Qu'en dites-vous ?

— J'en dis que vous perdez les sens, dit Pietro. Vous me rappelez un renégat que j'ai croisé jadis à Venise...

Stevens eut un petit rire.

— Allez, mon ami. A la dictée ! La Fable que nous allons écrire ensemble est destinée à un haut personnage. A dire vrai, l'un des plus hauts personnages du royaume. Un personnage dont vous êtes proche. C'est pourquoi le fait que votre écriture se prête à notre déclaration est, croyez-le, un véritable cadeau du ciel !

Pietro était comme un enfant devant son feuillet.

— Vous rêvez.

— Ah... C'est que vous n'avez pas bien saisi toute la situation... Laissez-moi vous éclairer. Petit préambule, si vous le permettez. Les Anciens nous enseignent que rien ne vaut un peu de théâtre pour déstabiliser l'ennemi en temps de guerre. Comprenez-vous ? Le sens de la mise en scène. De la *dramatique.* Donner l'impression que l'on est invisible. Apparaître et disparaître telle une ombre. Un mythe. User de ses artifices et s'évanouir dans un nuage de fumée... Notre Fabuliste est doué pour cela, n'est-ce pas ? Tellement doué. Quant à moi, je fais comme je le peux. J'use des armes qui sont les miennes. Voilà donc ce que j'ai, moi, à vous offrir.

Ce parfum... Mais oui, c'est celui de...

Et ce poignard vénitien abandonné sur la table...

Alors lord Stevens fit un signe au Fabuliste qui, d'un geste théâtral, ouvrit les rideaux.

— Anna Santamaria, de Venise !

Pietro crut que son cœur s'arrêtait de battre.

Le Fabuliste, lui, commençait à réciter :

L'AMOUR ET LA FOLIE
Livre XII – Fable 14

Tout est mystère dans l'Amour,
Ses flèches, son carquois, son flambeau, son enfance.
Ce n'est pas l'ouvrage d'un jour
Que d'épuiser cette science.
Je ne prétends donc point tout expliquer ici.
Mon but est seulement de dire, à ma manière,
Comment l'aveugle que voici
(C'est un dieu), comment, dis-je, il perdit la lumière ;
Quelle suite eut ce mal, qui peut-être est un bien ;
J'en fais juge un amant, et ne décide rien.

Derrière les rideaux, Anna était debout sur une planche de bois, en équilibre au-dessus d'une ouverture béante. On lui avait remis son bandeau sur les yeux, un bâillon sur la bouche. Les mains liées, les pieds cachés par sa robe, elle se tenait droite et ne bougeait pas, retenant son souffle. Un faisceau de planches branlantes, dont certaines étaient couvertes de lichen et semblaient à moitié pourries, surplombaient le puits et permettaient de passer d'un bout à l'autre. En fait de puits, Pietro comprit qu'il s'agissait du vestige d'un escalier de pierre, en ruine, qui avait dû jadis courir en rond à l'intérieur du château pour desservir les étages. Cette partie avait visiblement été laissée à l'abandon depuis longtemps ; en témoignaient les grandes portes en chêne situées derrière les rideaux, ouvertes à présent, mais qui avaient servi à barricader l'aile ouest de l'édifice. De cette cage d'escalier, en pierre et bois moisi, envahi d'herbes, il ne restait que le songe fantomatique d'une demeure ancienne. Au-dessus de marches qui ne conduisaient plus nulle part, plongées dans l'ombre, Pietro pouvait distinguer des portraits passés par le temps, les yeux perdus dans une obscurité funèbre. Une étrange poulie décorait le plafond, et une corde, qui semblait descendre dans les profondeurs, tanguait lentement dans le vide, de droite et de gauche. Des courants d'air froid chuintaient d'un bout à l'autre de l'ouverture et, en contrebas, on ne distinguait qu'une bouche obscure, comme si celle-ci plongeait dans les entrailles de la terre, d'où montaient des langues de brume...

Au moindre faux pas, Anna tomberait et se briserait la nuque.

Un homme se tenait derrière elle, poignard en main, prêt à la faire avancer.

Et le Fabuliste serinait :

La Folie et l'Amour jouaient un jour ensemble.
Celui-ci n'était pas encor privé des yeux.
Une dispute vint : l'Amour veut qu'on assemble
Là-dessus le conseil des dieux.
L'autre n'eut pas la patience ;
Elle lui donne un coup si furieux,
Qu'il en perd la clarté des cieux.
Vénus en demande vengeance.
Femme et mère, il suffit pour juger de ses cris ;
Les dieux en furent étourdis,
Et Jupiter, et Némésis,
Et les juges d'enfer, enfin toute la bande.
Elle représenta l'énormité du cas.
Son fils, sans un bâton, ne pouvait faire un pas :
Nulle peine n'était pour ce crime assez grande.
Le dommage devait être aussi réparé.

Quand on eut bien considéré
L'intérêt du public, celui de la partie,
Le résultat enfin de la suprême cour
Fut de condamner la Folie
A servir de guide à l'Amour.

— Pardon, commenta Stevens. Celle-là, n'est-ce pas, n'était pas prévue ! C'est que vous devriez être mort, n'est-ce pas. Votre survie et votre incursion inattendue ont obligé notre ami à modifier nos plans. C'est une improvisation ! Les aléas de la scène, vous savez ce que c'est.

Il rit et écarta les bras.

— *Madness leading Love*, la Folie et l'Amour ! Ah ! voilà qui eût pu être digne de nos meilleurs poètes anglais ! Savez-vous que l'on dit de cette pièce qu'elle a trouvé son inspiration dans une longue allégorie de Louise Labé, dans *Le Débat de Folie et d'Amour*, repris plus tard, je crois, par le père Comire dans les *Carmina* ? Ce texte contient un poème latin de toute beauté, que La Fontaine a réinventé. Un poème unanimement loué… Mais je m'égare.

Stevens, ses mains gantées jointes dans le dos, marchait dans le salon. Il fit signe à l'homme au poignard qui se tenait derrière Anna. Celui-ci lui ôta le bâillon.

— Pietro !

— Tu n'es pas blessée ?

— Voici donc, Viravolta, les termes du jeu. A chaque vers que vous écrirez, lisiblement et proprement, s'il vous plaît, vous aurez droit de donner à votre chère épouse une indication quant à la marche à suivre. Mais attention : certaines de ces planches sont d'ores et déjà pourries… Elles ne supporteraient pas son poids. Dites-vous qu'il y a là, en quelque sorte, une métaphore du couple. De quoi mettre un peu de sel, ou plutôt de piquant à notre aventure. Allons, Viravolta ! A vous la Folie, à elle l'Amour ! Saurez-vous la mener de l'autre côté du précipice ?

— Tout ira bien, dit Anna d'une voix serrée, qui trahissait son angoisse.

— Qu'ai-je à y gagner ? demanda Pietro.

— Vous me le demandez ? Mais, Orchidée... Vous y gagnez sa vie ! Comprenez-vous ? Si vous écrivez notre Fable, et qu'elle traverse, elle vivra. Quant à vous... C'est autre chose, bien sûr.

Pietro avait les lèvres sèches.

Non ! Pas elle ! Tout, mais pas cela.

L'image de Landretto pendu dans les charmilles passa dans son esprit. La mort en ce jardin... et maintenant, c'était avec elle qu'ils jouaient, avec *elle !*

Ton sang-froid. Je t'en supplie. Ne le perds pas maintenant.

L'aveugle Folie conduisant l'Amour !

— Laissez-la, dit Pietro. Elle n'a rien à voir avec tout cela.

La sueur le gagnait. Stevens s'éclaircit la gorge.

— Ne dites pas de bêtises. Commençons. Notre Fable, vous la connaissez, j'en suis sûr. Elle est, vous dirait notre spécialiste ici présent...

Le Fabuliste s'inclina, main sur le cœur.

— Elle est, disais-je, la première en place, dans le premier livre de La Fontaine. Aucune autre n'a suscité autant de commentaires. Votre cher Rousseau l'a donnée en exemple de ce qu'il convenait de ne pas faire lire aux enfants... On en trouve la première version chez Esope, une fois de plus.

Pietro secoua la tête...

— La cigale n'apparaît pour ainsi dire qu'une fois dans les Fables. Elle symbolise la négligence, l'insouciance, l'imprévoyance. Un autre travers humain... Mais cette Fable est truffée d'erreurs ! Par exemple, la cigale s'alimente avec un suçoir et se moque des « mouches ou des vermisseaux » cités dans le texte. En outre, elle meurt à la fin de l'été. Elle ne peut donc crier famine « quand la bise fut venue », sans compter que la fourmi, qui dort en hiver, ne peut l'entendre. Pour finir, les fourmis sont carnivores et n'ont que faire du grain ! Les Fabulistes ont droit à toutes les fantaisies. Licence poétique, dirons-nous...

Mais que me raconte-t-il ? se demandait Pietro.

— Commençons ! répéta Stevens.

Il s'arrêta.

— *Livre I, Fable I : La Cigale et la Fourmi.* Prenez la plume, Viravolta.

La main tremblante, Viravolta se saisit de l'instrument.

— Vous avez de la chance, sourit Stevens. C'est avec votre propre plume que vous allez rédiger l'arrêt de mort du royaume de France.

Pietro réprima un sourire. *La plume !*

C'était celle dont on l'avait délesté. Et l'encrier aussi...

Il se souvint de la boutade d'Augustin Marienne. *La plume est plus forte que l'épée.*

Augustin ! Dieu vous bénisse.

Il ouvrit lentement le bouchon de l'encrier, y trempa la pointe sèche.

Le poignard fut dardé dans les côtes d'Anna pour l'inciter à faire un pas en avant, au-dessus du puits. Elle trembla. La planche frémit.

Stevens commençait sa dictée :

— Ecrivez.

La Cigale, ayant chanté
Tout l'été,
Se trouva fort dépourvue
Quand la bise fut venue.

La plume resta en suspens au-dessus du feuillet.

Pietro prit une inspiration...

— Vous aviez raison, dit-il avec un sourire mauvais.

— A quel sujet ? s'étonna Stevens.
— *La théâtralité. Et les nuages de fumée.*

Et tout alla très vite.

D'une plume détonante

MANOIR D'HERBLAY

Lorsque l'explosion souffla vantaux et vitres de l'étage, dans les buissons on sursauta.

Beaumarchais interloqué se tourna vers la chevalière :

— C'est ça, le signal ?

D'Eon eut une grimace interdite.

— Que fait-on ?

Alertés, la dizaine d'hommes qui patrouillait autour du château courut en direction du perron. Soudain, remontant le parc à bride abattue, arriva un nouvel intrus. Son tricorne roula derrière lui. Le ruban de son catogan commençait à se défaire. Il portait un manteau sans garniture et au col rond, avec de longues manches brunes et des poches en rabat triangulaire, par-dessus un justaucorps peau de pêche, des pantalons blancs et des bottes luisantes. Sur son visage, on lisait la jeunesse, l'intrépidité – et surtout, un éclair de folie. Il tira l'épée, sans cesser sa chevauchée, et la pointa fièrement vers les silhouettes ennemies ; elles en lâchèrent leurs flambeaux. Cosimo Viravolta, les cheveux au vent, hurla pour se donner du courage.

— Qui est-ce, celui-là ?

— Je ne sais pas, mais il n'a pas froid aux yeux. Et il a l'air du même bord que nous.

Il parvint au milieu du cercle ennemi, donnant de grands moulinets de droite et de gauche.

Beaumarchais tira l'épée à son tour.

— C'est une méthode.

— Mmh... Dix contre trois... dit d'Eon.

— Quelle journée. *Avanti!*

Ils se jetèrent dans la mêlée.

La plume explosive de M. Marienne avait fait son office. Pivotant d'un trait, Pietro l'avait jetée derrière lui, sur le sol, d'un geste sec du poignet; la détonation fit sursauter Stevens autant que le Fabuliste. Dans un nuage de poudre, trois des hommes de main tombèrent à terre, devant leurs comparses interloqués. Aussitôt, Viravolta saisit le poignard d'Anna, abandonné sur la table. Il le lança avec une rapidité saisissante en direction de l'homme qui se trouvait derrière son épouse. L'arme siffla avant de lui transpercer la gorge. Il bascula en arrière, portant les mains à son cou d'où jaillirent des gerbes de sang. Déséquilibrée, Anna vit le moment où elle allait tomber au fond du puits. Elle s'écroula à son tour, heurtant l'ancienne balustrade de pierre de l'escalier. Elle faillit se casser le menton. Par bonheur, elle se retrouva à l'extérieur du gouffre. Allongé à ses côtés, l'homme se tordait de douleur dans des râles étranglés. La planche sur laquelle elle se trouvait un instant plus tôt vacilla puis fut happée par l'abîme, en entraînant d'autres. Un nuage de poussière monta des profondeurs.

Profitant du chaos, Pietro se jeta sur son voisin le plus proche. Il retourna contre lui son pistolet à poudre; la détonation saisit l'homme au cœur, puis le Vénitien lui ôta l'épée; c'était la sienne, sa lame vénitienne dont on l'avait délesté à son arrivée.

— Je me sens déjà mieux.

Lorsqu'il se retourna, deux adversaires encore se trouvaient là. Quatre autres entraient. D'un coup de pied, Viravolta fit basculer sa chaise et se jeta sur la table de bois sombre.

Cerné.

Les autres l'entourèrent.

Stevens et le Fabuliste s'entre-regardèrent, puis Stevens sourit.

— Toujours aussi étonnant. Mais les meilleures choses ont une fin. Messieurs ! *Tuez-le.*

Fort bien – et maintenant ? se demanda Pietro, haletant.

La porte s'ouvrit avec fracas.

Cosimo, veste et chemise ensanglantées, fit son apparition.

Pietro leva un regard étonné.

— Ça, c'est une entrée. Qu'est-ce que tu fais là ?

Cosimo sourit.

Il fit tournoyer son épée dans sa main.

— Je suis venu réviser.

Il s'élança. Pietro fit de même, évitant les épées qui se croisaient sous ses bottes, et agrippant le lustre. Il se retrouva quelques mètres plus loin, son fils à ses côtés. Anna se défaisait de ses liens, usant du poignard abandonné par l'homme qui venait d'expirer. En contrebas, bruits d'épée et de poudre se faisaient entendre ; sans doute Beaumarchais et le chevalier d'Eon s'étaient-ils décidés eux aussi à intervenir. Viravolta père et fils pointèrent leur épée dans la même direction ; de nouveau la meute les encerclait. Pietro, à son tour, fit siffler sa lame.

— Bien. Commençons. Quarte, main à gauche, bras étendu, quillons à l'horizontale...

— Je sais. Contregarde à l'approche, pied droit en serrant la mesure.

Ils attaquèrent. Le premier homme fut balafré d'une oreille à l'autre.

— … L'épée à l'offensive, et l'enchaînement.

Ce n'était plus une joute, mais un ballet.

— Feinte.

— Double feinte.

— Pas extraordinaire…

— Estoc.

Etienne avait attaqué en dernier. Il se jeta en avant, rugissant, une lame étincelante au poing. Cosimo eut le temps de sentir les émanations terribles de ses vêtements, et de voir une masse sombre fondre sur lui. Les yeux de la bête étaient allumés de fureur, ses lèvres étaient ourlées d'une grimace, son visage défiguré paraissait sorti tout droit des enfers. Un bref instant, Cosimo crut voir un sanglier qui chargeait. L'ombre claudicante s'abattit sur lui de tout son poids – mais le jeune homme avait été plus rapide.

La pointe de l'épée le toucha en plein front.

Etienne loucha un instant, puis un voile de sang tomba devant ses yeux.

Enfin, il eut un gargouillis.

— Le tout, en pliant les genoux, acheva Cosimo, se redressant pour reprendre haleine.

Etienne s'effondra.

Les cadavres jonchaient le sol.

— Ça marche ! s'exclama Cosimo.

— N'est-ce pas ? dit Pietro.

Le Fabuliste poussa un hurlement lorsqu'il s'aperçut que l'on venait de pourfendre son serviteur. La situation devenait critique. Il se précipita vers la porte, dans un froissement de cape, et disparut. Tandis que Viravolta et Cosimo en finissaient, Stevens s'approcha d'Anna. Le visage déformé par la haine, il voulut la redresser en l'attrapant par les cheveux. Il s'aperçut soudain qu'elle avait les mains déliées. Elle ôta son bandeau, lui décochant un sourire lumineux et vengeur. Stevens ne comprit pas tout de suite… puis la douleur, fulgurante, explosa dans son cerveau. Anna venait de lui planter dans le mollet le poignard de Viravolta. Sa main tournait encore la lame, crispée sur le manche.

— *La Veuve Noire!* s'écria-t-elle. Tu comprends, maintenant ?

— Anna ! s'écria Pietro.

Viravolta et son fils se précipitèrent.

S'arrachant à Anna, le poignard toujours dans la jambe, Stevens, aveuglé de douleur, rugit avant de se jeter sur la corde voisine, reliée à la poulie, au-dessus de la bouche d'ombre. Aussitôt, il bascula à l'intérieur. Le roulis de métal se fit entendre. Un seau rempli de gravats remonta à l'autre bout de la corde, jusqu'à frapper contre l'arceau de métal au plafond. Pietro arriva si vite qu'il faillit tomber lui aussi. Il regarda en contrebas, mais ne vit que l'obscurité. Stevens s'était échappé. Cosimo mit une main sur l'épaule de son père.

— Laissons !

— Et le Fabuliste ?

Pietro releva Anna.

— Il a filé aussi, dit-elle. Il est peut-être encore temps.

— J'espère qu'ils le prendront en bas !

— En bas ?

— Je t'expliquerai.

Elle lui sourit, rajustant sa robe comme elle le pouvait, tandis qu'il la serrait contre lui.

— Je me demandais ce que tu faisais. Il y a appartement ce soir, à Versailles, puis un bal. Je m'en serais tellement voulue de le manquer.

— Tu n'en as pas assez de danser ? demanda Pietro.

— Et toi, mon amour ?

Ils s'enlacèrent encore.

Puis ils se tournèrent vers Cosimo.

— Comment es-tu arrivé ici ?

— J'ai suivi père depuis le Procope. Ce n'est pas très difficile de retrouver sa trace. On suit les cadavres.

Pietro serra son fils dans ses bras.

— Cosimo... merci d'avoir écouté ton père. Et quels progrès !

Pietro se recula et le regarda. Cosimo rit :

— Vous aussi, vous n'êtes pas mal, pour un vieux.

Beaumarchais et d'Eon arrivèrent enfin.

— Après la bataille, dit Pietro amusé.

— Plaisanterie, j'espère.

— Le Fabuliste ?

— Pas vu, dit d'Eon.

— Et eux, qui sont-ils ? demanda Cosimo.

Pietro les regarda et, une main sur le cœur, s'avança vers eux, le sourire aux lèvres.

— Des amis.

Tous se dirigèrent vers les fenêtres, qui avaient explosé sous l'effet de la plume fatale d'Augustin Marienne. Le sol et les murs de pierre en étaient noircis. A travers la fenêtre, ils virent la silhouette encapuchonnée du Fabuliste, et celle de Stevens, à cheval, qui s'enfuyaient par le parc. Ils franchissaient déjà les grilles, dans la lumière du jour naissant.

Pietro les regardait s'éloigner lorsque Anna l'interpella.

— Pietro !

Il se retourna. Elle désignait du doigt les plans déployés sur le bureau, dans un angle de la pièce, entre les deux candélabres dégoulinant de cire. Pietro échangea un regard avec son fils puis s'approcha.

Mais... qu'est-ce que cela ?

On y trouvait deux catégories de plans. Abîmés par la poudre et les combats, ils paraissaient incomplets. Sur les premiers documents, on distinguait ce qui ressemblait à des formules chimiques ; leur seul aspect était inquiétant. Références techniques et mentions lapidaires tout aussi obscures y étaient mêlées. On devinait des locutions latines et grecques. Des chiffres enfin y étaient portés, calculs d'angle et indications de distance. La seconde catégorie de plans était elle aussi des plus insolites : une sorte de réseau ou de maillage inextricable se perdait en lignes brisées, faites d'horizontales et de verticales. Ces ramifications étaient traversées de figures géométriques réparties sur une vaste surface. C'était à n'y rien comprendre. Griffonnée çà et là, une formule revenait : *PARTY TIME.*

Pietro trouva enfin un étrange étui miniature, de couleur vert et or. Le Vénitien s'en saisit et l'ouvrit.

Il eut la surprise de découvrir une mèche de cheveux. Et à l'intérieur de l'étui, en médaillon, un portrait du roi défunt : Louis XV.

— Qu'est-ce que cela peut bien signifier ? demanda Anna.

Emprisonnant l'étui dans sa main, Pietro murmura :

— Je n'en ai pas la moindre idée.

Le prix des poufs

BUREAU DU DUC D'AIGUILLON
SALON DE LA PAIX
GRAND APPARTEMENT ET CHAMBRE DE LA REINE
VERSAILLES

C'était l'hiver, et l'on était de retour à Versailles.

— Alors, pas de Bastille ? demanda Pietro.

Le duc d'Aiguillon se retourna. Comme lors de leur dernière entrevue, il était resté longtemps face à la fenêtre, l'air ministériel dans son justaucorps bleu et or, les yeux dans le vide. Il paraissait usé. Il cachait mal son amertume. Mais il avait pris sa décision.

— Non, Viravolta. Je vais quitter le pouvoir. Ce que je craignais est en marche. La reine a échoué dans son projet de faire revenir Choiseul... Mais elle aura eu ma tête. Le roi a fait ses choix. Je ne l'ai pas attendu pour démissionner.

Assis dans son fauteuil, Pietro croisa les jambes, laissant ses mains reposer sur les accoudoirs. De fait, le bureau du duc au ministère de la Guerre était dans un désordre qui ne ressemblait pas aux habitudes maniaques de son occupant. Des piles de dossiers encombraient le bureau. Des cartons traînaient un peu partout, et de temps à autre, des commis venaient enlever en silence bibelots et livres de la bibliothèque. Le sourcil levé, Pietro regarda un buste de bronze qui passait devant lui.

— Mon temps est fini, Viravolta. Pour l'instant au moins. Peut-être pour toujours.

Il rumina un instant ces dernières paroles, qu'il avait prononcées d'un air sombre, et assez pathétique.

Puis il se tourna vers l'Orchidée Noire.

— Ma seule satisfaction est de savoir que Charles de Broglie n'est pas mieux loti que moi. Il est toujours en exil et il n'aura pas mon ministère... Encore moins la chancellerie.

L'ambiance funèbre qui régnait dans le bureau contrastait avec les jours heureux que l'on vivait à Versailles. Un nouvel espoir s'était levé. Le peuple voulait croire au changement. A défaut d'une confiance débordante, Louis suscitait de la sympathie. Après les excès et la fin pénible de feu son grand-père, on louait sa volonté d'agir selon la vertu. On aimait l'attachement qu'il affichait à l'égard de la reine, car depuis des lustres, le pays n'avait plus goûté au plaisir d'éprouver à sa tête la présence d'un couple royal, nonobstant la difficulté de ce dernier à concevoir un héritier... Louis et son épouse n'avaient guère avancé sur le sujet – la bonne nouvelle, toutefois, était que le roi bandait ! Les douleurs du prépuce royal lors des intromissions étaient surmontées. Les draps étaient tachés et le monde entier en était informé, puisque l'avenir du trône en dépendait. Toute intervention chirurgicale était inutile : il finirait bien par y arriver.

La composition du gouvernement, elle aussi, était connue. Le roi n'avait cessé de tergiverser. Maurepas avait fini par s'en agacer. Ministre d'Etat sans portefeuille, il avait préséance au Conseil. Son ancienneté était unique. Depuis son exil à Bourges puis à Pontchartrain, pour un mot qu'on lui avait jadis attribué à tort, visant la Pompadour, le Mentor continuait, depuis sa relégation, à recevoir ses fidèles. A la surprise générale, et du haut de ses soixante-treize ans, il revenait aux affaires. A Versailles, il occupait un appartement situé au-dessus de ceux du roi, où logeait il n'y avait pas si longtemps la Du Barry. Un symbole : le sage madré succédait à la putain pour veiller sur les intérêts du royaume. D'Aiguillon, qui se trouvait être le neveu de Maurepas, avait pu croire brièvement qu'il bénéficierait d'un retour de faveur. Son oncle avait plaidé pour lui auprès de Louis XVI. Mais le roi n'avait pas oublié les liens entre le duc et la Du Barry. Maurepas n'avait pas insisté.

Revenant à la distinction traditionnelle entre les fonctions ministérielles de la Guerre et des Affaires étrangères, le roi avait choisi, pour la Guerre, le comte du Muy, ancien ami de son père et gouverneur de Flandre, et pour les Affaires étrangères, Vergennes, jusque-là ambassadeur en Suède. L'équipe était donc en place et d'Aiguillon débarrassait les lieux. Fini le triumvirat et ses décisions impopulaires. Maupeou et l'abbé Terray, eux aussi, étaient renvoyés. Turgot prenait les Finances, Miromesnil les Sceaux, Sartine la Marine. Tout cela dans la liesse générale. Maurepas, admirateur de Montesquieu et favorable à une monarchie tempérée, s'appliquait à ressusciter l'ancien Parlement, à la grande satisfaction des magistrats. On célébrait cet élan nouveau, et l'on brûlait en place publique des épouvantails à l'effigie des anciens ministres. Le roi et la reine avaient été applaudis quelques jours plus tôt, au sortir du lit de justice. Louis XVI voulait être aimé! Au Pont-Neuf, sur le socle de la statue représentant le bon roi Henri IV, une main avait tracé le mot : *Resurrexit.*

D'Aiguillon soupira longuement. Puis il se tourna vers Viravolta.

— J'ai beaucoup hésité quant à la conduite à tenir. Finalement...

Il revint vers son bureau.

— J'ai décidé de vous laisser continuer votre enquête. Si le roi veut persister à s'amuser avec le Secret, qu'il le fasse. Il doit être au courant de tout, à présent. Je pense qu'il dissoudra le service. Quant à vous... servez qui vous voulez, Viravolta. Vous savez à quel point je porte Broglie dans mon cœur... Mais je ne suis plus concerné. Je vous laisserai en paix.

Pour la première fois, il regarda Pietro en face, et avec sincérité.

— J'ai lu vos rapports... du moins ceux que vous avez bien voulu me confier, dit-il, toujours mordant. La menace n'a pas disparu... Les intérêts de la France avant tout, n'est-ce pas ?

Pietro s'inclina.

— En effet.

Et il ajouta :

— Votre dignité vous honore, Excellence.

Le duc se contenta d'une moue, qui valait pour un merci.

Tout était dit.

D'Aiguillon se tourna de nouveau vers la fenêtre.

Il quittait Versailles comme une ombre.

En sortant du bureau, Pietro se sentit pourtant ragaillardi.

La décision du duc et le tour que prenaient les choses le soulageaient. C'en était fini du spectre de la Bastille. Il avait les mains libres.

Un valet le héla et vint s'incliner devant lui.

— Monsieur de Lansalt ?

— Oui ?

— La reine vous fait mander dans ses appartements.

*

* *

La vie avait repris son cours normal au château. Les rideaux étaient galamment écartés et, dans cet océan de raffinement et de sublime, un bruit cristallin, tel celui qu'eût fait une petite fontaine, se faisait entendre : Pietro Viravolta de Lansalt, agent du Secret et ancien espion du Conseil des Dix de la Sérénissime, pissait. De l'autre côté de la galerie, à peine voilée par les rideaux, accroupie discrètement, pissait aussi Yolande de Polignac, promise à la nouvelle coterie de la reine de France. Pietro se rajusta. Yolande se leva, laissant tomber sa robe à paniers pour rejoindre les valets de sa suite, munis du Pot Salvateur. Tous deux se rejoignirent dessus les angles du parquet aux reflets de miroir, et se saluèrent en s'inclinant dans une révérence. Pietro la regarda tandis qu'elle s'éloignait. On disait d'elle que sa démarche portait la marque d'un abandon séduisant ; elle avait en effet une grâce négligée et excitante, se dit Pietro, considérant ce voluptueux bassin. Brunette au visage ovale et à la carnation parfaite, indolente et paresseuse, Gabrielle Yolande de Polastron, devenue comtesse Jules de Polignac, passait le plus clair de son temps sur sa terre de Claye et venait de temps en temps à Versailles faire tranquillement sa cour. Pietro laissa se disperser les valets de pied, puis se dirigea vers les appartements de Marie-Antoinette.

A la suite des événements d'Herblay, Pietro avait transmis ses informations à Broglie. Celui-ci s'était défendu, bien sûr, d'avoir laissé filtrer d'une quelconque manière l'entrevue du Procope, tout en se montrant outragé d'être soudain désigné à la suspicion de ses propres agents ! Sans doute Landretto était-il au courant de la rencontre. Peut-être le Fabuliste l'avait-il torturé pour obtenir cette information avant sa mort. Une telle idée, autant que celle de la trahison de son ancien valet, était insupportable à Viravolta. Plus simplement, on avait pu faire suivre Pietro, ou l'un des autres espions, à son arrivée à Paris. Pour le reste, le paysage s'éclaircissait. Anna avait entendu prononcer un nom : *Stevens.* Ce dernier n'était pas inconnu de Charles de Broglie. Le comte savait qu'il avait œuvré pour les services de contre-espionnage anglais. Il était membre d'une société maçonnique obscure du Sussex, la Grande Loge de Fer. Broglie avait manœuvré par le truchement de ses agents londoniens pour en savoir plus. Beaumarchais et d'Eon étaient repartis outre-Manche – l'un envoyé par Sartine, l'autre par le Secret. Charles avait également obtenu des renseignements à la discrétion de lord Stormont, l'ambassadeur anglais en France. Au dire de Stormont, Stevens, initialement mandaté par George III, s'aventurait bien au-delà de ses prérogatives, et sans consigne apparente. Le gouvernement anglais lui-même s'inquiétait de ses agissements. Il se préparait à envoyer ses propres émissaires pour demander à Stevens des explications – et au besoin, le démettre de ses fonctions. L'affaire se faisait diplomatique.

Mais lorsque Broglie avait eu vent des plans retrouvés par Anna et Pietro à Herblay, cela n'avait fait que renforcer ses craintes. L'idée qu'il pût s'agir d'une réponse du berger à la bergère, et de la préparation d'un débarquement anglais en France, avait commencé de l'effleurer. L'évolution de la situation américaine lui causait également des tourments. Les événements s'accéléraient, et Pietro ne baissait pas la garde. Les plans retrouvés à Herblay avaient été confiés à Augustin Marienne. Pour le moment, les recherches sur leur signification exacte restaient sans résultats. De retour au manoir, dragons et mousquetaires du roi avaient trouvé les lieux désertés. Naturellement, l'ennemi s'était retranché ailleurs. Tout était à refaire. Un autre élément, enfin, était troublant. Dans l'étui miniature que Pietro avait trouvé à Herblay, Charles était tombé sur un billet autographe, dissimulé derrière le médaillon représentant le roi. Pour le chef du Secret, qui connaissait l'écriture de l'ancien monarque, cela ne pouvait faire de doute : le billet était bel et bien de la main de Louis XV. Adressé à une certaine Marie, il était tourné ainsi :

L'odeur de vos bouquets me fit croire un moment
Qu'ils étaient composés de mille-fleurs nouvelles,
J'ouvris votre panier avec empressement,
Je n'y vis que des immortelles.
A Marie.

Quant à la mèche de cheveux retrouvée dans l'étui, Broglie était incapable de dire à qui elle avait bien pu appartenir. Pietro lui avait enjoint une nouvelle fois de fouiller dans les Archives du Secret, pour reprendre en particulier les rapports consacrés au premier Fabuliste, l'abbé Jacques de Marsille, et à sa fameuse paroisse de Saint-Médard. Il restait sur le qui-vive.

Viravolta arriva à l'entrée du Grand Appartement de la Reine par le Salon de la Paix, qu'il traversa : ce n'étaient que marbres, fresques et trophées de bronze. Un Suisse frappa de la hallebarde sur le parquet. Il alla annoncer Viravolta et revint. Le Vénitien fut invité à patienter un moment.

Insigne honneur, il serait reçu directement dans la Chambre de la Reine.

Bras croisés, il stationna devant les grandes fenêtres, une jambe légèrement fléchie par-dessus sa chaussure à boucle. Le Salon de la Paix était devenu le Salon de Jeux de Marie-Antoinette. Elle y avait fait installer des tables, des pliants et des commodes. Pietro regarda au-dehors. Il faisait un froid du diable. L'hiver s'annonçait rude et Versailles était toujours aussi mal chauffé. La neige tombait à gros flocons. Pietro laissa ses yeux se perdre dans ce mol et cotonneux océan, qui formait une pellicule de cristal sur les bosquets environnants. Le cadavre de Landretto passa dans son esprit. Il hocha la tête. Il lui semblait voir le corps de son valet glisser sous ses yeux, dans la brume, comme il l'eût fait dans une gondole sur la lagune. Il s'efforça de penser à autre chose, noyant son regard dans le givre luminescent du Grand Canal. Il devinait, au loin, un traîneau abandonné.

Dieu, que le château est beau, par ce temps.

Il retint un éternuement. Soudain, une voix claire le fit se retourner

— Allez ! Allez !

Des bruits de pas claquèrent dans le Salon. Une armée de jeunes gens perruqués, portant des cartons de toutes dimensions, sortit des appartements de la reine. Les commis trottèrent en cadence devant Pietro, bientôt suivis par un bout de femme montée haut, parfumée et fardée à l'excès. Elle avançait d'un pas rapide et continuait de leur donner des ordres, tout en soulevant sa robe de taffetas vert et orange. Un chapeau à plumes s'agitait au-dessus de ses frisottis. Elle avait ôté un de ses gants de dentelle. Une mouche sur la joue, des yeux vifs et curieux, une bouche aux lèvres minuscules et ourlées de rouge... Elle s'arrêta un instant devant le Vénitien qu'elle détailla de haut en bas. Puis elle mima une révérence. Amusé, Viravolta la reconnut aussitôt : c'était Rose Bertin, la modiste de la reine. Elle sourit et frappa encore dans ses mains : *Allez, allez !* avant de disparaître avec ses troupes.

Dans sa boutique du *Grand Mogol*, Rose employait près de trente ouvrières. Déshabillés, baigneuses, mantelets et pelisses, mouchoirs et nœuds d'épée, éventails et gantelets, pantoufles et autres merveilles s'ajoutaient aux extravagances de ses robes et chapeaux. Brouillonne mais travailleuse hors pair, orgueilleuse comme pas une, Rose était en passe de conquérir toutes les Cours d'Europe. Depuis la mort de Louis XV, elle avait lancé la mode des poufs, immenses chapeaux à étages chargés de motifs invraisemblables. A l'occasion du deuil de France, mais aussi de l'élan suscité par le nouveau règne, elle avait conçu un pouf particulièrement fantasque. A gauche, un cyprès garni de soucis jaillissait d'un crêpe figurant un fouillis de racines ; à droite, une gerbe de blé reposait sur une corne d'abondance perdue au milieu de plumes blanches. Ce chapeau avait vite cédé la place à un « pouf à l'inoculation », en hommage au courage du roi, qui avait décidé en juin de se faire inoculer la variole – opération dont on redoutait toujours les effets secondaires. La modiste s'était emparée du fait, pour dresser sur son pouf un olivier autour duquel s'enlaçait le serpent Esculape, qui soutenait une massue enguirlandée de fleurs pour terrasser la petite vérole ; le tout sur fond de coucher de soleil. A ces premiers essais avaient succédé d'autres extravagances, comme le *Quès aco,* ou le « pouf aux sentiments », que l'on agençait selon son caractère ou son humeur du jour – un trait de génie, assurément...

Désormais, les poufs faisaient fureur à Versailles. Ils allaient parfois un peu loin. Ils se voyaient d'ailleurs *aussi* de loin. On ne distinguait plus l'entourage de la reine par moins de cinquante centimètres de plumes...

Rose s'en fut, et Pietro fut introduit dans la chambre de Marie-Antoinette.

*
* *

Dans la vaste pièce où se déroulait ordinairement la toilette publique de la reine, deux souveraines avaient vécu et étaient mortes, et près d'une vingtaine d'enfants de France étaient nés. Tout oscillait entre l'intimité et la magnificence : les trumeaux à décors de palmiers autour de la cheminée, les peintures baroques au-dessus des portes, les voussures aux Vertus de la Reine, inscrites dans des cartouches. Des sculptures portant les armes de France et d'Autriche figuraient dans les angles. Au-dessus des miroirs, Marie-Antoinette avait fait exécuter des portraits de sa mère, de son frère Joseph et de Louis XVI. Une tenture en gros de Tours et le somptueux lit à l'impériale complétaient le tableau.

Pour le reste, c'était le foutoir.

— Formidable, n'est-ce pas ? C'est formidable.

La première chose que vit Pietro ne fut ni les fresques, ni les trumeaux, mais une paire de ciseaux. Un énergumène échevelé jonglait de l'instrument dans des cliquetis répétés ; il posait ensuite son instrument pour ajuster de la gaze sur une perruque de démonstration. C'était Léonard, l'indescriptible Léonard au peigne volant, premier coiffeur-perruquier de la reine, fin bretteur aux ciseaux d'argent, spécialiste de la pose de poufs de gaze, don Quichotte de la boucle, pourfendeur des épis rebelles et prince de la pantalonnade capillaire.

C'est que ce Léonard, à défaut d'être Vinci, avait un talent inouï pour la pose de perruque et les poudrages en tous genres. Jadis, le Roi-Soleil n'avait pas eu pour seuls problèmes sa célèbre fistule anale, bistourisée en 1685, et cette partie du palais de la bouche qu'on lui avait arrachée en 1686, l'obligeant à sucer des pastilles contre la mauvaise haleine. Il avait aussi été chauve à trente-cinq ans ; les perruques avaient envahi la Cour. Après les immenses perruques à « l'in-folio », cadenettes et catogans, dont Viravolta était friand, avaient donné le ton. Les dames avec leurs fontanges et leurs fameux poufs n'étaient pas en reste. Au bonheur du cheveu s'ajoutait le bonheur du fard : chacun y allait de son blanc de céruse sur le visage, y ajoutant du bleu pour faire ressortir les veines et la pâleur de la peau, du noir sur les yeux, et du rouge sur la bouche et les joues ; sans oublier les mouches de taffetas. Depuis quelque temps, deux complices s'étaient joints aux mascarades de la Bertin : le coiffeur Léonard, mais aussi... le parfumeur Jean-Louis Fargeon qui, après l'exil de la Du Barry, avait gagné la souveraine grâce à des gants parfumés qu'elle utilisait pour ses promenades à cheval, et un *bain de modestie*, préparation transmise à la baigneuse en chef, pour son hygiène régulière.

Autour de la reine, le triangle Léonard-Bertin-Fargeon faisait désormais des étincelles.

Là, devant Pietro, au milieu de ses chapeaux, cartons et boîtes à chaussures, d'une fontaine de macarons et de mignardises à demi dévorées, fraîche comme une rose, se tenait Marie-Antoinette. Elle leva ses yeux limpides en direction du Vénitien sitôt qu'il fut entré.

— Ah! dit-elle de sa voix claire, vous voilà, monsieur de Lansalt!

Pietro s'inclina.

— Majesté.

— Je suis bien contente de vous voir. Vous pardonnerez le désordre! Mlle Bertin vient de nous quitter. Cette femme a une imagination insensée.

— Certes, dit Pietro.

— Alors, monsieur de Lansalt, que devenez-vous? Toujours à courir les affaires étrangères, et celles de la police? Je leur en veux un peu; elles me privent de votre compagnie. Il y a un moment que je ne vous ai vu aux alentours, à veiller sur moi. Vous savez que cela me rassure. Je n'ai pas oublié, savez-vous, comment vous avez été l'ange gardien de la Dauphine que j'étais, à mon arrivée.

— Que Votre Majesté me pardonne à son tour. Mais croyez-moi, il ne se passe pas un jour sans que je travaille à revenir dans votre cercle!

— Au moins ai-je la chance de voir votre épouse quand nous faisons appartement. Elle rit à me dire que vous ne cessez de courir ici et là. Vous êtes un peu agité, monsieur de Lansalt.

Anna. Elle n'en ratait pas une.

— Je vous remercie, oui.

Marie-Antoinette lui sourit, et ce sourire était sincère. Il savait qu'il lui plaisait. Il sembla à Pietro qu'elle s'était légèrement potelée ; mais elle conservait cette grâce extraordinaire dans le port de tête et ses manières caressantes, cette peau si diaphane qu'on pouvait la comparer à de la porcelaine. Un doux parfum d'iris, œuvre de Fargeon sans doute, émanait d'elle. Elle portait une robe à paniers aux reflets argentés, de toute beauté, serrée à la ceinture par un simple ruban de soie bleue. Elle avait déjà mis son rouge, était fardée, poudrée et à peu près coiffée. Pietro sourit.

Allons ! Il était tout de même devant la reine de France.

— Pardon, dit-elle en s'adressant cette fois à Léonard. Mais je dois m'entretenir une seconde avec M. de Lansalt. Vous pouvez rester. J'aime beaucoup ce que vous proposez là ; mais le ruban ne serait-il pas plus joli en bleu ciel ? Il faudrait aussi voir avec M. Fargeon s'il peut trouver quelque petit parfum qui irait joliment avec ce mouchoir.

— Oui, oui, Majesté, quelle excellente idée.

— Monsieur de Lansalt, venez donc, approchez-vous.

Elle virevolta devant lui et fouilla dans ses cartons ; pendant ce temps, le Vénitien continuait de prendre la mesure du chaos. Sur un buffet, il avisa une multitude de flacons de parfum ornés de fruits ou de miniatures mythologiques et pastorales, liserées de maximes telles *L'amour passe, l'amitié reste* ou *Je suis fidèle* ; certains composaient des rébus, comme cette femme troussant ses jupes pour chercher une puce sur sa jarretière accompagnée d'un commentaire un tantinet grivois : *Son sort j'envie.* A portée de main se trouvaient des flacons décorés de camées, des nécessaires en peau de squale, et le fameux trousseau de la reine. Les vêtements souffraient de la même surabondance, douze grands habits d'hiver, autant de robes fantaisie, de robes riches à paniers, sans compter percales et mousselines. Cette débauche commençait à valoir à la reine une réputation de dépensière, et à prendre une tournure politique. On ne voyait guère d'un bon œil que l'Autrichienne se comportât davantage en icône de mode qu'en reine soucieuse des Français. Sa frivolité était jugée dangereuse pour les caisses du royaume. Turgot avait confié à Viravolta que la Maison de la Reine en était déjà à un déficit de 300 000 livres, alors qu'on avait doublé le montant de sa cassette quelques mois plus tôt – ce qui obligeait déjà à recourir aux fonds de la Maison du Roi.

Ces gaspillages étaient une réalité, mais la reine n'était pas seule en cause ; dès son arrivée, Turgot avait décidé de coupes franches dans le budget, en commençant par l'Extraordinaire de la Bouche, des centaines de plats préparés inutilement pour les repas royaux. Les gaspillages de la Cour étaient critiqués depuis des lustres, et l'image d'un Louis XV capricieux, entretenant ses catins du Parc-aux-Cerfs puis la Du Barry, n'avait rien arrangé. Si les comptes de l'Etat n'étaient pas publics, les fantasmes s'en trouvaient démultipliés : on s'imaginait, et pas toujours à tort, des dépenses délirantes, qu'alimentaient les rêves les plus fous. Cela risquait fort de ne pas s'améliorer, puisque Marie-Antoinette venait de recevoir en cadeau de son époux le joli château de Trianon, et qu'elle s'était mise en tête d'aménager son petit jardin anglo-chinois.

— Regardez, monsieur de Lansalt, dit la reine. Il y a parmi ces trésors quelque chose qui devrait vous intéresser.

Elle sortit du fatras une boîte en carton.

Pietro se tendit aussitôt.

Une initiale attira son attention. Un *F*, doré et en relief.

Pietro serra les dents.

— Quand l'avez-vous reçu ?

Marie-Antoinette lui décocha un sourire radieux.

— Hier soir. J'étais convaincu que c'était un cadeau de Mlle Bertin, mais celle-ci m'a assuré du contraire ; elle était d'ailleurs très mécontente de voir que quelqu'un s'était plu à l'imiter.

— Et dans cette boîte ?... dit Pietro, faisant mine de l'ouvrir.

— Faites, je vous en prie.

Il l'ouvrit. Un autre pouf se trouvait à l'intérieur.

C'est bien sa manière.

Ce pouf était cerné de fleurs d'une nature très particulière ; une chaumière rudimentaire était représentée sur la droite, avec un tel souci du détail qu'une bande de gaze figurait la fumée censée jaillir de la cheminée de la maison au toit de chaume, au milieu de trois panaches de plumes. Sur le seuil de cette porte, un insecte en tablier à carreaux ridicule semblait en grande conversation avec un autre, qui portait une guitare miniature. Chose curieuse, au-dessous de l'insecte à la guitare, jusque sur le bord du chapeau, on avait volontairement répandu des gouttes de mercure sombre, qui ressemblaient à du sang.

— Un mot l'accompagnait, dit Marie-Antoinette. Sans autre signature que cette initiale, *F*. Je l'ai montré à M. Sartine et à M. Vergennes qui m'ont immédiatement dit de vous en faire part.

— Ils ont bien fait, dit Pietro, sombre. Mais laissez-moi deviner...

Le mot était fiché dans le chapeau au milieu des fleurs, tel un faire-part de mauvais augure.

Pietro s'en saisit, luttant pour dominer sa colère.

Il l'ouvrit.

— Ainsi, il l'a écrite quand même, dit-il.

Il ajouta :

— Il n'aurait plus manqué, en effet, que ce fût là mon écriture.

Il secoua la tête.

LA CIGALE ET LA FOURMI
Livre I – Fable 1

La Cigale, ayant chanté
Tout l'été,
Se trouva fort dépourvue
Quand la bise fut venue.
Pas un seul petit morceau
De mouche ou de vermisseau.
Elle alla crier famine
Chez la Fourmi sa voisine,
La priant de lui prêter
Quelque grain pour subsister
Jusqu'à la saison nouvelle.
« Je vous paierai, lui dit-elle,
Avant l'oût, foi d'animal,
Intérêt et principal. »
La Fourmi n'est pas prêteuse ;
C'est là son moindre défaut.
« Que faisiez-vous au temps chaud ?
Dit-elle à cette emprunteuse.
— Nuit et jour à tout venant
Je chantais, ne vous déplaise.
— Vous chantiez ? j'en suis fort aise.
Eh bien ! dansez maintenant. »

*

C'est ainsi, ma reine d'or
Quand le soleil près du solstice rencontrera l'aurore
Vous aussi, vous danserez

F.

Il était de notoriété publique que Marie-Antoinette adorait les fleurs, particulièrement les jonquilles, les violettes, les lis et lilas – sans compter les roses, bien sûr. Pietro n'avait plus besoin de recourir aux services de Le Normand, le jardinier-philosophe, pour deviner la portée de ce nouveau message ; la rose et le lis, à nouveau ; la cytise pour la dissimulation ; l'achillée pour la guerre ; l'immortelle pour les regrets éternels ; et deux ou trois chrysanthèmes.

C'était le signal.

Mais cette histoire de solstice, de soleil et l'aurore ? Encore une de ces métaphores !

Le Fabuliste continue de vouloir tuer en Fables et en poésie !

C'est une indication... sur le moment. Mais quand ?

De nouveau la reine se tenait auprès de lui et levait vers Pietro ses grands yeux de faon.

— Dieu sait que j'ai lu des épigrammes et des poèmes m'inventant toutes sortes de caprices et d'histoires, parfois des plus obscènes. Nous connaissons une épidémie de chansons satiriques et, comme toujours, mes détracteurs m'accablent de tous les maux ! Mais cela...

Elle mit les poings sur ses hanches.

— ... Vous y comprenez quelque chose ? demanda la reine.

Pietro soupira.

Il murmura pour lui-même quelques jurons inaudibles.

— Je m'en charge, Votre Majesté.

The last of England

FORÊT DE SAINT-GERMAIN-EN-LAYE

Les émissaires du roi George retrouvèrent lord Stevens à l'orée de la forêt de Saint-Germain, ainsi qu'ils l'avaient prévu. Après leur retraite précipitée d'Herblay, Stevens et le Fabuliste avaient dû trouver un nouvel abri. Ils ne tarderaient pas à rassembler leurs troupes et à préparer leur départ pour Reims. Mais Stevens n'avait pu différer une entrevue avec deux espions envoyés par lord Stormont, inquiet quant à l'évolution de la situation depuis qu'il avait pu s'entretenir lui-même avec Charles de Broglie.

— *Les voilà,* murmura l'un des hommes de Stevens.

Seule une lune blafarde apparaissait de temps à autre. Deux des soldats de Stevens portaient des flambeaux. Le feuillage des arbres, sombre et touffu, s'agitait sous une bourrasque lugubre. La neige dessinait au milieu de ce gouffre des traînées de blancheur qui, écrasées par l'obscurité, prenaient des teintes grisâtres. Un rongeur égaré passa brièvement devant Stevens, levant son museau inquiet avant de disparaître.

Enfin, deux silhouettes encapuchonnées parurent à cheval. Les agents anglais descendirent de leurs montures.

— *Good evening, Sir. Secret service.*

Tous se saluèrent.

— Lord Stormont s'inquiète, vous le savez, des dispositions que vous prenez actuellement. Il agit sous l'autorité du roi, qui a été informé de la difficulté que nous avions à... évaluer votre stratégie. Il est sur le point de vous rappeler en Angleterre et, je dois vous le dire, cela dépendra de notre rapport.

Stevens se sentait la bouche pâteuse. Sans se démonter, il poursuivit :

— Soyez sans crainte. Je rentrerai en Angleterre bien assez tôt, et dans de telles conditions que le roi ne pourra qu'être satisfait de moi et de la mission qu'il m'a confiée.

Le deuxième émissaire s'avança d'un pas.

— C'était en d'autres temps et à d'autres conditions, Sir. *Well,* je pense que nous allons devoir vous parler plus franchement. Nous avons ordre d'examiner en détail la nature exacte de vos projets, en particulier de l'opération que vous avez intitulée *Party Time.* Nous aimerions savoir pourquoi vous avez choisi de vous retirer dans un manoir éloigné de Versailles, et dans quelles conditions vous avez dû quitter votre retraite. Nous avons pouvoir de vous relever de vos fonctions.

Stevens avait levé un sourcil en entendant la mention *Party Time.* Visiblement, personne n'avait compris. A présent, il ne put s'empêcher de rire.

— *Vous!* Vous, « vous avez pouvoir »! J'aimerais bien voir cela. Je n'ai aucun compte à vous rendre, ni à lord Stormont d'ailleurs. Quant à notre bon roi George, ne vous inquiétez pas de lui, je prépare un courrier dans lequel je m'explique en détail.

L'espion hocha la tête sous sa capuche.

— Ce n'est pas suffisant. Donnez-nous accès à vos documents ou je vous demanderai de nous suivre. Et vous serez relevé de toutes vos attributions.

Stevens hocha la tête à son tour.

— Dans ce cas... je crains que nous ne soyons dans une impasse.

Le premier espion porta la main au pommeau de son épée. Le second au pistolet à son flanc.

— Si vous voulez bien...

Les porteurs de flambeaux qui encadraient lord Stevens firent mine de tirer l'épée à leur tour. L'espion au pistolet fut plus rapide et, sortant son arme, la pointa dans leur direction.

— *Don't move.*

Un instant, tous se figèrent.

Les deux espions, les hommes de Stevens et Stevens lui-même formaient un cercle curieux à l'orée du bois. Puis l'Apôtre de la Grande Loge de Fer joignit les mains et regarda la boucle de ses chaussures, l'air soucieux.

— Mes amis... Je resterai, je resterai pourtant, je resterai fidèle, même si je dois être le dernier. *The last of England...*

C'était le signal. De derrière le rideau des arbres voisins, deux détonations claquèrent.

Les deux agents s'effondrèrent.

Le premier tomba raide mort ; l'autre eut quelques spasmes sur le sol, puis se figea.

Alors, sortant des bois, le tireur avança.

— Merci, dit lord Stevens.

Il répéta :

— Merci... *Saphir.*

Elle marchait vers lui. Chemisier, pantalons et bottes noirs, les cheveux noués en catogan, elle avait abandonné sa perruque. En revanche elle était toujours fardée. Une capeline recouvrait ses épaules. Son éventail était glissé à son flanc. Le saphir étincelait à son cou. Les motifs de son bustier bleu profond figuraient les ailes d'un insecte. Elle semblait un papillon sortant de sa chrysalide. Elle souffla sur le canon interminable des deux pistolets qu'elle tenait au bout de ses mains gantées, tout en avançant vers Stevens, ses bottes crissant sur la neige.

— *You're welcome,* dit-elle en s'arrêtant devant lui.

Stevens désigna les cadavres allongés sur la neige. Une tache sombre s'échappait lentement de leur crâne.

— Ne vous inquiétez pas pour eux. Je contacterai moi-même lord Stormont et nous mettrons cela sur le dos des services de Broglie. Ou bien nous feindrons de ne les avoir jamais vus.

Saphir fit la moue.

— Je doute que votre petit jeu dure très longtemps. Mais du moment que vous réglez la pension que vous me devez... Je m'en moque.

— Vos manœuvres pour vous couvrir au Procope n'ont pas été un franc succès non plus...

— Votre ami était censé en avoir fini avec Viravolta. Le reste aurait été un jeu d'enfant. J'ai été obligée d'agir en conséquence... pour ne pas me dévoiler.

Stevens eut un sourire carnassier.

— Vous n'étiez pas obligée de tuer une dizaine de nos hommes. Mais vous me plaisez, Saphir. Vous êtes une mercenaire comme je les aime.

— Le Secret sera bientôt dissous. Je n'ai plus rien à perdre... Je songe à me retirer chez vous. J'ai encore de nombreux amis à Londres.

Une autre voix jaillit des ténèbres.

— Finissons-en d'abord avec les affaires en cours.

Stevens et l'agent double tournèrent la tête.

Le Fabuliste franchit à son tour le rideau des arbres sur son destrier noir.

A cette heure tardive, il avait quitté son accoutrement de ténèbres.

Il avançait à visage découvert.

— Nous sommes embarqués, à présent. Nous avons atteint le point de non-retour. Ne vous perdez pas en conjectures inutiles... et concentrons-nous sur ce qui nous attend.

Stevens considéra son allié avec cette admiration mêlée d'ironie qu'il avait toujours éprouvée à son égard. Le Fabuliste devait avoir quarante ans. Une voix claire ou sombre, selon les émotions qui passaient sur son front. Un regard qui, malgré un calme apparent, trahissait ses tempêtes intérieures. Une chevelure semée de boucles noires. Sa bouche paraissait sans cesse contrariée d'un pli de colère, qui accentuait les fossettes sur ses joues. L'ombre au creux de celles-ci, les quelques rides au-dessus de ses sourcils, les cernes que dissimulait la poudre étaient comme les vestiges de l'âpreté de son enfance; mais aussi de ces années passées à comprendre le pouvoir, étudier les moindres recoins de Versailles, tisser ses relations avec les transfuges du Secret ou les espions anglais, à mesure qu'il mûrissait sa vengeance. Il n'était ni beau, ni laid; mais, ainsi monté sur son cheval, son ample cape tombant derrière lui, il donnait une impression de majesté en même temps qu'il inspirait une sourde terreur. Il était totalement incontrôlable.

Stevens n'avait jamais pu percer le mystère de cet homme. L'enquête qu'il avait menée à son sujet s'était perdue dans les méandres des cercles jansénistes de la paroisse de Saint-Médard que fréquentait son mentor, le premier Fabuliste, l'abbé Jacques de Marsille. Stevens n'avait pu en savoir plus. Il s'interrogeait encore sur la haine tenace que le Fabuliste éprouvait pour toute la terre – à commencer par Viravolta, pour lequel, au moins, il avait une explication : il était l'assassin de l'abbé. Peu importe, se disait Stevens : le Fabuliste servait ses fins. Lorsqu'ils avaient conclu leur pacte, à Londres, Stevens avait reconnu en lui cette intelligence fulgurante qui, depuis, faisait des étincelles – mais était également source de risques. Stevens avait mesuré sa folie – le soin méticuleux avec lequel il dépeçait des animaux pour les empailler ; la bestialité de son ancien serviteur, le bossu Etienne ; cet amour raffiné et pervers pour des Fables destinées à l'éducation des enfants, que Stevens avait toujours trouvé aussi sophistiqué que dérangé.

Ensemble, ils avaient recruté Saphir, agent du Secret, contact idéal pour obtenir des informations sur le comte de Broglie et son réseau, mais aussi pour avoir accès à certains dossiers confidentiels. Cette entrevue dans les bois n'était pas seulement destinée à recevoir les émissaires anglais.

— J'ai pris beaucoup de risques, dit Saphir. Je crois qu'il est temps, maintenant, de me donner ce que je mérite.

Elle s'avançait vers le Fabuliste, poings sur les hanches. Elle avait rangé ses pistolets.

Stevens et le Fabuliste se regardèrent.

— En effet, dit le Fabuliste.

Il sortit son arme sans hésiter.

Il y eut une brève étincelle, une détonation, un nuage de poudre.

— Voilà.

Saphir resta debout un instant, la bouche agrandie de stupeur, les yeux étonnés en même temps qu'elle comprenait. De l'étoile à son front jaillit le sang.

— Après tout, dit le Fabuliste, vous avez oublié un détail.

Il sourit.

— *Vous êtes aussi un agent du Secret.*

Saphir chancela et s'effondra.

Stevens, le Fabuliste à cheval et leurs hommes de main restèrent autour des trois cadavres, trinité maudite.

— Elle devenait trop dangereuse... et trop exigeante, dit Stevens.

— Elle aura bien servi.

— Pas assez à mon goût.

Stevens regarda son allié. Le Fabuliste avait l'air soucieux.
— C'est ennuyeux...
— Quoi donc ?
— Je n'ai pas prévu de Fable pour elle.
Il se grattait le menton.
— C'est que... je n'étais pas sûr de la tuer.
Stevens le considéra sans rien répliquer.
— *Nobody's perfect.*

Stevens finit par tourner les talons.
Il désigna du menton les cadavres à ses hommes de main.
— Fouillez-les tous les trois et enterrez-les.
Puis il sourit et se tourna vers son allié.
— Mon cher, je vous retrouve au manoir. Nous partirons pour Reims demain.
Et il s'en fut.
Le Fabuliste se tourna vers la forêt. Il eut un dernier regard pour Saphir, les yeux révulsés, la bouche entrouverte, qui fixait un ciel sans lune. Il essaya d'interpréter les dessins que faisait le sang sur la neige. Il se demanda ce que donnerait son cadavre, s'il l'empaillait.
Les hommes de Stevens emportèrent la dépouille.

Un vent glacial parcourut le front du Fabuliste ; une larme de froid courut sur sa paupière. *Toi aussi, Stevens,* songea-t-il, *lorsque tout sera fini... Il faudra que je me débarrasse de toi. Tu es encore plus fou que moi.*
La seule différence, c'est que tu ne le sais pas.
Puis il serra les dents, ses traits déformés par une colère nouvelle...
Et il reprit les rênes de sa monture.

La Martyre de Saint-Médard

ARCHIVES SECRÈTES, SOUS-SOLS DES AILES DES MINISTRES
PAROISSE ET CIMETIÈRE DE SAINT-MÉDARD, PARIS
SALON DE LA PAIX ET GALERIE DES GLACES, VERSAILLES

Oh non, c'est impossible...
L'illumination lui vint durant une insomnie.

Charles de Broglie était passé si près de la gloire... Son ennemi de toujours, le duc d'Aiguillon, était renvoyé à ses chères études. Avec Vergennes aux Affaires étrangères, le Secret comptait enfin l'un de ses agents dans le premier cercle du pouvoir. Broglie avait espéré le poste, il ne pouvait qu'en être jaloux ; au moins avait-il l'assurance de trouver un allié aux commandes de la politique extérieure française. Du Muy, à la Guerre, était un ami de longue date. Sartine également. La plupart des agents du Service tiraient leur épingle du jeu : Breteuil à Vienne, Durand ministre plénipotentiaire à Saint-Pétersbourg, Saint-Priest ambassadeur à Constantinople, c'en était vexant. Pendant ce temps, lui, Charles de Broglie, devait continuer de se justifier ! Encore se taisait-il, pour le bien du couple royal, sur l'enquête qu'il avait diligentée de son côté contre le Fabuliste et ses épigrammes mortelles, tout en ayant donné pour consigne à Viravolta d'en faire de même. Tout cela pour le bien de la Couronne ! Jusqu'où fallait-il pousser le dévouement ! Et malgré les bonnes nouvelles des nominations, les affaires du Service ne s'étaient guère arrangées. Le roi avait fini par récupérer les fameuses correspondances du Secret. Il jugeait ces lettres dangereuses. Deux fois, il avait demandé à Broglie, sans succès, la restitution des codes – le Chiffre. Il proposait de régler le paiement du mois de juin, après quoi le Cabinet Noir serait dissous. Ainsi, tout était consommé !

Louis XVI voulait enterrer le Secret.

Il exigeait maintenant la destruction de toutes les pièces ayant trait aux activités du Service, en échange de quoi la grâce de Charles serait effective. Pour ce dernier, la destruction des Archives était impensable. Celles-ci prouvaient qu'il avait agi avec l'*imprimatur* de Louis XV lui-même, et constituaient donc sa meilleure protection – comme d'ailleurs celle de tous ses agents. Elles représentaient en outre des informations précieuses pour l'Etat. Broglie avait proposé que Vergennes centralise l'ensemble des documents, et les fasse expertiser. Il tenait aussi à avertir personnellement ses agents de la fin de leur service, et à régler le problème de leurs pensions et traitements.

Tous les codes, enfin, seraient remis à Vergennes pour destruction.

Entre-temps, Louis XVI avait pris connaissance de nouveaux dossiers attestant de la fidélité de Broglie au royaume. Il s'était montré plus conciliant. La commission d'étude des Archives avait vu le jour, composée de Vergennes et de du Muy, ce qui favorisait Charles. La question du traitement des agents ne pouvant attendre, on avait enfin dressé, pour l'occasion, la liste de leurs noms – du moins, de tous ceux qui étaient encore actifs. Le roi avait signé cette liste le 10 septembre pour entériner le règlement des rétributions. Mokronowski, patriote polonais, recevrait vingt mille livres par an. Durand, La Rozière, Dubois-Martin, six mille. Saint-Priest, Les Chrétien père et fils, Favier, Drouet et quelques autres toucheraient eux aussi des pensions satisfaisantes. Mention spéciale pour Viravolta, dit l'Orchidée Noire, dix mille livres. D'Eon était mieux loti encore, avec douze mille livres ; pourtant, il commençait de ruer dans les brancards. Saphir était au bas de la liste. Quant à ce sieur de Beaumarchais, reparti à Londres, il...

Le détail décisif lui revint à cet instant.

Fouillez de nouveau les anciens dossiers, lui avait dit Viravolta lors de leur entrevue dans les jardins. *Réouvrez l'enquête de Saint-Médard.* Charles ne l'avait pas attendu pour le faire. Mais l'Orchidée Noire avait eu raison d'insister. Peut-être Broglie avait-il oublié quelque chose... Un vague, un lointain souvenir, qui remontait au temps où Viravolta avait écarté la menace du premier Fabuliste – au soir des noces de Marie-Antoinette...

Charles ouvrit subitement les yeux et se redressa dans sa chemise de nuit blanche.

Puis il s'habilla en toute hâte pour se rendre à Versailles.

Avant l'aube, il déboulait dans les Archives de la Maison du Roi, en profitant de l'amitié qu'avait pour lui Augustin Marienne.

Arrivé en sueur dans une des salles des Archives, aux sous-sols, Charles ôta son foulard et étala devant lui la pagaille de dossiers qu'il venait de se procurer. Il en prit un, l'ouvrit, le feuilleta, le repoussa. Il en saisit un deuxième, un troisième.

L'odeur de vos bouquets me fit croire un moment
Qu'ils étaient composés de mille-fleurs nouvelles,
J'ouvris votre panier avec empressement,
Je n'y vis que des immortelles.
A Marie.

Se pourrait-il que...

Il venait de le retrouver. Au milieu d'un dossier à couverture brune et sanglé de cuir, parmi les centaines de feuillets jaunis par le temps. Le détail. La phrase qui venait de le réveiller en sursaut, comme si son cerveau n'avait jamais cessé d'y travailler, sans même le savoir. Cette phrase perdue dans un océan de paperasserie...

C'est cela. Forcément.

Son doigt venait de s'arrêter sur la mention de l'un des rapports.

> Il semble que l'abbé Jacques de Marsille, qui s'est fait appeler le Fabuliste, fréquentait les cercles de jansénistes convulsionnaires de la paroisse de Saint-Médard. Il était réputé pour s'occuper activement des pauvres, des orphelins et des prostituées de sa paroisse, avec toutes les ambiguïtés que pouvait suggérer sa trouble situation, et bien qu'aucune preuve n'ait pu étayer les calomnies diversement portées à son endroit. Il a pu, en particulier, entretenir des relations avec une dénommée Marie Desarneaux, prostituée de Saint-Médard...

Charles avait la gorge sèche. Il porta une main à ses lèvres. Ses yeux s'agrandirent d'horreur à mesure qu'il saisissait l'étendue de la catastrophe.

Oh mon Dieu. . Oh mon Dieu...

*
* *

Il arriva dans la paroisse de Saint-Médard en toute hâte, et sous une pluie battante. Il s'était fait annoncer par l'un de ses indicateurs, qui avait facilement pris contact avec le curé et identifié celle qu'il cherchait. Broglie descendit du carrosse alors que le véhicule n'était pas même arrêté. Il passa sous le clocher. L'ombre de la petite église le recouvrait. Il aperçut le profil des gargouilles qui, gueule ouverte, toutes griffes dehors, semblaient prêtes à fondre sur lui. Un porche encombré d'apôtres et de livres sacrés dessinait en arches successives les froides circonvolutions d'un Purgatoire.

La paroisse dont l'abbé de Marsille avait brièvement eu la charge était célèbre pour une raison bien particulière. Dans le premier tiers du siècle s'y étaient produits de terribles événements. Guérisons miraculeuses et crises de dévotion se traduisant par des convulsions corporelles s'étaient déroulées autour de la tombe d'un diacre, dans le cimetière qui jouxtait l'église. Cet homme, François de Pâris, était mort en 1727. Adulé des pauvres, il avait le tort d'être un janséniste, membre actif du parti des « appelants ». Depuis la bulle *Unigenitus* du pape, les jansénistes étaient considérés comme hérétiques à la foi catholique, du fait de leurs thèses sur la grâce et la prédestination. La controverse avait débordé l'élite pour toucher le petit peuple, qui vénérait souvent le clergé janséniste pour sa droiture et sa charité. Sous la Régence, un parti d'évêques, de moines et de prêtres, soutenus par de nombreux laïcs, fit « appel » du texte d'*Unigenitus*, d'où le nom d'appelants donné aux rebelles. Plusieurs appels avaient été lancés en dix ans, donnant lieu à de multiples excommunications. François de Pâris avait été de chacun d'entre eux. A sa mort, il offrit par testament tous ses biens aux pauvres de Saint-Médard.

Des événements insolites se produisirent bientôt autour de son tombeau. On parlait de miracles. Le cimetière devint le lieu de rendez-vous d'une foule de scrofuleux et de paralytiques, qui venaient s'allonger sur sa tombe ou recueillir la terre qui l'entourait pour composer des emplâtres. L'archevêque de Paris condamna ces rassemblements et exigea la fin du culte des reliques. Vingt-trois curés parisiens lui adressèrent alors une requête qui attestait de quatre miracles pour lesquels ils disaient disposer de solides témoignages. L'Eglise resta sans réaction. La dévotion, alors, se radicalisa. Les rapports de la police du roi se firent alarmants. On disait les malades possédés par des forces indicibles. Les guérisons s'opéraient désormais sous la forme de convulsions, accompagnées de hurlements et de craquements d'os. Des jeunes filles s'abandonnaient à des hommes prompts à abuser d'elles. Les médecins du roi crièrent à l'imposture. Les autorités firent fermer le cimetière, mais des « cérémonies » se poursuivirent dans la clandestinité. Les spasmes devinrent supplice. La douleur des convulsionnaires était maintenant censée figurer la Passion du Christ. Les participants piétinaient, frappaient et étiraient les membres de leurs victimes, au nom de la grâce divine. Barres de fer, épées et lames tranchantes étaient désormais utilisées pour créer de nouveaux stigmates. Les jansénistes eux-mêmes, débordés par ce mouvement, se désolidarisaient de ces horreurs. Il ne resta bientôt que quelques communautés secrètes. L'indifférence ou la haine du clergé et des autorités les conduisirent au dernier des excès : l'identification au Christ par la reconstitution de calvaires et de crucifixions.

On n'en parlait plus guère aujourd'hui ; mais la police savait que, près d'un demi-siècle plus tard, tous les foyers de convulsionnaires n'étaient pas éteints. L'abbé de Marsille, successeur de François de Pâris, avait peut-être été du nombre. Renseignements pris, Charles savait que le curé de Saint-Médard s'appelait aujourd'hui Jean Morois – l'abbé Jean Morois.

Il frappa à la porte de la sacristie. Le prêtre lui ouvrit aussitôt. Septuagénaire élancé, les yeux dévorés de rides, Jean Morois flottait dans ses vêtements noirs. Charles lui montra le sceau royal qu'il utilisait depuis l'époque du Bien-Aimé.

Morois fit entrer le chef du Secret.

— Elle est là ? demanda Charles d'un air interrogatif.

— Elle vous attend.

Des aubes étaient suspendues contre un mur. Une bible et des papiers épars se trouvaient sur un bureau éclairé à la bougie. L'abbé ouvrit une porte, dans le fond de la sacristie. Elle communiquait avec un bâtiment situé derrière l'église. Sous un escalier, le prêtre écarta une tenture pour dévoiler une autre porte, et une série de marches qui descendaient vers les profondeurs. Ils s'y engagèrent. Ils débouchèrent dans une cave aux plafonds de pierre en croisées. L'endroit était aménagé comme un salon ; un divan profond s'y trouvait, ainsi qu'une bibliothèque, chargée de livres religieux et de traités de mystique. Un autre bureau et plusieurs chaises entouraient une table pourvue d'une vaisselle chiche. De nouvelles bougies étaient allumées. Sur la table étaient disposées deux tasses ainsi qu'un broc de tisane encore fumante. Non loin, comme si elle les attendait, une femme sans âge redressa la tête sitôt qu'elle les entendit entrer.

Charles s'aperçut aussitôt qu'elle était aveugle.

— C'est vous, Jean ?

— C'est moi, Marie. Je suis venu avec quelqu'un.

Charles détailla la vieille femme du regard. Ses yeux avaient été brûlés. Ses paupières semblaient cousues au fond des orbites, traversées d'excroissances de chair violette. Elle était aussi décharnée que l'abbé. Le châle qui entourait sa tête et ses épaules accentuait son air de sorcière échappée d'un conte pour enfants. Pourtant, son front, balayé ici et là de mèches grises, était doux et lumineux. Elle avait des bras très longs, et gardait les mains repliées sous ses aisselles. Elle se tenait assise là, telle une Parque dans son sanctuaire.

— Un envoyé de Versailles... qui enquête sur l'abbé de Marsille, reprit Morois.

— L'abbé... Mais il est mort il y a longtemps, dit la vieille.

— Vous le connaissiez, n'est-ce pas ? demanda Charles.

Lentement, la vieille dégagea ses mains. Broglie vit que celles-ci étaient atrocement abîmées. Elle avait deux trous profonds au milieu des paumes. *Des stigmates*, pensa Charles. Il se tourna vers Morois.

— Je reçois Marie depuis des années, confia le prêtre. Elle a longtemps été traquée par les autorités. Mais aujourd'hui comme hier, elle souffre. Toute sa famille est morte. Elle n'a jamais cherché que le repos de l'âme... Elle a cru jadis pouvoir le trouver dans le pire des tourments. Elle était... avec *eux*. C'était une convulsionnaire. Elle a connu Jacques de Marsille, mais aussi François de Pâris.

Il se dégageait d'elle une aura de souffrance presque mystique, et quelque chose de mortifère, comme si elle était déjà à moitié dans l'autre monde. Elle avait, ainsi, participé à ces cérémonies clandestines, ces supplices infligés à la chair pour mieux s'offrir au Christ et se rapprocher de lui dans la souffrance. Elle était allée au bout du chemin.

— Voilà un joli portrait, dit Marie Desarneaux avec un petit rire. N'oubliez pas, Jean, qu'il me reste une oreille fine. Mais le silence de votre invité est éloquent... Auriez-vous vu Dieu, ou le Diable ? Nous nous sommes trompés, mon ami. Oh oui, bien trompés. Mais voyez, de ce dolorisme, de ce goût de la souffrance et de la mort, je garde *cela*.

Elle écarta les bras devant lui, montrant ses paumes trouées au bout de ses longs bras.

— Les traces de notre folie. Nous, les possédés de Dieu. Oui ! J'ai été l'une de celles que l'on battait à mort et qui se soulevaient, se tordaient dans des spasmes et des convulsions. J'ai été une martyre volontaire. J'ai été crucifiée.

Elle rit encore.

— Pas *complètement,* bien sûr.

Son rire se prolongea. Charles, la bouche sèche, répéta :

— Vous avez connu l'abbé de Marsille ?

Il attrapa une chaise et s'assit en face d'elle.

— Oh oui... Et le diacre avant lui. Tous les deux étaient de saints hommes. Ils s'étaient rencontrés, attendez... Ce devait être vers 1730. Il y a quarante ans !

Elle leva le visage.

— Marsille était au séminaire à l'époque... Lui et le diacre soutenaient les appelants. C'était plus difficile pour Jacques. Il était jeune... Il avait tout à faire dans l'Eglise... Il était tenu au secret, et la situation était difficile depuis l'*Unigenitus*... Il ne pouvait se faire renvoyer ou excommunier par son évêque, vous comprenez... Mais lui et François avaient les mêmes idées. Et la même charité. Jacques était révulsé par l'injustice. Quand je dis révulsé, c'était bien cela. C'était physique. Le diacre avait coutume de lui confier... des secrets.

— Des secrets ? Quels secrets ?

Les lèvres craquelées de la vieille s'étirèrent. Plusieurs dents lui manquaient.

— Que sais-je ? Des secrets de confession. D'alchimie, peut-être ? Est-ce cela que vous souhaiteriez entendre ? Non, mon ami, pas de magie noire, pas de sabbat ésotérique ! Juste de véritables hommes de Dieu, que même leur Eglise a voulu éliminer...

Charles se pencha.

— Savez-vous que Jacques de Marsille a voulu attenter à la vie de la Dauphine, à son arrivée en France ?

Elle eut un geste de déni.

— Ridicule. Mon ami, c'est ce qu'on a voulu faire croire.

On a dit qu'il avait critiqué Marie-Thérèse en chaire au moment de la curée polonaise. En vérité, il ne voulait que parler ! Parler au roi. Il rêvait ! Ce qu'il voulait, c'était une *audience*. C'était être entendu ! On a voulu le tuer parce qu'il savait la vérité.

— *Quelle vérité ?*

Toujours ce sourire tordu. Mais ici, la vieille hésitait.

— Quelle vérité ? insista Broglie. Vous et l'abbé... Aviez-vous... des relations ?

Elle rit encore curieusement – c'était presque un gloussement.

— Avec Jacques ? Non... Pas avec *lui*.

La vieille fit une pause, se refermant sur elle-même, comme si elle replongeait des années en arrière. Elle reprit, songeuse :

— De même qu'il ne participait pas à nos cérémonies. Jacques a assisté à l'un des rites clandestins. Il nous a vus nous tordre de douleur. Il était janséniste, oui. Mais il n'était pas d'accord avec nous. Ce que nous faisions, mes amis et moi, l'épouvantait... Il est parti, pâle et bouleversé. Je m'en souviens. C'est même l'une des dernières choses que j'ai vues. C'était le soir où l'on m'a brûlé les yeux.

Depuis le début de l'entretien, Charles se sentait terriblement mal à l'aise.

— Les yeux... Mais pourquoi ?

— Quand je vous disais que nous allions parfois trop loin. Mais parce que je n'étais pas *digne* de voir en face le Tout-Puissant !

Elle avait dit cela avec une pointe de regret, et un reste de ce qui avait dû être sa folie d'autrefois. Charles se passa une main sur le front. Il avait compris – il *savait* déjà. Mais il voulait l'entendre de la bouche de cette folle. Il voulait la preuve.

— Pourquoi ?

Ses lèvres tremblaient. Elle hésitait encore.

— Parce que...

— Pourquoi, Marie, pourquoi n'étiez-vous pas digne de voir le Seigneur ?

— Parce que j'avais abandonné mon enfant !

Broglie la laissa continuer. C'était maintenant une logorrhée. La voix de la vieille était brisée.

— Ils m'ont *forcée* à le faire ! Ils voulaient me l'arracher, ou le tuer ! Alors je l'ai éloigné... Je l'ai confié... à une nourrice ! Une brute inculte, qui élevait d'autres enfants, à dix lieues de Paris... Elle le maltraitait, je le savais. Les autres enfants aussi le battaient. Elle se moquait de lui, l'appelait son petit prince... Et elle se moquait de moi ! Jacques nous a sauvés. C'est lui qui l'a recueilli, et élevé. Moi, j'étais pourchassée. J'ai fui...

— Mais savez-vous où est votre fils ? Savez-vous ce qu'il fait aujourd'hui ?

De nouveau elle redressa le visage. Ses traits s'étaient figés, et elle mit quelques secondes avant de répondre.

— Parce qu'il est *vivant* ?

Charles porta une main à ses lèvres.

Oh mon Dieu... Oh mon Dieu...

Une grosse boule roula dans sa gorge.

— Non... Non, Marie... Mais...

Il se pencha et lui prit doucement les mains.

— Dites-moi. Marie... que faisiez-vous *avant* ? Avant de rejoindre les rangs des convulsionnaires ?

— Ce que je faisais ? Je me vendais, monsieur ! dit-elle dans une exclamation étranglée.

Elle se pencha à son tour, Broglie crut que ses os allaient craquer. Les mains de Charles étaient chaudes et moites ; celles de la convulsionnaire, glacées.

— Une catin, voilà ce que j'étais ! Je logeais avec ma mère mourante et mes deux sœurs... Plusieurs fois, un homme s'est présenté chez moi. J'étais belle et désirable, en ce temps-là... Il m'emmenait.

— Où cela ? Où vous emmenait-il ?

— Au Parc-aux-Cerfs, dit-elle en riant encore, d'un rire de folle cette fois. *Au Parc-aux-Cerfs !*

Charles se tut, livide. Les mots de la vieille femme le poursuivaient, résonnaient dans sa tête, et elle n'en finissait plus de rire.

Lentement, le chef du Secret sortit alors le petit objet qu'il avait apporté avec lui.

Dans la paume trouée et décharnée de la vieille femme, il glissa l'étui.

— Qu'est-ce que c'est ? demanda-t-elle.

— Un souvenir.

Elle l'ouvrit. Sa main s'arrêta sur une boucle de cheveux, et un billet qu'elle ne pouvait plus déchiffrer. Quelques instants, les rides sur son front s'accentuèrent ; elle fronça les sourcils, continuant de caresser le billet, comme si elle fouillait dans sa mémoire...

Alors, son visage s'éclaira ; puis il se rembrunit aussitôt.

Et elle pleura. Mais ses sanglots étaient secs, dévorés par l'abîme de ses orbites momifiées, au fond de cratères éteints.

Juste avant de s'enfuir, aussi vite qu'il était venu, Charles fut arrêté par l'abbé.

Le curé le regarda d'un air sombre.

— Vous devriez aller vous recueillir.

— Je n'ai pas de temps à perdre, l'abbé.

Morois retint fermement le chef du Secret par le bras.

— Non, non. *Vous devriez aller vous recueillir.*

Charles releva vers le curé un regard surpris.

— Ou cela ? demanda-t-il.

Morois se contenta de pointer un index tremblant au-dessus de lui.

Charles se tenait au cœur du cimetière de Saint-Médard.

Une pluie noire tombait de nouveau.

Les stèles se découpaient en taches mornes sur la terre humide. Des croix inclinées tantôt à droite, tantôt à gauche, paraissaient battre la mesure d'un temps d'outre-monde. Ici et là, la bouche d'un caveau, fermé d'une grille et d'un cadenas grinçants, bâillait de désolation. Des escaliers de pierre disparaissaient dans les profondeurs des mausolées, ouvrant peut-être sur quelque catacombe parisienne. Le vent hululait entre les tombeaux. Il n'y avait guère à forcer son imagination pour deviner, au milieu de ces épitaphes, les cortèges des danses macabres du Moyen Age, et l'ombre de squelettes, de pendus, de fantômes ou d'écorchés vifs agitant leurs ostensoirs.

C'est ahurissant, se dit Charles. *Ahurissant.*

Devant Charles se trouvait la tombe de l'abbé de Marsille. Après sa mort, son corps avait été restitué à sa paroisse. Il avait été enseveli ici. A deux pas de l'endroit où reposait aussi le diacre François de Pâris ; là où avaient commencé les miracles, guérisons miraculeuses et autres convulsions. Charles regarda la stèle branlante.

CI-GÎT
JACQUES DE MARSILLE
1715 – 1770
SES PAROISSIENS RECONNAISSANTS

Des gouttes de pluie dégoulinaient sur ses paupières...

Il s'aperçut soudain que la tombe était fleurie.

Fleurie de fleurs fraîches.

Au milieu d'elles, un oiseau se tenait, immobile.

Charles cilla et se pencha. L'oiseau ne bougea pas. Il était... empaillé.

Charles le ramassa, le considéra longtemps, puis le remit en place.

L'oiseau avait été déposé là, comme en offrande...

Il revient ici, de temps en temps, se dit-il.

C'est lui qui revient fleurir la tombe.

*

* *

Dans les profondeurs de l'aile des Ministres, Augustin Marienne avait étalé sur son bureau les plans rapportés par Viravolta de son expédition à Herblay.

Depuis des mois, il s'efforçait de reconstituer le puzzle. Il étudiait de concert les deux catégories de plans et essayait de les comprendre. Etaient-ils liés, ou non ? Et cette formule énigmatique – *PARTY TIME* – que signifiait-elle ? Le comte de Broglie avait pensé à un plan d'invasion des côtes françaises, réplique en quelque sorte du projet de débarquement du Secret en Angleterre. Si ce projet existait peut-être quelque part, il n'en était pas question ici. Non, c'était autre chose. Mais ces formules savantes, ces distances, ces angles, ces calculs... que pouvaient-ils vouloir dire ? Dans l'une des catégories de plans, Augustin se perdait comme une souris dans un labyrinthe de lignes horizontales et de verticales, aboutissant à des ronds anonymes et autres figures géométriques ; les autres documents, à moitié noircis après que l'encre eut elle-même dégouliné, isolaient des formules chimiques absconses. Augustin était parvenu à en recomposer certains éléments. Il avait trouvé des allusions aux antiques travaux d'Anaxagore de Clazomènes, et sollicité le concours de quelques membres de l'Académie des Sciences, sans lever le voile sur l'urgence qui guidait sa démarche.

Il s'était adressé en particulier à ce chimiste de ses amis, Antoine Lavoisier, qui servait à l'administration royale des poudres. Ses travaux sur les améliorations dans la production de ladite poudre avaient déjà servi à Viravolta, aux agents du Secret et aux membres de la garde, sans même que ceux-ci ne fussent au fait du détail de ces innovations. Mais les centres d'intérêt du chimiste le rapprochaient fatalement du responsable des Inventions de la Maison du Roi ; et, de son côté, Augustin se tenait informé du moindre résultat des recherches modernes. Il savait que Lavoisier s'intéressait aussi de près au phénomène de la combustion et ne cachait pas son scepticisme envers la théorie traditionnelle selon laquelle les matériaux, en brûlant, relâchaient une prétendue substance appelée phlogistique. Non sans audace, il s'évertuait aujourd'hui à contruire une théorie alternative.

C'était Lavoisier qui, considérant certains des éléments issus des plans isolés par Augustin, l'avait mis sur la voie.

— Ici, et ici... Si vous complétez les symboles... C'est du soufre dont il s'agit, avait-il dit sans hésiter.

Mais tout cela restait encore mystérieux.

Augustin entoura de sa plume la mention qu'il venait de reconstituer.

Il remit ses binocles sur son nez.

Du soufre. Ici, du naphte.

Il se redressa, la bouche à demi ouverte, l'air inquiet.

Et cela... le « Liber ignium ad comburendos hoste »...

Mais Seigneur, de quoi s'agit-il ?

*
* *

Au moment même où Augustin Marienne se perdait dans ces formules savantes, Charles de Broglie donnait à un garçon de confiance le soin de transmettre sa découverte à

Viravolta. Broglie avait rencontré Marie ; Pietro, lui, venait de prendre congé de la reine et se tenait de nouveau dans le Salon de la Paix.

Lui aussi avait été prévenu de la fin du Secret. Il avait reçu quelque temps plus tôt une lettre de Charles l'informant, en chiffres, des dernières évolutions, comme en hommage au bon vieux temps. *Le nouvel avocat général* – l'avocat général, c'était ainsi que l'on appelait feu Louis XV dans les correspondances du Secret – *m'a informé qu'il ne souhaitait pas voir se poursuivre les activités du Service. Conformément aux dispositions prises et aux procès instruits par vous en notre cause, le montant de la pension vous concernant a été fixé à dix mille livres annuelles.* Viravolta s'y attendait depuis un moment ; mais pas plus que les autres, il ne pouvait tirer un trait sur tant d'années d'activité. Le Secret, terminé ? On fermait la boutique ? Lui faudrait-il retourner en Italie ? Pas sûr. Pietro lisait aussi entre les lignes. Peut-être le Secret ne mourrait-il pas complètement. Les affaires de la France ne s'arrêtaient pas pour autant, et l'espionnage avait de beaux jours devant lui... Charles avait ajouté un post-scriptum : *Vous savez qu'il nous reste une dernière mission à accomplir pour le bien de la Maison. Je n'ai pas avisé le nouvel avocat général des détails de notre cas pour ne pas l'alarmer. Il nous incombe toutefois de ne pas perdre de vue la menace qui pèse sur nous. Sauvez le Service et nos grands magistrats.*

Considérez que cela sera votre dernier procès.

C'était parfaitement clair.

Pietro reçut la visite du valet portant un second message du comte de Broglie alors que, dans la Galerie des Glaces, débutait un nouveau cérémonial.

Après la toilette, les hommages et la messe du matin, le couple royal avait coutume de passer au milieu de la haie des courtisans, le long de la Grande Galerie. C'était à cette occasion que chacun guettait un regard, un sourire, un mot qui témoignerait que l'on était en faveur. Pietro se mit en retrait, derrière les portes que Louis XVI et son épouse venaient de franchir. Ils marchaient avec grâce au milieu du parterre. Au loin, Pietro crut reconnaître le visage du parfumeur Jean-Louis Fargeon, qui souriait en s'inclinant devant Marie-Antoinette.

Le valet, muni d'une coupelle d'argent, venait de se frayer un chemin jusqu'à Viravolta.

— De la part du Gouverneur.

Pietro se saisit du message. Il l'ouvrit pour découvrir l'écriture serrée et fiévreuse du comte de Broglie.

Il lut seulement :

Tenez-vous bien. Le Fabuliste est le fils de l'avocat général.

— Quoi ? s'exclama Viravolta.

Sa voix avait tonné, claire et forte ; et bientôt tout s'agença dans son esprit.

Pietro, hébété, se tourna vers Louis XVI et Marie-Antoinette. Il regarda le couple passer sous les lustres, entre les miroirs et les lambris d'or, dans cette Galerie des Glaces aux mille reflets et aux grandes fenêtres traversées de lumière, sous un soleil doré.

Le fils d'un roi... Une menace pour le trône...

Tout à coup, il comprit.

Partout dans Versailles l'on voyait la figure du Soleil ; l'emblème dont le Grand Roi s'était servi dans un Carrousel qui jadis avait été magnifique et fort galant, l'insigne qu'il avait fait sien, car ce Prince ne pouvait être que la lumière du monde, et il se donnait à la France pour la combler de gloire. Louis XVI avait songé aux préparatifs du Sacre dès qu'il était monté sur le trône. Déjà, en mai de l'année passée, il avait commandé plusieurs projets de cérémonie à l'intendant des Menus-Plaisirs et aux Premiers Gentilshommes. Il avait tranché en décembre, pour un coût de 760 000 livres. Le Sacre aurait lieu à Reims, comme c'était la tradition dans la monarchie française. On avait choisi la date du 11 juin 1775, tout près du solstice d'été, le jour le plus long de l'année.

Pietro se saisit du billet adressé à Marie-Antoinette où, en plus de *La Cigale et la Fourmi*, figurait l'avertissement énigmatique du Fabuliste.

Et quand le soleil près du solstice rencontrera l'aurore
Vous aussi, vous danserez.

Bien sûr.

Le Roi descendant du Soleil. Le solstice. La nouvelle aurore.

Le Sacre.

Un coup d'éclat.

Le Fabuliste frapperait ce jour-là.

*
* *

Charles de Broglie alors se déchaîna; il fallait reprendre l'initiative. On fit tout pour exploiter les nouvelles pistes. Il convoqua les mouches et les indicateurs, les dissémina autour de Saint-Médard, les envoya flairer les anciens cercles de convulsionnaires et les jansénistes tourmentés. Une rafle fut organisée dans les bas-fonds de Paris, vaste coup de filet préparé par Broglie et le lieutenant général de police. Dans les ruelles et les faubourgs, les auberges et les maisons closes, on arrêta des agitateurs et des prostituées, deux marquises empoisonneuses, et même un cuisinier et un fontainier du roi qui officiaient à Versailles même. Viravolta fut de la traque ; il débarquait sans crier gare, encadré d'officiers de police obligeamment dépêchés par Sartine, dans les cafés et les gargotes, sous les combles de vieux hôtels et dans les caves de tous ceux qui pouvaient avoir des comptes à régler avec la monarchie – et ils étaient très, très nombreux. En bas, on draguait la fange, tout ce que Paris pouvait avoir de tortueux et de misérable ; en haut, on fixait les réseaux anglais, Broglie secouait la branche britannique, incitant Vergennes à convoquer lord Stormont pour exiger de lui des explications. Le comte se lançait aux trousses de Stevens. On emmena pour interrogatoire des sujets de George III prétendument en villégiature en France ; on fureta parmi les salles d'armes et les cercles de jeu, on reprit tous les dossiers et les fichiers, on cueillit les évadés, on traqua les contacts et les autres anciennes maîtresses de Louis XV – jusqu'à la Du Barry retirée au couvent ! Dans les alcôves et les jardins versaillais, on fit circuler les espions, les informations et les rumeurs. Le Secret, pourtant à l'agonie, se déploya en usant jusqu'au bout de son poids et de la puissance de ses trente ans d'activité occulte – peut-être pour la dernière fois, comme si la bête, blessée à mort, jetait dans cette mission ultime toute la force de son histoire et de son autorité.

Le Sacre approchait.

ACTE IV

Party Time

Nous faisons apprendre les Fables aux enfants, mais que ne rappelons-nous leur existence à nos ministres? Elles s'appliquent à la conduite des Etats, à la gestion des finances publiques comme à la conduite de la vie. Que d'erreurs, parfois fatales, seraient évitées, si leurs conseils étaient suivis!... Les mauvais tours que se jouent entre eux le loup et le renard, sans parler du singe et du chat, sont de pratique courante entre les Etats : leur langage, leurs procédés, leurs intrigues, leurs arguments ont, aujourd'hui, je ne sais quel relent des temps mérovingiens. L'homme ne vaut donc pas mieux que les animaux de la fable, il vaut même moins, car il parle davantage.

ANDRÉ SIEGFRIED,
La Fontaine, Machiavel français.

Dans le carrosse royal

ROUTE DE REIMS

La pompe, qui, en ce mois de juin, présidait à la préparation du sacre royal, ne rappelait que trop au pauvre Louis les fastes de son mariage, et laissait présager à son endroit les plus grandes rigueurs protocolaires.

Le pays s'y préparait depuis six mois, si bien qu'à chacune des étapes du voyage du monarque, la liesse se déchaîna. Louis XVI, retranché dans sa berline, ne pouvait contempler la cohue sur son passage sans dissimuler son inquiétude derrière des sourires de circonstance. Il se tenait nerveusement les mains. Jusque-là il avait gouverné sans l'onction divine; mais bientôt, il serait l'objet d'un miracle. Dieu le marquerait de son empreinte sacrée, comme ses ancêtres depuis Clovis. A lui d'endosser l'habit du pouvoir absolu, de rassembler en sa personne les éclats de Ciel et l'âme de la nation, de saisir le gouvernail de l'Etat! Il renaîtrait de cette transfiguration. En attendant, l'épreuve serait des plus terribles. Le rythme du cortège ne lui laissait pas le temps de s'abandonner à ses émois. Ici, il fallait recevoir l'hommage préparé par quelque sujet en verve; là, admirer un arc de triomphe; le reste du temps, retenir ses soupirs. Il avait mal dormi. Sa myopie le gênait et, dans ces farandoles de couleurs, elle l'empêchait de goûter ces témoignages d'affection.

— Ravi, je suis ravi, se contentait-il de répéter inlassablement.

A ses côtés, Marie-Antoinette, mains sur les genoux, regardait droit devant elle.

Depuis quelques mois, les grandes espérances marquaient le pas. Au printemps avait éclaté la guerre des Farines : la blessure était encore vive. Turgot voulait assurer la libre circulation du blé sur tout le territoire, bridée par de multiples taxes et péages entre les provinces. Il s'était attaqué au grain, donc au pain qui, en moyenne, accaparait les trois quarts du budget des familles. Mais les récoltes annuelles avaient été médiocres. Le contrôleur général choisit de passer en force. Les prix s'envolant, des émeutes avaient éclaté à Dijon, Metz, Reims, Tours, Montauban, Pontoise, Saint-Germain, et le mouvement s'était propagé jusqu'à Versailles. Le roi avait dû faire donner la garde contre les émeutiers. Le lendemain, les paysans investissaient Paris, portant paniers d'asperges et de légumes, tandis que des émeutiers armés de bâtons cloutés de fer commençaient à casser les enseignes de la Porte Saint-Martin à Vaugirard. La Halle aux Blés était trop bien protégée par les Gardes-Françaises, les Suisses et les dragons de la Maison du Roi, si bien que les insurgés s'étaient rabattus sur les marchés et les boulangeries. Pietro lui-même avait été envoyé sur place avec un régiment de dragons et une compagnie de mousquetaires. Louis XVI, prenant des dispositions rapides pour protéger marchés et moulins, venait de faire montre d'un sang-froid et d'un sens de la décision enfin dignes d'un roi. Le Conseil avait créé des cours d'exception pour juger les séditieux et annoncé des mesures qui resteraient en vigueur jusqu'à la fin de l'année. On n'était pas loin de l'état de siège. Lenoir, lieutenant général de police et successeur de Sartine, avait été limogé. Mais les prévenus étaient loin d'être des agitateurs. Pour le petit peuple, le prix du pain était une question de survie. Et on avait pendu en place de Grève! *Quelque chose se passait.* La France semblait travaillée de l'intérieur. Louis XVI s'était lamenté de mesures prises en son nom, plaidant pour que ceux qui « n'avaient été qu'entraînés » fussent épargnés. Il avait soutenu Turgot jusqu'au bout. Mais sur la statue d'Henri IV, une main inconnue avait rayé le mot *Resurrexit.*

Lorsque la cérémonie du Sacre avait été fixée au 11 juin 1775, ces troubles étaient à peine dissipés. Le trajet du cortège était garni de troupes. Viravolta et Sartine veillaient. En sa qualité de chevalier de l'ordre du Saint-Esprit, le comte de Broglie était convié aux cérémonies; il défilerait le surlendemain. Il avait reçu une jolie invitation, de la main même du souverain, début juin. On se rendrait en masse à Reims. Par bonheur, et malgré les soubresauts tragiques du début de l'année, le peuple continuait de faire corps avec son roi, et s'apprêtait à célébrer avec lui l'onction sacramentelle qui apporterait au pays la bénédiction.

On avait pensé faire couronner Marie-Antoinette en même temps que Louis, dans la cathédrale. Mais l'événement eût par trop rompu avec les traditions françaises, si bien qu'on y avait renoncé. Les reines n'étaient pas associées au pouvoir : en théorie, elles n'étaient même pas tenues d'être présentes aux cérémonies. Louis XIII, Louis XIV et Louis XV avaient d'ailleurs été sacrés avant leur mariage.

Marie-Antoinette assisterait au Sacre depuis la tribune.

Les critiques concernant son train de vie n'avaient pas décru. Les bals se multipliaient depuis janvier. La couture des vêtements, les essais et répétitions des contredanses, en habits du XVIe siècle, en dominos, en saltimbanques, en Indiens ou en Tyroliens, faisaient s'accumuler les factures. L'intendant

Papillon de La Ferté s'arrachait les cheveux. Marie-Antoinette régnait sur les Menus-Plaisirs sans écouter personne. Elle se couchait de plus en plus tard, allant jusqu'à la nuit blanche avant d'enchaîner sur la messe du matin et de s'effondrer enfin, troublant parfois le sommeil et le train-train protocolaire de son royal époux. Pour comble, elle commençait à donner l'impression qu'elle négligeait son mari. Elle avait son petit cercles d'intimes : le baron de Besenval et la comtesse de Brionne, le comte d'Artois, M. et Mme de Guéméné, la princesse de Lamballe et, de plus en plus, la comtesse de Polignac ; sans compter les damoiseaux au jolis atours, tels Lauzun ou Esterhazy. A force d'ironiser sur la Vieille Cour, elle avait fini par liguer contre elle un véritable parti. Les anciens et les anciennes avaient vite compris que cette petite Autrichienne environnée d'une jeunesse arc-en-ciel ne leur serait pas une alliée. Marie-Antoinette se riait de l'étiquette, stigmatisait les collets montés et les douairières aux grâces flétries. Ce rire insolent, porté par des lèvres purpurines et néanmoins Habsbourg, avait quelque chose de définitif.

Depuis quelques mois, épigrammes et ragots pleuvaient. Dans cette cacophonie, la menace représentée par le Fabuliste eût pu sembler anecdotique, car il était parfois difficile de faire le tri entre les insolences visant ordinairement le pouvoir et les entreprises concertées de déstabilisation. La portée réelle des unes et des autres pouvait varier du tout au tout. Aussi la reine faisait-elle face à ces rumeurs qu'elle s'efforçait de prendre avec bonne humeur. On lui prêtait toujours des amours saphiques avec la princesse de Lamballe, et de nombreuses prouesses adultérines. Mais il y avait des nouveautés : ses jeux lesbiens accueillaient désormais sa modiste, Rose Bertin.

Malgré tout, Marie-Antoinette jubilait. Sous l'influence de son cercle rapproché, elle comptait sur le Sacre pour tenter de favoriser le retour aux affaires de son favori, le duc de Choiseul. Une première entrevue avec le roi n'avait guère porté les fruits escomptés. Dans l'extase de sa nouvelle onction, Louis serait peut-être dans de meilleures dispositions. Entre-temps, la reine en avait bel et bien fini avec d'Aiguillon, l'un des principaux obstacles au retour de Choiseul. Le 30 mai, lors de la fameuse revue de la Maison du Roi, elle avait brutalement baissé le store de son carrosse alors que d'Aiguillon venait la saluer. En le contraignant à la démission, elle avait eu sa tête une première fois ; elle venait de l'obtenir une seconde, par sa relégation au fin fond de l'Agenais. Humiliation finale, le duc ne pourrait assister aux cérémonies du Sacre. Quant à Maurepas, il avait annoncé au roi qu'il préférait se retirer dans le calme de Pontchartrain durant les cérémonies. Ainsi, d'Aiguillon filait vers le sud, Maurepas se taisait et Choiseul revenait à Reims !

Marie-Antoinette s'imaginait maintenant un talent politique ; elle avait pourtant déçu depuis longtemps les espoirs de sa mère et de son chaperon en France, l'ambassadeur autrichien Mercy-Argenteau, quant à devenir la conseillère influente dont ils avaient rêvé. Elle n'avait ni le talent ni l'intérêt pour la machination politique, au-delà de ses problèmes d'amour-propre. Mais elle était repartie dans ses petits calculs, et pensait avoir rondement manœuvré. Sortant de ses réflexions, un sourire lumineux sur le visage, elle donna de la main au peuple qui l'acclamait. Les cloches des églises carillonnaient avec allégresse. Aujourd'hui encore, on l'adulait. Demain elle continuerait de recevoir les hommages, et après-demain, et les autres jours encore. Voilà ce qu'était le Sacre pour la reine : une occasion d'être fêtée et admirée. Comme elle était heureuse ! Elle saluait en continuant de sourire.

Ils firent halte deux jours à Compiègne avant l'événement. Le 8 juin, ils se séparèrent : le roi devait faire étape à Fismes, et laisser son épouse gagner seule l'archevêché de Reims. Marie-Antoinette reprit la route le lendemain en compagnie de ses beaux-frères et de la comtesse de Provence. La comtesse d'Artois, grosse de sept mois maintenant, n'était pas là. Arrivée la première à Reims, Marie-Antoinette fut seule à recevoir les hommages des courtisans de Champagne, rose et joyeuse, consciente de son pouvoir et de sa superbe au milieu des chapeaux à plumes de toutes les femmes de sa suite.

A une heure, elle s'installa au balcon d'une demeure située à deux pas de la cathédrale. Au loin, le monde s'ébranla ; la clameur lui parvint, extraordinaire, depuis les faubourgs.

Le roi arrivait.

Précédé de l'équipage des princes du sang, il avait abandonné sa berline de voyage au profit de son carrosse d'apparat, char d'Apollon surmonté d'une couronne rutilante et tiré par les destriers des Ecuries Royales. La ville tout entière était transformée. Des arcs de triomphe aux colonnes corinthiennes s'élançaient jusqu'à soixante pieds de haut ; des colosses sculptés symbolisant Justice et Religion ouvraient le passage jusqu'à un portique frappé des emblèmes de l'Agriculture, des Manufactures, de la Navigation et du Commerce ; on avait camouflé le mur des hospices de la Charité d'un autel de Pitié. Autour de sa terrasse, des enfants miséreux, habillés d'or pour l'occasion, jetaient des fleurs sous les roues du carrosse merveilleux. Le roi passa sous les guirlandes, entre les arcs de feuillage et les statues allégoriques. Arrivé au pied du balcon, il salua Marie-Antoinette au milieu des ovations. Elle le vit abandonner son équipage pour s'acheminer entre les colonnades de bois et de stuc qui lui ménageaient un passage à couvert jusqu'à l'archevêché. Louis assista, sans son épouse, à un *Te Deum* dans la cathédrale, après quoi ils reçurent ensemble toutes les délégations de la province au palais archiépiscopal.

Le lendemain, samedi 10 juin, on assista aux vêpres; la journée passa, la nuit aussi

— et l'aurore annoncée, l'aurore sublime du Sacre de Louis XVI vint.

Le Lièvre et la Tortue

PARVIS DE LA CATHÉDRALE DE REIMS

Grands dieux, que va-t-il faire ?

Le soleil pointait à l'horizon. Viravolta s'était entretenu le matin avec Vergennes et Sartine, effarés depuis le jour où ils avaient appris la vérité. La veille au soir, à Fismes, sur les traces du roi, l'Orchidée Noire avait eu un entretien confidentiel avec Charles de Broglie. Le chef du Secret était inquiet : Saphir manquait à l'appel, et la récente révélation de la généalogie du Fabuliste ne laissait que trop entrevoir la détermination dans laquelle il se trouvait. La rafle parisienne, menée un peu au jugé, n'avait rien donné, et l'alliance du Fabuliste avec Stevens transformait ce qui n'aurait pu être qu'une vengeance personnelle en conspiration politique, susceptible de faire vaciller la France, mais aussi l'équilibre européen. Lord Stormont, l'ambassadeur anglais, qui avait pour habitude de souffler le chaud et le froid, s'était décidé à réagir vigoureusement en comprenant que les premiers agents qu'il avait envoyés ne répondraient plus jamais à l'appel. Il avait à son tour lancé une traque d'envergure, mais pour le moment il piétinait. Une fois n'est pas coutume, on parlait même de coopération entre les services, ce qui, venant du chef du Secret et du maître de la diplomatie britannique en France, ne manquait pas de sel.

Ainsi, le Fabuliste était né des amours coupables de Louis XV et d'une catin, comme le monarque en recevait tant dans sa jolie retraite du Parc-aux-Cerfs ! Un bâtard du roi, prêt à tout ! Jusqu'où fallait-il payer la légèreté du Bien-Aimé ! Sans doute cela justifiait-il aussi l'hécatombe parmi les indicateurs et agents du Secret : Lansquenet, Rosette et Crapaud avaient dû être jetés sur la piste malgré eux. D'autres, comme Météore ou la Vouivre, avaient participé à l'enquête sur Jacques de Marsille, le premier Fabuliste. De cela, il ressortait aussi comme un trouble nauséeux : l'abbé, janséniste tourmenté mais toujours défendu par ses paroissiens et par la convulsionnaire Marie Desarneaux, avait-il vraiment cherché à se faire entendre du roi ? Il n'était pas étonnant que, sachant ce qui s'était passé, Louis XV n'ait pas donné suite à l'affaire...

Une chose était certaine, la menace était plus réelle que jamais.

En même temps, le comte de Broglie continuait de courir après sa réhabilitation et celle du Secret. Louis XVI s'était décidé à nommer une Commission pour faire le bilan des comptes du Cabinet Noir. On avait évoqué l'affaire polonaise et le « plan de descente sur l'Angleterre », puis disséqué les missions du Secret dans les autres pays. Blanchi de tout, Charles s'était entêté, exigeant que l'on dévoile au grand jour le complot ourdi par d'Aiguillon pour l'embastiller. Frôlant le crime de lèse-majesté, il avait réclamé en plus une déclaration officielle des commissaires et une lettre signée du monarque lui-même ! Celui-ci s'en était agacé. Charles avait sollicité trop tard l'essentiel : sa grâce effective, et le titre de duc qu'il briguait depuis longtemps. Pour seule récompense, on venait de lui offrir, non pas un titre ou un poste au gouvernement, mais le droit de retrouver son frère Victor-

François, gouverneur des Trois-Evêchés, à Metz, comme adjoint et lieutenant général. A cinquante-cinq ans, Broglie retournait à la carrière militaire par laquelle il avait commencé. Pour autant, il ne désarmait pas : la plupart de ses agents, dont Viravolta, étaient encore à sa disposition ; le chef du Secret gardait leur reconnaissance. Dans la situation actuelle, il ne pouvait suspendre d'un trait de plume toute activité. Aussi, d'une façon ou d'une autre, le Service continuerait. En attendant, Broglie défilerait le lendemain du Sacre avec son frère et les chevaliers du Saint-Esprit.

Viravolta passait en revue les troupes dont on lui avait confié la charge. Il avait rendu à Augustin Marienne ses armes de mission. Rien ne valait sa lame italienne, son poignard et son pistolet de flanc. Anna Santamaria rejoignait en ce moment le cortège de la reine. Pietro aurait souhaité la mettre à l'abri, mais il était impossible qu'elle n'assistât pas au Sacre ; il l'avait donc confiée à la vigilance de Cosimo.

— Ne vous laissez pas distraire ! s'écriait-il en remontant ses lignes à cheval. Le cortège arrive dans deux heures ! Pas un instant d'inattention, que ce soit avant, pendant ou après la cérémonie, et tant que dureront les défilés !

Ils stationnaient à l'est de la cathédrale. D'autres compagnies entouraient le monument, en rangs sur le parvis ou disséminées dans les maisons avoisinantes. Au milieu des décorations chargées, l'exiguïté des lieux ne favorisait pas le stationnement des troupes, qui devaient laisser place à l'arrivée des grands équipages et de la foule. Mais tous étaient prêts à se rassembler à la moindre alerte. Sartine, de son côté, se chargeait de la protection du cortège. Sur le trajet, on trouvait les corps d'élite de la Maison Militaire du Roi, gendarmes de la Garde et chevau-légers aux parements rouges, mais aussi des hussards, des chasseurs de cavalerie légère et des troupes d'infanterie. Pietro avait sous ses ordres deux régiments de dragons, réputés pour leur habileté au tir et capables de charger à l'arme blanche, ainsi qu'une compagnie de mousquetaires. Si ses missions ne l'avaient obligé à un statut plus officieux, il aurait été de leurs rangs. Deux compagnies, que l'on distinguait par la couleur de leurs chevaux, étaient encore actives aujourd'hui, et chacune comprenait environ deux cent cinquante hommes. Pietro en avait une centaine sous son commandement, blancs et noirs mêlés ; il passa devant eux, vêtus de leur manteau bleu frappé de la croix blanche, au-dessus d'un costume rouge galonné d'or. Tous portaient l'épée et le mousquet.

Diable ! Que pourra-t-il tenter avec tout cela ?

Mais il n'était pas tranquille.

— Restez sur le qui-vive, canalisez le peuple, contrôlez les mouvements de foule, et tenez-vous prêts à répondre au moindre de nos ordres !

Il récapitulait les différentes étapes de l'arrivée de la Cour et de la cérémonie, lorsqu'un tout jeune enfant, sans doute issu de l'hôpital de la Charité voisine, s'avança vers lui. Il était coiffé d'une guirlande et portait un collier de fleurs autour du cou. Il présenta au Vénitien un plateau sur lequel était posé un billet cacheté de cire. Pietro reconnut aussitôt le sceau figurant sur le message.

F.
Pour l'Orchidée Noire.

— Qui t'a donné cela ? demanda-t-il aussitôt à l'enfant. Comment es-tu passé ?

— Un monsieur avec une capuche... Il m'a dit que c'était pour vous et le roi... Le capitaine des dragons m'a dit de vous l'apporter...

Pietro n'en écouta pas plus et ouvrit le billet

Une Fable, bien sûr.

Un officier du roi, qui avait fait directement le chemin depuis Versailles, arriva sur le parvis à bride abattue. Les sabots de sa monture retentirent sur le pavé.

Il passa entre les lignes, agitant son chapeau emplumé et s'écriant :

— Place ! Place ! Message de M. Marienne, de la Maison du Roi, pour l'Orchidée Noire !

Pietro redressa la tête tandis que le messager descendait de cheval.

Il lui tendait un second billet, que Viravolta lut rapidement.

Puis il regarda de nouveau la Fable... et blêmit.

A côté de lui, un mousquetaire demanda :

— Qu'y a-t-il ?

Pietro lui tendit le billet et se jeta à cheval sans répondre ; il fit tourner sa monture qui se cabra en hennissant. Les sourcils froncés, il releva les yeux en direction des monts environnant la ville.

Les collines.

Un site idéal.

Misère.

Il hurla.

— *ALLEZ !* Vingt noirs avec Faquetet pour l'ouest des collines ! Le reste avec moi ! Le premier des dragons aussi, les autres gardent leurs positions ! Un messager pour Sartine !

Son cheval tournait dans l'autre sens. Le mousquetaire Faquetet, désorienté, leva le regard :

— Que se passe-t-il ?

Il agitait le message dans sa main. Déjà, Pietro s'enfuyait dans un nuage de poussière.

Les mots du billet d'Augustin Marienne résonnaient aux oreilles de Viravolta, comme si le préposé aux Inventions de la Maison du Roi les prononçaient à son intention, de sa voix grave et sempiternelle.

J'ai fini par identifier des composants chimiques portés sur les plans que vous m'avez confiés. J'y ai trouvé de l'huile de naphte, du salpêtre, et diverses substances comme la poix et la résine, mélangés à de la chaux vive ; un nitron tel que décrit par Pline comme une efflorescence sur les murs humides ; ainsi que du soufre et du charbon. Sans doute n'y a-t-il pas une recette unique, mais une addition de mélanges rassemblés sous une formule générique, qu'utilisaient les artificiers byzantins. Des allusions cachées à Callinicus de Syrie et au *Liber ignium ad comburendos hostes,* ou *Livre des feux pour brûler les ennemis,* écrit par Marcus Graecus en 1230, ont achevé de me convaincre.

Il s'agit d'une arme, mon ami ; et pas n'importe laquelle, mais une arme absolue, une matière mortelle, ressuscitée de ses cendres ! Cela m'a rappelé une invention qui nous est parvenue, à la Maison du Roi, en l'année 1759, pour être exact. Alors, un homme, du nom de Dupré, avait par hasard redécouvert ce fléau. Il en avait communiqué le secret à notre bien-aimé Louis le Quinzième. Je lui avais fait part moi-même de cette abomination. Ses effets en étaient si terribles que, par humanité, le roi décida d'ensevelir le secret dans l'oubli, et d'acheter le silence de Dupré ! On lui donna une pension de 2 000 livres. L'un des nôtres eut charge de brûler pour toujours ses documents. Je ne les ai pas retrouvés. Mais tout à coup, j'ai tressailli d'horreur : *et si ces archives avaient été volées ? Ou si, quelqu'un avait, à son tour, redécouvert cette secrète formule ?* L'un de nos ennemis, ou un agent de vos services, traître à la cause du roi ?

Comprenez-vous, Viravolta, ce dont je parle ? Cette arme, c'est le feu du ciel, mon ami, ni plus ni moins ! Le feu dévastateur, dont la formule fut perdue après la chute de Constantinople, en 1453...

Le feu grégeois !

Faquetet regarda le billet ; il ne lut que les derniers mots.

En même temps que le roi et la reine, c'était toute la Cour qui était visée.

Le mousquetaire releva les yeux vers Viravolta, qui s'éloignait dans un tonnerre de sabots.

Le Lièvre et la Tortue
Livre VI – Fable 10

Rien ne sert de courir ; il faut partir à point.
Le Lièvre et la Tortue en sont un témoignage...

Resurrexit!

Cathédrale et collines de Reims

Le cérémonial n'avait pas changé depuis sept cents ans.

A six heures du matin, ce 11 juin, Louis, le teint blême comme la cire d'une chandelle éteinte, réunit ses forces pour attaquer l'une des plus longues et des plus éprouvantes journées de sa vie. Vêtu d'une soutane de drap d'argent, il était coiffé d'une toque de velours noir à trois cornes, que surmontaient un bouquet de plumes blanches et une aigrette de héron. Il réprima une toux lorsqu'on lui annonça, à l'archevêché où il logeait, l'arrivée des prélats et de leurs cierges allumés. Ils étaient précédés d'enfants de chœur; les chanoines se mirent sur deux files. Déjà tonnait la musique de la métropole, du grand chantre et du sous-chantre de la cathédrale. Dès son réveil, les plus hauts personnages de la Cour, dans les costumes les plus insensés, entourèrent son lit. Louis y était étendu, et tous l'environnaient encore, lorsque le grand chantre frappa du bâton à la porte de sa chambre.

A l'intérieur de la pièce, le grand chambellan, la main sur le cœur et les épaules en arrière, fit un pas et donna de la voix.

— Qui demandez-vous ?

— *Le roi!*

— Le roi dort.

Il s'écoula quelques secondes, puis le grand chantre frappa de nouveau.

Le même rituel eut lieu, puis le chantre frappa une troisième fois.

— Qui demandez-vous?

— Nous demandons Louis XVI, que Dieu nous a donné pour roi!

Bien... C'est à moi, se dit Louis en avalant sa salive.

La porte s'ouvrit.

Les prélats s'approchèrent du lit et soulevèrent le monarque pour le mettre debout. Tout ici était affaire de symbole : tant qu'il n'avait pas reçu l'onction sacramentelle, le roi était censé dormir, et c'était l'Eglise qui venait l'éveiller pour le mener à l'autel. Dans la cour de l'archevêché, le cortège se mit en place – Cent-Suisses, hautbois, tambours et trompettes, flûtes et fifres, chambellans et suite de la Chambre, gardes du corps, hallebardiers et chevaliers du Saint-Esprit.

Parmi eux, placide, le sourcil levé, se trouvait le comte Charles de Broglie.

Louis, la paupière lourde, jaillit enfin de la bouche d'ombre. Passant sous les arcades de l'archevêché, il se redressa et s'efforça de paraître digne pour gagner sa place – au centre du monde. Deux huissiers surveillaient ses pas tandis que, non loin, le connétable, M. de Clermont-Tonnerre, quatre-vingt-six ans, se penchait vers son voisin, lui demandant d'une voix chevrotante si le souverain aurait la force d'affronter jusqu'au bout les péripéties du jour. Une fois le roi installé, le cortège s'ébranla. L'évêque de Laon se chamailla avec celui de Beauvais en jouant de la crosse pour savoir lequel des deux devait précéder l'autre, au point que l'esclandre gagna les oreilles du public. Ils passèrent les grilles, s'engouffrèrent dans l'avenue immense – et là, le peuple innombrable, dans le silence de cette aurore nouvelle, s'agenouilla, haie d'honneur courant sous le feuillage des arbres, jusqu'au bout de l'horizon.

Il accueillait son roi.

Marie-Antoinette s'était habillée alors qu'il faisait encore nuit. Dès cinq heures et demie, elle vit la cathédrale. Les premiers invités avaient commencé à y prendre place aux alentours des quatre heures. Elle entra à son tour pour prendre place à sa tribune, avec les dames de sa Maison. Anna Santamaria, somptueusement parée, portant une robe à paniers, au bustier feu et orange, la gorge ruisselante de diamants, s'était jointe à l'arrivée de la reine. Elle entra à sa suite, et Cosimo derrière elle, l'épée au flanc.

En ce jour de gloire, l'édifice était métamorphosé. Des colonnes corinthiennes cachaient les piliers de la nef, entre lesquels étaient dressées des loges que surmontaient un plafond à caissons. Des draperies splendides, de satin violet et de velours bleu profond, piquées de fleur de lys et passementées d'or, étaient tendues de toutes parts. La cérémonie devait durer longtemps et, derrière la tribune où la reine avait pris place, les Menus-Plaisirs avaient aménagé un véritable appartement disposant de toutes les commodités nécessaires, y compris les « lieux à l'anglaise », en bois d'acajou, pourvus d'un petit jet d'eau ingénieux et hygiénique. Dans cette salle transformée en salle d'apparat, la surcharge du décor rendait le chœur minuscule, tel un bijou de carton doré dans un vaisseau splendide.

Tous les regards se tournèrent vers la reine.

Marie-Antoinette, elle, se tourna vers le porche.

Elle attendait...

Et il vint.

On plia le genou partout sur son passage, puis il arriva

face à la cathédrale. Il regarda avec émotion les statues qui ornaient le porche, prit une dernière inspiration, et entra dans le sanctuaire. Son cœur battait la chamade. Il suait. Sa tête lui faisait mal.

Il parut dans la lumière, sous le porche, vêtu d'une longue toile d'argent. Les grandes orgues tonnèrent d'allégresse solennelle. Un orchestre de cent musiciens vibra à l'unisson. Le roi sursauta. Marie-Antoinette porta une main à son cœur.

Louis s'enfonça dans l'édifice – et les portes se refermèrent sur lui.

Il avança entre deux évêques.

Quel autre regard que celui du roi eût pu témoigner avec exactitude du tourbillon effarant qui succéda à ces instants ? Cet œil vit-il vraiment, comprit-il quelque chose de ce qui se passait en ce jour ? Quelle révolution habita alors son âme ? *Cinq heures.* Cinq heures durant, il serait davantage un pantin qu'un homme, et pourtant, par ce cérémonial, il serait élevé au-delà des simples mortels. Déjà on le déshabillait, on l'habillait, on le débarrassait de nouveau ; des mains le palpaient, le tiraient, le poussaient à avancer, le trituraient, le tournaient et le retournaient. Louis s'appliquait à bien faire ; mais il dodelinait davantage qu'il ne glissait avec élégance. Il craignait de trébucher. Les leçons que Marie-Antoinette lui avait fait donner par Gardel, de l'Opéra, n'avaient pas suffi à lui assurer tout le maintien utile ; il crevait de chaleur. Mais il se concentrait de toutes ses forces pour chasser ces pensées et goûter, autant que possible, ce moment insigne.

On apporta la sainte ampoule contenant le chrême. Le roi s'allongea en croix, se releva, puis se prosterna sur un long carreau de velours violet, en compagnie de l'archevêque de Reims. Ce dernier se redressa en craquant des articulations, tandis que Louis restait agenouillé. L'archevêque s'assit en face de lui.

Le temps de la consécration était venu.

On ouvrit la veste et la camisole du souverain qui se présentait aux onctions sacrées,

et il reçut cet oint.

Sur le front. *Toi, roi de France, émissaire de Dieu!* L'estomac. *Toi, souverain thaumaturge!* Le dos, les épaules. *Toi, petit-fils du Christ!* Les avant-bras. Les paumes. Il parut alors transfiguré. La grâce était sur lui. L'archevêque de Reims demanda au roi s'il s'engageait à protéger l'Eglise et à conserver ses privilèges. Les évêques de Laon et de Beauvais le soulevèrent pour qu'il prononce son serment. Comme le voulait la tradition, ils s'adressèrent à l'assistance, pour lui demander si elle acceptait Louis XVI comme roi.

Les tribunes répondirent par le silence le plus profond.

Un silence qui valait « oui ».

Il prononça son serment avec ferveur.

Le feu grégeois.

Pietro en avait naturellement entendu parler. On disait qu'il avait été inventé vers 670. La formule cachée de sa composition était attribuée à Callinicus, d'Héliopolis en Syrie, ou en Egypte selon Cédrénus; sans doute la tenait-il pour partie de ses contacts commerciaux avec les Chinois. Ce mélange particulièrement inflammable possédait une propriété inouïe : il brûlait même au contact de l'eau. Le « feu liquide » avait permis à Nicéphore Phocas de corriger les pirates sarrasins de Crète en 960 à l'aide de plus de deux mille navires; aux Byzantins de résister aux Omeyyades lors du siège de Constantinople; à Constantin IV de repousser les armées du calife Yezid. Les Byzantins se transmettaient ce secret de génération en génération, avec un soin infini. Le feu du ciel, disait-on, se dispersait dans toutes les directions, et pouvait dévorer même la pierre! Les chroniques des affrontements antiques regorgeaient de descriptions hallucinantes. Des centaines de bateaux byzantins se jetaient au corps à corps avec les flottes sarrasines dans des déluges de flammes, des soleils explosifs consumant les voiles et les ponts, au milieu de détonations, d'âcres fumées et de vapeurs infectes ! Joinville racontait comment les chevaliers de Saint-Louis, durant les croisades, se jetaient à terre en priant à la vue de ces comètes brûlantes. En 1204, lorsque l'armée croisée avait assiégé Constantinople, les Arabes avaient eu connaissance à leur tour des propriétés du salpêtre et de la poudre noire ; ils en avaient usé non plus seulement en mer, mais lors de batailles terrestres. Le feu grégeois avait été utilisé jusqu'au XIVe siècle. La composition de cette arme absolue s'était perdue après la chute de Constantinople, en 1453. Jusqu'à ce que ce sieur Dupré, dont parlait Augustin Marienne, ne l'exhume du chaos de l'Histoire, et n'adresse son mémoire au roi en 1759...

Et voici que le feu liquide renaissait !

Ses flammes semblaient briller dans les yeux de Pietro.

Il galopait, dragons et mousquetaires à sa suite, contournant la cathédrale et la ville par l'est. Ils s'engagèrent dans un défilé menant sur les collines alentour, à l'ombre d'un bois donnant sur les versants exposés des vignobles. Les chevaux ahanaient, leurs sabots soulevaient des mottes de terre. Un bref instant, Pietro prit ses repères ; ils surplombaient la ville et la cathédrale, d'une lieue à peine. Ils montèrent, montèrent encore – et enfin, Pietro comprit qu'il ne s'était pas trompé. Depuis le parvis et les entrailles de la cité, ils ne pouvaient être vus. Pourtant, ils étaient bien là. Une centaine d'hommes peut-être, dispersés sur la colline. Pietro n'en revenait pas, mais il n'eut pas le loisir de détailler davantage l'épouvantable système que l'on avait mis en place sur cette crête, au-dessus du défilé. D'insolites appareils s'y trouvaient, et le Vénitien devina qu'ils étaient semblables à ceux qui, jadis, devaient équiper les navires byzantins. Des tubes de plomb ou de cuivre acheminaient la substance infernale jusqu'à une gueule de lion ou de monstre marin prête à arroser l'ennemi de flammes, comme autrefois à la proue des navires. De l'autre côté, les tubes plongeaient dans de vastes chaudrons, emplis du mélange incendiaire, que l'on préparait sous ses yeux. Une dizaine de tuyaux étaient disséminés sur la colline. Derrière chacun se trouvaient quatre préposés vêtus de noir, prêts à faire jaillir cette pluie enflammée et mortelle sur la cathédrale, la ville tout entière !

Les yeux de Pietro s'agrandirent d'horreur. Les tubes pouvaient aussi pivoter sur leur axe, et suivre les vicissitudes du combat selon la volonté des opérateurs. Comme pour faire bonne mesure, ils étaient doublés de canons, rappelant sans doute qu'au feu d'enfer en avait succédé un autre, celui de la poudre noire.

— A mon commandement, *chargez!* s'écria Pietro sans attendre.

Viravolta déboula au milieu de la horde ennemie comme un chien dans un jeu de quilles. Les chevaux filèrent au milieu de la panique, hennissant et se cabrant de toutes parts. Et soudain, Pietro les vit – le Fabuliste encapuchonné, monté sur un cheval noir comme l'enfer; à ses côtés, lord Stevens, tout au bout de la crête. Le Vénitien sauta de cheval, dégainant d'une main son épée, de l'autre son pistolet. Les mousquetaires firent de même, au milieu de la cohue. La surprise joua son rôle. Durant quelques secondes, personne ne sut que faire. Les hommes du Fabuliste s'échangèrent des regards interloqués, la colline fut saisie d'un tremblement comme celui de l'écume sur la déferlante. Puis, à quelques centaines de mètres de la cathédrale, ce sanctuaire où était rassemblé tout ce que le royaume de France comptait de noblesse et de grandeur, on fit pivoter les siphons, on ajusta les canons, on sortit sabres et poudres. Le Fabuliste à son tour fit se cabrer son cheval, et dégaina son arme.

— Et maintenant, à nous ! hurla Pietro.

La colline s'embrasa.

Le roi continuait de se soumettre et, à mesure de ce dépouillement paradoxal, de grandir en attributs. Il revêtit la tunique, la dalmatique et le manteau. Puis vint l'instant attendu, espéré entre tous. L'officiant s'approcha, Louis se tenait à genoux devant l'autel, la couronne fut élevée, à bout de bras, en un geste solennel. C'était le diadème de Charlemagne et des monarques de France. Comme il était de tradition depuis Philippe Auguste, les douze pairs vinrent la toucher, en cercle, avant qu'elle n'effleure le front royal. Dans cette seconde élancée comme l'infini, étirée pour jamais à l'ourlet de l'Histoire, Louis XVI, la gorge sèche, recevant cette coiffe d'une pesanteur qu'il n'avait pas mesurée, laissa échapper une grimace...

— Elle... Elle me gêne !

Et le mot resterait.

On remplaça aussitôt la lourde couronne par une autre, sertie de diamants, étincelante, conçue pour l'occasion.

Maintenant venait Joyeuse, l'épée de Charlemagne, sur un coussin de velours.

Joyeuse !

Il en saisit la paume et l'éleva, la pointe vers le ciel.

Et maintenant, debout !

A ses escarpins, des éperons d'or.

Au doigt, l'anneau du pouvoir.

Dans sa main libre, le sceptre.

A sa suite, le manteau d'hermine trente fois brodé d'or.

Ses yeux dansaient. C'était une fournaise. Il gravit les quarante marches vers le trône qui l'attendait. Celui-ci était sans bras et sans dossier, car à présent le souverain n'avait plus besoin de soutien. Il était donné, rendu à Dieu et à son peuple ! Au sommet des marches il se retourna, et enfin,

— enfin ! Il s'assit.

Un crépitement sembla d'abord venir du fond des âges. Puis il gagna en mesure, fut rejoint de tintements et de cloches. Et d'un coup, ce fut le déluge. Une fanfare éclata, et une autre, et une troisième, mieux que des milliers de mains ; les symphonies embrasèrent l'espace, les canons rugirent de salves furieuses, les bourdons frappèrent à toute volée. On ouvrit largement les portes de la cathédrale au peuple, qui se précipita comme un ruisseau, un fleuve joyeux pour rendre hommage à son roi. Dans le même moment, on libéra les cages dorées préparées pour l'occasion : des centaines d'oiseaux jaillirent dans le sanctuaire, battant de l'aile sous les voûtes et entre les colonnes, passant en nuées d'anges affolées devant les vitraux. La foule émerveillée poussa des exclamations de bonheur. Le roi étincelait, dans son manteau bleu garni d'hermine et parsemé de lys d'or ; il se tenait sur le trône, avec le sceptre et la main de justice, et dans toute la France, la fille aînée de l'Eglise, le peuple se rengorgea d'exclamations infinies, qui disaient : *Noël ! Noël ! Vive le roi ! Noël, Vive le roi !*

Dès lors il ne lui fut plus possible de retenir son émotion. Des profondeurs de la cathédrale jaillit un cri, celui de Marie-Antoinette, la reine bien sûr, la reine ! Elle éclata en sanglots dans sa tribune, tandis que les applaudissements montaient de toutes parts. Depuis son trône Louis la regarda, et lui qui n'avait pas cessé de chercher son soutien durant toute la cérémonie, lui adressant des sourires heureux mais angoissés, lui envoya cette fois un regard tendre et complice. Elle lui répondit entre ses larmes. M. de Clermont-Tonnerre, connétable de France, qui venait de récupérer Joyeuse, se laissa glisser de tout son long, recru de fatigue. Anna Santamaria ne put s'empêcher de rire ; elle adressa un clin d'œil à Cosimo, de l'autre côté de la tribune. L'archevêque de Reims soupira et ses traits se détendirent, tandis que des larmes venaient perler à ses yeux. Le jeune comte d'Artois en laissa tomber sa couronne et dit : *Diable, Diable!* en attendant qu'on la lui ramasse. L'envoyé de Tripoli s'était agenouillé en sanglots. Les décharges d'artillerie crachèrent des nuages de poudre vers le ciel, les salves de mousqueterie retentirent, les cloches des églises, des abbayes et des couvents carillonnèrent ensemble.

La France était née.

On se prépara à la sortie.

Sur la colline voisine, l'irruption de Viravolta, des dragons et des mousquetaires avait transformé les lieux en un incroyable champ de bataille.

Utilisant l'invention qu'ils avaient arrachée à l'oubli, les troupes de Stevens et du Fabuliste en avaient aussi décliné tous les usages, de la même façon que leurs lointains ancêtres byzantins et sarrasins. Aussi leurs artificiers étaient-ils pourvus des armes les plus improbables. Certains avaient au poing des « fusées à main »; leurs décharges éclataient dans un bruit de tonnerre, illuminant l'espace de lueurs filantes, avant de perforer le flanc d'un cheval hennissant d'effroi, d'embraser la croix pectorale d'un mousquetaire ou de terrasser l'un des dragons du roi. D'autres jetaient des bombes contenant le mélange incendiaire qui explosaient sur le sol dans d'effroyables détonations. C'étaient là de ces petits projectiles à main, en verre ou en terre cuite, que l'on voyait autrefois à Smyrne, à Beyrouth, à Damas, chez les marchands de curiosités de bazars. Une étoupille enflammée portait le feu à l'intérieur de ces récipients creux, en forme de pomme de pin, le soldat le lançait et il explosait en mille fragments.

— Je rêve, dit Pietro, secouant la tête.

Sa lame avait sifflé, il la dressa vers le ciel et la lumière parut faire chanter le métal; il se jeta de nouveau dans la bataille.

— *ALLEZ!*

Il se battait comme un diable. Stevens et le Fabuliste avaient voulu noyer la cathédrale et ses occupants sous un déluge de feu ; leurs préparatifs interrompus, les artificiers tentaient de retourner canons et siphons vers leurs assaillants. Partout, on se battait pour les empêcher de tirer. La mixture grégeoise était introduite dans les tubes flexibles, et projetée grâce à un mécanisme semblable au jeu d'une pompe foulante ; elle s'embrasait à l'orifice des tubes, autour desquels on approchait des paquets d'étoupe imbibés de matières inflammables. Plus loin, les troupes ennemies préparaient des chaudrons de naphte, destinés à être propulsés sur le sanctuaire pour l'embraser. Hallebardes, lances et flèches avaient trempé dans le feu et s'illuminaient de toutes parts. Des nuages de fumée montaient dans le ciel, donnant à ce corps à corps la dimension d'une bataille qui se jouait sous les auspices de quelque démon jailli des entrailles de la terre. Au cœur de ces envolées de soufre, de poudre et de salpêtre, les combattants étaient parfois projetés en l'air. Des tonneaux éclataient comme des fruits trop mûrs.

Pietro, jeté à bas de son cheval, venait d'en faire valser un de toute la force de son pied.

Plus loin, un des siphons, encore braqué sur la cathédrale, s'apprêtait à tirer.

Le Fabuliste, enragé, ordonna d'une voix d'outre-tombe :

— Tirez ! Vous m'entendez ? *Tirez !*

Trois coups d'estoc et Pietro, échevelé, se débarrassa des artificiers. D'autres approchaient maintenant l'étoupe du canon. Pietro n'eut pas le temps de les en empêcher ; il donna de toutes ses forces un nouveau coup de pied sur le tube à bouche monstrueuse. Dégagé de son logement, celui-ci se dressa, l'espace d'un instant, presque à la verticale ; si bien que le jet fulgurant partit… droit au-dessus des combattants.

Viravolta et les autres se regardèrent.

— Non. *NON!*

Ils prirent leurs jambes à leur cou, filant chacun dans une direction opposée.

Le feu liquide retomba en pluie à l'endroit même qu'ils venaient de quitter, embrasant pompe et chaudron. Plus loin, la mixture se répandit en langues noires et rouges. Elle courut entre les herbes, serpentant sur le sol à la façon d'un magma gluant et volcanique. Une simple brindille suffit à allumer la substance qui avait jusque-là échappé à la combustion. Lorsque Pietro se retrouva face à face avec le Fabuliste, le sol parut brûler tout à coup, sous l'effet d'une éruption. Autour d'eux, la flamme grégeoise se propagea encore, étincelante et rapide, dessinant tridents de feu et rayures de lave. Elle gagna sans distinction dix hommes en même temps, alliés et ennemis, qui cessèrent soudain de combattre pour se rouler au sol dans des hurlements; d'autres tentaient d'éteindre cette tempête sans y parvenir. Les chevaux, affolés, détalèrent dans toutes les directions, l'écume au mors, les yeux emplis d'effroi. Mousquetaires noirs et gris se battaient maintenant à pied. Pietro se mit en garde, avec un sourire mauvais. Derrière la silhouette encapuchonnée, il venait d'apercevoir Stevens qui faisait demi-tour sur sa monture et s'engageait sous les arceaux de feuillage, à l'orée du bois.

Il s'enfuyait!

— Décidément... Courageux, mais pas téméraire, lança Pietro.

Le Fabuliste détourna la tête un bref instant, puis regarda de nouveau Viravolta.

Il demeura silencieux sous sa capuche d'ombre. Au-dessus d'eux, un tir de siphon dessina dans l'espace une traînée de lave fluide et brûlante; elle alla embraser un arbre comme une torche. Quelques gouttes incandescentes s'échouèrent auprès du Vénitien. Pietro se baissa pour éviter un tir croisé de fusées à main; puis il trempa la lame de son épée dans un chaudron encore à moitié plein du mélange incendiaire. Le Fabuliste fit aussitôt de même. Tous deux glissèrent leur arme dans l'une des langues de flammes qui les environnaient. Les lames s'embrasèrent.

La chaleur était abominable, la fumée faisait tousser, brûlait les gorges. Des mousquetaires à moitié dévorés par les flammes titubaient avant de s'effondrer l'arme à la main. D'autres couraient en hurlant, torches vivantes et inextinguibles. Dans ce chaos, Viravolta poursuivait sa lutte avec le Fabuliste. Les lames se croisaient dans des chuintements, des caresses et des étincelles, et tournoyaient dans l'air selon leurs mouvements, dessinant des arabesques de feu.

— Tu as bien appris, lança le Fabuliste.

Derrière eux s'élevaient des murs de feu grégeois.

— Nous savons qui vous êtes ! s'écria le Vénitien. Ne vous entêtez pas !

Un bref moment, leurs visages se trouvèrent tout près l'un de l'autre ; Pietro discerna alors les traits d'un homme déjà mûr, le front ceint de boucles noires, le visage déformé de haine. Il eut le temps de souffler :

— *Nous savons qui est votre père.*

Il lui sembla que le Fabuliste hésitait. Il resta muet... et se contenta d'incliner la tête sous la capuche.

Ses troupes et celles de lord Stevens n'étaient pas en nombre suffisant. Les dragons parvinrent à neutraliser les canons sans qu'un seul boulet fût tiré en direction de la cathédrale. Les siphons furent détruits. Les mousquetaires achevèrent de faire place nette. Lorsqu'il vit que la cause était perdue, le Fabuliste se retourna dans un froissement de cape. En trois bonds il fut hors d'atteinte. Se jetant à sa suite, Pietro vit son avancée coupée par un brusque retour de flammes. Le Fabuliste courut de l'autre côté de la colline, où l'attendait un cheval attaché à un arbre, qui se cabrait. Pietro avisa un cadavre tout proche. Il lui subtilisa l'une des fusées de poing qui paraissait encore en état de marche. En un tournemain, il enflamma l'étoupille et tira. Une traînée lumineuse jaillit, droite et fulgurante, comète couronnée d'une étoile de lumière, en direction du Fabuliste qui fuyait.

Il manqua son but.

Le feuillage d'un arbre s'embrasa comme un feu de joie.

Alors Pietro, reprenant haleine, regarda autour de lui.

On eût dit les feux de la Saint-Jean.

Devant la cathédrale, loin en contrebas, la procession était sortie. Depuis le parvis, on observa ces feux étranges qui jaillissaient depuis les collines voisines, et ces colonnes de fumée qui montaient dans le ciel. Une fillette, la première, avait tendu son index en direction des flammes, et de ces éclairs multicolores. La petite eut une exclamation joyeuse; des milliers de personnes se tournèrent dans la direction indiquée. Au milieu de la foule et des colombes qui, libérées de leur cage, continuaient de s'échapper du sanctuaire à tire-d'aile, le roi lui-même s'étonna auprès de Marie-Antoinette de ce que ses artificiers avaient préparé pour lui. Il ne se souvenait pas avoir prévu quoi que ce fût en ce sens; il se délecta de cette surprise. Jamais il n'avait vu de feu d'artifice aussi curieux – surtout en plein jour.

— Ah ça! murmura-t-il, mais comment font-ils?

Alors le roi applaudit. Ses applaudissements furent bientôt repris par la foule massée sur le parvis, en direction des collines.

Pietro lâcha le col du dernier adversaire qu'il venait de pourfendre. Il l'acheva et le laissa tomber, avant d'essuyer le sang sur le fil de son épée.

Resurrexit.

Au bois d'Amour

Bois de Reims
Parvis de la cathédrale et auberge du Lion d'Or
Cimetière de Saint-Médard

Oui, il s'était souvenu de son mariage, mais là c'était bien plus beau, ou bien pire : du festin royal, lui qui mourait d'envie de s'asseoir et de faire ripaille avant d'aller se coucher enfin, Louis ne put goûter une miette. Les mets se succédaient au son des musiques d'orchestre, mais le déroulé ininterrompu des génuflexions sous ses yeux l'empêchait de baisser le nez sur son assiette. Encore faudrait-il parader dans la ville en cavalcade, présider le chapitre des chevaliers du Saint-Esprit et toucher plus de deux mille scrofuleux. Au milieu de ce torrent, il apprit de la bouche du chambellan, qui le tenait d'un capitaine de la garde, qui le tenait de l'un de ses soldats, qui le tenait d'un gentilhomme affecté à la sécurité de la reine, qu'aujourd'hui même un grand péril avait été évité, grâce à un ancien agent du Secret et à l'un des fonctionnaires de la Maison du Roi.

Louis XVI, sous le torrent des bruits qui l'environnaient, n'en comprit que la moitié.

Un vague danger, apparemment, avait été écarté.

Il se contenta d'un sourire évasif, et de ces quelques mots :

— Ah. Eh bien tant mieux, oui, tant mieux.

Pour la première fois, il se sentit vraiment roi.

Le soir tombait sur le bois d'Amour.

Louis XVI n'était pas encore au lit, mais la journée s'achevait. Il avait déposé, enfin, son manteau d'apparat. Maintenant, il se promenait au bras de la reine, dans ce bois qui était l'un des favoris des Rémois.

L'endroit était champêtre et tandis qu'il marchait, il songeait avec un sourire à ces grandes forêts autour de Versailles où il pourrait bientôt retrouver le plaisir de ses chasses. Pour l'heure, on ne pouvait dire qu'avec Marie-Antoinette, il se tenait là seul et anonyme. La foule continuait de les presser et de les entourer. Mais au moins, le plus dur de cette journée, aussi sublime que harassante, était derrière eux. Marie souriait, saluait ici et là d'un mouvement de tête poli ou d'une main levée. On voulait les toucher – la toucher elle surtout, car elle était si belle, son visage resplendissait sous le chapeau ; elle ne dédaignait pas de s'arrêter pour un mot gentil, conversait volontiers quelques instants avec les nobles aussi bien qu'avec les bourgeois ou les paysans. On les acclamait à chaque mot, à chaque pas.

Ils marchaient tous deux, et au détour d'une allée ils eurent, enfin, un moment de répit.

Le roi demanda à ce qu'on les laissât quelques secondes – quelques secondes de solitude.

Tous deux se regardèrent. Il lui donna une main, qu'elle serra plus fort. Il leur sembla, à cet instant, que peut-être tout cela avait un sens. Que finalement ils s'aimaient, qu'ils auraient des enfants, comme n'importe quel couple, et que l'avenir leur souriait enfin.

Ils s'avancèrent main dans la main, sous une roseraie que gagnait la pénombre.

Le soir tombait sur le bois d'Amour.

*
* *

Pietro avait retrouvé Charles de Broglie, non loin du parvis de la cathédrale, après s'être entretenu avec Sartine des circonstances exactes de la bataille sur la colline. Le ministre crut défaillir, mais Pietro lui assura que la menace était écartée, au moins pour le moment. Ils étaient parvenus, après bien des efforts, à maîtriser le début d'incendie causé par le feu. Celui-ci brûlait-il vraiment dans l'eau – et même, avec plus de violence qu'en dehors ? En tout cas, ce n'était point avec de l'eau qu'on était parvenu à l'éteindre, mais comme autrefois, devant les remparts de Constantinople : en utilisant du sable, de la terre, et en le coupant de l'air extérieur au moyen de linges ou de couvertures humides. Là-haut, près des vignobles, la colline était encore brumeuse. En cette année 1775, le vin de Champagne aurait un goût légèrement fumé ; voilà qui en ferait un cru exceptionnel.

Mais le Fabuliste et lord Stevens s'étaient échappés.

Anna Santamaria et Cosimo s'approchèrent. Pietro sourit et embrassa Anna, avant de serrer Cosimo dans ses bras.

— Alors, il ne s'est rien passé, finalement ! lança Cosimo.

— Je crois plutôt que ton père est encore allé s'amuser au parc, rétorqua Anna, considérant les atours crasseux de Pietro.

Son front et sa joue avaient gardé des traces de soufre et de cendre. Il saignait de la tempe droite. Le Vénitien se tourna de nouveau vers le comte de Broglie qui, lui, portait toujours son éclatant costume de chevalier de l'ordre du Saint-Esprit. Il entraîna le chef du Secret un peu plus loin. Cosimo les observait d'un air intrigué et vaguement suspicieux.

— Où en êtes-vous avec Stormont ?

— Vergennes et moi n'arrêtons pas de hurler auprès de lui. En réalité, ils ne tiennent plus Stevens depuis longtemps.

Mais tout ce qu'il réussit à faire jusqu'à présent, c'est à perdre d'autres agents.

— Oui, un peu comme nous, dit Pietro d'un air amer. Et le Fabuliste ? Dire que l'on ne sait toujours pas son nom exact !

Il planta son regard dans celui du comte.

— Parlons franchement ! Jacques de Marsille... Le premier Fabuliste, l'homme que j'ai tué le soir des noces de Marie-Antoinette... Vous *saviez,* n'est-ce pas ?

— Que voulez-vous dire, Viravolta ?

— Il n'a jamais cherché à attenter à la vie de personne. Il voulait une audience.

Charles de Broglie se passa la langue sur les lèvres. Pietro poursuivit.

— Vous ne pouviez pas l'ignorer. C'est à *vous* que le roi a dû s'ouvrir de cette affaire. Vous étiez déjà chef du Secret... A qui d'autre aurait-il pu en parler ? Marsille était agité, mais pas fou... Pour quelle raison aurait-il fomenté un attentat sans aucun espoir de succès ?

Broglie le laissa continuer.

— Il réclamait justice, pour un bâtard du roi ! Il a profité du soir des noces pour venir à Versailles, espérant forcer le destin, à l'endroit même où on lui avait fermé toutes les portes... et trouver un moyen de plaider sa cause ! Vous saviez qu'il venait ! Il s'est grimé par obligation, sachant qu'il risquait d'être pourchassé !

Pietro fronça les sourcils.

— ... *Et vous m'avez laissé le tuer.*

Il fit une pause et reprit :

— Vous nous avez tous mis en alerte... et monté les pièces de sa culpabilité. Mais pour de mauvaises raisons. Vous avez *couvert le roi.* N'est-ce pas ?

Broglie fronça les sourcils, tendu.

— Les épigrammes étaient de lui. J'en ai ajouté d'autres.

Pietro poursuivit :

— Après quoi il n'a pas été difficile de monter un dossier d'enquête le faisant passer pour un extrémiste refusant l'alliance autrichienne, doublé d'un sataniste dangereux, ou à tout le moins d'un mystique au bord de l'hérésie, qui fréquentait les convulsionnaires de Saint-Médard ! J'ai toujours pensé que quelque chose n'était pas... cohérent dans ce portrait. Tout cela pouvait être expédié en trois jours. Que dis-je : en une nuit. Et affaire suivante !

Pietro plissa les yeux. Le comte se défendit :

— Je ne savais pas pour l'enfant, Viravolta. Le roi m'avait laissé entendre, en effet, qu'il y avait une femme... et qu'elle prétendait avoir eu des relations avec lui... Il disait que cette femme utilisait un abbé pour répandre toutes sortes de rumeurs infondées. Lui-même ne m'a pas tout dit, Viravolta, comprenez-vous ? *Je ne savais pas pour l'enfant.* Et quand bien même ! Qu'auriez-vous fait à ma place ? C'était mon devoir de protéger notre Bien-Aimé...

Il eut un sourire cynique.

— Le roi avait aussi des secrets qui n'appartenaient qu'à lui seul.

Charles se tut quelques secondes, et reprit :

— Marsille devenait une menace pour l'Etat. Il pouvait faire courir d'autres épigrammes, Viravolta. Il avait le tort de dire la vérité. Nous en avons écrit nous-mêmes certains, c'est vrai, pour accréditer notre thèse. Il va sans dire que tout cela est... un secret.

Ils se regardèrent en silence.

Pietro secoua la tête.

— Et bien sûr, d'Aiguillon ignorait le fond de l'affaire quand il m'a confié l'enquête. Mais vous ? Lorsque les épigrammes, et son nom, sont réapparus ?

— Je n'étais sûr de rien. Au milieu de tout cela, le Service était menacé. Je devais me battre sur plusieurs fronts à la fois. Il m'a fallu un moment pour comprendre, ensuite pour trouver la preuve en la personne de Marie Desarneaux ! Son nom figurait dans les rapports... mais ils sous-entendaient qu'elle avait eu une liaison *avec l'abbé.* Pas avec le roi ! Lui ne m'avait pas même dit son nom ! C'était une femme parmi d'autres, Viravolta ! Une fille des rues. Il l'avait *oubliée.* Ce que le roi voulait, c'était faire taire l'abbé. Marsille s'est inventé son personnage pour nous approcher. Il a élevé le bâtard comme son fils durant plusieurs années, et protégé sa mère... mais cela n'expliquait qu'un aspect de la conspiration. Les Anglais n'étaient pas prévus. C'est vous, Viravolta, qui m'avez fait comprendre ce qui se tramait. Tout ne s'est agencé dans mon esprit que récemment.

Pietro secoua la tête.

— Mais vous vous rendez compte ?

Le comte lui mit la main sur l'épaule.

— Il restait une menace pour l'Etat. Si la France avait connu le bâtard, le jour du festin ! Louis-Auguste épousait Marie-Antoinette, la France faisait noces avec l'Autriche !... Nous parlions de l'équilibre du monde, Viravolta ! La raison d'Etat. La politique.

Pietro eut à son tour un sourire amer.

— Je connais. Mais croyez-vous vraiment qu'un bâtard isolé pouvait faire vaciller le trône de France ?

— Le sang du roi coule encore dans ses veines, mon ami. Des régimes sont tombés pour moins que ça.

Pietro et le chef du Secret se turent.

C'est alors qu'à cheval, un officier du roi, qui avait fait directement le chemin depuis Versailles, arriva sur le parvis à bride abattue.

— Place ! Place ! Message de M. Marienne, de la Maison du Roi, pour l'Orchidée Noire !

Pietro se saisit du nouveau billet d'Augustin Marienne.

Vous vous souvenez, Viravolta, de la seconde catégorie de plans... Cet étrange maillage dont je ne parvenais à comprendre le sens... Je l'ai finalement percé à jour ! C'est ici, à Versailles. Je vous en parlerai à votre retour. Il est indispensable que vous conserviez à ce sujet le secret le plus absolu. Venez me trouver sitôt que vous serez rentré. Et hâtez-vous !

Le Fabuliste a un dernier tour dans sa manche.

Viravolta comprit. Il regarda Charles de Broglie.

Il se retint de hurler. Anna s'était avancée vers eux. Elle sourit encore.

— Un nouveau jeu ?

Pietro se souvint. Si le Fabuliste ne renonçait pas à l'exécution ultime de son plan...

~~LE CHIEN QUI LÂCHE SA PROIE POUR L'OMBRE~~ D'Eon, Saphir, Beaumarchais
~~L'AMOUR ET LA FOLIE~~ Anna
~~LE SINGE ROI~~ Louis XVI
~~LA CIGALE ET LA FOURMI~~, Marie-Antoinette
~~LE LIÈVRE ET LA TORTUE~~ La Cour
LE LION DEVENU VIEUX

La partie n'était pas tout à fait terminée.

A Reims, Anna, Pietro et Cosimo étaient restés non loin de la garde, et du couple royal. Ils logeaient dans les chambres d'une auberge située en face de la cathédrale. Au cœur de la nuit, enfin, tout se calma, tout se tut, pour ne laisser place qu'à deux respirations mêlées.

La lune était haute dans le ciel. Anna et Pietro faisaient l'amour. Il contemplait les seins d'Anna. Ces joues enfiévrées. Cette bouche ouverte, tantôt dans un soupir, tantôt dans un sourire. Anna Santamaria. La Veuve Noire de Venise. Dieu, qu'il l'aimait. Il l'avait toujours aimée, l'aimerait toujours. Et bien qu'il eût connu de nombreuses maîtresses, durant sa jeunesse mouvementée, ce mystère-là était peut-être le plus grand de sa vie.

Elle lui sourit.

Quelques instants plus tard, ils étaient alanguis l'un auprès de l'autre. Anna se pencha sur lui, plongea ses yeux dans les siens, lui caressa la joue.

Ils se taisaient.

Enfin, le silence.

Puis, après s'être éclairci la gorge, d'une voix douce, mais avec une pointe d'incrédulité, elle murmura :

— Pietro, mon amour... Après quoi cours-tu ?

Il ne répondait pas. Elle insista :

— *Après quoi* cours-tu ?

Pietro ne répondait toujours pas.

C'était une excellente question.

*
* *

Le Fabuliste joignit les mains sous le rideau de pluie.

Les gouttes ruisselaient le long de sa capuche et de son manteau noir.

La lune passait dans le ciel.

Il se tenait devant la tombe, contemplant cette épitaphe qu'il avait vue et revue mille fois.

CI-GÎT
JACQUES DE MARSILLE
1715 – 1770
SES PAROISSIENS RECONNAISSANTS

Il était venu fleurir la tombe. Des dahlias fauves pour la reconnaissance. Du lis pour la pureté. De la lavande pour la respectueuse tendresse. De la bruyère pour l'amour mêlé de solitude. Des feuilles d'absinthe pour l'absence. Il avait aussi replacé l'oiseau empaillé, déposé en offrande auprès de la stèle.

L'esprit tourmenté par des sabbats d'animaux et de démons, au milieu des croix et des tombeaux, il bouillait de colère.

Depuis qu'il avait commencé à mettre au point sa vengeance, il n'avait pas revu Marie, sa mère. Depuis longtemps, elle le croyait mort. C'était mieux ainsi. Lui aussi avait dû disparaître. C'était une façon de la protéger; et de se protéger, lui. Il craignait déjà que le nouvel abbé, Jean Morois, n'ait deviné sa présence. Morois devait se demander *qui* venait fleurir la tombe. Mais c'était un homme bon. Il s'occupait de sa mère.

Il ne put contenir davantage sa fureur et poussa un cri.

Il s'était efforcé de s'en tenir à ce qu'il avait prévu, mêlant les meurtres prémédités à des actions parfois dictées par l'urgence. Il n'avait cessé de vouloir canaliser sa colère, en agissant de manière méthodique, rationnelle. Son délire s'était mêlé à sa froideur, son sens de l'organisation à son talent de caméléon. Mais où en était-il, son beau programme? Certes, il affrontait l'élite des agents du roi. Il ne s'agissait plus de petits indicateurs. Viravolta n'était pas mort dans la cage au lion. Sa survie inattendue avait, une fois de plus, remis en cause tout l'échafaudage. D'Eon et Beaumarchais, vivants! Et le Vénitien avait débarqué à Herblay, puis à Reims, tel un chien dans un jeu de quilles.

Lui, toujours lui!

Il était maintenant désespéré.

De nouveau, il hurla, sous la tempête.

Par quelle intuition devina-t-il qu'il était observé? Il releva le visage de manière imperceptible sous sa capuche; ses muscles se raidirent. Dans le cimetière, il compta trois ombres, qui se mouvaient lentement dans sa direction. L'une qui devait venir de l'angle sud-est, presque dans son dos. Deux autres, des deux côtés.

Des hommes de Broglie.

Ils ont compris. Il a fait surveiller le cimetière.

Il attendit encore quelques instants, dans une posture de communiant recueilli.

Puis il chercha deux poignards à ses flancs, qui étincelèrent dans la nuit.

Lorsqu'il pénétra dans son atelier, il ne se souvenait déjà plus très bien de ce qui s'était passé.

Il y avait eu des cris, et du sang – encore.

Le cimetière comptait cette nuit trois morts de plus.

Il se débarrassa de son manteau et se remit au travail.

Les animaux des Fables, et la mémoire des gravures du livre que la nourrice, cette brute, lisait jadis aux autres enfants, revenaient le hanter. C'était le temps où il avait été abandonné aux soins de cette femme abrutie et veule, qui ne voyait en lui qu'un rejeton misérable. Les autres se moquaient de lui, le traînaient dans la boue près de la porcherie. Il se sentait déjà mi-homme, mi-animal. Comme Etienne le bossu. Un bâtard. La nuit venue, lorsqu'il n'était plus confiné dans le cellier, ou là-haut dans la grange, lorsque les autres dormaient et cessaient de le faire souffrir, il allait en secret chaparder le livre. Alors, il pouvait à son tour se raconter des histoires. Il rêvait en considérant ces gravures. Plus tard, lorsqu'il avait su lire, l'abbé, qui l'avait sauvé de ce bouge, lui avait aussi expliqué le sens des Fables. Des Fables qui, comme celles du Labyrinthe des jardins de Versailles, étaient jadis destinées à l'éducation du Dauphin.

Le fils d'un roi ! *Dieu est avec toi, mon fils.*

Mais dans quel enfer était-il tombé ? Qu'avait-il fait ? Et ce fou de Stevens ? Il n'avait désormais que faire de lui, Stevens le fuyard. L'Anglais renégat avait échoué dans son opération, *Party Time*. Au Fabuliste d'accomplir la sienne, seul, puisque c'était ainsi

Les hurlements de Rosette revenaient à ses oreilles, et ceux de Baptiste, et le sang jailli de la gorge de Crapaud, et la ronde des suppliciés, suppliciés par sa faute.

Le fils d'un roi.

De profundis clamavi ad te, domine.

Des larmes de rage vinrent mourir au coin de ses yeux. Mais il ne se rendrait pas sans combattre. Non, tout n'était pas perdu ! Il ne se résignerait pas ! Et s'il fallait en finir, aller jusqu'au bout, jouer enfin le tout pour le tout, il tirerait sa salve d'honneur et les ferait tous trembler encore ! Un dernier festival ! S'il devait en terminer, qu'au moins il venge la mémoire de l'abbé, le seul être qui eût jamais compté pour lui. Et qu'il ne parte pas sans emmener dans la mort le responsable de son assassinat !

Versailles, et Viravolta.

Le baroud d'honneur ! Le fils du roi, au précipice !

Il se remit au travail, mais il n'était plus préoccupé de taxidermie.

Maintenant, c'était la chimie.

Il considéra le vieux livre poussiéreux qu'il avait installé, telle une bible sur un présentoir.

Liber ignium ad comburendos hoste.

Il se replongea dans ses études.

Suivez la viande!

SOUS-SOLS DES AILES DES MINISTRES, VERSAILLES

Viravolta n'avait pu regagner Versailles avant la fin des cérémonies rémoises et le retour au château du couple royal. Mais sitôt que l'on eut regagné le palais et qu'il fut en mesure d'abandonner sa surveillance aux bons soins de Sartine, il se précipita dans les catacombes de l'aile des Ministres où demeurait Augustin Marienne. Il passa la porte blanche de l'alcôve, descendit l'escalier et frappa à la porte qui menait aux anciennes fondations.

Personne ne lui répondit. Le battant était ouvert.

Il le poussa dans un grincement.

Pietro eut la même impression que lors de sa première incursion dans ce repaire insolite. La pièce était plongée dans la pénombre; le fatras s'y faisait toujours plus invraisemblable. Mais cette fois, c'en était à un tel point que le Vénitien s'en trouva sur ses gardes.

Les esquisses, dessins et ébauches des plans jonchaient le sol de toutes parts. Les projets de Mouvement Perpétuel étaient lacérés. Des roues dentelées étaient abandonnées ici et là. Les piles de dossiers dégorgeaient leurs feuillets de vélin. Le lustre avait été brisé, les bougies renversées. Le feu pouvait prendre d'un instant à l'autre. Et par-dessus tout, il y avait cette odeur – une odeur que Pietro savait reconnaître entre mille.

Le sang.

Il entendit, venu des entrailles de la pièce, un gémissement.

Il se jeta en avant, faisant valser un pupitre d'écolier qui se trouvait en travers de sa route. Des feuilles volèrent dans un rai de lumière. Une main pâle semblait jaillir des profondeurs de la tombe. Elle se dressait, suppliante, les doigts repliés comme ceux d'une serre. Le pauvre Augustin Marienne était enseveli sous ses propres dossiers. De sa bouche coulait un filet de sang ; il recrachait des feuillets gribouillés d'inventions saugrenues, avec lesquels on avait cherché à l'étouffer. On y devinait de ces croquis promettant monts et merveilles, entre bottes miraculeuses et mouvements jamais achevés. Son visage tuméfié était méconnaissable. Il avait été roué de coups. Ses binocles brisés traînaient à ses côtés.

— Augustin ! s'écria Viravolta, se penchant sur lui.

Il ôta un feuillet de sa bouche tandis qu'Augustin crachait du sang dans un râle.

Pauvre Augustin
Devenu vieux ! Comme ce royaume,
Viravolta
Il mourra.
Après quoi, sois aimable
Et si tu le veux bien
Réglons la dernière Fable
De toi à moi.

*

LE LION DEVENU VIEUX
Livre III – Fable 14

Le Lion, terreur des forêts,
Chargé d'ans et pleurant son antique prouesse,
Fut enfin attaqué par ses propres sujets,
Devenus forts par sa faiblesse.
Le Cheval s'approchant lui donne un coup de pied;
Le Loup, un coup de dent; le Bœuf, un coup de corne.
Le malheureux Lion, languissant, triste, et morne,
Peut à peine rugir, par l'âge estropié.
Il attend son destin, sans faire aucunes plaintes,
Quand voyant l'Ane même à son antre accourir :
« Ah! c'est trop, lui dit-il; je voulais bien mourir;
Mais c'est mourir deux fois que souffrir tes atteintes. »

F.

— Augustin... Qu'est-il arrivé ?

Augustin avait les yeux vitreux. Sa main serra le bras de Pietro comme celle d'un naufragé.

— Je... Je ne sais pas son nom... Il est passé... par Saphir... Il voulait... les plans...

— Les plans ? Quels plans ?

Marienne cracha encore du sang. Son regard chavirait. Une souffrance aiguë se lisait sur son visage, tandis qu'il essayait de réunir ses dernières forces.

— La formule du feu grégeois... Le Fabuliste l'a eue par Saphir... Il l'a copiée... C'est ma faute, Viravolta... Oh, pardonnez-moi... Je la leur ai donnée! La formule de Dupré... Ils ont voulu me faire chanter... Je l'ai détruite... Mais lui... Il l'a encore! *Il a le dernier feuillet, Viravolta!*

— Et les autres plans ? demanda Pietro. Que signifient-ils ?

Augustin tendit un index tremblant, désignant un rouleau abandonné non loin de lui.

— Là… Ils sont l…V… Viravolta… Suivez… la viande… Calixte…

— Comment ? Suivez la viande ? Calixte ?

— Le feu… Il se propage même grâce à l'eau… Il en a fait une arme… *Ce soir !*

— Que dites-vous ? Augustin, je n'y comprends rien !

La main du fonctionnaire de la Maison du Roi se referma plus fort sur l'épaule de Viravolta. Augustin secoua la tête à petits coups réguliers, ne quittant plus le Vénitien des yeux, comme s'il voulait se redresser. Puis il eut une longue expiration… et ses membres se firent lourds dans les bras de Pietro. Le Vénitien se releva et passa une main sur son front. Il regarda le rouleau qu'avait désigné Augustin, où l'on voyait ce maillage d'horizontales et de verticales, semées de lignes brisées, de chiffres et de formes géométriques disséminées selon un réseau incertain.

L'Orchidée Noire fit la grimace.

Suivez la viande ?

Relation de la Fête de Versailles

CUISINES DU ROI
LABYRINTHE, GRAND CANAL
ET BOSQUET DES ROCAILLES
PAVILLON DU BASSIN D'APOLLON

Ce soir, alors que le jour n'était pas encore tombé, tous les offices étaient sur la brèche : trois cents personnes disséminées dans le Grand Commun, toutes affectées au repas du roi, comme au temps du Roi-Soleil. La paneterie pour la préparation des couverts, le pain et le linge de table ; l'échansonnerie-bouche ou « gobelet » pour l'eau et le vin ; la cuisine-bouche pour les plats ; la fruiterie pour les fruits, bougies, candélabres et girandoles ; la fourrière pour le bois et le charbon. On acheminait les plats vers les tables préparées. Pietro croisa le premier maître d'hôtel, qui donnait ses consignes d'un air animé à son adjoint ordinaire, lequel frappait des mains pour mettre au pas ses maîtres d'hôtel de quartier, tandis que, plus loin, le contrôleur général de la bouche assurait le comptage des dernières provisions. L'organisation était martiale. Viravolta, ne sachant par où attaquerait le Fabuliste, s'en était remis aux derniers mots d'Augustin Marienne : il faisait surveiller la « viande du roi »

– il s'agissait, en réalité, de l'ensemble des mets que devait comporter le menu du soir. Lorsque Pietro arriva, ceux-ci jaillirent d'abord sous la forme de moult plats en sauce du rez-de-chaussée du Grand Commun. Sous la conduite du premier maître d'hôtel, ils étaient solennellement portés par trente-six gentilshommes servants, précédés de douze maîtres pourvus de bâtons d'argent.

D'ordinaire, la viande quittait les cuisines, traversait la rue, entrait au château par la porte située exactement en face du Grand Commun, montait les escaliers et s'enfonçait dans les corridors de Versailles, jusqu'à parvenir à la table du roi. Aujourd'hui, la procession solennelle se rendait dans les jardins, long défilé extraordinaire, pour gagner l'endroit où l'on servait le souper. Autre différence notable par rapport aux usages habituels : à la sortie même du Grand Commun, Pietro avait fait disposer une série de goûteurs. Cette seconde petite armée était alignée comme à la parade, en costume bleu et rouge, barré d'un ceinturon blanc. Chacun de ses janissaires trempait le doigt, le pain et la cuiller dans les différents mets qui défilaient sous ses yeux, afin de s'assurer que nulle main malfaisante n'avait versé dans les plats quelques gouttes d'un poison violent. Pietro avait invité Sartine et l'ensemble de la garde du château à redoubler de vigilance tant que le Fabuliste était encore en liberté.

Le Vénitien s'avança en direction du premier maître d'hôtel.

— Rien à signaler ?

L'autre, hagard, le cheveu en bataille, ôta le tablier où il venait d'essuyer ses mains, et regarda Pietro de travers.

— Si, mon ami. J'ai à signaler la préparation de quelque quarante-trois plats qu'il me faut encore faire parvenir au buffet improvisé de Sa Majesté ! Cela suffira-t-il ?

Pietro n'insista pas.

A présent avançait en cadence le bataillon des plats, chaudrons et soupières, assiettes plates ou creuses, portés par l'armée des servants et maîtres affectés au menu du roi. Les grands potages étaient en tête, composés de vieux chapons et de quatre perdrix aux choux; venaient ensuite les petits potages, dont six pigeonneaux de volière pour bisque, un de crête et de béatilles, et deux petits potages de hors-d'œuvre. Puis les potages laissaient place aux grandes entrées, un quartier de veau et douze pigeons pour tourte, et aux petites entrées, six poulets fricassés et deux perdrix en hachis. Les hors-d'œuvre n'étaient pas en reste, rassemblant trois perdrix au jus, deux dindons grillés, six tourtes à la braise et trois poulets gras aux truffes. La procession se poursuivait avec les rôts, deux chapons, neuf poulets et deux étourneaux, six perdrix et quatre tourtes. Les fruits et desserts, les compotes et confitures liquides, dans leurs bassines et saucières de porcelaine, attendraient encore un peu. Et ce menu pantagruélique, naturellement, n'était destiné qu'au roi et à la reine. Les plats cuisinés pour les courtisans étaient déjà sur place. La Cour venait de s'installer pour le souper tout près du bassin d'Apollon, à la suite d'une représentation impromptue que Marie-Antoinette avait fait donner en plein air, au bosquet des Rocailles. Quel curieux défilé que celui-là! Les porte-plats marchaient en petits soldats sur les terrasses, descendaient vers les Miroirs et le bassin de Latone, puis remontaient l'Allée Royale en direction du bassin.

Pietro leur avait emboîté le pas, et les mets paraissaient danser devant lui, sur les plateaux.

Suivez la viande.

Avant la représentation, vers seize heures, on avait pris une collation au cœur du Labyrinthe, dans le Bosquet Sans Nom, ce cabinet de verdure où, souvenir secret et déjà fantomatique, Landretto avait été pendu lorsque Versailles était déserté par la Cour. Du bassin aménagé au centre du cabinet paraissaient jaillir plusieurs guéridons, recouverts de napperons pastel. Des melons alternaient avec des liqueurs présentées dans des carafons ciselés. Un palais en pâte d'amandes renfermait des coffrets de pain d'épices, où l'on pouvait se servir en pâtisseries, fruits confits ou caramels. Pour le plaisir du regard, des orangers du Portugal, ainsi que des bigarreautiers, des cerisiers et deux groseilliers de Hollande décoraient aussi la chambre verte. Puis Louis XVI et Marie-Antoinette avaient pris place, lui dans une calèche, elle dans sa chaise. Et toute la Cour, filant entre les rangées de tilleuls, s'était rendue en procession de l'autre côté du Grand Canal.

Là, les convives étaient montés dans les chaloupes et les gondoles, pour se laisser glisser sur le miroir tranquille. Les ombrelles s'agitaient dans la brise. Les rives du Canal étaient, ce jour-là, émaillées de superbes figures « en transparent », que les promeneurs admiraient en passant devant elles. On y voyait aussi de ravissants kiosques de porcelaine, tendus de voiles blancs qui s'agitaient dans la brise. Puis l'on redescendit et, derrière le bassin d'Apollon, on assista à une petite reconstitution. Des galères en modèles réduits se tiraient des coups de canon à grand renfort de poudre. Ici, la flotte française, bien sûr, battait la flotte anglaise, ce qui était assez chimérique à vrai dire; mais à Versailles il n'était guère de bon ton de penser autrement. Aussi les voiles de la galère anglaise s'embrasèrent-elles et, sur le Canal au moins, le lys vainquit la rose.

La Cour gagna ensuite l'Encelade et les Dômes, avant de revenir vers la Colonnade et la salle de bal, ou bosquet des Rocailles, où le théâtre était monté. Une partie du bosquet était occupée de gradins ruisselants d'eau, de pierres de meulière, de végétaux, de plombs dorés et de coquillages rapportés des côtes africaines. La scène était bâtie au milieu de l'amphithéâtre, sur une île à laquelle on accédait par de petits ponts. Un orchestre attendait l'arrivée des convives. Il commença sa ritournelle dès que le couple royal fut en vue. La Cour s'assit de part et d'autre de la cascade de gradins, sur les degrés de gazon. Le roi et la reine prirent place sous le dais qui leur était réservé. On distribua des imprimés, en précisant qu'il s'agissait d'un impromptu et que, bâtie à la hâte, la pièce n'avait pas eu le temps d'être fignolée. Les toiles se relevèrent bientôt au son des trois coups. Deux colonnes torses apparurent, dominées par une statue d'Aphrodite en costume de bergère. Un couple fit son entrée. Cloris le berger poursuivait Climène la bergère de ses assiduités, et en appelait à la déesse. Climène courait d'un bout à l'autre du plancher pour échapper à Cloris, en poussant des cris et en jouant de la lyre. Dans l'ombre, un autre comédien déguisé en faune ourdissait son rapt. La saynète, délicate et maniérée, alternait les séquences en vers et en prose, les passages chantés et déclamés. Le roi et la reine s'en amusèrent; on applaudit beaucoup. Pendant que Pietro était aux cuisines, le reste de la garde rapprochée du couple royal circulait discrètement entre les gradins, sans rien perdre de ce qui se passait.

On s'achemina enfin au bassin d'Apollon pour le souper, au milieu de cette perspective inouïe qui s'offrait à la vue, des terrasses du château aux bois lointains et à la Grande Etoile, derrière la croix du Canal.

C'était là qu'arrivait la viande du roi, jaillie de la bouche sombre du Grand Commun.

Et c'était cette viande que suivait Pietro, en compagnie des garçons et des maîtres.

*

* *

Nous y voilà, se dit Pietro en marchant vers le superbe pavillon royal arrangé pour l'occasion. Il était recouvert de feuillage et orné de lumières. Des vases disposés tout autour laissaient s'échapper de l'eau, qui l'entourait à la façon d'une cloche de cristal. Derrière ce rideau liquide, que seule contrariait une petite entrée couverte, mille lucioles paraissaient attendre les convives. La cloche étincelait de l'intérieur. A côté de l'entrée, deux statues de faunes jouaient du fifre sur des piédestaux de verdure. Le dôme était décoré de bas-reliefs qui évoquaient les saisons et les quatre parties du jour, auprès d'un portique de toile blanche. Pietro s'y engagea à la suite des officiants de la Bouche. L'intérieur du dôme était plus saisissant encore. Il était plongé dans une semi-pénombre, seulement irisé par les flammes des candélabres. Le plafond était ouvert sur le ciel. Les meilleurs menuisiers de France avaient créé sur son pourtour un feuillage de bois qui alternait avec des écharpes de gaze nouées de fleurs. Tout au fond, un Pan rieur crachait de l'eau. Les bouillons d'écume se divisaient en ruisseaux sifflant entre les cailloux d'un rocher factice. Peuplé, dans ses interstices invisibles, d'une infinité de bougies, le rocher semblait l'abri de quelque faune elfique. Les flammèches jouaient avec les gouttes, au gré des facéties de l'eau, projetant des reflets sur les parois et le plafond. Ce kaléidoscope était renforcé par le jeu de nombreuses boules de cristal disposées sur des pieds d'argent et qui fragmentaient la lumière, tant et si bien que l'espace tout entier semblait la proie d'un arc-en-ciel.

Une fois de plus, les Menus-Plaisirs s'étaient surpassés. Soixante-dix couverts étaient disposés devant le rocher aux ondes d'argent. Les tables étaient réparties en quatre sites, sous des tentes magnifiques. Toutes donnaient sur la table royale, située au centre, si bien que chaque convive avait à la fois l'impression de communier avec le souverain, et de garder avec soi son petit cercle d'intimes. Les chaises ouvragées figuraient tantôt les Saisons, tantôt les Muses et les Arts. Des tentures diaphanes, apprêtées depuis le sommet de la cloche, dansaient au gré des courants d'air. Des girandoles de cristal complétaient le tableau. En plus des mets préparés pour le roi et la reine, des plats insensés étaient disposés sur un buffet pour les autres convives. Ils bénéficiaient ainsi du même menu, préparé en abondance. On montait à ce buffet par trois degrés, pour gagner l'estrade où les servants faisaient leur office. Dix-huit bassins, des cassolettes et des pots cernés de feuillages imitant le houx environnaient les plats. On avait aussi apporté le vieux « cadenas du roi », coffret d'argent où étaient enfermés, par sécurité, les couteaux, cuillers et épices réservés à son usage personnel. La partie ouest était réservée au service des dames, l'est à celui des hommes.

Toute la Cour applaudit en entrant ici. Le roi félicita Marie-Antoinette, qui avait concocté ce chef-d'œuvre avec les Menus-Plaisirs. On prit le temps de regarder les moindres détails alentour et de s'en divertir. Enfin, on s'assit. La reine s'était plu à mélanger les convives et les rangs en faisant fi du protocole, ou à peu près. Les noms de chacun étaient disposés sur de petits cartons blancs fichés dans des serviettes artistiquement présentées.

Sur l'un d'eux était écrit :

Anna Santamaria, de Venise

Les dames s'assirent d'abord.

Au moment où Pietro arrivait sur les lieux, le festin commençait. Sitôt qu'il le vit paraître, le premier maître d'hôtel, présent dans le pavillon, lui fit signe. Pietro le rejoignit discrètement au milieu des rires et du bruit de la conversation. Sa présence n'échappa pas à la reine. Marie-Antoinette le gratifia d'un sourire délicat. A ses côtés, Louis XVI attaquait une poularde avec appétit. Plus loin, sous l'une des tentes, Anna devisait avec Mme de Guéméné et la comtesse de Polignac. Elle ne s'aperçut pas de la présence de son mari.

Le maître d'hôtel lança à Pietro un regard courroucé.

— Est-ce une plaisanterie ? Regardez ce que la princesse de Lamballe a trouvé à la place de son carton d'invitation. Quelqu'un l'a glissé à notre insu. La reine l'a vu, et m'a prévenu de vous le remettre. Sauriez-vous de quoi il s'agit ?

Le carton blanc ne portait qu'un simple *F*. Cela suffit à faire comprendre à Pietro que le Fabuliste prétendait bel et bien s'être invité à la table royale. Le Vénitien releva le regard et ses yeux vifs coururent parmi les convives. Etait-il là, vraiment, parmi *eux* – ou continuait-il seulement de jouer avec ses nerfs ?

— Connaissez-vous un dénommé... Calixte ? demanda-t-il au maître d'hôtel.

Ce dernier fit une grimace. Son sourcil s'arqua par-dessus la tache de vin qui ornait sa joue.

— Je vous demande pardon ?

— Calixte...

Le maître d'hôtel soupira et fit un signe de tête en direction d'un adolescent d'une quinzaine d'années. Le dénommé Calixte n'était que l'une des petites mains anonymes qui, sur place, faisait le service au buffet. Pietro remercia et marcha d'un pas pressé vers le garçon en livrée. Une serviette blanche repliée sur son avant-bras, celui-ci jouait d'une grosse cuiller au-dessus d'un potage. Dès que Pietro lui eut parlé, le garçon abandonna son poste. Il se fit remplacer un instant et invita Viravolta à reculer de quelques pas. Il chuchota :

— Je ne suis pas seulement celui que vous pensez... Voyez-vous, je rends service au comte de Broglie et à M. Sartine de temps en temps...

Il lui fit un clin d'œil puis continua, d'un air de conspirateur :

— M. Marienne m'avait prévenu que peut-être, vous

viendriez me voir. Mais il m'a dit aussi que, dans ce cas, la situation serait très grave... Avait-il raison ?

Pietro opina.

— Elle ne saurait l'être plus. Augustin est mort.

Le garçon pâlit. Il se mit à trembler, quittant soudain sa posture de grand espion du roi.

— C... Comment ?

— Son corps repose dans son cabinet. J'ai fermé son bureau à double tour.

— Oh ! mon Dieu !... Je lui apportais souvent à manger... Il quittait rarement son office... Et... nous causions, vous comprenez... Seigneur... C'est abominable !

— Rassemblez-vous, mon garçon. Il pourrait bien y en avoir d'autres. Avant de mourir, Augustin m'a glissé votre nom. Savez-vous pourquoi ?

La mouche regarda Viravolta intensément.

— Tout ce qu'il m'a dit, c'est qu'il avait *trouvé*; et que si vous veniez me voir en me posant des questions, c'est que lui-même ne pourrait plus y répondre. Grands dieux, je comprends mieux ce qu'il voulait dire à présent ! Je devais, dans ce cas, vous adresser à cet homme que vous trouverez auprès de la grotte à surprises, près de la Colonnade.

— Un homme ? Quel homme ?

— Le maître fontainier du roi. Il m'a dit que vous aussi, vous comprendriez.

Pietro cilla. Puis il hocha la tête et jeta, en s'éloignant d'un pas précipité :

— Merci !

Il quitta le pavillon pour gagner la grotte à surprises.

Là se tenait le maître fontainier, héritier du Denis-Jolly qui, entouré de ses compagnons plombiers, de ses huit garçons et d'un fondeur, avait jadis pour tâche de faire jouer les eaux afin de donner au monarque l'illusion que ses fontaines fonctionnaient en continu. Comme les Francine, les Denis-Jolly étaient aux fontaines ce que les Le Normand étaient aux fleurs et au jardinage. Ils usaient d'un protocole très précis, mis en place autrefois pour les promenades du roi. Dès que Sa Majesté apparaissait en vue de tel ou tel rondeau, on s'activait aux manettes, faisant jaillir les jets cristallins de la gorge des grenouilles de Latone ou d'un Bacchus enivré, pour les interrompre dès qu'il était passé. Mais tant que se déroulait le souper, les héritiers étaient au repos. Pietro se présenta rapidement au maître fontainier qui plaisantait avec son équipe. Devant lui, il déroula les plans du Fabuliste, qu'il avait récupérés chez Augustin Marienne.

— Cela vous est-il familier ?

L'autre le regarda sans un mot. Puis il fit signe à l'un de ses garçons d'approcher.

Le compagnon plombier apporta un autre rouleau, d'une feuille si mince qu'à la lumière elle paraissait presque transparente. Le maître fontainier déploya le rouleau de Pietro à ses pieds. Il posa dessus ses propres documents, en plein soleil, presque au plan de l'écliptique.

Ils coïncidaient parfaitement.

Ce maillage inextricable d'horizontales et de verticales, ce tissu aux ramifications multiples, ces chiffres et formes géométriques, ces calculs de distance résonnant de π et du nombre d'or – tout était exactement semblable.

Les mille canalisations de Versailles s'étalaient, tel un gigantesque réseau, à leurs pieds.

Water Music & Royal Fireworks

GROTTE À SURPRISES
RÉSERVOIRS ET FONTAINES DU ROI, VERSAILLES

Pietro, effaré, porta une main à sa tête.

On disait souvent qu'au-dessous du château connu de tous courait un Versailles invisible : celui des tuyaux, des canalisations, extraordinaire conjonction de sciences et de techniques, terrassement, plomberie, hydraulique, physique, géométrie, géologie. C'était soudain devant les plans de cet autre palais, souterrain et secret, qu'il se trouvait. Les réservoirs y étaient amples comme des cathédrales; les premières canalisations de plomb avaient été remplacées sous Louis XIV par des tuyaux de fonte prêts à boulonner. Ils étaient d'une telle résistance qu'ils couraient encore sur des dizaines de lieues, émaillés à chaque jonction du lys royal, en relief, sceau frappé dans les alliages de métal. Louis XIV ne s'était pas contenté de jets droits, giclures et pissures lancées vers le ciel. Il avait souhaité *sculpter l'eau* : elle devait être modulée, travaillée, offrir des effets variés. Au moyen d'ajutages, de bouches de fontaine aux formes diverses, en lame, bouillon, langue, fente, ses fontainiers avaient créé une aquagraphie sans précédent. Celle-ci était modelée à l'envi par la pression, la hauteur, la forme et l'épanchement du jet, qui concevaient mille figures selon l'exact débit des tuyaux et le calcul des ajutages : en éventail, concave en pyramide, convexe en fleur de lys, droite et plate, brève et courte, raide et haute, en flots et en bouillons...

Oh, non... Je crains de comprendre... se dit Pietro.

Les tuyaux se ramifiaient vers des conques formidables, chérubins dodus, tritons et dragons crachant par la gueule, irriguant lacs et pièces d'eau de mille veines et vaisseaux, tel un sang de cristal donnant vie au palais tout entier, lui offrant de palpiter à ce flux vital... Versailles soufflait, respirait s'irriguait à travers ces artères à la façon d'un immense organisme.

Le château était le sang, le corps du roi !

Tout ces calculs... Des calculs d'ajutage, de débit, de réglage de pression ! Tout cela... c'était sur les plans !

Pietro fit quelques pas, s'éloignant du maître fontainier. Devant lui, on avait reconstitué l'une de ces « grottes à surprises » rappelant celle d'Orphée à Saint-Germain et l'ancienne grotte de Thétis. Elle était toute de coquillages ; en son centre se trouvait le dieu de la Musique qui, lorsqu'il pinçait les cordes de sa lyre, voyait s'animer les vertus morales à son entour ; des cavités s'ouvraient d'où sortaient des lions, des tigres, des loups et autres animaux fabuleux. Des arbres s'agitaient comme bercés par la brise. Ils étaient remplis d'oiseaux, dont les trilles étaient produits grâce à de l'eau sifflant dans les tuyaux, créant un effet presque magique : en fermant les yeux, on pouvait réellement se croire au milieu d'un bocage.

Les yeux de Viravolta s'agrandirent subitement. Devant lui, l'une des grottes venait de s'ouvrir. A l'intérieur, un petit mannequin de bois et de tissu avait été glissé. Son apparence ne pouvait tromper : il était exactement à l'image du Fabuliste encapuchonné. Son sourire était manifesté par un simple trait sous une capuche d'étoupe. Deux pierres rouges figuraient les yeux. La poupée sardonique semblait se moquer de lui. Elle portait une hache, posée sur son épaule. Soudain, en guise de salut, un jet d'eau jaillit de la grotte à surprises, précis et vigoureux. La fantaisie avait coutume d'amuser les promeneurs; Pietro ne rit pas. Le jet l'éclaboussa copieusement, tandis que le petit Fabuliste semblait le railler. Le Vénitien resta là quelques instants, trempé.

Il jura.

Puis il se précipita vers le maître fontainier et ses compagnons.

— Il faut couper les eaux, vous m'entendez? *Toutes les eaux!* Les manivelles, les leviers, les pompes – coupez tout!

Il tourna les talons.

La foule ne cessait d'affluer dans le soleil déclinant.

Pietro se frayait un chemin parmi les badauds. Certains d'entre eux, extasiés, désignaient du doigt une étrange montagne située auprès de l'Encelade, en haut de laquelle se trouvait une petite machine peinte et dorée. Dans la roulette on pouvait s'asseoir et glisser à toute vitesse sur une pente très raide, pour se précipiter jusqu'à son pied, sans autre péril que de pousser des rires cruels pour les tympans.

De nouveau les mots d'Augustin Marienne résonnaient dans sa tête.

Une sourde inquiétude ne cessait de grandir en lui.

Le feu... Le feu...

Pietro cligna des yeux, continuant de jouer des coudes.

Son pas s'accéléra...

Les réservoirs... Les réservoirs du Nord!

Cette fois il se mit à courir, bousculant les promeneurs sur son passage.

De l'eau. De l'eau partout.

Le feu... Il se propage même grâce à l'eau... Il en a fait une arme... Ce soir!

Pietro courait sur les terrasses encombrées par la foule, filait devant les quinconces centenaires et les marronniers touffus, et il avait à présent une furieuse impression de déjà-vu. Il se souvenait de ce soir des noces de Marie-Antoinette, où il s'était lancé à la poursuite du premier Fabuliste. De toutes parts jaillissaient les gerbes liquides, derrière les fleurs, les marbres et les ifs taillés. Près de la pièce d'eau des Suisses, de Trianon et de l'Orangerie, on devinait les touches blanches des joueurs de mail, qui lançaient leur boule de buis sur le parcours gazonné. Loin au bout des allées, autour du parc, des biches et des cerfs pointaient le museau hors des bois, comme pour voir ce qui suscitait ce raffut. Des oiseaux inquiets s'échappaient des cimes. De là-bas l'on pouvait voir le château tout entier, et les mille spectacles de ce crépuscule, ses toits dorés et ses parterres, ces bois profonds et ces statues, mêlés dans la confusion du soir.

Pietro arriva aux réservoirs.

Le Fabuliste ! Enfin !

Sous ses pieds couraient les canalisations et grondaient les machines anciennes. Les citernes formant étang et dominant Versailles semblaient contenir des fleuves entiers. Longées de balustrades, elles allaient de l'une à l'autre, puis menaient à un petit château dans lequel était sertie la machinerie sublime. Jadis, durant deux générations, près de quarante mille ouvriers avaient bêché, terrassé, soulevé des tonnes de terre et de roc, pour forcer la nature à se plier à la volonté du Roi-Soleil ; mais l'eau était restée indomptable. Malgré son mécanisme spectaculaire, il avait fallu renoncer à utiliser la « machine de la rivière Seine » installée à Marly pour alimenter les fêtes de Versailles. Louis XIV avait commandé la construction de nouveaux réservoirs et de moulins. On avait creusé trois étangs ; tenté de capter les eaux de la Bièvre ; bâti un aqueduc perçant la montagne ; créé un lac artificiel ; tout cela n'avait pas suffi. Vauban et La Hire s'étaient attelés à la construction d'un canal dérivé de l'Eure. Les coûts de l'opération, les morts et la guerre avaient contraint le roi à renoncer à ce nouveau chantier de titan. On n'avait gardé que les réservoirs de l'Aile Nord, qui se vidaient à l'occasion des grandes eaux.

Comme aujourd'hui.

Pietro ne fut pas surpris de découvrir deux garçons fontainiers égorgés tout près de lui.

Ils gisaient dans une mare de sang.

— Je vous attendais, Viravolta.

Debout sur la balustrade, emmitouflé de son manteau noir à capuche, la rose sur le cœur, le Fabuliste portait, entre les mains, une torche enflammée.

Pietro s'arrêta, suffoqué.

— Vous nous avez mis en échec, dit le Fabuliste de sa voix singulière. Je le sais déjà. Stevens ne parviendra jamais à ses fins. Il était fou, et j'étais fou de le suivre. Mais il me fallait vous affronter. Tant pis pour le roi, pour la reine, et pour la France. Mais *vous*... vous savez, n'est-ce pas ? Vous savez la vérité... Quel maître avez-vous servi, Viravolta ? Quelle fut votre justice ? J'ai toujours eu de l'admiration pour vous. Mais vous avez tué le seul homme qui m'ait sauvé, et qui ait cru en moi. L'abbé ! Il avait compris, lui aussi ! Son seul tort fut de vouloir se faire entendre, et d'obtenir justice pour moi ! Et vous... vous avez œuvré pour un royaume corrompu ! Comment avez-vous pu ?

Il rit, lentement, et ce rire, traversé d'une folie alarmante, glaça les sangs de Pietro.

— Croyez-le ou non, je comprends ce que vous avez enduré ! s'écria le Vénitien, la bouche sèche. Il m'est arrivé, moi aussi, d'être persécuté par le pouvoir ! Mais il y a d'autres moyens de se faire entendre... Vous ne trouverez que la mort, en agissant ainsi !

— Vous n'étiez pas LE BÂTARD D'UN ROI ! s'écria le Fabuliste d'une voix sans réplique.

Puis il rit de nouveau.

— Ne mélangez pas tout, Viravolta. En des temps de justice, vous eussiez été à mon service. Mon vassal. Mais je suis heureux que vous assistiez à mon spectacle final. Le chef-d'œuvre du Fabuliste !

— Renoncez, renoncez pendant qu'il est temps ! Je vous promets d'essayer d'intercéder pour vous !

— Il est trop tard, Viravolta. Augustin vous a prévenu ? Lui aussi vous a trahi ! Il nous a livré la formule de Dupré. Le feu brûlant même sur l'eau ! Nous l'avons améliorée... C'est grâce à l'eau désormais qu'il se propage... Imaginez par quelle alchimie secrète nous sommes parvenus à l'impensable !

D'un coup de poignet, il usa de sa main libre pour dérouler le document.

— Le feu et l'eau ! De quoi flétrir une orchidée !

Il rit encore et, lentement, laissa les flammes de son flambeau lécher le rouleau. Celui-ci se consuma sous sa main gantée, qui finit par le laisser tomber.

— Mais rassurez-vous... Ceci est le dernier exemplaire de la formule de Dupré. Un secret absolu, jailli tout droit des coulisses de l'Histoire ! Je m'en serais voulu de laisser à la postérité une telle abomination. Moi aussi, je puis concourir ainsi à notre grande mission civilisatrice. A moins que...

Son rire ressembla cette fois à une sorte de glapissement. De l'index, il désigna sa tête.

— A moins que je ne sois le seul à me souvenir exactement de cette préparation, gravée *ici,* dans mon crâne, et que je décide de la vendre au plus offrant, par exemple !

Pietro s'avança.

— Ne bougez pas, Viravolta. J'ai passé la nuit à répandre ce mélange en plusieurs endroits. Un pas de plus et vous verrez s'illuminer enfin les fontaines du roi.

— C'est... c'est impossible !

Le Fabuliste marqua un temps, puis baissa le flambeau.

— Grâce à combien de grands esprits ce château a-t-il vu

le jour, Viravolta ? Nous connaissons les Le Nôtre et les Mansart, mais quelles combinaisons de pensées ont-elles aussi été sollicitées ? Il aura fallu la philosophie et la mathématique de Descartes et d'Alembert, Bernoulli, les travaux de Boyle, Hooke, Pascal, Newton, Huygens qui découvrit Titan, les anneaux de Saturne et les calottes polaires de Mars ! Des Titans, oui, tous ! Des Titans gouvernant le mouvement des planètes ! *Tant de grands hommes, pour ce château bâtir !...*

Sa voix trembla de colère.

— ... *Un seul pour le détruire.*

Il plongea la torche dans le premier réservoir... puis la lança dans le second.

De nouveau, il rit.

— Retrouvons-nous au jeu, mon ami, pour en finir !

Dans un froissement de cape, le Fabuliste se retourna et sauta derrière la balustrade.

Et Pietro, muet et désemparé, assista à l'impensable.

Le temps parut un moment suspendu. Puis des bulles jaillirent à la surface du réservoir...

La réaction en chaîne se produisit, s'engouffrant dans les tuyaux, rencontrant le mélange patiemment distillé par le Fabuliste.

Alors les fontaines du Roi, celles de Latone, de la Pyramide, de l'allée d'Eau et de l'Obélisque, mais aussi les rectangles des Miroirs et le bassin d'Apollon, les rondeaux de la Colonnade et du Labyrinthe, jusqu'au Grand Canal, toutes les eaux de Versailles enfin s'embrasèrent en même temps. Sur le moment, cela parut à certains un grand jeu, l'occasion d'un nouveau spectacle, ou d'un feu d'artifice de nouvelle façon, comme celui que l'on avait aperçu sur les collines de Reims. Car les soleils du bassin d'Apollon s'embrasèrent comme au couchant. Sur toute la surface du Grand Canal commença de courir une traînée de feu qui sembla faire corps avec l'onde ; puis le plan du Canal se mua en brasier, jetant dans les yeux d'ivoire des figures en transparent des reflets infernaux. Une stupeur étrange se lut sur les visages de ces poupées statufiées, en même temps que des lueurs brûlantes couraient sur les kiosques de porcelaine. Les galères et les bateaux de la flottille qui n'avaient pas été rentrés partirent en torches pour de bon ; des restes de poudre claquèrent en feu d'artifice, envoyant vers le ciel des gerbes d'étincelles. Le géant doré de l'Encelade, déjà foudroyé par Jupiter, vit son rocher cerné de langues crépitantes, et le jet même qui sortait de sa bouche à l'assaut de l'Olympe retomba en pluie autour de lui. Entre les pierres de meulière et les plombs, les gradins du bosquet des Rocailles ruisselèrent de gouttes incandescentes : au centre de l'île, le théâtre flamba. Du Canal à l'Etoile, la fournaise montait dans la nuit tombante. Le Dragon du bassin éponyme vomit à son tour, et pour la première fois, des flammes véritables.

Sous le pavillon royal aussi, l'eau se mêla au feu. Les lumières du rocher s'abolirent dans les cascades tombant de coquillage en coquillage. Les branches d'eau de la cloche liquide s'allumèrent l'une après l'autre. Les portiques de treille et de toile commencèrent de brûler ; sur son rocher, Pan fit la grimace en crachant des bouillons de feu ; et ce fut la panique. On se précipita en laissant plats, couverts, verres et soupières. La garde s'anima pour protéger le roi et la reine. Les batraciens aux gueules béantes de Latone s'aspergèrent mutuellement. Dans la grotte à surprises, les accords du dieu de l'Amour, sur sa lyre, se firent étranglés. Les vertus morales se consumèrent au-dessus du chiffre du roi. Auprès de la poupée du Fabuliste, le jet devint faisceau. Les eaux qui imitaient le bruissement des feuilles et le chant des oiseaux virèrent à l'incendie parmi les animaux des Fables. Ceux de la Ménagerie, bien réels, s'agitèrent en tous sens. Les poules d'Egypte se mirent à courir en affichant un air interloqué. Le chapas miaula comme un vulgaire chaton, la girafe dressa le cou, le vieux pachyderme de Chandernagor barrit. Les oiseaux allèrent se frapper contre les grilles.

Le ciel du crépuscule, la terre et l'eau semblaient ne former qu'un même incendie. Allumées par erreur, les mèches des fusées volantes crépitaient en gerbes d'étincelles avant de partir en sifflant vers le firmament et d'éclater dans l'espace, tandis que d'autres, mal ajustées, roulaient sur les rivages et filaient de part en part au milieu de la foule. Comme par les journées sans vent, des sculptures liquides semblaient jaillir de toutes parts, à ceci près qu'elles étaient faites non plus d'eau, mais de feu. Les flots du bassin d'Apollon s'élevèrent dans une apothéose jamais vue, dessinant une gigantesque fleur de lys en flammes, qui se découpa contre le ciel.

Party Time.

Le Fabuliste avait mis le feu à Versailles.

Fable Surprise

Fontaines du Roi
Grand Appartement du Roi
Salon de Diane et Galerie des Glaces

L'heure qui suivit fut marquée par la plus grande confusion. L'intervention de Pietro avait contrarié les plans du Fabuliste, qui comptait différer son coup d'éclat au moment où le bal serait engagé. Cette manœuvre ultime avait tout du geste désespéré. Denis-Jolly et ses hommes purent agir rapidement. On compta toutefois de nombreux brûlés. Mousquetaires et chevau-légers s'empressèrent de héler les médecins et d'évacuer les hauts personnages et les blessés. Pietro courut trouver le maître fontainier, les plombiers et le fondeur, qui s'étaient déjà élancés dans toutes les directions. Sitôt que furent coupées les arrivées d'eau, et que celle-ci ne fut plus en mesure de circuler, le feu commença de se calmer. On arrêta les machines, on se précipita sur les leviers et les manettes. Sur les instances du Vénitien on parvint, avec du sable et des couvertures humides, à étouffer la plupart des brûlots dans les fontaines. Dans les canalisations, passé la réaction en chaîne, le magma s'étouffa de lui-même. Sur le Grand Canal, l'étendue d'eau était telle que le mélange dispersé par le Fabuliste ne put faire effet très longtemps.

Après les premiers moments de terreur, on en vint à se demander si ce nouvel artifice n'avait pas été prévu par les Menus-Plaisirs dans le prolongement des festivités du jour ; même si, cette fois, la préparation avait tourné à la tragédie. Dès qu'il eut terminé de diriger les opérations, Pietro rejoignit le château.

Retrouvons-nous au jeu, mon ami, pour en finir !

Il remonta l'Aile Nord par le grand appartement du roi. Durant les « soirs d'appartement », le lundi, le mercredi et le jeudi, les salons en enfilade servaient de cadre aux divertissements réservés à la fine fleur de la Cour. Dans chaque salle étaient montées des tables de jeu couvertes de dés, de gobelets et de cartes. Viravolta franchit les Salon d'Hercule, puis de l'Abondance, devenu le Salon de Jeux de Louis XVI. Ici, les courtisans faisaient d'ordinaire des parties de lansquenet, bavardaient, s'arrêtaient un instant pour écouter une marquise poussant la chansonnette au clavecin et jouer les artistes lyriques ; ils misaient force jetons, au point que la salle prenait parfois figure de tripot. Ce soir, les valets y proposaient de nombreux rafraîchissements, si bien qu'une partie de la Cour y revenait peu à peu pour reprendre ses esprits.

Salon de Vénus. Pietro accéléra sa marche. Ainsi, le Fabuliste avait fini par user de la complicité forcée et tragique d'Augustin Marienne. Ce dernier avait essayé de le prévenir – trop tard. Augustin, le lion devenu vieux, par lequel le Fabuliste avait prévu de parachever son œuvre, si seulement elle s'était déroulée entièrement selon ses plans. Augustin Marienne, le dernier témoin à supprimer, pour la dernière Fable... A moins que ? Le Fabuliste avait cherché à identifier les principaux membres du Secret pour éliminer les obstacles, puis à empêcher le sacre de Louis XVI en profitant de la faiblesse du royaume, en cette période troublée... Il s'en était fallu de peu, pour que tout cela ne change le cours de l'Histoire. Cet homme vivant, le pays restait menacé. Mais Pietro ne pouvait s'empêcher de comprendre, au moins pour une part, la souffrance de cette âme torturée. La question pathétique qu'il posait allait d'ailleurs bien au-delà de lui. Et voici que, par un curieux retournement de situation, c'était à lui, Pietro Viravolta, de se faire à son tour l'instrument de la raison d'Etat.

~~LE CHIEN QUI LÂCHE SA PROIE POUR L'OMBRE~~ D'Eon, Saphir, Beaumarchais
~~L'AMOUR ET LA FOLIE~~ Anna
~~LE SINGE ROI~~ Louis XVI
~~LA CIGALE ET LA FOURMI~~, Marie-Antoinette
~~LE LIÈVRE ET LA TORTUE~~ La Cour
~~LE LION DEVENU VIEUX~~ Augustin Marienne

Salon de Diane. Comme à l'époque de Louis XIV, on avait installé, en son centre, un billard – un jeu où le Roi-Soleil était passé maître. En temps ordinaire, la table était recouverte d'un tapis de velours cramoisi garni d'une frange d'or. Les dames suivaient la partie assises sur des banquettes installées sur des estrades, ce qui leur permettait de dominer le spectacle et d'applaudir aux succès des participants. Pietro reconnut aussitôt ce manteau noir, abandonné sous le plafond de Blanchard et devant le *Sacrifice d'Iphigénie* installé sur la cheminée...

Il se figea.

Tout près se tenait un homme, portant une fleur à la boutonnière. Ce n'était plus une rose anglaise, mais une immortelle – pour le sacrifice, et les regrets éternels.

Le Fabuliste jouait tranquillement au billard.

Cette fois, il était à visage découvert.

Il devait être proche de la quarantaine. Quelques rides trahissaient sa maturité, les épreuves qu'il avait endurées – et celles qu'il avait fait subir. En le regardant avec attention, on pouvait trouver au fond de ses yeux cet éclair de folie qui témoignait de sa lutte jamais achevée avec ses propres démons. Il en résultait aussi ce pli de colère sur les lèvres, qui achevait de semer le doute sur la nature angélique de son ascendance. Il était entre deux mondes, entre enfer et paradis. Pourtant, Pietro sentit aussi, dans son attitude, une sorte de majesté terrible.

Ainsi, c'est toi.

Le Fabuliste le regardait en souriant.

— Une partie, Orchidée ?

Pietro s'avança.

— Pourquoi pas, Fabuliste... Je n'ai jamais su votre vrai nom ?

Il fit un instant tournoyer la queue entre ses mains, dans un sifflement d'air.

Le Fabuliste sourit encore.

— Et vous ne le saurez jamais. Appelez-moi Jean de France, Dauphin de nulle part, si cela vous chante. Jean, c'était le prénom qu'avait choisi ma mère. J'ai ajouté le reste.

Pietro s'approcha de la table. Ce fut le Fabuliste qui donna le premier coup, frappant de sa boule rouge les deux noires.

— Vous m'avez impressionné, Viravolta. Surtout depuis que vous avez réussi à vous échapper de l'antre du lion ! Je ne sais toujours pas comment vous avez fait.

— Disons que... j'ai plus d'un atout dans ma manche, moi aussi.

Le Fabuliste joua encore avant de poursuivre :

— Vous avez été étonnant. Nous ne nous attendions pas à vous voir surgir au Procope. Ah ! mais c'est vrai que vous l'ignoriez ! Je dis « nous » en pensant à Saphir. Voyez-vous... elle était des nôtres.

— Saphir ? Et... Qu'est-elle devenue ?

— Oh... dit-il, concentré sur sa partie. Je serais vous... Je ne la chercherais plus...

Pietro se mordit la lèvre. Le Fabuliste fit la grimace ; il venait de rater son coup.

— Je vois, dit Pietro, prenant le relais. C'est grâce à elle, et à votre bossu, que vous avez eu toutes les informations nécessaires... Y compris la plupart de nos identités !

Coup sec et précis ; la boule fusa sur le tapis.

— Oui, mon ami... Saphir, ancien agent à Venise et à Londres ! Je me suis bien amusé.

L'œil plissé, Pietro regarda le buste du Roi-Soleil du Bernin, pendant que le Fabuliste reprenait la main. On entendait le claquement entrechoqué des boules sur le feutre du tapis.

— Mais pourquoi ? demanda Pietro. Pourquoi vous être entêté ? Vous saviez que c'était du suicide. Vous n'espériez tout de même pas renverser le royaume à vous seul...

— Avec les Anglais, tout aurait pu être possible... Avais-je le choix, Viravolta ? Je ne suis que le fruit de ce royaume pourri, une excroissance à cette gangrène que vous cachez encore derrière la poudre et les lambris de Versailles... Vous-même êtes déjà d'un autre temps, Viravolta ! L'Orchidée Noire... Une légende, un aventurier humaniste, un idéaliste contrarié, l'emblème d'une époque qui se fane et qui meurt !

Le Fabuliste se pencha, l'œil vif, la main assurée, ajustant son tir.

— Tout cela ne pourra pas durer. Le monde change, mon ami. Il ne veut plus de nous... Nous sommes déjà des reliques...

— Pourquoi n'êtes-vous pas allé trouver Charles de Broglie ?

Le Fabuliste se redressa, haussant un sourcil.

— Lorsque l'abbé l'a tenté, le résultat n'a guère été concluant, si je m'en souviens bien... Mille fois, il a demandé à être reçu par le roi ! Et pas pour le renverser, Viravolta ! Ni même pour faire valoir mes prétentions... mais pour la justice, la simple justice ! Qu'au moins, Sa Majesté n'abandonne pas ainsi le fruit de ses entrailles ! Qu'il me *reconnaisse* ! Alors de qui vous moquez-vous ? Que pouvais-je espérer, moi, seul avec ma vérité, face au royaume tout entier ? Un royaume qui, en d'autres temps, sous d'autres cieux, aurait pu me revenir ? Vous m'auriez tué, comme vous avez tué mon père d'adoption. La seule personne qui, avec ma mère – et mon *véritable* père, bien sûr –, ait su toute la vérité. L'abbé m'a aimé. Il m'a tout appris. Et il m'a montré la lumière, Viravolta. Celle de la *justice*. Et je me suis battu contres les astres. Contre mon étoile, que vous avez rendue maudite.

— La justice ? ironisa Pietro. Cette justice qui a valu à Rosette les pièges à loup ?

La mâchoire du Fabuliste se serra.

— Donnez-moi des leçons de morale ! Vous croyez connaître le Mal... Mais savez-vous ce que c'est, Viravolta, que de passer son enfance à serrer contre soi un livre de poèmes en priant au fond d'un cellier pour échapper à l'enfer ? Savez-vous ce que c'est, que d'être la victime quotidienne de la cruauté d'enfants imbéciles et brutaux ? Non, vous ne le savez pas !

Ses lèvres tremblaient.

— Savez-vous ce que peut signifier, à peine échappé de l'enfance, la découverte de la vérité sur *soi,* sur ses origines ? Savez-vous la jouissance de la libération, l'apaisement de la compréhension et de l'amour, le souffle brûlant de la vengeance, Viravolta, et comment il emporte tout sur son passage ? Non ! *Vous ne le savez pas !*

— Cela ne justifie rien. Vous êtes devenu un monstre.

— Un monstre ? Oui, Viravolta, je suis un poète noir, un monstre, mais je ne le suis pas *devenu* ! Je l'ai toujours été, parce que, dès ma naissance, mon destin était scellé ! Dès ma naissance, je n'étais que hurlements et frustration ! Vous tous m'avez volé ma vie ! C'est *vous* qui m'avez désigné comme le monstre, une image de votre corruption et de votre honte ! Une créature que vous avez bannie, chassée et que vous vouliez faire taire ! Mais le monstre est revenu, Viravolta, pour réclamer son dû ! Oui, je suis votre honte ! La honte de ce régime inique !

— Vous pouviez choisir un autre destin !

Le Fabuliste le regarda, à la fois ébranlé et fataliste.

— Non, Viravolta, c'est justement le problème. *Je ne le pouvais pas...*

Ses prunelles étincelaient, sa poitrine se soulevait, comme s'il suffoquait... et d'un coup, il se calma. Il reprit le contrôle de lui-même. Les traits de nouveau détendus, il sourit.

— Du jour où l'abbé est mort, tout était clair. Grâce à Saphir, alors en poste à Londres, j'ai pu rencontrer Stevens. Aux agents du Secret qui avaient conspiré contre moi, je réservais un traitement particulier. A commencer par vous, bien sûr, le maître entre tous... A vous, j'ai donné mon livre de Fables, *A Pietro Viravolta de Lansalt.* L'homme qui avait franchi les neuf cercles de l'Enfer ! La clé, livrée à un adversaire digne de moi... Les dix dernières. *Last but not least...* Ces Fables vous ont plu ?

Il laissa échapper un petit rire.

— Allons, qu'est-ce que ce royaume sinon un simulacre ? Une comédie pour animaux vaniteux ?

— Une comédie à cent actes divers...

— Une part d'amour, autant de haine ?

— Une rose contre une orchidée !

Le Fabuliste sourit. La boule de billard claqua.

— Et maintenant ?

Il se redressa.

Tous deux se faisaient face, de part et d'autre de la table.

— Vous savez que tout est perdu.

Pietro eut l'impression que les lèvres du Fabuliste tremblaient encore, lorsqu'il dit :

— Il y a bien longtemps, pour moi, que tout est perdu.

— Si nous réglions cela tous les deux une bonne fois ?

— A la loyale ?

— A la loyale.

Ils croisèrent sur le tapis les queues de billard.

Pietro invita le Fabuliste à sortir.

Ils franchirent le Salon de Mars, puis celui de Mercure. Là, sous le plafond d'Apollon jaillissant sur son char dans l'écume du ciel, se trouvait le trône d'apparat installé par Louis XV comme, jadis, le trône d'argent de Louis XIV. La bouche sèche, le Fabuliste le regarda un bref instant, puis entra dans le Salon de la Guerre. Pietro croisa les gardes de faction, et leur intima l'ordre de le laisser faire, quoi qu'il pût advenir.

Ils parvinrent enfin dans la Galerie des Glaces.

Pietro marcha jusqu'en son centre. Le Fabuliste s'arrêta de son côté.

Pietro hésita... puis se retourna.

Ils s'inclinèrent.

Au loin, la soirée reprenait son cours normalement, et le bal de Versailles commençait.

Bal paré.

Au cœur de ces proportions parfaites, ils se firent face. Le Vénitien se découvrit. Les lustres étaient allumés de la Guerre à la Paix. La galerie tout entière éclatait au regard. A l'endroit où les deux forces étaient prêtes à se rejoindre, les orangers apportaient une touche de douceur trompeuse. Pietro et le Fabuliste se rapprochèrent chacun du centre du couloir, devant les rideaux de damas. L'instant était unique, unique comme ce geste du Vénitien dont la main habile s'inclinait vers le parquet dans un salut valant déclaration de guerre ; comme le mouvement de l'adversaire redressant la main derrière l'épaule ; comme cette génuflexion amorcée de part et d'autre, dont le silence signifiait : *Je suis prêt à en finir.* « Mais... que se passe-t-il, ici ? » A présent on se pressait derrière eux, à l'orée des salons. Un parterre de courtisans étonnés se rassemblait de part et d'autre des duellistes. Une foule les encercla bientôt. Tous, ce soir, arboraient des masques d'animaux. Taureaux, corbeaux, renards, lions, ânes, bœufs, guépards et autres créatures composaient un chœur halluciné. Les notes lointaines des orchestres leur parvenaient, mélopée envoûtante qui accentuait le côté irréel de la scène. A cette mélodie, la foule semblait répondre. Elle oscillait doucement, comme une vague infime, ou le branchage d'arbres séculaires au passage de la brise. On eût dit une assemblée de prophètes, les membres d'une confrérie réunie pour quelque rite sacrificiel. Anna Santamaria, masque de louve sur le visage, se fraya un chemin. Cosimo, en guépard tacheté, la rejoignit et porta la main à son épée, prêt à se jeter en avant.

Sa mère le retint.

Serties dans leurs cadres à la pureté d'eau, les Glaces formaient un kaléidoscope extraordinaire, répercutant à l'infini la posture de ces danseurs en armes. Tant de violences et de splendeurs étaient déjà passées devant elles ! Quarante-cinq ans au bruit des échafaudages que l'on dressait, d'échelles frappées contre les murs, de gravois déblayés à grands frais, de sifflotis de peintres, de pierres hissées, de tombereaux roulants et de poussière de plâtre, tout cela pour faire jaillir le joyau limpide de sa gangue minérale. Et les glaces, dans leur iris de cristal, avaient conservé une partie de cette mémoire. Elles avaient saisi l'image d'un Roi-Soleil encore jeune et amoureux, puis alourdi de son auréole insensée, éclaboussant le monde d'une gloire le dépassant lui-même infiniment, tandis que la vieillesse lui courbait l'échine et les épaules ; elles avaient vibré en réponse au pas cadencé de Racine se dirigeant, manuscrit d'*Esther* sous le bras, vers les appartements de Mme de Maintenon ; elles avaient chuchoté en renvoyant l'aura fragile et maniérée de la Pompadour, avant de se couvrir de buée, au soir de la présentation de la Du Barry tremblante; elles avaient chanté la blondeur et la rose des seize ans de Marie-Antoinette, cherchant ici son chemin, un chemin impossible dans les pétales déjà flétris de cette jeunesse qu'on lui volait.

Les escrimeurs dansaient devant elles, et saluaient le carnaval de l'Histoire.

Versailles!

Ils engagèrent le combat.

Prima, Pietro partit main au-dessus de l'épaule, pouce dessous et bras étendu, les quillons à la verticale; *Seconda*, le Fabuliste allongea le bras à hauteur de l'épaule, paume vers le sol. Un, deux, trois, l'ombre de Calvacabo, de Giganti et de Dancie, des grands traités d'escrime autant que de danse, planait sur ce combat. On se battait en mesure. Le Vénitien se posta en *Terza*, bras fléchi, la main à hauteur de hanche sur la droite, jointure des doigts vers le bas. *Quarta*, le Fabuliste main à gauche, paume en haut, quillons horizontaux. Pietro frappait avant de rompre pour se mettre hors d'atteinte; le Fabuliste ripostait, reculait, serrait de nouveau. Puis le tempo s'accéléra. L'un déplaçait le pied, l'autre la main; l'un allongeait le bras quand l'autre donnait de la pointe. Ils fendaient, paraient, couvraient, cavaient et dégageaient, voltaient une taille d'un tour de poignet, se jouaient de l'épée adverse, estramaçon, traverse, mandritte! Une fois de plus, Pietro passa à l'offensive. Sa lame siffla contre celle de son adversaire, le fort de son arme maîtrisant le faible de l'épée du Fabuliste. Le temps parut suspendu, puis on se dégagea. Pietro tournait sur lui-même pour éviter le coup suivant; le Fabuliste reculait à son tour de deux pas; la foule accompagnait chaque mouvement de ses exclamations. Le cliquetis des armes résonnait en cascade; chaque geste tenait de l'arabesque; la vivacité technique, la virtuosité de ces deux experts donnait une leçon aux spectateurs ; le froissement des chemises ponctuait le duel autant que les cris brefs des escrimeurs ; certains mimaient leurs gestes, la gorge sèche et le cœur battant. *Baisse-toi ! Redresse !*

Viravolta commit alors une erreur cruciale. Il porta un coup d'estoc, mais le Fabuliste, tirant l'épaule vers l'arrière, à la façon du *scanso* italien, l'esquiva avec brio. Il contre-attaqua et sa lame déchira l'épaule du Vénitien, qui recula dans un cri de douleur.

Leurs respirations se mêlèrent. Les animaux des Fables se pressèrent davantage autour d'eux.

Une comédie à cent actes divers...

Se servir des animaux pour instruire les hommes...

Transposer les lubies et les travers de la société humaine...

Et nous, quels animaux sommes-nous ?

Le sang avait coulé. Pietro feinta pour attirer la parade adverse. A son tour, le Fabuliste fit une erreur, se jetant la pointe en avant, genou fléchi. Pietro s'engouffra dans la brèche ; la riposte avait été immédiate. Son adversaire en perdit son épée et Pietro se crut victorieux. Il n'en était rien. Alors que le Vénitien se jetait sur l'ennemi, celui-ci attrapa les deux poignards dissimulés à ses flancs.

Un instant, les lames tournoyèrent dans ses mains. Pietro, en un éclair, se vit le visage déjà lacéré et la gorge tranchée. Il volta le corps, esquivant le coup et pivotant vers l'arrière. Il s'en trouva déséquilibré, tomba et glissa sur le parquet impeccable de la Galerie. Il y laissa une traînée de sang.

Le Fabuliste rit, lâcha ses poignards et ramassa son épée.

Pietro venait de perdre la sienne.

Une douleur fulgurante lui transperçait l'épaule.

— C'est fini, Viravolta !

Le Fabuliste se jeta sur lui.

— *Pietro !*

La voix d'Anna Santamaria jaillit, claire et forte. Malgré sa robe à paniers, elle venait de s'agenouiller. Elle attrapa sa propre dague, dissimulée à sa cuisse.

D'un geste sec du poignet, elle la fit glisser sur le sol.

Tout alla très vite.

Pietro plaqua la dague sur le parquet. Au moment où le Fabuliste se jetait sur lui, il tourna au sol sur lui-même dans un nouveau cri de douleur. La lame ennemie se ficha dans le parquet au milieu d'éclats de bois. Pietro réunit ses forces et son bras décrivit un arc de cercle pour frapper la jambe du Fabuliste. Celui-ci hurla et mit un genou à terre, perdant l'équilibre. Il lâcha l'épée à son tour. De sa main libre, Pietro saisit l'arme du Fabuliste et, avant que celui-ci n'ait pu faire le moindre geste, il l'embrocha. Il fut traversé de part en part.

La pointe ensanglantée apparut dans son dos.

Le Fabuliste cracha.

Tout autour d'eux les taureaux, grenouilles, grues, corbeaux, renards, lions, ânes, bœufs, guépards et animaux fantastiques, toute la foule masquée, enfin, applaudit. Ainsi eut lieu et s'acheva le plus beau et le plus secret des duels de Versailles – et ainsi fut joué le sort du royaume de France : dans un concert de rires grotesques. On riait car on croyait encore à une comédie, jusqu'à ce que la garde du château se décide enfin à intervenir.

— Mais... Mais... C'est interdit ! s'écria un Suisse qui venait d'arriver.

Pietro s'approcha du Fabuliste au bord de rendre l'âme, comme il s'était jadis approché de son père adoptif, sur les toits.

Il lui soutint la tête et souffla :

— Nous voici, me semble-t-il, à la fin de notre parcours

de sagesse... Quelle morale aura cette Fable-là ? Je te propose celle-là : *Le Petit Poisson et le Pêcheur.* Te souviens-tu de la chute ? *Un tiens vaut mieux que deux tu l'auras...*

Le Fabuliste trouva la force de sourire.

— *L'un est sûr, l'autre ne l'est pas,* acheva-t-il en crachant du sang.

Sa main trembla dans celle de Viravolta.

C'était ici même que le Fabuliste, par une nuit de tempête, avait abandonné le corps désarticulé de Rosette, et son précieux livre de Fables. Dans le secret du bois, son sang se mêlerait à celui de sa victime.

Pietro se redressa, Anna sortit du rang. Les animaux continuaient d'applaudir.

Alors l'un des convives à face de chat fit un geste insensé, lui jetant une petite pièce :

— Pour le spectacle.

Anna Santamaria le regarda derrière son masque de louve. Elle fit claquer son éventail.

Pietro reprit haleine.

Il était sorti victorieux du Labyrinthe.

Last but not least, octobre 1775

Tout a fui ; des grandeurs tu n'es plus le séjour ;
Mais le sommeil, la solitude,
Dieux jadis inconnus, et les arts, et l'étude
Composent aujourd'hui ta cour.

André Chénier, *Versailles.*

Deux mille personnes étaient rassemblées dans la Chapelle Royale. Pietro était agenouillé devant Louis XVI. Au-dessus d'eux, Coypel annonçait la venue du Messie, La Fosse célébrait le Christ ressuscité, tandis que le Saint-Esprit de la fresque de Jouvenet descendait sur la Vierge et les Apôtres – et ce, fort opportunément, étant donné le sens conféré à la présente cérémonie.

Créé le 31 décembre 1578 par Henri III, dans une France en pleines guerres de Religion, l'ordre du Saint-Esprit était resté l'ordre de chevalerie le plus prestigieux de la monarchie française, et l'un des plus brillants d'Europe. Il avait pour but de protéger le roi de France en tant que personne sacrée. Cette consécration était réservée d'ordinaire aux plus hauts dignitaires du royaume. Les chevaliers, cent en tout, étaient habituellement choisis parmi la plus haute aristocratie, dès lors qu'ils étaient en mesure de prouver trois degrés de noblesse – même si, dans les faits, les famille ducales étaient les plus largement représentées. Parce qu'ils étaient aussi chevaliers de Saint-Michel, on les nommait le plus souvent : chevaliers des ordres du Roi.

Pietro se releva. Le souverain lui fit passer son insigne en écharpe. Suspendu à un large ruban d'un bleu azur et moiré, il ressemblait à une croix de Malte, pourvue de huit pointes et quatre branches. Entre chaque branche se trouvait une fleur de lys ; au centre, une colombe déployait ses ailes. Louis XVI sourit. Pietro détailla ces yeux profonds, ce nez busqué, cette bouche lippue. Sa corpulence lui conférait un charisme paradoxal. Il émanait de lui une confiance et une autorité nouvelles ; sans doute parce que, depuis son sacre de Reims, il commençait à se faire vraiment à ses atours.

Le roi se pencha sur l'Orchidée Noire :

— Le comte de Broglie m'a raconté vos exploits. Il a insisté pour que vous obteniez cette distinction, dont il est lui-même titulaire. Je sais que nous vous devons beaucoup... Quand je dis nous, je veux dire, moi-même, mon épouse... et la France, bien sûr.

Il sourit encore, puis ajouta avec malice :

— Mais tout cela, n'est-ce pas, c'est un peu la même chose...

Pietro n'aurait osé faire remarquer à Sa Majesté qu'elle en savait bien moins qu'elle ne le croyait ; pas un seul instant le roi n'avait soupçonné qu'il eût pu avoir, en la personne du Fabuliste, un oncle – puisqu'il était le bâtard de son grand-père – prétendant au trône. En réalité, le souverain décorait Pietro sans savoir exactement pourquoi, en dehors du fait qu'il avait en effet protégé le royaume, et rendu de grands services. Broglie avait tout gardé pour lui ; seul Maurepas, par le truchement de Vergennes, avait été prévenu des détails de l'affaire.

Louis XVI descendit encore d'un ton :

— Vous êtes sûr que vous ne préféreriez pas devenir mousquetaire ?

Ce fut au tour de Pietro de sourire :

— Non, Votre Majesté. Les meilleures places ont déjà été prises.

Louis XVI opina.

— D'un autre côté, tant mieux. C'est qu'ils nous coûtent très cher, figurez-vous. Je songe à les supprimer. Que cela reste entre nous, mais... vous savez garder un secret...

Ils échangèrent un regard complice, puis le roi écarta les bras et dit, le geste ample :

— Mes amis... Comptez sur un nouveau chevalier !

L'Orchidée Noire se retourna ; un tonnerre d'applaudissements retentit sous les voûtes de la Chapelle. Anna Santamaria et Cosimo, aux premières loges, battirent des mains à tout rompre. Non loin, raide comme un piquet, Charles de Broglie inclina la tête.

Bientôt, alors que la cérémonie s'achevait, Anna s'approcha de Viravolta.

Pietro lui souffla, un brin ironique :

— Tu as vu mon ange, j'ai eu une médaille...

Elle l'embrassa. Cosimo renchérit, sourire en coin :

— Une fleur aurait suffi, comme dans le temps.

On s'écarta soudain pour faire une haie d'honneur à la reine.

Rayonnante dans une robe d'argent lacée de lauriers-roses, Marie-Antoinette s'approcha avec sa grâce coutumière.

Les anciennes promesses de son enfance viennoise semblaient s'être réalisées ; elle était à l'apogée de sa beauté, ou du moins de l'apparence qu'elle savait en donner. Sa silhouette était toujours fine, mais, en connaisseur, Pietro nota qu'elle avait pris des formes. Ses yeux bleu-gris et très écartés avaient toujours un air farouchement expressif. Bien qu'elle fût très poudrée, on devinait que ses cheveux avaient perdu leur teinte de l'enfance pour prendre une couleur châtain. Même si, pour cacher son front haut, elle choisissait des coiffures toujours plus sophistiquées – celle-ci était agrementée d'une aigrette de diamants, les boucles mêlées de perles et de rubans. De même qu'elle ne pouvait dissimuler son nez aquilin et sa lippe Habsbourg. Elle venait de délaisser son châle et de passer sur sa robe une cape de velours ornée de lys et d'hermine, relevée sur sa poitrine d'un ruban pêche. Elle avait toujours cette sorte de grâce d'ensemble, à défaut de l'avoir dans le détail, qui la faisait comparer à toutes les naïades de la mythologie antique. Pietro sourit en songeant à la jolie tournure qu'Horace Walpole avait trouvée pour elle : elle éclipsait jusqu'aux étoiles, et lorsqu'elle apparaissait au bal, elle donnait l'impression que, si elle ne dansait pas en mesure, *c'était la mesure qui avait tort.*

— Notre gentilhomme de Venise ! s'exclama-t-elle. Vous voilà tout autant français, aujourd'hui... Vous souvenez-vous du jour où vous me fûtes présenté, et de ce que je vous dis alors ? Eh bien, j'avais raison, Orchidée. Je savais que vous me protégeriez de tout...

— Vous êtes plus souveraine que jamais, dit Pietro, pensif.

Il s'inclina et lui baisa la main, comme autrefois.

La reine s'amusa du compliment et, cernée des chevaliers, se tourna vers Anna :

— Veillez bien sur votre Orchidée, marquise de Lansalt, dit-elle avec un petit sourire, en remettant son gant. Même si je sais que ses pétales sont encore... si vifs.

Ils se saluèrent ; puis Pietro et Anna la regardèrent s'éloigner.

— Tu n'as toujours qu'une seule reine, j'espère ? chuchota Anna.

Pietro lui répondit par un sourire, et lui enserra la taille.

A présent, au bras du roi, Marie-Antoinette quittait la Chapelle, suivie des chevaliers et des courtisans. Après le Sacre, leur retour à Versailles s'était déroulé dans un climat euphorique. Le couple royal croyait de nouveau à l'avenir. Auréolé de sa nouvelle onction, Louis en paraissait presque gracieux; la reine, étourdie après tant d'ovations, avait repris l'organisation effrénée de ses bals, malgré la grande frayeur suscitée par le baroud d'honneur du Fabuliste. Tous deux avaient vingt ans et la France à leurs pieds. Si l'héritier se faisait encore attendre, ils semblaient tendres l'un envers l'autre. La Cour retrouvait son lustre. Certes, la petite manigance de la reine pour favoriser le retour de Choiseul s'était soldée par un échec. Mais qu'importe. Marie-Antoinette pensait sincèrement donner au peuple les miracles qu'il attendait.

Dans la Galerie des Glaces, Pietro ne tarda pas à retrouver Charles de Broglie. Le chef du Secret s'approcha de lui. Non loin, tout de noir vêtu, Gluck, le célèbre compositeur, portant beau dans son surtout de velours au jabot de dentelle, s'inclinait à son tour devant Marie-Antoinette. Plus loin, Mme Vigée-Lebrun présentait également ses hommages; elle serait bientôt appelée à peindre les plus fameux portraits de la reine. Pietro s'apprêtait à entamer la conversation avec son vieux mentor du Secret, lorsque, telle une étoile filante, ou une poupée montée sur ressort, Rose Bertin passa devant lui.

Le considérant un instant, elle s'arrêta et lui fit un clin d'œil.

— Ah, monsieur de Lansalt! Vos aventures m'ont donné l'idée d'un pouf... un peu spécial. Il serait composé, entre autres, d'une épée et d'une fleur...

Elle eut un rire clair et bref puis trottina sur les talons de la reine, qu'elle avait d'ailleurs fort hauts en ce jour.

— Je l'appellerais... le pouf à l'orchidée !

Pietro sourit et s'inclina :

— J'en suis flatté au-delà de ce que vous imaginez.

— On dit que j'ai une imagination sans limite, monsieur de Lansalt... alors gare à ce que vous dites !

Elle rit et s'en fut.

Pietro secoua la tête et revint à Charles. Broglie lui mit une main sur l'épaule.

— Viravolta, parlons cuisine un instant. Nous avons remonté la piste des empaillages du Fabuliste grâce à l'oiseau retrouvé sur sa tombe. Trois de mes hommes y sont encore passés. Sans compter... une femme, la pauvre Saphir ! Et elle nous aurait trahis ? Seigneur, il faudra être encore plus vigilant dans l'avenir.

Charles hocha la tête, puis :

— Nous avons retrouvé l'atelier du Fabuliste, non loin d'ici, sur la route de Saint-Cyr. Si vous saviez ce qu'on y a déniché. Une profusion d'animaux empaillés, d'autres éviscérés... Et des livres de chimie. Je continue de faire expertiser tout cela. Mais vous m'avez dit, mon ami, que cette fameuse formule du feu grégeois avait de nouveau été avalée par l'oubli ?

— Je pense qu'elle a disparu une fois pour toutes avec le Fabuliste. Je l'ai vu brûler ce qui, de son propre aveu, paraissait être le dernier document y faisant référence. Il avait semble-t-il tout appris par cœur. Et il avait également rompu, si j'ose dire, avec lord Stevens...

— Je l'espère. Imaginez si une puissance ennemie venait vraiment à se l'approprier... Quant à ce pauvre garçon... Heureusement, personne ne saura ce que nous avons risqué. Et les frasques du roi au Parc-aux-Cerfs sont derrière nous.

— Cela, c'est sûr ! dit Pietro en haussant le sourcil, et en regardant Louis XVI de loin. Mais Stevens, qu'est-il devenu ?

— Stormont touche au but. Les soutiens de Stevens en France et en Angleterre ont été démantelés... L'affaire est remontée jusqu'au roi George. Il n'y manque que le point final. Mais faisons confiance à nos Anglais : ils savent être très forts. Ils ont une certaine pratique des services secrets.

— Oh, nul doute qu'elle se développera dans l'avenir, dit Pietro.

Ils saluèrent un instant autour d'eux, puis le visage de Pietro s'assombrit.

— Charles... Vous comme moi, nous savons tout ce qui s'est passé. Nous aurons épargné le nouveau couple royal avec cette affaire, mais je suis las de glisser sous le tapis les erreurs de nos aînés, si vous me comprenez. Nos prétendus exploits ne méritaient pas ces décorations ridicules. Si ce n'était votre insistance, je m'en serais dispensé.

Broglie le regarda intensément.

— Je le sais, plus que quiconque, croyez-moi. Mais elles sont nécessaires au pouvoir. Protéger la Couronne, Viravolta. C'est ma mission. C'est la vôtre. Pseudo-Dauphin ou pas, et quelles que soient les erreurs du roi, le Fabuliste était un fou dangereux et un assassin maniaque. Il faut bien que quelqu'un se salisse les mains. *La politique*, mon ami. Pour le reste... l'Histoire continuera, avec ou sans nous.

Il lui tapa sur l'épaule.

— Vous avez désormais tout saisi de notre métier.

Ils se turent longtemps, puis Charles reprit :

— Mais il faut nous occuper des affaires suivantes.

Une fois de plus, le chef du Secret cherchait une issue à une situation personnelle difficile. Renvoyé à Metz et à la carrière militaire de ses débuts, il avait surmonté son amertume. La fin du Secret était certes effective – en apparence. Mais les agents, les réseaux étaient toujours là. Rien n'était jamais fini. A peine achevée l'affaire du Fabuliste, une autre, et non des moindres, lui assaillait l'esprit. Elle occupait désormais tout le paysage. Il fit signe à un jeune homme qui, au milieu des lambris de la Galerie, semblait un peu égaré et regardait de tous côtés d'un air curieux. Il se pencha vers Viravolta tandis que le garçon les rejoignait.

— Bon, je peux bien vous le confier à vous, Metz est mortelle. Les manœuvres y sont sans intérêt, nous nous agitons pour rien, il n'y a pas eu de guerre ouverte depuis quinze ans, c'est lamentable. Au moins suis-je au grand air. Et je fais de temps à autre des rencontres intéressantes... Comme celle de ce jeune homme !

Il présenta au Vénitien un adolescent qui devait avoir dix-sept ans. Pourtant, celui-ci, au premier abord, n'avait pas l'air très dégourdi. Il cachait comme il le pouvait sous sa perruque une abondante chevelure rousse. La main sur l'épée, il salua Viravolta. Sans doute faisait-il partie de ces jeunes gens que Charles de Broglie, pour tuer le temps, mettait aux tests avec l'idée d'un futur recrutement. Il portait des galons de commandant et Pietro ne tarda pas à apprendre qu'il était, en effet, à la tête d'une compagnie de Noailles-dragons, sous les ordres du prince de Poix. Broglie mit sur l'épaule de l'impétrant une main protectrice.

— Gilbert de La Fayette, dit celui-ci dans un sourire un peu forcé.

Pietro se présenta à son tour, et Broglie enchaîna :

— Notre ami a participé à un dîner que j'ai donné il y a peu. Figurez-vous, Viravolta, qu'y étaient également conviés Son Altesse Royale le duc de Gloucester et son épouse. En réalité, le duc est en exil plus ou moins volontaire. Son frère, le roi George III, ne supporte pas qu'il ait dérogé en épousant sa jolie princesse. Elle est née des amours coupables d'Edward Walpole et d'une lingère... Ils ont eu une fille, le scandale a éclaté. Mais cette entrevue fut très instructive. Gloucester critique clairement la politique de son frère en Amérique. Il n'hésite pas à dire la vérité, à savoir qu'il piétine les libertés des colons ! Il exècre le *Stamp Act* et les décisions récentes. Pour lui, le roi oublie les principes mêmes qui ont fait la puissance de la monarchie anglaise. De quoi parle-t-il ?

Du combat des Insurgents ! Le combat pour la liberté, Viravolta ! Le duc affirme que la guerre est à nos portes. Merci, Gilbert.

Le garçon s'écarta bientôt et Broglie se pencha de nouveau sur Pietro.

— Oui, je sais ce que vous pensez, il est encore un peu vert. Mais il se patinera, croyez-moi. Il rêve maintenant de joindre les drapeaux et de soutenir les Insurgents. Voilà sans doute notre nouvelle frontière ! Mais vous... Qu'allez-vous faire ?

Pietro sourit.

— Je ne sais pas encore. Un retour à Venise me tente. Ou bien continuer mon office ici à Versailles, auprès de la reine.

— Ou rejoindre nos rangs, dit Charles en souriant lui aussi.

Il mit la main sur l'épaule de Viravolta. Son geste, cette fois, n'avait rien de paternaliste.

— Ou devrais-je dire... y rester ?

Ils s'observèrent en silence. Puis Charles reprit, en chuchotant :

— Vous savez que j'aurai toujours besoin d'une Orchidée pour régler de gros tracas. Alors pensez à l'Amérique... Le combat pour la liberté !

— J'y songerai ! dit Pietro en riant. Mais à propos, dites-moi... Comment vont nos amis... Le chevalier d'Eon, et le sieur de Beaumarchais ?

— Oh, ceux-là... Ne m'en parlez pas. Beaumarchais est reparti en Angleterre pour empêcher la sortie d'un libelle injurieux pour le roi et la reine... Il l'a retrouvé et à la suite de mille aventures, dont il a inventé la moitié, il est allé déposer l'opuscule infâme en offrande aux pieds de Marie-Thérèse. Elle l'a pris pour un fou. Il ne sait plus quoi faire pour rentrer en grâce. Mais vous avez vu son *Barbier de Séville* ? C'est un immense succès. Une fois de plus, le vent du boulet n'est pas passé loin ! Cet homme a le talent de s'en tirer toujours par une pirouette. Il faut continuer de l'avoir à l'œil... Sa dernière idée est de se mêler des affaires américaines. Il piaffe pour rencontrer le député secret des Insurgents, Arthur Lee... Quant à d'Eon, Seigneur...

Le comte soupira et se massa les paupières.

— Il est aussi reparti à Londres, mais il a trouvé ridicule le montant de la pension qu'on lui a accordée après la dissolution du Service... Il hurle, il veut une réhabilitation officielle. Il détient des documents sensibles, et il menace de les divulguer! Nous avons essayé de le raisonner, il est peut-être encore utile. J'ai essayé d'y envoyer Beaumarchais... D'Eon l'a retourné comme une crêpe! Beaumarchais, figurez-vous, continue de le prendre vraiment pour une femme. A Londres, d'Eon l'a invité à vérifier de la main! Une simple ficelle suffit, mais notre bon ami n'y a vu que du feu. Vous connaissez d'Eon. Il en a rajouté, a fait semblant d'être séduit à son tour, s'est laissé appeler sa « petite dragonne »... Beaumarchais est revenu persuadé qu'il lui avait tourné la tête! A Paris, on a même parlé de mariage. Ah, quelles noces, vous imaginez! Et pour quel Figaro! Nous négocions encore. D'Eon est retranché à Brewer Street comme dans une forteresse, mais j'espère trouver d'ici peu une sortie à cette affaire. En attendant, Londres va continuer de parier sur son sexe, et Beaumarchais de ramasser les mises. Si vous saviez comme ils me fatiguent... Mon ami, croyez-moi : nous ne sommes pas sortis de l'auberge.

Charles avait raison : de nouveaux défis se dessinaient. Les affaires du Secret ne seraient pas à court sous prétexte de la dissolution, l'on pouvait s'attendre à de nouveaux ennemis, d'autres libelles calomnieux, des plans insensés, des manœuvres gouvernementales et des missions sidérantes qui impliqueraient brigands et travestis. La politique des officines. Les raisons d'Etat. Pietro hocha la tête, aux lèvres un sourire sans illusions; puis il chassa ces pensées pour profiter de cette belle journée. Quelques instants plus tard, il quitta la Galerie des Glaces pour se rendre sur les terrasses.

Il regarda les jardins. Le vase de la Guerre et de la Paix. Le Parterre de Latone. Le bassin d'Apollon, au bout de la Voie Droite ; et à gauche, près de l'Orangerie... Le Labyrinthe. Le bosquet n'était déjà plus qu'un fantôme. Sur ordre du roi, on procédait à la replantation complète du parc. Marie-Antoinette transformait le vieux songe de Perrault et Le Nôtre en un jardin plus à son goût. Bientôt, le Labyrinthe serait converti en jardin à l'anglaise, peuplé d'arbres des îles et nommé « bosquet de la Reine ». Ses animaux seraient fondus dans l'oubli. Des Fables, il ne resterait rien. On rêvait d'autres échappées visuelles, à partir de dessins et de cadrages inédits, tout en restaurant les bosquets dans leur tracé original. On aménagerait d'autres pépinières, on reprendrait clôtures et treillages pour chaque chambre de verdure, on nettoierait toutes les statues. Hubert Robert préparait des esquisses de bains, de lacs et de ruisseaux artificiels ; il saisirait le parc avant et après travaux.

Versailles changerait dans son éternité ; *tempus fugit* et pourtant, ce mélange de brièveté et de permanence était profondément émouvant.

Pietro se tenait ainsi sur les terrasses, dans le jour déclinant ; une émotion inexplicable lui étreignait le cœur. Il regarda les rondeaux, les fontaines.

Les fontaines du roi... Un parcours de sagesse...

Il se dit que la vie qui coulait dans ses veines était à l'image de ces rondeaux, de ces jets cristallins. *Pardon,* se dit-il à lui-même, *je n'arrive pas à me contrôler. Je sais que j'en fais trop ! C'est plus fort que moi...* Le souffle vital. Le flot. La fontaine. La source. La vie. La course à la Création. Ce grand « contre la mort ». Il pensa de nouveau à La Fontaine et à ses *Amours de Psyché.*

Ma Muse est impuissante à peindre ce déluge ;
Quand d'une voix de fer je frapperais les cieux
Je ne pourrais nombrer les charmes de ces lieux.

Après tout, se disait-il, moi aussi je suis un Fabuliste. Quel besoin de tout cela ? Quel besoin de se raconter toutes ces fables, ces contes, ces histoires à dormir debout ? Pourquoi ce fantasme de toute-puissance, d'être Dieu, ce fantasme de donner, d'aimer et d'être aimé surtout ! Pourquoi cette urgence vitale ? Pour le plaisir de sentir, de faire sentir, de rêver, de faire rêver, d'y croire, de faire croire, de trahir, de mentir, d'aimer, d'être soi, d'être l'autre, pour que l'autre devienne soi, pour le plaisir d'être en somme ! Nous tous !

Il se souvint encore du billet du Fabuliste qui l'avait emmené au cœur des jardins.

Du théâtre de verdure.

J'ai tout pouvoir sur toi, sans limite est mon imagination,
Je fabule et affabule, j'invente, je couds et je découds,
Licier de l'ombre je tisse ma toile et ourdis ma trame
Je suis l'Auteur, Viravolta !
Je vais te perdre, t'embrouiller, te retrouver, t'égarer,
Te jeter dans un voile de brume et te reprendre
Pour mieux te promener
Je suis le Fabuliste, et le gardien
Et toi tu m'appartiens.

Et moi, qui suis-je ? se dit Pietro.

Derrière lui, Anna Santamaria sortit de l'ombre du château à son tour, éclatante. Elle tenait en main une ombrelle qu'elle faisait jouer de ses doigts gantés. Un pouf cachait une partie de sa chevelure coiffée à la vénitienne. Elle sourit en s'approchant de son mari. Elle avait un style délicieux, très

Pompadour ; son visage semblait illuminé d'un reflet d'élégance, de galanterie, de grâce, de politesse surannée qui à lui seul contenait toute la séduction de son siècle. Elle était radieuse et triomphante. Elle lui parla de futilités de sa voix gaie. Ils restèrent ainsi, à contempler les jardins. Filant comme un songe, des grappes de courtisans disséminés devant eux murmuraient avec les fontaines ; une ombrelle ici, un mouchoir de dentelle là, une canne ou une perruque ailleurs... Dans un rayon de soleil finissant, passa soudain la silhouette de Cosimo. Vêtu de blanc et d'une veste brune, il riait et faisait rire une jeune demoiselle bien mise, aux joues fraîches et à la taille fine. Ils glissaient dans le rayon d'or.

Pietro leva un sourcil. Sous son chapeau, Anna releva le regard et lui renvoya un sourire complice. Pietro goûta cette émotion étrange, celle de voir son destin accompli, sa jeunesse s'enfuir toujours, et l'espérance l'habiter encore, la vie, la sève, et l'amour bien sûr, la seule chose qui vaille, l'amour toujours !

Allons ! Je sais qui je suis.

Il remit son chapeau sur son crâne.

Une légende. Une ombre. Un mythe. Une Fable.

Il frotta d'une main le pommeau de sa lame de Venise, et sourit.

Je suis l'Orchidée Noire.

Derrière le château, plein champ, descendait l'astre d'or, bientôt monteraient les étoiles ; là-bas, au-delà du bassin d'Apollon, le feu commençait d'embraser le ciel, au souvenir lointain de Versailles, à l'ombre de son ancien maître, le roi d'autrefois, le Roi-Soleil.

Pietro s'inclina avec révérence devant les fontaines.

*
* *

Tanguant à la proue d'un navire qui fendait les ténèbres, lord Stevens ruminait sa défaite, les poings serrés, les cheveux dansant dans le vent, figurant les serpents d'une antique Gorgone. Il s'était caché quelques semaines en Normandie, le temps de se faire oublier. Il venait de prendre secrètement le bateau dans le port de Granville. Il partait. Après ce qui s'était produit, il lui était impossible de regagner l'Angleterre pour le moment. Il fuyait donc vers le seul havre encore possible : l'Amérique. Le vaisseau, qui filait sur une mer tumultueuse, venait de dépasser les îles Chausey pour éviter les routes commerciales et obliquait vers le sud-ouest pour gagner l'Atlantique. La traversée s'annonçait des plus épouvantes. Stevens avait mal au cœur. La rose à sa poitrine était fanée. Des nuages noirs ne cessaient de s'amonceler dans le ciel. Des éclairs zébraient le firmament de part en part, mais semblaient comme contenus par le couvercle obscur, si bien que les nuages eux-mêmes, traversés de chimères électriques, paraissaient imploser. Une pluie torrentielle fouettait le bastingage. Pourtant, Stevens, échevelé à sa proue, refusait de se mettre à l'abri. Il avait chassé du pied l'un des marins de l'équipage, un Normand qui, se jetant un petit verre de calva, lui avait dit, goguenard, *en Normandie il fait toujours beau.* Les voiles dansaient et, sous l'effet de la lumière intermittente, elles ressemblaient à celles d'un vaisseau fantôme, de quelque nef habitée de corsaires ou de pirates cadavériques, peut-être les occupants du navire mythique du *Hollandais Volant.* Montait et descendait le vaisseau terrible sur la Manche noire, fracassée de rafales de pluie ; et Stevens, bien qu'il vînt de rendre ses tripes à l'avant, tenait bon, ses gants de fer crochés devant lui.

Ainsi, lui et le Fabuliste avaient échoué.

Il avait voulu porter un coup fatal à la monarchie française le jour du Sacre et, en désespoir de cause, mettre le feu au château du Roi-Soleil en utilisant jusqu'au bout les services de ce fou qui se faisait appeler Jean de France, Dauphin de nulle part. Il n'avait jamais compris la raison *véritable* de ce surnom, ni de sa haine. *Pourquoi ? Grand dieux, pourquoi ?* Stevens avait envie de rire, ou de pleurer, en repensant à ce rêve insensé qui l'avait habité, lui, chef renégat du contre-espionnage anglais : renverser définitivement l'équilibre continental, éliminer pour jamais l'ennemi pluriséculaire, faire front à l'Autriche, l'Espagne et la Prusse, unir les deux Couronnes, la rose et le lys ! Et, du même coup, gagner l'Amérique ! Mais à présent qu'il était contraint de s'exiler, désormais proscrit, lui le banni qui pourtant n'avait cessé de vouloir servir sa patrie, se savait menacé. Il avait été destitué de ses fonctions et titres ; lord Stormont le faisait activement rechercher. Il avait agi sans l'aval de son propre gouvernement. Sans doute, s'il avait réussi, aurait-il pu rentrer en triomphateur, et remettre à George III comme il l'avait prévu la dépouille de France. Il aurait fait part au roi des préparatifs du Secret de Charles de Broglie pour envahir l'Angleterre ; il aurait argué de la situation américaine, de la faiblesse du royaume, de la trahison du duc de Gloucester, pour arracher à George le droit de lever une armée et de mener à bien son propre plan : débarquer en France !

Au lieu de cela, son monde s'effondrait ! Et ce Fabuliste, emblème d'une époque que Stevens craignait de voir déjà dépassée... Chimère, invention, excroissance d'un autre âge. Comment avait-il pu faire confiance à un tel individu ? *Comment avait-il pu...* Peut-être l'échec du Fabuliste – et le sien – peut-être la révolte américaine et l'affaiblissement de la France et de l'Angleterre étaient-ils autant de signes, de présages annonçant la fin ? Une fin plus vaste ? Il se souvint de ce que disait le Fabuliste sur la pourriture du royaume. Et il eut soudain une vision – celle d'un monde prêt à s'abolir dans une conflagration sans retour, un monde où les peuples ne respecteraient plus les Couronnes, ni les souverains, ni le juste ordre des choses. Ils ne croiraient plus à la noblesse, à la race et au sang. Le Fabuliste, souvent, disait attendre ce moment où le royaume de France tomberait, comme une coquille vide, une pomme pourrie, sous les coups de boutoir du peuple et de tous ces philosophes. Stevens rugit mais sa voix fut couverte par la tempête, et seule une nouvelle rafale de pluie répondit à sa colère.

Il demeura là, les poings serrés, le visage sombre et ruisselant.

Avant la fin de ce temps, se répétait-il. *Avant que ne coule pour toujours le sang des Rois...*

Il resta là une éternité, puis la mer au matin se calma. Le bateau fut arraisonné par une simple frégate de la Royal Navy. Deux hommes montèrent sur le pont. Sabre au côté, épaulettes dorées, ils étaient vêtus de tricornes et d'uniformes royaux. Ils échangèrent quelques mots avec le capitaine, puis se dirigèrent vers lui sans hésiter.

— *Lord Stevens ?* dit l'un d'eux, exhibant aux yeux de Stevens son ordre de mission.

Stevens pâlit tandis que l'autre continuait.

— *Ian Mc Pherson, British government. Would you please follow us ?*

*

* *

Lorsque Marie Desarneaux récupéra le corps de son fils, elle hurla comme au temps de ses tortures.

Elle n'en aurait jamais rien su, si l'abbé Morois, après leur entrevue avec le comte de Broglie, et s'étant enquis de la façon dont le Fabuliste était mort, n'avait décidé de tout lui raconter. Le choix lui fut difficile, de ressusciter ainsi au cœur de la vieille femme le souvenir de ce fils abandonné.

Mais il jugea que ce récit cruel était de son devoir. Marie risquait d'apprendre la vérité de toute façon, et d'une autre manière. Ainsi, au cours de son entretien avec l'abbé, elle découvrit tout avec effarement : comment son fils était resté vivant ces années durant; comment il avait voulu se venger, sans jamais oser se manifester auprès d'elle. Sa douleur, inouïe, ne fit que croître à cette révélation. Dans le moment même où le destin lui rendait son fils, il le lui ôtait par une seconde mort, véritable cette fois! C'en était trop pour la pauvre Marie. Elle en devint tout à fait folle. Elle en voulut un moment à l'abbé lui-même; mais sa fureur ne tarda pas à se diriger contre les vrais coupables de sa souffrance. On avait jeté la dépouille de son fils dans la fosse commune, où elle aurait pu rester et rejoindre la pourriture de celle de son père putatif, Jacques de Marsille, lui aussi oublié de tous. L'abbé Morois la fit récupérer. Marie couvrit le jeune homme d'un linceul; pendant un temps, elle songea à le faire ensevelir dans le cimetière de Saint-Médard, auprès des anciens convulsionnaires, et du défunt diacre François de Pâris. Mais considérant que l'âme de son pauvre fils avait été déjà la proie de trop de tourments au cours de sa vie, l'aveugle Marie, dévorée de chagrin, refusa de le punir encore dans l'au-delà.

Elle choisit de le brûler.

Elle ne vit pas les flammes lécher le linceul, mais ce brasier consuma aussi, dans le même instant, son cœur racorni. Cette fois, elle n'eut pas un sanglot. Elle pria pour que quelque chose lui survive, et qu'un jour, le phénix renaisse de ses cendres.

Le soir même, dans la sacristie, à l'ombre d'une bougie, dans un délire qui décuplait sa férocité et son intelligence, elle dicta une lettre à l'abbé Morois.

Et elle répétait, d'une voix aiguë, déformée par la haine :

— Et je veux qu'il meure. *Je veux que Viravolta meure!*

*
* *

Au Salon de 1783, on présenta un portrait de Marie-Antoinette peint par Mme Elisabeth Louise Vigée-Lebrun. La reine y est très belle, bien qu'il s'agisse d'une beauté d'un autre temps ; elle y éclate dans toute sa fraîcheur et sa jeunesse. On l'appelle le portrait « à la rose », car elle tient en effet, entre ses doigts, une fleur à laquelle sa grâce et son teint semblent répondre. Mais peut-être que, si l'on pouvait révéler le repentir caché du peintre, sous la pellicule de peinture – peut-être pourrait-on voir que cette rose est, en fait, une orchidée.

Le scintillement des miroirs et des torchères dorées, la flaque lumineuse du parquet blond, les hautes fenêtres ouvertes sur le jardin, dont les fontaines gardaient encore les stigmates de leur récente et sublime incandescence, renforçaient la féerie de la magistrale enfilade de la Galerie des Glaces. A présent, au cœur de la nuit, elle était plongée dans l'obscurité. Ici ou là, une porte des Salons avait dû rester ouverte, car des courants d'air froid y circulaient comme dans un sépulcre fantomatique. Dieu sait pourquoi, la reine n'arrivait pas à dormir ; et Dieu sait comment, alors que la garde de nuit ronflait aux portes de son appartement, elle s'était aventurée ici, seule et pieds nus, sur le parquet de la Galerie où elle avait déjà donné mille réceptions. L'enfilade plaquée de marbres et de ses dix-sept fenêtres s'ouvrait devant elle, longue bouche d'ombre. Pas un chat ; pas un bruit. Seul le silence, un silence profond, hors peut-être le tic-tac d'une vieille pendule égrenant les heures ; et dans cette ombre, comme une menace encore lointaine, un grondement sourd, qui s'approchait doucement.

Ce matin, la reine avait reçu une commode très spéciale, livrée par Rose Bertin. Abandonnée dans un tiroir, sans explication, elle avait eu la surprise de découvrir une enveloppe blanche.

Sur l'enveloppe figurait un cachet, avec, pour motif, un simple *F*.

A l'intérieur se trouvait un billet.

LE RENARD ET LE BUSTE
Livre IV – Fable 14

Les Grands, pour la plupart, sont masques de théâtre ;
Leur apparence impose au vulgaire idolâtre.
L'Ane n'en sait juger que par ce qu'il en voit
Le Renard, au contraire, à fond les examine,
Les tourne de tout sens ; et, quand il s'aperçoit
Que leur fait n'est que bonne mine,
Il leur applique un mot qu'un buste de héros
Lui fit dire fort à propos.
C'était un buste creux, et plus grand que nature.
Le Renard, en louant l'effort de la sculpture :
« Belle tête, dit-il, mais de cervelle point. »

Combien de grands seigneurs sont bustes en ce point !

La reine n'avait pas bien compris, mais cela lui laissait une impression amère.

C'était violent. C'était injuste. Elle avait eu envie de pleurer.

La grande fable, la grande comédie continuait.

Marie-Antoinette sourit, puis ce sourire se fit plus sérieux, plus grave, jusqu'à mourir enfin. L'ombre gagna son visage, en même temps qu'une vague inquiétude. Elle cilla. Ses épaules, son cou, sa poitrine frémirent. Elle se frotta les bras. Les rideaux blancs et les pans de sa chemise s'agitèrent légèrement dans le froid.

La reine de France frissonna, dans sa pâleur de lis.

Oui, se dit-elle. *Comme une menace. Une ombre...*
Elle eut soudain la vision fugitive de milliers de flambeaux, sous un balcon.
Elle avait vingt ans.

Le vent s'était levé.

Sources et remerciements

Merci à tous ceux qui sont cités ci-dessous, merci aux anonymes guidés par la seule volonté de faire partager leur curiosité et leur passion au hasard d'un article, d'un mot, d'un commentaire, et que j'ai pu rencontrer au cours de mes recherches et de mes déplacements en France ou à l'étranger.

Un grand merci à Gilles Perrault à qui il me faut rendre hommage pour son formidable document, *Le Secret du Roi* (Fayard, 1992), en particulier le début du tome 3, *La Revanche américaine.* On pourra s'y reporter pour tout ce qui concerne les frasques des agents du Secret, de la création du service à la guerre américaine, d'Eon, Beaumarchais, Broglie ou Vergennes, la réalité dépassant souvent la fiction ! J'y ai puisé de nombreuses informations indispensables aux aventures de Viravolta.

La séquence dans la parfumerie de Fargeon est inspirée du livre étincelant de Mme Elisabeth de Feydeau, *Jean-Louis Fargeon, parfumeur de Marie-Antoinette*, Perrin-Château de Versailles, coll. Les Métiers de Versailles, 2004, Prix Guerlain. J'ai éprouvé aussi une grande jubilation à lire son ouvrage.

Je me suis aussi plongé dans trois biographies incontournables de Marie-Antoinette, la fameuse *Marie-Antoinette* d'Antonia Frazer (Flammarion, 2006) qui a inspiré le film de Sofia Coppola, et les deux livres de référence d'Evelyne Lever, *C'était Marie-Antoinette* (Fayard, 2006) et *Les Dernières Noces de la monarchie. Louis XVI, Marie-Antoinette* (Fayard, coll. Les indispensables de l'Histoire, 2005). Sans oublier le *Marie-Antoinette* de Stefan Zweig.

Je n'ai pas pu m'empêcher d'évoquer à plusieurs reprises le livre édité par Grasset dans la collection Les Cahiers Rouges : *Versailles au temps des rois,* de Gosselin Lenotre, qui fourmille d'anecdotes extraordinaires et a servi de « déclencheur » à ce roman. A cet égard je ne saurais trop remercier mon ami et éditeur Christophe Bataille qui a porté Lenotre à ma connaissance, et suivi mes pérégrinations sur le long sentier que nous empruntons ensemble depuis quinze ans.

J'ai consulté en outre :

L'ouvrage très complet de Michel Antoine, *Louis XV* (Fayard, 1989), ainsi que le *Louis XV* de François Bluche (Perrin, rééd. 2003, coll. Tempus, en particulier pour la séquence de la mort du roi).

Le Découvertes Gallimard de Claire Constans, *Versailles, château de la France et orgueil des rois*, 1989.

Concernant la symbolique des fleurs et des jardins de Versailles, les passionnants *Symbolique de Versailles à la lumière des jardins* de Vincent Beurtheret, photographies d'Alexis Riboud, Ed. du Huitième Jour, 2002, et *Les Plantes et leurs symboles* d'Anne Dumas, Le Chêne, 2004.

Sur le château lui-même et ses promenades :

Manière de montrer les jardins de Versailles, Louis XIV, Mercure de France, 1999.

La Promenade de Versailles, Madeleine de Scudéry, Mercure de France, 1999.

Relation de la fête de Versailles, André Félibien, Mercure de France, 1999.

Le Château de Versailles, remarquable ouvrage de Pierre Verlet, Fayard, rééd. 1985.

Versailles, le Château, Le Figaro, coll. L'esprit des lieux, dont l'article de Martin Aston, « Les chantiers du couchant », et les guides de visite : le guide Gallimard *Versailles*, Encyclopédies du Voyage ; *Versailles* de Béatrix Saule, conservateur en chef, et Daniel Meyer, Art Lys, 2006 ; *Votre visite à Versailles* de Simone Hoog, conservateur général honoraire du Patrimoine, et Béatrix Saule, Art Lys, 2006.

Le jeu vidéo sur CD-Rom *Versailles, Complot à la cour du Roi-Soleil*, Cryo Interactive, Réunion des Musées Nationaux et Canal + Multimedia.

Le Tableau de Paris de Sébastien Mercier.

Le site municipal de la ville d'Herblay.

Les extraits de l'ouvrage de Gilbert Forget, « Herblay » (1974) édité à compte d'auteur, Bibliothèque municipale.

Le site internet de la DGSE pour l'historique du renseignement français.

De nombreux articles Wikipédia.

Clin d'œil enfin à la magnifique *Conversation de Bolzano*, de Sándor Márai, Albin Michel - Le Livre de Poche Biblio, éd. 1991.

Enfin, ou devrais-je dire avant tout, merci à Philomène, qui sait pourquoi.

TABLE

Cet ouvrage a été imprimé par

CPI
Firmin Didot

Mesnil-sur-l'Estrée

pour le compte des Éditions Grasset
en mai 2009

Dépôt légal : mai 2009
N° d'édition : 15763 – N° d'impression : 95274
Imprimé en France